瓦尔登湖

[美] 亨利·梭罗◎著

耿　雨◎译

中国民族文化出版社

北 京

图书在版编目（CIP）数据

瓦尔登湖 /（美）亨利·梭罗著；耿雨译 . -- 北京：
中国民族文化出版社有限公司 , 2024.3
　　ISBN 978-7-5122-1768-3

　　Ⅰ.①瓦… Ⅱ.①亨… ②耿… Ⅲ.①散文集 – 美国
– 近代 Ⅳ.① I712.64

中国国家版本馆 CIP 数据核字（2023）第 191680 号

瓦尔登湖
WAERDENG HU

作　　　者	［美］亨利·梭罗◎著　　耿　雨◎译
责 任 编 辑	张　宇
责 任 校 对	李文学
出 版 者	中国民族文化出版社地址：北京市东城区和平里北街 14 号
	邮编：100013 联系电话：010-84250639　64211754（传真）
制　　　版	北京市大观音堂鑫鑫国际图书音像有限公司
印　　　装	德富泰（唐山）印务有限公司
开　　　本	889mm×1194mm　　32 开
字　　　数	240 千字
印　　　张	11.25
版　　　次	2024 年 3 月第 1 版
印　　　次	2024 年 3 月第 1 次印刷
标 准 书 号	ISBN 978-7-5122-1768-3
定　　　价	98.00 元

目录

经济篇（一）

当我写下本文之后的那些章节，或换句话说，堆砌起为数众多的单词时，我正独居于一处小木屋里。在森林中，在马萨诸塞州的康科德镇，瓦尔登湖的湖岸边，在我亲自筑起的木屋里，距离任何邻居一英里的地方，只靠着我自己的双手劳动，养活我自己。在那个地方，我住了两年零两个月。现如今，我再次成了文明生活的旅人。

假如不是同乡对我的生活方式颇有兴趣打探，我才不该这般冒失，以我的诸多私事来招揽我的读者、吸引他们关注呢。有些人说我这个生活方式怪异，虽然我根本不觉得怪异，考虑到我那些经历，我只觉得非常自然，而且合情合理。有人问我当时拿什么果腹；是否感到孤独恐惧；如此，等等。另一些人出于好奇，想知道我把收入中多大的比例捐献给慈善事业，而那些有一大家子的人想知道我领养了多少个穷孩子。因此，在本书中我回复诸如此类问题的同时，恳请对我并无特别兴趣的读者见谅。

大多数书中，第一人称"我"常被略去；可本书却加以保留；这一点，对自我意识而言，恰是最大的不同之处。我们经常很容易忽略：归根结底，发言者总是第一人称。如果我能做到知彼有如知己，那我就不会如此喋喋不休地总谈自己了。很不幸的是，我的阅历浅薄，我只能局限于这一个主题了。而且，就我看来，我要求每个作家迟早要能对自己的生活作一个朴素诚实的描述，写得应该如同从遥远的他乡寄给亲朋好友的书信一样，而不仅仅是转叙道听途说的他人生活。这种描述就好像是他从远方寄给自己亲人的，因为倘若他过着诚实的生活，那一定是在离我很遥远的地方。也许，这些记录尤其适合穷学生阅读。至于其他读者，则可各取适合他们的部分。我深信，没有谁会强行去削足适履，只有恰如其分才是最好的需求。

我乐意倾诉的事物，与其说是有关中国人和桑威奇群岛[①]上居民的事，不如说是和各位有关的事，你们是这本书的读者，听说都生活在新英格兰；我要谈的是有关你们的情况，特别是你们在这个世界上、在这个城里的外部情况，或者说是环境，我要讲讲它的现状，诸位的生活状况如何？你们是否非要生活得如此糟糕透顶？这种生活能否改善一下呢？

我曾游历了康科德的许多地方，所到之处，涉足店堂、办公处所、田园等处，均可见到居民们好像以成百上千种引人注目的方式在干着悔过的苦差事。我曾经听说婆罗门教徒的情况也是如此，他们毫无遮拦地坐在四周皆是火的地方，眼睛直视着太阳；或身体倒挂，头悬在火焰之上；或者侧着身子仰视

---

① 美国夏威夷群岛的旧称。

天空，"直到他们身体僵直，无法恢复自然的形体，此时脖子是扭曲的，于是除了液体之外，其他食物均不能包容在胃囊之中"；或者一生用一根链条拴在树下度日；或者像毛毛虫，用自己的身体来衡量巨大帝国的广袤幅员；或者独腿站立在立柱的顶端之上——这些有意为之的苦差真是骇人听闻。但是我平素司空见惯的景象与他们相比，却有过之而无不及。赫拉克勒斯[1]的十二件苦差，和我邻居所做过的那些对比起来，完全是小菜一碟，因为苦差只有十二件，而且有个终点，但我总也见不到这些人宰杀或者捕获任何一头怪兽，或者做完任何苦差。他们也没有像伊俄拉俄斯[2]这样的朋友，拿一块烧红的烙铁来烧灼九头蛇的头颈，因此割掉一个蛇头，会在原处再生出两个头来。

我亲眼看见年轻人，我的同镇人，他们的不幸根结在于他们生来就是为了去继承田地、房舍、粮仓、畜群，还有农具——因为获得这些东西轻而易举，而要舍弃它们可就难上加难了。要是他们出生在广袤的草场上，让狼喂大，那就好得多，因为这样一来，他们更容易看清自己得在什么样的一片土地上劳动。是谁把他们变成了土地的仆人？当世人命中注定只能忍辱生活时，他们又怎么会享受六十英亩地的丰收呢？为什么他们刚刚出世，就该自掘坟墓？他们非得过人的生活，推着所有这些东西前行，力所能及地把日子过得更好些。我曾遇见过多少个可怜的、不死的灵魂，几乎都被生活的重担压得喘不过气来，在

---

① 古希腊神话中的英雄，力大无比，勇敢坚强，完成了十二项英雄业绩。

② 是赫拉克勒斯的侄子和战友。

3

生活的道路上匍匐向前，推着一座 75 英尺长、45 英尺宽的谷仓往前走，还有一座从没清扫过的奥革阿斯^①的牛棚，还要推动一百英亩的土地、耕地、草地、牧场和小林地！另一些没有产业可以继承的人，他们即便少了祖上传下的不必要的累赘之物，却还要拼死拼活地劳作，为了他们的几立方英尺的血肉之躯，而受尽委屈。

但人们的劳作可谓是一个大错误了！人的健美的身体，很大一半很快地被犁头耕了过去，化为泥土中的养料。就像一本经书里说的，一种似是而非的，通称"必然"的命运主导了人，人们经过劳作，积攒起众多财宝，又遭虫蛀，锈蚀，最终又招引来盗贼将它们毁损和偷窃一空。这是一个愚昧的生命，倘若生前迷糊，人之将死时，终会清醒明了。听说，丢卡利翁和皮拉^②在制造人类时，是拿石头扔到身后去。诗云：

> 顽石掷，生人身，
> 苦于难，注终身。^③

后来，罗利^④也铿锵有力地咏叹了他的如下诗句：
"人心坚硬，苦忧熬煎，
顽石铸就，身心如岩。"

---

① 古希腊传说中的厄利斯希腊国王，30 年来未清洗过他的马厩。

② 丢卡利翁是古希腊神话中普罗米修斯的儿子，他和妻子皮拉乘船在宙斯引发大洪水时逃生，后成为人类的祖先。

③ 原文为拉丁文。

④ 英国著名航海家和作家。

将许多石块由头顶扔到身后，也不转身去看看它们落到了哪里。对这么一个相当失策的神谕，我们的祖先竟是如此盲从。

很多的人，即便是在这个比较自由的土地上的人们，也只会让无知和错误始终纠缠他的人生，让虚无的忧怨和无休无止的粗俗活计占据着一生，却不能收集生命的鲜果。劳累过度，使他们的手指粗糙了，颤抖得又太厉害，不适于收集了。真的，劳动的人，一天又一天，找不到闲暇来使得自己真正地完好无损；他没法保持人与人间最牢固的关系；他的劳动，一到市场上，总是掉价。除了做一架机器之外，他没时间来做其他的。他如何能记得清他的无知呢——他不是频繁地在转动脑子吗？在评论他们之前，我们先要无偿地使他穿暖、吃饱，并用我们的滋补酒使他重返健康。我们天性中最完美的素养，犹如果实上的粉霜一样，若要无损地保存下来，就只能极其精心地料理才行。然而，人与人之间就是没法如此温和地相处。

诸位读者，如我们所知，有人是贫穷的，觉得生活不简单，有时，甚至到了上气不接下气的地步。我毫不怀疑在本书的读者里，有人无法为那吃进了肚的全部粮食和迅速磨损或已经破损的衣服付出钱来，好不容易忙里偷了闲，才能看这几页文字，那还是从债主那里偷来的时间。很显然，你们许多人生活得如此卑微，颜面尽失，因为我已被生活阅历磨砺得能明察秋毫，足以看出这一点。你们时常进退两难，想要做成一笔生意来清还债务，你们深陷在一个非常古老的泥沼中，拉丁文的所谓 aes alienum——他人的铜币中，不就是有些钱币用铜来铸的吗；就在别人的铜币中，你们生了，死了，最后埋掉了；你们答应了明天清还，又一个明天清还，直至死在今天，而债务还未了断；你们求取恩典，摇尾乞怜，费尽种种心机只是为了免于牢狱之灾。你们撒谎，拍马，投票，把自己藏进了一个规规矩矩的硬壳里，或者炫耀自己，摆出一副轻薄如云雾的慷慨和大度的样子，这才使你们的邻人相信你，同意你们给他们做鞋子，做帽子，或上衣，或车辆，或让你们给他们代购食品；你们为了熬过患病的日子，节省下一些钱来以求自保，结果把自己真的弄成一副病恹恹的样子。你们将钱藏在一只旧箱子里，或是灰泥后面的一只袜子里，或者想更安全点，就塞在银行的砖屋里；也不管将钱藏在哪里，藏了多少，数目是如何之少。

　　我有时很是疑惑不解，我们怎么会从国外引入丑陋的黑奴制度，这简直太轻率了！有那么多严苛而熟练的奴隶主，奴役了南方和北方的奴隶。一个南方的奴隶主是毒辣的，而一个北方的奴隶主更加坏，可是你们自己奴役自己是最最坏的。谁配谈论什么人的神圣啊！看大道上的赶马人，昼夜向市场赶路，在他们的心中有什么神圣的想法在激荡着呢？他们的最高责任是给驴马饲草饮水！和运输的赢利相对比，他们的命运算什么？他们不就是在为一位富绅赶马吗？他们有什么神圣可言，有什么不朽可言呢？请看他们匍匐前进，一整天里战战兢兢，既不是伟大的，也不是不朽的，他们看到自己的职业，知道自己是属于奴隶或囚徒这类称号的人。同我们的一己之见相比较，公共舆论显得软弱无力。正是一个人如何看待自己，决定了这个人的命运，指引了他的归宿。由心灵与想象统治的"西印度群岛"需要自我解放，不能指望威尔伯福斯^①还可再想想，这块大陆上的妇人们，她们注意手中无尽的活计，只是为了苟延残喘，好让她们自身的命运随波逐流！仿佛虚掷光阴并未有损于永恒呢。

芸芸众生在无声无息地绝望中度日。所谓的听天由命，更是确定无疑的绝望。你们永远是从绝望的城市走到绝望的乡村，并用水貂和麝鼠的盛装来安抚自己。甚至在人类所谓游戏和娱乐的背后，也隐藏着一种模式化而又不为人觉察的绝望。在这类游戏中并无娱乐可言，因为娱乐是伴随工作而生的。但是，智慧的特征却是不去做绝望的事。

当我们以问答测验的形式来思索着人生的宗旨究竟是什么，什么才是生活真正的必需品和意图时，人们好像显得经过了一番深思熟虑才选择了这种生活方式——因为他们更喜欢这种方式，而将其他任何方式排除在外。但是，他们的确相信已经没有选择的余地。可是清醒健康的人永远牢记：太阳升，万物明。舍弃我们的偏见永远都不会太迟。世上任何一种思想方法或行为模式，无论它多么古老，如果不被证明，便不能信赖。现在每个人视为真理而随声附和或予以默认放过的事，明天可能被视为谎话，纯属空言，可有的人却曾把它当作一片祥云，以为会化作甘霖飘洒在他们的田野上。前人认定不能办到的事，你尝试过后，发现还是能够办好的。前人有前人的行事准则，而后人则有自己的一套。古人不知添加燃料可使火焰经久不灭；后人却知道将一点干柴架在锅底，以飞鸟的速度环游世界

① 去废除那里的奴隶制吧？

真像那句成语话的：世上今人胜古人。

老年人虽然阅历丰富，但未必更有资格去做年轻人的好导师，因为他们虽有收益，但所失也会颇多。我们甚至可以质疑，最聪明的人又是否能从生活中学到点具有绝对价值的东西？说老实话，老年人并不能带给年轻人什么非常重要的忠告，他们自身的经验是如此零零散散，他们的生活是如此的惨痛失败，他们必须不加掩饰地承认，这种失败应归结于自身的缘故；也许他们心中还留下一些与那经验不太一致的信念，只是他们没有从前年轻了。我在这个地球上已经生活了大约 30 来年，还从没听到过我的长辈给我哪怕是只言片语有价值的或诚恳的忠告。他们从来没有告诉过我什么，或许无法告诉我什么中肯的意见。眼前摆着的是生活，对我来说是一场在很大程度上未曾体验过的实验；尽管老一辈人对此有过亲身的体验，但对我来说并无帮助。如果我获取了自认为有价值的经验，我肯定会想到我的良师益友们，可是我的老师长辈们从未提起过这个经验呢。

一个农夫对我说道，"人单吃蔬菜是不能活命的，因为蔬菜不能提供骨骼所需的养分。"因此，他虔诚地把每天的一些时间用于给他的身体提供长骨骼所需的养料；他边走边讲话，跟在耕牛后面，这些耕牛靠吃蔬菜长的躯干，猛拉着他和他那副重犁前行，不顾一切障碍。某些物品，在某些场合，比如说在最无助的病人之中，确是不可或缺的生活必需品，而在另一些场合，仅仅被当作了奢侈品，再换了某些场合，就成了人们从未耳闻目睹的东西。

对某些人而言，人生的所有历程，似乎已被先祖们逐一涉足遍了，无论是高山之巅，或是幽深谷地，无所不在先祖们的注视中。根据伊夫林的说法，"智慧的所罗门制定了一些规定，规定树木之间应有的距离；而罗马的执政官则做出决定，你可以多少次到邻居的土地上去捡掉下来的橡实而不会犯侵害罪，橡实中多少比例应归邻居所有"。[①] 希波克拉底[②]甚至还留下了医疗说明书，指导我们怎样剪指甲：指甲应剪得不长不短，要与手指头平齐。毋庸置疑，那些使生命的多姿多彩和欣喜欢乐都消耗殆尽的种种厌倦无聊，是与亚当[③]一样古老。可是人的能力却从未获得衡量；我们也不能根据任何先例来判断人可以做些什么，因为到目前为止他尝试过的事是很少的。不论至今为止你有过怎样的失败，"别沉溺于苦恼之中，我的孩子，谁会指派你去干由你来完成的事呢"？[④]

　　我们可以用上千种方式来尝试生活，举个实例吧，使我的豆子成熟的同一个太阳，也同时照亮了像我们地球一样的星系。假若我已牢记了这点，就可以避免犯下某些过错。我在锄草时可没有这种灵光乍现。星星是一个个多么奇特的三角形的顶点！在宇宙各种各样的星系中，有着多么遥远而又不同的生命在同一个时间里凝望着同一颗星星！大自然和人生就像我们不同的体制那样各不相同。有谁能知道，生活会给别人提供个

---

① 　约翰·伊夫林，英国作家，皇家学会创始人之一，著《森林志》；拥有美术、林学、宗教诸方面著作30余部。

② 　古希腊著名医生，为西医的始祖。

③ 　《圣经》中的人物，传说为人类始祖。

④ 　《毗湿奴往世书》，威尔逊译文。

什么样的前途？对我们而言，难道还有比两双眼睛一瞬间的对视更为伟大的奇迹吗？我们应该在一小时之内感受这个世界的一切时代；是的，甚至经历了所有时代的所有世界。历史、诗歌，神话！我不知道要了解别人的经历，还有什么比阅读上述这类更令人惊异而又更为翔实的。

我的邻居称之为好的东西，大多在我心灵中相信是坏的。如果我还对什么事感到后悔，那大概就是我的中规中矩了。是什么恶魔迷住我的心窍，使我的行为这么规矩？老年人，你也许会说出你能够说出来的最聪明的话——你已经活了七十年了，也有过某种荣耀，可我却听到一个无法抗拒的声音，要我不去遵守你所说的那一套。后代人抛弃了前代人的事业，如同抛弃了几条搁浅的船。

我在想，我们可以泰然自若地相信的事情，应比我们实际上相信的事情要多得多。我们少为自己操点心，就可以在别处多给他人以关怀。大自然既能适应我们的长处，也同样适应于我们的短处。某些人克制不住的焦虑紧张，几近成了不可救药的疾病。我们都生来喜欢夸大自己从事的工作的重要性；可是我们没有从事的还有多少呀！还有，假如我们病倒了又怎么样呢？我们会多么惶恐不安！为了避免生病，即便放弃信仰地生活也在所不惜。我们成天处在警惕之中，到了晚上不情愿地做祷告，把自己托付给变化莫测的运气。我们被迫生活得非常精打细算，非常真诚，崇拜我们的生活，否认变革的可能性。我们说，这是仅有的生活之道；但是，生活之道多种多样。如同从一个圆心出发，可以画出无数条半径那么多啊！一切变革都是值得思索的奇迹；不过那是随时都在发生的奇迹。孔子说过："知之为知之，不知为不知，是知也。"[①]当一个人将他臆想的事实升华为他理解之后的事实时，我乐于相信所有的人终将在此基础上构筑起自己的人生。

让我们沉思片刻，我所讲到的那些麻烦事和令人担忧的事情中，大多数是些什么？有多少我们要为之操心，抑或至少应小心留意？即使是处在一个表面文明的社会之中，去过一种原始的、垦荒的生活，对我们还是大有裨益的，至少我们可以懂得生活必需品大概有哪些以及采用何种方法去获取它们；或者甚至翻阅一下商人们过往的流水账，看看人们在杂货店里最常买些什么，储藏些什么货物，换句话说，最大宗的杂货是些什么。

时代虽在变迁，但对人类生存的基本法则却并无多大影响——比如说我们的骨架，与我们祖先的骨架或许是难以区分开的。

说到所谓的"生活必需品"，照我看来，是指所有人花费了精力才获取的物品，它们从一开始就非常重要，或在长期的使用中变得对人类的生活异常重要，以至于几乎没人会尝试不用它们来过日子（不论是由于野蛮、贫困，还是哲学上的原因），即使有，也是极个别的。

对上帝林林总总的造物来说，具有同样意义的生活必需品，即是食物。在美洲的草原野牛看来，生活必需品就是几英寸厚的肥沃草地，加上可饮用的水，除非它还要找寻森林和山岳作掩护。野兽的生存莫过于对食物和隐蔽的需求了。人类的生活

---

① 《论语·为政篇》，第十七章。

11

必需品在这种条件下可以准确地分为下列数类：食物、住所、衣服和燃料；缺少了这些，我们将无法自如地应对人生难题，更别提将来事业有成了。

　　人类发明的东西，不仅是房舍，还有衣服和烹饪的美食。并且很可能是由于偶然发现火能升温，以及随后对火的使用。最初火还是奢侈品呢，而到了现在，围火取暖也成了生活必需品了。我们注意到猫狗获得了一样的第二天性。住得适当，穿得适当，就能恰好保持体内的热量。但假若衣着和住所的温度过高，或者燃料的温度过高，换言之，外部的温度高于我们体内的温度，这不就相当于烧烤开始了吗？自然科学家达尔文谈到火地岛的居民时说，当他那些穿得暖和又坐在火旁的随行人员还远没感觉太热的时候，这些一丝不挂的野蛮人尽管待的地方比较远，却让他惊奇地看到，他们竟"在这样的烘烤之下汗流浃背了"。[1] 所以，据说，新荷兰人[2]裸着身体泰然行走若无其事，但是欧洲人穿着衣服却在打冷战发抖呢。这些野蛮人的耐性和文明人的聪慧难道不能合二为一吗？按照李比希[3]的意见，人的身体是一个火炉，而食物则是保证肺部内燃的燃料。因此，在寒冷的天气我们多吃，热天则少吃。动物体内的热量是一种缓缓燃烧的结果，当这种燃烧过快时，疾病和死亡就会由此引发；相反，由于燃料不足，或因通风不良，火便熄灭了。

---

[1]　查尔斯·达尔文《英国皇家军舰贝格尔号航行期间的考察日记》（纽约，1846）。

[2]　大洋洲土著的旧称。

[3]　德国化学家。

当然，生命的热能与自然之火是不能混为一谈的，这种类比我们就适可而止吧。

自此，由上述内容可以推出，动物的生命与动物的热能几乎就是同义词了。由于食物可视为保持我们体内火焰不熄的燃料——而一般常说的燃料只是用以煮熟食物或从体外增加我们体内的热量，住所和衣装也是为了保持体内的热能，体内的热能就是照上述的程序来产生和吸收的。

那么，对人体而言，最主要的必需品就是保暖，保持我们体内的热能。我们耗费很大力气去求得的不只是食物、衣着和住所，还有床铺。床铺也相当于我们的睡衣，我们是靠抢夺鸟巢和鸟胸上的羽毛来建造这个住所中的住所，如同鼹鼠用青草树叶在地穴的末端为自己建造床一样！

可怜的人啊，总是喋喋不休地抱怨，这是一个冷冰冰的世界。我们总是把自己的多数苦恼直接归咎于冰冷，身体上的冰冷，同时也是社会上的冰冷。到了夏季，在某些地域，人们好像过上了天堂一般的生活。这时的燃料除了用来煮熟人的"食物"之外，就没有别的需要了，太阳就是人的火；太阳的光线能够充分地烤熟许多果实；一般来说，那里的食物品种比较繁多，获取也就相对容易些，衣物和房舍是完全用不着的，或者半数以上是可有可无的。

在当今时代，在这个乡村，我凭借自己的体验，发觉只需要几样工具就可以生存下去：一把刀、一柄斧头、一把铁锹、一辆独轮车等少数工具就可以了；对于勤奋好学的人，则还有灯光、文具再加上几本书，这类东西的重要性仅次于必需品，只用很少很少的钱就能买到。但是，其他一些不那么聪明的人，到地球的另一边，到那些野蛮而又不卫生的地方去，全身心投入生意中去，一去就十年二十年，目的是谋生——换句话说，希望能换来舒舒适适的温暖的生活，可最后还是死在新英格兰。奢侈的富人不单是追求惬意的温暖，而且还追求自然的温暖，我在前文已提过了，他们是经过了磨练的人，当然是一种很时尚的磨练。

大多数的奢侈品，大部分的所谓生活的悠闲自在，不仅没多大必要，而且对人类的发展实在是个阻碍。

谈到奢侈与舒适这两方面，最明智者往往过得比贫困者更为单纯和朴实。中国、印度、波斯和希腊的古哲学家，都是同一种人，不管身外的财富多么匮乏，内在精神生活永远丰富无比。我们对他们理解得并不透彻，但很明显，我们对他们的生平却知之甚多。

离我们年代更近的改革家和民族的救星们，事实上也同样如此。只有站在我们称之为甘贫乐苦的优越地位上，一个人才能成为一个公正无私或有见识的观察者。奢侈的生活必然结出奢侈的果实，无论是从事农业、商业或者文学、艺术，都莫过如此。

在当今，哲学教授一抓一大把，可是哲学家却没见一个。可是，教授哲学也令人羡慕，因为过着哲人的生活一度让人神往。做一名哲学家不但要有敏锐的思想，甚至不但要建立一个学派，他还要热爱智慧，从而依照智慧的指示去生活，过一种简单、独立、宽宏和信任的生活。要解决某些人生的难题，不仅要从理论上，更要从实际中加以解决。

　伟大的学者和思想家的成功往往是朝臣式的成功，而不是帝王式的，也不是英杰式的。他们对生活善于应变自如，为的是遵从父辈传下的习俗，所以，无法成为更高尚的人类导师。

　但是，为何人类总是在退化呢？是什么使得各个家族没落衰亡？那种造成国家萎靡不振和崩溃毁灭的奢侈，到底具有怎样的性质？我们能否确定在自己的生活里并非如此？哲学家甚至在其生活的外表上也走在时代的前面。他的衣食住所及取暖，都和他同时代的人不同。他既然受之无愧地被称为哲学家，怎会没有比其他凡夫俗子更为高明的维持体能的方法呢？

　若有人照我描述的这几种方法维持了体能，那接下来他要干些什么？肯定不是更多同样的温暖，比如更多更丰盛的食物，更宽敞更奢华的房子，更漂亮更多样的衣服，更久都燃不灭和更炽热的火炉，等等。他一旦获取了这些生活必需品，就会转而求取另外一些东西，对多余的必需品定会弃之不用了；现在他可以大胆地冲出谨小慎微的生活，不必再干那种卑微的苦活，他的假期开始了。看来种子习惯这种土壤，因为种子已经把它的胚根向地下伸扎了，所以现在它也可以满怀信心把它的嫩枝往上面伸展。可为什么人牢牢地在土地上扎下了根，却无法同样地向天空伸展呢？——那些更高贵的植物，是依据其远离土地、在空气和阳光里最终结成的果实来衡量价值的，它们受到的待遇与那些卑微的蔬菜不同，蔬菜尽管可能是两年生植物，但只要在长好根后，就会被割去顶端的枝叶，所以在它们开花的季节，大多数人却认不出它们了。

我并不打算去给生性强壮勇猛的人订立什么条条框框。因为不论他们是上天堂还是下地狱，都会把自己的事安排得妥妥帖帖，同时营造起房屋来可能比最富裕的人更奢华，也更挥金如土，而不会使自己穷困潦倒，简直不清楚自己如何生活为好——如果确实存在有这种人，像人们梦寐以求的那样。

我也不会去为另一些人订立条条框框，他们从现实事物中得到激励，触发灵感，带着情人般的火热和情意去珍爱现实事物——我自认属于此类人士。

我这番话不是对那些在任何境遇下都能安居乐业的人说的，那些人都懂得自己是否安居乐业。

我主要是想对那些总不知足的人劝言几句。他们在有机会去改善境况时，却一味懒惰地抱怨自己生活艰难、时运不济。有这么一种人，发起牢骚来慷慨激昂，没完没了，据这些人自己的说法，他们是在完成自己的义务的。

我也在心中惦记着另外一种人，他们似乎外表阔绰，但其实是所有社会阶层中穷得最叮当响的，他们积攒了一些闲钱，却不知如何去用它，也不知如何去挣脱它。因此，反倒给自己打造出了一副金银做的脚镣。

如果我将我曾经打算如何度日的方式公布于众，可能会让那些略知我生命中这段历史真相的读者感到惊异；也一定会让那些对这段历史一无所知的人为之惊讶。所以，我只将我热衷的事情披露一二。

在任何天气下，在任何时刻，我都立足于改善现状，并在手杖上刻下印记。我希望站在过去和将来这二者的汇合点，也就是现在这一刻，准备起跑。希望你们对许多晦涩难懂之处给予原谅，因为在我这个行业，秘密比别的行业多得多，这不意味着我故意要保守秘密，而是因为这个行当有它特有的性质。我非常愿意把我所知晓的一切来个大揭秘，决不会在门上写什么"禁止入内"。

很久以前，我曾丢失了一条猎犬、一匹栗色马和一只斑鸠，至今我仍在追寻它们的踪迹。我曾对许多旅行者谈起过它们，描绘它们的踪迹，以及它们会回应什么样的呼唤。我遇见过一两个曾经听到猎犬的吠声和奔马的蹄声的人，甚至还有人见到斑鸠飞入云层后面，他们似乎也很急切地想找回它们，好像是他们自己丢失的一样。

值得期盼的，不仅仅是朝阳东升和夕阳西落，如果可能，还要涵盖整个大自然！夏天和冬季，有很多个早晨，在任何一个邻居忙着完成他的事务之前，我早已把自己的事安排好了！毋庸置疑，我的许多同乡都见到过办完事回来的我，那些黎明时启程到波士顿去的农民，或者启程去干活的伐木工人，都曾碰到过我。千真万确，我从未在太阳从天边升起的刹那去助它一臂之力，可是无疑在那最为重要的一刻，我是在场的见证者。

如此之多的秋日，哦，还有冬日，我在镇外度过，尽力去倾听风声，听到了又将它向四面传达开去！我把所有的资本投在那里面，我迎着这类消息奔跑，几乎喘不过来气。如果这种消息与两个政党有关系，毋庸置疑，它一定会变成最新的消息登在报上。其他时候，我多在悬崖或树顶的瞭望台上守望，电告任何一个新到来客的消息；夜幕降临，或许我还会抓住某种东西，尽管我抓住的东西一直不很多，这不多的东西却犹如犹太人出埃及时在旷野中得到上帝所赐的"天粮"一样仍会在阳光下消融而去的。

有很长一段时间，我曾是一份销路不畅的报纸的记者，我写的那一大堆稿件永远被编辑认为不适宜刊发。因此，就像作者们经常碰到的情况一样，我费尽了力气得来的只是一番辛劳。然而对这事本身来说，苦不堪言就是应得的稿酬。

多年以来，我自封为暴风雪和暴风雨的监守员，忠于职守。我还自任检查员，倘若不检查公路，我便检查林荫小道和所有近路，以保证道路畅通，我还勘查了一年四季都能无碍通行的桥梁，它们架于沟壑之上，众人的足迹踏过桥面，自然证实了它们的便捷功能。

我也曾看护过镇上散养的家畜，它们总是跃过篱笆墙，给忠于职责的牧人惹出了不少麻烦。我还得看着农庄各个人迹罕至的偏僻角落，虽然我并不总知道约拿或者所罗门①今天是否在某一块田地上劳动，这与我无关。我为鲜红的越橘树、沙壤上的樱桃树和荨麻、红松和黑桦树，还有白葡萄藤和黄色的紫罗兰花都洒水浇灌过，不然在气候干燥的季节里，它们会枯萎的。

总而言之，我这样一直干了很长时间，这么说，一点都不是自我夸耀，我确实一丝不苟地照料着我的这些业务。直至后

① 二者均为《圣经》中人物。

来情况越来越清楚：原来镇上的人并不乐意把我列入镇公务员的名单里，也不会给我一份薪水或让我挂个闲差。至于我的账簿，我敢发誓说，我一直把账目记得一目了然，可是却从来没有人查过，更不要说有谁来兑现，来付账和结清账目了。话说回来，我的心思也一直没放在那上面。

经济篇（二）

不久前，一个四处叫卖的印第安人到与我相邻的一位著名律师的院子中推销篮子。"你们要买篮子吗？"他说。回答是"不，我们不要"。"天哪！"印第安人走出院门时情绪激动地叫道，"你打算饿死我们吗？"看到他的勤劳的白种人邻居，生活得非常富裕——因为律师只要把辩论之词编织起来，就好比有魔术似的，富裕和地位都接踵而至了——因此，这位印第安人曾自说自话道："我也要去做，我就编织篮子去卖，这件事我还能干得来。"他以为编织好篮子就完成了他的工作，接下来就应该是白种人向他购买了。但是他却不知道，他必须使人觉得购买他的篮子是值得的，至少得让别人相信，购买这一只篮子是值得的，不然的话他应该做出别的一些值得让人购买的东西。我也曾编织过一种造型精致的篮子，但我并未将它编织得能激起人们的购买欲望。在我看来，我一点儿不觉得我不必编织它们，我没有去研究怎样编织得使人们觉得更加值得购买，我只是研究了如何可以避免这买卖的勾当。人们赞美且认为成功的生活，只不过是生活中的这么一种。我们为什么要夸大这种生活方式而去肆意贬低其他的生活方式呢？

待发觉我的同胞不大愿意在法院、教会或任何其他地方给我一个职位，我只得自己转向，比以往更加义无反顾地面向森林，那儿的山水草木对我更青睐些。我决定立刻就开业，不用等候通常的所谓经费了，就动用我手上已经有的一点儿微薄的资金吧。我去瓦尔登湖，并不是为了去节俭地生活，也不是为了去挥霍，我只是去经营一些私事，以求在那儿可以尽量少些麻烦；免得我因缺乏一点点公共常识和商业才能，加之生产规模又小，闹出一些伤心好笑的蠢事来，到头来一事无成。

我常常尽力地去养成严谨的商业习惯，这对每个人来说都是不可或缺的。假如你的生意是和天朝帝国往来的，你就得在海岸上准备个会计室，设在某个塞勒姆的港口，把这个确定了就够了。你可以把本国生产的、纯粹的土产输出去，许多的冰、松木和一点儿花岗石，都是地道的本土产品。出口这些货物，生意一定不错。

凡事全都亲自料理：兼任领航员与船长、业主与保险商；买进卖出又记账；每封收到的信件都读过，每封发出的信件都亲自撰写或审阅；日夜不停地监督进口货物的装卸，你几乎在海岸上的许多地方同时出现了似的；——那艘装货最多的船总是在泽西海岸上卸货的；——你自己还兼任电报员，不知疲倦地发电讯到远方去，和所有驶向海岸的船只联络；与远方一个需求量旺盛的市场保持一个牢固平稳的供货关系；你既要熟悉行情，还要明了各处的战争与和平的情况，预测贸易和文明的走势；利用一切探险成果，开辟新的航道；利用所有航海技术改善的便利条件，还要研究航海图，确定珊瑚礁和新的灯塔、浮标的位置，但是航海图表总是永远地改了又改，因为计算上的一点错误，船只就会冲撞在一块岩石上而粉碎，无法到达一个安全的码头了，这就是拉彼鲁兹^①的未知的命运——要步步紧跟宇宙科学，要研究一切伟大的发现者、航海家、探险家和商人，从迦太基航海家汉诺腓尼基人直到现在所有这些人的一生，最后，还要随时掌握货栈的库存数额，以便明确自己的经营现状。这真是一个辛苦的差事，考验着一个人的全部官能——如此这般的利润和亏损问题、利息的问题、扣除花费和预估损耗而后计算添补的问题，全都需要数字精确无误，不具备全宇宙的知识不足以应对。

我认定瓦尔登湖是个做生意的好地方，不仅因为那里的铁路线和贮冰的行业，它还能提供多种便利条件——将它公之于众，并非是件好事；这是一个良好港口，有一个好基础。你不必填没那些类似于涅瓦河区的沼泽；虽然你得处处去打桩奠基。有人说，涅瓦河要是涨了水，刮了西风，流出来的冰块可以把圣彼得堡一下子从大地的表面上冲掉的。

鉴于我的营生不用通常所需的资金就可开张，所以我从什么地方得到只要是这样的行业都必不可少的东西呢，也许不容易猜测吧。

让我们立即谈谈实际问题好了，先说衣服，我们买衣服，通常是由喜欢新奇的心理所引导的，并且很关心别人对它的意

---

① 法国航海家，曾远航到西伯利亚、澳大利亚，其船只在太平洋上遇难。

见，而不大关心这些衣服的真实用处。让那些要去做事的人再次牢记穿衣服的宗旨：第一，是保持身体的体温；第二，就是在社会环境中遮蔽裸露的躯体。现在，他可以判断一下，有多少必需而又重要的工作，不必在衣橱中添置新衣就可完成。

国王和王后的每一件衣服都只穿一次，即使有御裁缝专司其事，国王和王后陛下却不知领略身着合体衣装的舒心快意，他们仅仅是挂干净衣服的木架。可是我们的衣服，却跟我们一天天地同化了，带上了穿衣人的性格，直到我们不愿把它们丢掉，要丢掉它们，就像抛弃我们的躯体那样，总会感到恋恋不舍，就像求医问药一样，心情是如此郁郁寡欢。其实在我眼里，没有人穿了有补丁的衣服而降低了身份；然而，我也确信，人们通常对衣着过分关注，衣服要穿得入时，或者至少也要干净，并且不能有补丁，至于他们有没有健全的良心，从不在乎。即便你穿着有破洞的衣服，那也只是说明你没有及时缝补，没有什么大不了的。有时我用这样的方法来判定我的朋友们——谁愿意把膝盖以上有补丁的，或者是多了两条缝的衣服穿在身上？好像大多数人都认为，假如他们这样做了，从此就毁了终身。就好比宁可跛了一条腿进城，他们也不肯穿着破裤子去。假若一位绅士意外伤了腿，这是司空见惯的事情，他自会去救治；但假若他的裤子破了，就不会对它进行救治了，因为人们关注的并不是真正应该敬重的东西，只是关注那些受人尊敬的东西。我们知道的人很少，我们知道的衣服和裤子却很多。你给稻草人穿上你最后一件衣服，你自己却不穿衣服站在旁边，哪一个经过的人不立刻就向稻草人致敬呢？某一天，我正经过玉米地时，就在一个顶着帽子、挂着上衣的木桩旁认出了这个农场主。比起我上一回看见他，他被风吹雨打更显得憔悴了一些。我听人说过，一条狗向所有穿了衣服走到它主人的地盘来的人吠叫，却很容易被一个裸体的窃贼制服，悄无声息。这是一个有趣的问题啊，如果没有衣服，人们将能多大限度地保持他们的身份？在人人都没穿衣的情形之下，你能否在任何一群文明人之中，肯定地辨别出谁属于最受尊敬的阶级呢？

普法伊费尔夫人做她的环球冒险旅行，从东方去西方，在她离亚洲的俄国非常接近、要去谒见当地长官的时候，她说，她感觉不能再穿旅行服装了，因为她"现在是在一个文明国家里面，那里的人民是根据衣服来评价人的"[①]。即使在我们这号称民主的新英格兰城中，只要有钱穿得讲究住得阔绰，具备了那种偶然因素，他也就受尽了众人的敬仰。但是，这些敬仰着的众人，人数真多，全是异教徒，因而还需为他们派去一位传教士。此外，衣装是需要缝纫的，缝纫可谓是一件无休无止的工作；至少，一个女人的衣服是从来没有做完的那一天的。

一个人，到最后，找到工作做了，他其实没必要换上一套新衣去上工，对他来说，旧衣服就可以了，就是那些放在阁楼中很久的、积起了灰尘的旧衣服。一个英雄穿旧鞋子的时间倒要比他的跟班穿它们的时间长——如果说，英雄也有跟班的话——赤脚的历史比穿鞋子的历史更悠久。而英雄是可以赤脚的。只有那些赶赴社交晚宴或到立法院去的人必须身着新装，他们的衣装才会频繁地更换，因为这些人去的场合也在频繁更

①　伊达·普法伊费尔《一位夫人的环球航行》。

24

换。可是，如果我把短上衣和裤子穿上身，戴上帽子，穿上鞋子，就可以礼拜上帝的话，那没有这些也就够了，不是吗？谁会注意到他的破衣服——真的已经穿得破烂不堪了，变成了最初的原料，就是送给一个乞儿也不算行善了，说不定那乞儿还会拿它转送给一个比他更贫苦的人，那人倒能够说是最富有的，因为最后是他什么都不要还可以生活的呢。我是说，你得警觉那些需要衣冠楚楚的行当，而并非那些衣冠楚楚的人。假如没有新进之人，新衣服做出来又适合谁穿呢？

如果你有什么业务要做，不妨身着旧衣试试看。人所需要的，并不是要做些事，而是要有所作为，换句话说，需有所是。也许我们是永远不用添置新衣服的，无论旧衣服已如何破烂和肮脏，除非我们已经如此这般地发达了，或经营成功了，或者说，已向着什么方向一帆风顺地前进了，在我们这陈旧的躯壳里已有着新的生机了，到那时若还是依然故我，那便有旧瓶装新酒之感了。我们更换衣装的季节，如同飞鸟蜕换羽毛一样，必定是生活中的一个大的转折点。潜鸟躲藏到僻静的池塘边去脱毛。蛇蜕皮的情形也是这样，蛹虫出茧是同样的。全都是内心里孜孜扩展着的结果；衣服不过是我们的最表层的角质，换言之，是尘世的烦恼而已。如若不然，我们将会发觉自身是在伪装下前行，最终难以避免地横遭我们自己的见解和全人类的摒弃。

我们诸位穿了一件衣服，又穿上一件衣服，宛若寄生植物一样，没有外源添加就不能生存。穿在最外面的，常常是很薄很花巧的衣服，那只是我们的表面，或者说，假皮肤，并不是我们生命的一部分，这里那里剥下来也并非是致命伤；我们常常身着的较厚的衣服，不断地磨损，就是我们的细胞壁，或者说是外皮；我们的衬衣算是我们的韧皮，或者说，真正的树皮，剥下来的话，就会连皮带肉，伤及身体的。我相信所有的物种，在某些季节里都穿着类似衬衣的东西。一个人若是衣着如此简单，以至可以在黑暗中触摸到自己，不正是我们所期望的吗？另外，他在生活的各个方面都能做得面面俱到、准备充分，那么，即便敌人攻占了这座城市，他也能和古代的哲学家一样，赤手空拳地走出城门，内心十分坦然。

一件厚衣服的用途，可与三件薄衣服相当，便宜的衣服可以用真正合适顾客财力的价格买到，一件厚厚的上衣五元就能够买到了，它可以穿上好几年，厚厚的长裤两元钱，牛皮靴一元半，夏天的帽子不过是 25 美分，冬天的帽子 65.5 美分，也许还可以花上一笔极少的钱，自己在家里做一顶更好的帽子，穿上了这样的一套他自己辛苦挣来的衣服，虽然贫穷了些，谁敢说不会有聪明人向他表示敬意呢？

当我定做一件款式特别的衣服时，我的女裁缝正儿八经地告诉我："现在他们已经不时兴这种款式了。"说话中没有一点强调"他们"两字，就像她引用了一位神仙的话，带着跟命运之神一样的某种非人的权威，预示我就很难得到我自己所需要的样式了，因为她不相信我是认真说话的，她认为我太粗鲁了。而我一听到这神谕一般的语句，就让自己陷入了一小会儿沉思，把语句中的每个词都对自己单独强调一次，以便弄清它的含义，好让我找出他们和我有什么样的血缘关系，在一件与我如此密切相关的事上，他们有什么权威；最后，我决定用同样神秘的方式来回答她，所以也不把"他们"两字强调。"这话没错，他们前一阵子不时兴这个款式，可现在他们又时兴这个。"

她测量的只是我的身材，而不是测量我的性格，她只量了我的肩宽，好像我是一枚挂衣服的钉子，这种测量有什么益处？我们并不崇拜美惠三女神①，也不崇拜命运女神②，我们崇尚时尚。她纺织，剪裁，主宰一切。巴黎的猴王戴上了一顶旅行帽，全美国的猴子跟着学。我有时近乎绝望，在这个尘世间，有哪一件简单的实事不是由别人出手相助而办成的。

这世界首先需要一个马力强大的压榨机，将人们的旧理念压榨出来，这样他们就难以立即靠两条腿站立起来。到那时你看人群中，有些人脑子里是长蛆虫的，是从不知从何时起就放在那里的卵里孵化出来的，连烈火也烧不完这些东西；如果不这么做，什么努力都是白费。总之，我们别忘了，有一种埃及的麦子可是传自一具木乃伊，一直传到了我们这一代。

就整体而言，我们不能认为本国或别国的服饰已经攀上了一种在艺术上备受尊崇的地位。现在的人，还是有什么，穿什么。就好比搁浅破碎船只上的水手漂到岸上，找得到什么就穿什么，他们还站得隔开一点，超越空间的或时间的距离，来嘲笑着彼此的服装呢。每一代人都会嘲笑上一代人的时尚，而尽

---

① 古希腊神话中妩媚、优雅和美的三位女神的总称。

② 古罗马神话中纺织、分配和剪断生命之线的三位女神的总称。

心追求着新的时尚。我们嘲笑亨利八世①或伊丽莎白女王②的装束，就像他们是食人岛上的岛王和岛后一样。任何衣装一旦离开了人就变得可怜和怪异起来。控制住嘲笑，并且使任何人的衣服庄严起来的，乃是穿衣人显现出来的严肃的双眼和穿衣人在衣服下所过的真诚的生活。当剧中的滑稽小丑腹痛不止时，他身穿的五彩斑斓的衣衫也会衬托出此时他苦不堪言的情绪；如果一个士兵中了炮弹，再烂的军装也宛如高贵的紫袍③。

男男女女对于新的款式都具有一种幼稚和蛮不讲理的趣味，这种趣味使得多少人搔首弄姿地要从万花筒般的世界中找出适合当今这一代人穿着的特殊款式。制造商人早清楚他们的趣味是变化无常的。两种式样，不同的地方只有几条丝线，但是颜色还是大部分相似的，一件衣服立刻被卖掉了，另一件却躺在货架上，后者却又在过了一个季节之后，成了最时髦的式样。

在皮肤上文身，相对而言，并非如人们所说的那般野蛮。说文身并不野蛮，是因为它深入皮肤而不可改变了。

服装厂是人们得到衣服的最佳途径，我对这种观点却不敢苟同。各地技工们的情况正日益变得和英国技工的情况一样，这也不奇怪，因为就我所听到或注意到的情况来说，公司的主要目标不是为了让人类穿得更好更实在，而不可否认的是为了公司自身赚钱。从长远来看，人们总会实现他们的志向的，因

---

① 英国国王，以暴虐和生活糜烂而著称，喜欢华丽服饰。

② 伊丽莎白一世，英国女王，终身未嫁，但服饰华丽，影响朝野。

③ 在古罗马，紫色是高贵的象征。

此，他们不必顾及眼前的失败，不妨将志向定得更高远一点。

至于住所，我并未否认它现在是一种生活必需品，尽管有很多实例证明人们在比这儿更为寒冷的国度，没有住所照样能长久地生活下去。塞缪尔·莱恩说："拉普兰人穿着皮衣，头上和肩上罩着个皮袋，一夜连一夜睡在雪地上——那种寒气凛冽的程度足使任何一个穿着毛衣露宿在外的人丧命。"他曾经见到他们这样睡觉。但是，他接着又说："他们并不比其他的人更强壮。"[①]或许人类在地球上生活了没有多久，就发现了住房的便利以及家庭生活的舒适安逸。他说这段话的原意，可能表达了对住所的满足，而不是对其乐融融的家庭生活的向往。然而，在有些地方，这种说法很是偏颇。在那里，人们一说到住房就会联想起寒冬和雨季；或者那里一年的三分之二无需住房，仅要一个遮阳伞即可。我们居住的气候环境，从前在夏夜里，只需在身上稍加些搭盖就可以了。

在印第安人的记事方法中，一座圆锥形小屋是一天行程的标志，在树皮上刻着或涂画的一排圆锥形小屋，则显示出他们露营驻扎了多少次。人类没有与生俱来的巨大而强健的四肢，因此他必须想办法缩小他的世界，找一个适合于他的空间用墙给围起来。人类一开始全都赤身裸体，生活在户外；在晴朗温暖的气候里，白天里过得还是无比惬意的，可是到了雨季和冬天，除去其中艳阳高照的日子不说，若不是人类急忙寻求住所的庇护，或许人种在萌芽之时就会夭折了。根据传说，亚当和夏娃在穿上衣服之前，就先用树荫当亭子。人类需要有个家，

① 塞缪尔·莱恩《挪威日记》。

也就是一块温暖或舒适的地方，首先顾及的是肉体的温暖，其次才是情感的温暖。

我们不妨想象当时的情形，在人类正处于摇篮时期的时候，有些富有进取心的人爬进一个岩洞去寻求掩蔽。每个小孩都在某种意义上重演人类对世界的体验，他们喜欢待在户外，即使是遇到了阴雨天和冷天，小孩出于本能，扮演着过家家的游戏，还有骑竹马的游戏。谁没有想起自己年轻时看着倾斜的岩石或任何通往洞穴的路时兴致盎然的样子？我们原始时代的祖先们对自然渴求的天性，仍遗传在我们的血脉之中。我们从住洞穴发展到用棕榈叶、用树皮树枝、用亚麻织物、用草皮和稻草、用木板和木瓦、用石头和瓦片做屋顶的房子。最终，我们忘却了露宿旷野的生活，我们的室内生活已经超出了我们原先的想象。从壁炉边到旷野是一段很长的距离。如果我们更多的白昼和黑夜都与天体之间毫无障碍，如果诗人不是在屋脊下滔滔说那么多，如果圣人不在屋子里住那么久，那或许就好了。飞鸟不会在洞穴里鸣唱，鸽子不会在笼子里流露它们的纯真。

然而，如果有谁要设计好图纸去建一所宅院，他便有必要去学点新英格兰人的精明，以免到头来发现自己住的是一座劳教所，一个没有路标的迷宫，或一座博物馆，或一个救济院，或一所监狱，或一座壮丽的陵墓。先要仔细想想，这个庇护所是否绝对必需。我曾见到过佩诺布斯科特河流域的印第安人，就在这个城镇里，住在用薄棉布制成的帐篷里，周围的雪估计有一英尺深，我那时就想，如果雪积得更深能挡住风，他们一定会很高兴。如何去正直地谋生，而又给自己留下追寻正当目标的自由？以前，怎样使我纯真地生活、无拘无束地从事我正当的追求，这个问题曾比如今更加困扰我心，所幸的是，现在的我已变得铁石心肠了。

我过去常常在铁路边看见一个大木箱，6英尺长，3英尺宽，工人夜里把工具锁在里面，这件事给我一个启发：每个度日维艰的人都能用一美元买到一个箱子，然后他可以给箱子钻几个孔，以便让空气能够进去，如此一来，下雨天和夜晚他就可以躲进里面，把盖子盖上，这样他便可以自由地爱他所爱的，他的心灵也获得了自由。这个念头看来并非是最糟的，也绝不是可鄙的选择。你愿意不睡觉坐到多晚就坐到多晚，而当你起身往外走时，也不会有个大房东或二房东催着你要租金。有多少人为了要付一只更大、更奢华的箱子的租金，一直困扰到死，然而他住在这样的小箱子里也不至于受冻而死。我这可不是在讲俏皮话。

经济学是一门可视其如鸿毛却不可置之不理的学科。一帮鲁莽壮实的家伙，他们的大部分时间都在户外度过，曾经在这里建起一座座舒适的住宅，使用的建材全都是大自然恩赐的材料。马萨诸塞州殖民地的印第安人事务监督古金于1674年写道："他们最好的屋子遮盖得十分整齐，又牢固又温暖，用的是汁液旺盛季节从树干上脱落下来的树皮，而且在树皮还呈绿色时，就用沉重的木料把它们压成大块的薄片。较简陋的房屋则用灯芯草之类编成的席子遮掩，也同样严实和温暖，只是没有前者美观耐用……我见过一些房屋，计有60或100英尺长，30英尺宽……我时常在他们的棚屋里寄宿，觉得跟英国最好的房屋一样暖和。^①"

他随后又说道，他们通常是把镶饰精美花纹的席子当成地毯，或是挂在墙上当作壁毯，还摆饰着式样各异的器皿。印第安人已经发展到这样的地步：在屋顶的通风口悬挂着一张席子，用一根绳子来操作，便可调节通风效果。这样的棚屋开始最多花上一两天的工夫即可盖成，只用几小时便可拆掉再重新搭起来；每一户人家都拥有一座这样的屋子，或者一座棚屋中的一个单间。

在蛮荒时代，每个家庭都拥有一座最好的住所，以满足其粗鄙而又简单的需求。可是我想，我下面要说的话还是恰如其分的：虽然天上的飞鸟都有鸟巢，地上的走兽有洞穴，野蛮人也有他们的圆锥棚顶屋，而在现代的文明社会中，却只有半数不到的家庭居有其屋。

在文明程度相当之高的大城市中，拥有自己住宅的人为数极少。其余的人每年都得支付一笔税金，使自己有这么一件在夏日与冬天都已不可或缺的外衣，这笔税金本来足以买下一整片印第安人的棚屋，可现在却导致他们一世贫穷。在这里，我无意将租房住与拥有住房两者之间作一优劣比较，可是显而易见的是，野蛮人之所以拥有自己的住所，是因为花钱很少，而文明人之所以租屋，一般则因为他买不起房；而从长远角度来看，他付了租金也不一定就轻松些。但是，有人会争辩道，只要付得起租金，穷困的文明人也会拥有一个住所，而这住所和野蛮人的棚屋比起来，根本就是宫殿。他每年只需支付一笔

---

① 丹尼尔·古金《新英格兰印第安人史料汇编》。

32

25 到 100 美元的租金（这是乡间价格），就可得到那些经过世代不断改进而得来的实惠，宽敞的套房、干净的涂料和墙纸、拉姆福德壁炉（一种无烟炉，以其发明者的名字命名）、内抹灰泥的墙面、软百叶窗、铜质抽水机、弹簧锁、宽敞的地窖以及其他很多东西。然而，这一切究竟作何解释呢？安享这些东西的，却是通常被称作"贫穷"的文明人，而不拥有这些东西的野蛮人，生活中却拥有着野蛮人所自认为的富足。

如果说，所谓文明就是人类生活条件得到真正的改善（我也持这个观点，尽管只有智者才能用好有利的条件），那么就必须证明：不用花更高价钱就能建造更好的住房。而一件物品的价格，我拟称它为被需要而付出的"生命"，不管是立即付出还是最终付出。在这一带，一座普通房屋的造价大约需 800 美元，假设要积蓄这么一笔钱，那么就需要花上一个劳动者 10 到 15 年的生命，还必须是没有家庭的拖累。——这是依据一个人劳动的货币价值一天一美元来计算的，因为有的人收入比这个数字多，另一些人却比这个数字少。如此一来，通常他必须耗掉大半生的时间，才能挣回他的一座"圆锥顶棚屋"。假设他是租屋住的，那也无非是从两害之间做了个可疑的选择。面对如此不利的局面，野蛮人难道会聪明到以他的圆锥顶棚屋去换来一座王宫吗？

或许有人猜测，我几乎贬低了拥有这种多余房产的所有益处，它更可以备作不时之需的。可是，一个人可能不必埋葬自己。不过，这件事却显示了文明人与野蛮人的重大区别所在；毋庸置疑，他们是为了我们的利益而花费这个心机的，他们把文明人的生活变成了一套制度，个人的生活在很大意义上被其吸收，目的是要维护种族的生活并使之更加完善。不过我要指出，现在获得这种好处要付出多么大的代价，与此同时，我还要指出，我们本来完全可以不用花费任何东西而得到这所有的好处。你说贫困总是对你纠缠不休，或者父亲吃了酸葡萄，孩子感到口中酸水直流，你说这些话居心何在？

"主耶和华说，我指着我的永生起誓，你们在以色列必不再有用这俗语的机会。"①

"看啊，世人都是属我的，为父的怎样属我，为子的也照样属我，犯罪的也必死亡。"

当我考虑到我的乡邻时，那些康科德的农夫们，他们的家境至少与其他阶级一样小康，我发现他们中间的大部分人都已工作了 20 年、30 年或 40 年了，目的是他们可以成为他们农场的真正主人，一般情况下这些农场是附带了抵押权而传给他们的遗产，或者是借了钱买下来的，——我们不妨把他们的劳力中的三分之一，看作房屋的代价，——常常总是他们还没有付清那一笔借款。确实，抵押贷款往往还高于农场的原价，结果农场本身倒成了一个沉重负担。可是到最后总是有承继的人，就像他自己说的，因为他这个承继人和农场太亲密了。我同评税谈过话，惊异地发现他们竟然无法一口气背出 12 个拥有农场且又自由、清白的市民姓名来。如果你要弄清这些农场的实情，你可向他们抵押贷款的银行去咨询一番。真正能够用劳力来偿还他的农场债务的人是如此的少，假如有的话，每一个邻人都能用手指把他指点出来。我

---

① 《以西亚书》18—3。

34

怀疑在康科德这样的人不会超过 3 个。

　　说到商人，他们其中的绝大多数，100 人中甚至有 97 人是注定要落败的，农夫的情形也莫过于此。可是关于商人，其中有一位曾经恰当地指出，他们的失败大都不是因为亏本，而只是因为不方便而没有遵守诺言；换句话说，是因为信用的毁损。如此这般，事情便会弄得更糟，而且说不定上面所提到的那 3 个幸运儿的灵魂，将来也不会得到拯救，也许比起那些老老实实的商场败将来，他们破产的情形会更惨不忍睹啊，拒付债务啊，是一条条的跳板，我们文明的一大部分就从那里纵跃上升，翻了跟斗的，而野蛮人却站在饥饿这条没有弹性的木板上。可是，每年在这里举行的米德尔塞克斯牲畜展览会，场面总是风风光光的，好像农业这部机器的每个零件都是在欢快运转似的。

　　农夫们一直竭力采用比难题本身更为复杂的套路来解决生计问题。为了找到他的鞋带，他会趁机查遍整个牛群。他用熟练的技巧，用细弹簧布置好一个陷阱，想捕捉到安逸和独立性，他正要拔脚走开，却不料他自己的一只脚落进陷阱里去了。他穷的原因就在于此；而且由于相类似的缘由，我们全都贫穷不堪，即便有奢侈物件围绕我们，也难以匹敌野蛮人的一种安逸。查普曼歌唱道：

　　　　"这虚伪的人类社会——

　　　　——为了人间的宏伟

　　　　至上的欢乐稀薄得像空气。"[1]

---

① 乔治·查普曼，英国诗人，戏剧家、翻译家和传教士；翻译了《伊利亚特》和《奥德赛》，主要诗作是《和平之泪》，剧作有《向东方去！》等。引文摘自《凯撒和庞培的悲剧》。

待到农夫获得了他的房舍，他可能并未更加富有，而是更加贫困，因为房舍占据了他。按照我所能理解的，莫摩斯[①]曾经说过一句千真万确的话，来反对密涅瓦[②]建筑的一座房屋，说她"没有把它造成可以移动的房屋，否则的话就可以从一个恶劣的邻居那儿迁走了"；这里还可以补上一句话，我们的房屋是如此这般不易利用，它把我们囚禁在里面，而并非是我们居住在里面；至于那需要避开的邪恶的邻居，常常是我们的可鄙的"自我"。我知道，在这个镇上至少有一两家人，几乎是花了一生的时间，一直渴望将他们城郊的房屋脱手，好搬到乡下去住，可是始终难遂人意，看来只有等到魂归西天的那一刻，他们才会如愿以偿。

即便大部分人最终能够得到或租用这些经过改善的现代住屋，但在文明改善这些住屋的同时，文明却没有改善居住在住屋中的人。文明已经造出了宫殿，但是要造就出贵族和国王来，却不是件轻而易举的事情。

假如文明人所追求的并不比野蛮人追求的来得更加高贵些，假如他们把大部分的时间都只是用来获取粗鄙的必需品和舒适的生活，那么，他又何苦要比野蛮人住得更胜一筹呢？

但是，那些贫穷的"少数人"的境遇又如何呢？或许我们会发现，他们中的某些人的境遇表面上看起来要在野蛮人之上，另一些人的境遇则比这些人更不如。一个阶级的奢侈全是另一个阶级的贫苦来维持的。一边是皇宫，另一边是济贫院

---

① 古希腊神话中的嘲弄与指摘之神。

② 古罗马神话中的智慧女神。

和"默默无言的贫穷人"①。建造那些法老王陵墓的金字塔的百万工人只能吃些大蒜头,他们将来要想像模像样地被埋葬都办不到。刚修建好王宫上的飞檐的泥水匠在夜色中归家,这家或许是比圆锥顶棚屋还不如的小茅屋。

下面的这类说法是荒谬的:在一个文明随处普及的国度,大部分居民的境遇并没有下降到比野蛮人还糟糕的地步。我讲的还只是一些生活得恶劣的贫穷人,还没有说到那些生活得恶劣的富人呢。要弄懂这一点,不必看得太远,只需看看铁路旁边,到处都是棚屋,这些是文明中最没有改善的了;我每日散步之时,看到人们住在这污浊不堪的棚屋里,整个冬季,都要将门大开,为的是让光线照进来,也看不到取暖的柴堆,那是他们常常梦想的宝物,而男女老少的身躯,由于长期在寒冷和凄苦中蜷缩一团,已经永远变形,他们的肢体和器官功能的发育也就停滞不前了。

关注这个弱势阶层是理所当然的,这个时代最卓越的工程正是由他们完成的。在英国这个世界大工场中,各个企业的技工们多多少少也是这样的情形。也许我可以把爱尔兰的情形给你说一说,在地图上,那是一片缺少实地考察的空白。将爱尔兰人的身体条件与北美洲的印第安人或者南海岛民或者任何尚未与文明人接触而导致堕落的野蛮人相互比较吧。我非常肯定,这些野蛮人的统治者,跟一般的文明人的统治者是一样聪明的。他们的状况只能说明文明含有何等的污浊秽臭!如今,我根本不用提我们的南方诸州的劳动者了,这个国家的主要产品是他

① 对自己的贫困忍气吞声的人,这样做的目的是避免被送进贫民院。

们生产的，而他们自己也成了南方诸州的一种主要产品。好了，我就不越扯越远了，我只谈谈那些境遇"据说中等"的人吧。

他们大多数人好像从未考虑过，一座房屋该是什么东西，尽管他们没必要贫困，实际上却终身贫困，因为他们认定应当拥有与邻人一样的房屋。就好比你只能穿上裁缝给你制成的各种衣服，你渐渐放弃了棕榈叶的帽子或土拨鼠皮的软帽，你只能对这时代生活的艰难感慨一番了，因为你买不起一顶皇冠！

要发明一座更为便利、更为豪华的房屋是可行的，但所有人都承认，现有的房屋我们都无力购置。难道我们老要琢磨怎样得到越来越多的东西，而不可以有时满足少弄一点东西呢？难道要那些可尊敬的公民们，庄严地用他们的言传身教，来教育年轻人早早地在老死以前就准备好若干双多余的皮鞋和若干把雨伞，以及空空的客房，来招待不存在的客人吗？我们的家具为何不能如阿拉伯人或印第安人那样简便实用呢？

当我想到那些民族的救星，他们被我们尊封为神灵般的天堂信使，给人类捎来神灵赐予的神品，我搜肠刮肚也想不出有任何仆从会亦步亦趋地紧随其后，更别说紧随其后的还有什么装满一车的时髦家具了。假如我同意下面这种说法，那会如何呢？——那不是一种怪异的同意吗？——那说法就是我们在道德上和智慧上如果比阿拉伯人更为优越，那么我们的家具也应该比他们的更复杂！现在，我们的房屋堆满了家具，都让家具弄脏了、弄乱了，一位好主妇应该把大部分家具扫入垃圾桶，而不该放着清晨的工作不干。清晨的工作啊！在赤色初现的曙光中，在尼罗河畔的曼农雕像发出美妙动听的乐音里，世上的人们该做些怎样的"清晨的工作"呢?

我非得天天拂拭我桌上的三块石灰石,真叫我震惊,我头脑中的灰尘还来不及拂拭呢,赶快厌恶地把它们扔出窗子去。到如今,我怎么能拥有一个带家具的房间呢?我宁愿坐于露天之中,因为青青草叶之上一尘不染,除非是人类用尘土玷辱了它。

骄奢淫逸之人摆显出时髦花样,而成群结队的人却趋之若鹜。一个旅行者,投宿在所谓最美丽的房间里,他就会发现这点,因为旅店主人们把他当成萨达拿泼勒斯传说中的亚述国王,以奢侈的生活方式闻名来招待了,而如果他在盛情之下晕晕乎乎,很快就会彻底失去男性气概的。

我想到在火车车厢里,我们宁愿花更多钱用于奢华的装修上,而忽视了火车的安全性和简便快捷,结果安全和便捷都谈不到,车厢成了一个摩登客厅,有软褥的睡椅,土耳其式的厚榻,遮阳的帘子,还有一百种其他的东方的花样,我们把它们搬到西方来了,那些花样,原本是为天朝帝国的六宫粉黛,天子的后妃、后宫中的妻妾而发明的,那是美国人听到名称都要难为情的东西。我宁愿坐在一个南瓜上,这南瓜只容我一人占用,而不愿挤坐在天鹅绒的软垫上:我宁愿在大地上驾驭着一辆破牛车,悠闲自在地游荡,也不愿乘坐豪华的观光火车去天堂,沿途呼吸着乌烟瘴气。

原始人的生活过得简单至极,身无遮掩,显然有这样的益处——他们自始至终只是一个大自然的过客。在他吃饱睡足,精神抖擞后,就又打算重新出发了。可以说,他住在天地之间的帐篷下，不是穿越山谷，便是跨过平原，或登上山巅。但是，你瞧！人类已经变成他们工具的工具。独立自主、饥饿时就采摘鲜果食用的人变成了一介农夫；而从前待在树荫下寻求遮蔽的人如今变成了管家。我们如今再也不宿营过夜，而是结庐在人境，再不念穹苍。我们信奉基督教，只是将它作为改善农业的一种方法。我们在人世间建造好家宅院落，接着就修建家冢墓地。

最卓越的艺术作品都表现着人类在这种境遇中为了自我解脱而奋力拼争的壮举，但我们的艺术效果只是为了将这种卑下的遭遇渲染得更为舒适一些，而那更高的艺术境界反倒被遗忘了。在这个村子里，美术作品确实无立足之地——如果有美术作品传到我们这里的话。因为我们的生活，我们的房屋和街道，都不能为美术品提供合适的垫座。你找不到一根可以用来挂画的钉子，想摆放英雄或圣贤的半身雕像却没有阁架。

当我寻思着我们的房屋是如何建起的，如何花钱或不花钱时，以及房屋的内部经济是如何安排和保持时，我感到怪异的是，一位来宾在称赞壁炉台上那些华而不实的装饰品的时候，地板并没有塌下去，让他掉进地窖里，掉到那块虽是泥土但却坚固牢靠的地基上去。我不能熟视无睹，所谓富裕而又优雅的生活正是世人渴求奋力一跃便于揽取的，我对粉饰生活的漂亮艺术品素不欣赏，我聚精会神于世人的奋力跳跃上。因为我记得，人类肌肉所能达到的真正最高的跳高纪录，是由一些流浪的阿拉伯人创造的，听说他们从平地上跳过了 25 英尺。没有人为的支撑，即使跳得这样高，人还是会跌到地上的。

我试问那些极不体面的产业主，第一个问题就是，谁喂肥了你？你是否是97个失败者当中之一？还是那3个成功者之一？你得先回答我这两个问题，然后，或许我会来看看你那些花哨的小玩意，发现它们有装饰价值。车子套在马的前面，既不中看，也不实用。在我们能给房屋装饰上美丽的物品之前，必须把墙壁剥干净，我们的生活也一样必须剥干净，而美好的家务管理和美好的生活必须作为基石。现在知道了吧，美好的生趣是在户外培育的，因为户外没有房屋，也没有管家。

　　老约翰逊[①]在他的《神奇的造化》中谈到了这个镇上的首批移民——他们与他是同一个时代的人。他告诉我们："他们在山坡下面打地洞当作最初的栖息地，把泥土高高地盖在木材上面，在最高的一边生起冒着浓烟的火来烘烤泥土。"他说他们"自己不建房造屋，直到老天爷赐福，让土地长出庄稼来养活他们的时候为止"。前一年的庄稼收成寥寥无几，使得"他们迫不得已在漫长的一季里吃很薄的面包"。1650年，新尼德兰[②]的总督用荷兰文写过一封公函，向准备移民到这里来的人特告详情道："那些在新尼德兰，尤其是在新英格兰的人，最开始是无法按照自己的愿望去建造农舍的，他们在地里挖一个四四方方的坑，样子就像地窖，六七英尺深，长度和宽度依情况而定，然后用木板把土坑的四壁围起来，再用树皮或别的东西把木板蒙住，防止泥土坍陷；他们给这个地窖铺上厚木板，顶部盖上天花板，搭成一个用圆木做成的屋顶，再用树皮或绿

---

① 爱德华·约翰逊（1598—1672），美国早期历史学家。

② 17世纪，荷兰在北美洲的殖民地。

草皮盖在上面，这样一来，他们全家就可在这些干燥而暖和的屋子里住上两年、三年、四年；可想而知，这样的地窖还隔出了若干单间，这取决于家中的人口多寡了。新英格兰在殖民初期，那些富裕的贵人一开始盖的正是这种样式的住房，原因有两个：第一，是为了不在建筑上浪费时间，并使下一个季节不至于缺少粮食；第二，为了不使他们从祖国招来的大批劳工感到没有指望。三四年之后，这片荒野已成了良田，这帮人才为自己建造起漂亮的住宅，花费了数千元钱。"

我们的先辈在这一进程中，至少是极其谨慎的，他们的原则似乎是以满足迫在眉睫的急需为首要。但是，那些更迫切的需求如今是否得到满足了呢？在我想到要为自己求得一幢当今那种豪华的住宅时，我便觉得心灰意冷，因为，这片国土目前还适应不了人类文化的种植，我们依然不得不把精神面包削薄，削得比我们祖先做的全麦粉面包还要薄很多。我并非是说，一切建筑的装饰都可完全忽略不用，即使是在最原始的时代。我的意思是让我们的房屋从一开始就从内部漂亮起来，从与我们的生活息息相关的地方开始，就好比贝壳的内壁那样，而不是外在堆砌的美。但是，唉！我曾走进去看过一两座房屋，可真是看清了房屋的装饰是何等过分啊！

当然，我们尚未退化到今天仍住窟洞、住尖顶棚屋或身披兽皮的地步。但是，对人类的发明和工业所提供的种种好处，即便要用高昂的代价才能得到，依然以接受为佳。在这样的地区里，木板和木瓦、石灰和砖头都比较便宜，而且与适合居住的山洞、整块圆木、大量的树皮甚至回火黏土或平整石板比起来，也更易获得。我说得很在行吧，因为我既熟知理论，又熟知实际情况。只需稍增智慧，我们便能应用这些材料使我们比如今最富有的人更加富裕，并使我们的文明变成一种福气。文明人只不过是经验更丰富和智慧更高的野蛮人而已。不过，还是快来讲讲我的实验吧。

经济篇（三）

1845 年 3 月底，我借来一柄斧子，来到瓦尔登湖边的森林里，到达我准备造房子的地点周围，就开始砍伐一些瘦高的、还年轻的白松来做我的木材。开始时如果不东借西借，总是非常困难的，但这或许还是仅有的妙法，让你的朋友们对你的事业产生兴趣。斧子的主人，当他出借时，叮嘱我说这是他的珍藏利器；可是当我归还他时，斧头比原来可要锋利多了。

我干活的地方在一个令人愉悦的山坡之上。长满了松树，穿过松林我看见了湖水，还看见林中一块小小的空地，一丛丛生长着小松树和山核桃树。湖水冻结成冰，没有完全融化，只化了几处地方，都是黝黑的颜色，而且渗透着水。我在那里大干的几天之内，还飘过几次小雪；但在我回家去的路上，走到铁道上的时候，在大部分的区域，那黄沙地一直延伸开去，闪烁在蒙蒙的大气里，而铁轨也在春天的阳光下发光了，我听到云雀、小鹬和别的鸟雀都来了，来和我们一块儿过这新的一年。那是愉悦的春日，郁闷的冬日正与冰土一样消融，冬眠的生命

44

也开始舒展了。

一天，我的斧柄脱落了，我砍下一段青青的山核桃木来做成一个楔子，用一块石头把它敲紧，然后把整个斧头浸在湖水中，以便让那木楔子胀大一些。这时我眼见一条花蛇窜入湖水中，它躺在湖底，显得悠闲自在，不止一刻钟，竟跟我在那儿的时间一样长；也许它还没有从蛰伏的状态中完全苏醒过来。依我看，人类之所以还残留在目前原始的低级状态中，也是一样的原因；然而，倘若人类感受到春中之春的轻拂而被唤醒，他们必定会跃升到更高级、更灵妙的人生中去的。

我在霜天的清晨，曾经在途中看见一些蛇，它们的身体还有一部分仍旧麻木而僵硬，正等待着阳光来唤醒。4月1日下了雨，冰化了，这天的大半个早晨是灰蒙蒙的，我听到一只失群的孤雁在湖上来回翻飞，迷途似的哀鸣着，宛如雾的精灵。

我就这样一连几天，用小斧头砍伐树木，砍削木料、门柱和椽木，并没有多少可以奉告的思想，也没有什么学究式的思想，只是自己歌唱——

　　　　"人们自夸懂得不少；

　　　　可定睛瞧瞧，他们已展翅逃掉——

　　　　百般的艺术和科学啊，

　　　　足有千般的技巧；

　　　　只有吹拂的风儿，

　　　　才是他们的全部知晓。"

我把主要的木材砍成 6 英寸见方，大部分的门柱只砍去两边，橡木和地板只砍去一边，余下的几边留着树皮，因此它们和锯子锯出来的木材相比，不仅同样挺直，而且更加结实。每一根木料都挖了榫眼，在顶上砍出了榫头，因为这时我又借到了另外一些工具。

在林中度过的白天极其短暂。然而，我经常带去我的牛油面包当午餐，在正午时还看看包裹它们的新闻报纸，坐在我砍伐下来的青松枝上，它们的芳香染到面包上，因为我手上有一层厚厚的树脂。在我结束之前，松树成了我的密友，虽然我砍伐了几棵，但依然没有和它们结怨，反而和它们越来越亲了。有时，林中的漫游者被我的伐木声吸引过来，我们会踩在碎木片上愉快地胡扯一通。

到 4 月中旬，我的屋架已经完工，就可立起来了，我一直在按部就班地干活，并不急于赶工。我已经向詹姆斯·柯令斯，一个在菲茨堡铁路上工作的爱尔兰人，买下他的棚屋以便用他的木板。詹姆斯·柯令斯的棚屋被认为是不平凡的好建筑。我去找他的时候，他恰巧不在家。我在屋外闲逛，起初没有让屋内的人看见，那窗子很深而且很高。屋很小，有一个三角形的屋顶，没有什么别的可看的。四周堆有 5 英尺高的垃圾，像肥料堆。屋顶是最完整的一块，虽然给太阳晒得弯弯曲曲，并且很脆。屋子没有门框，在门板下有一条鸡群常年嬉耍的通道。柯夫人来到门口，请我去屋内看看。

我走进去，母鸡也让我赶了进去。屋子里黑乎乎的，大面积的地板很脏，潮湿，发黏，晃动，四周的木板也不齐整，一搬动就会裂开。她点亮了一盏灯，给我看屋顶的里边和墙，以及一直伸到床下面去的地板，告诫我不要踏入地窖中去，其实那只是两英尺深的垃圾坑而已。照她自己的话说，头顶上是好木板，四周也是好木板，还有一扇好窗户——却只是两个方框，最近只有猫在那里进出。

　　屋内有一个火炉，一张床，一个可以坐的地方，一个就在那里出生的婴儿，一把丝质的遮阳伞，一面镀金的镜子，以及一只全新的咖啡磨，牢牢地钉在一块幼橡木上，这就是所有了。我们的交易立刻就谈妥，因为那时候，詹姆斯也回来了。那天晚上，我要付 4 美元 25 美分，他要在明天早晨 5 点搬家，可不能再把什么东西卖给其他人了；6 点钟，我就能去占有那棚屋。他说，趁早来最好，趁其他人还来不及在地租和燃料上提出某种数目不定、还一点都不公道的要求。他告诉我这是仅有的不方便之处。到了 6 点钟，我在路上碰到他和他的一家。一个大包裹，全部财产都在内——床，咖啡磨，镜子，母鸡，但是猫除外；它跑进林中，做了一只野猫，后来我听说，它扳动了捕捉土拨鼠的机关，最终成了一只死猫。

　　在这个早晨，我就拆散了这小木屋，拔下钉子，用小车把木板搬运到湖滨，放在草地上，让太阳再把它们晒得发白并且恢复原来的样子。一只早起的画眉在我驱车经过林中小径时，送来了一两个乐音。年轻人帕特里克却不怀好意地告诉我，一个叫西利的爱尔兰邻居，在装车的空当把还可以用的、直的、可以钉的钉子、骑马钉和大钉放进了自己的口袋。待我干完活回到这小木屋时，我看到那爱尔兰小子站在那里，一脸的满不在乎，就像他说的，没有什么工作可做。他在那里代表观众，这不足挂齿的拆迁小事，看上去更像是特洛伊城众神的撤离。

我在一个向南倾斜的小山坡上挖好了我的地窖，一只土拨鼠也曾经在这里挖过它的洞穴。我挖去了漆树和黑莓的根，以及植物的最下面的痕迹，6英尺见方，7英尺深，直挖到一片良好的沙地，冬天再如何冷，土豆也绝不会冻坏了。它的周围是依次倾斜的，并没有砌上石块；但太阳从不能照到它，因此没有沙粒流下来。这只不过是2小时的工作。我对掘土有一种特别的愉悦感受，因为几乎在所有的纬度上，人们只需挖到地下，得到的温度都是相同的。在城市里，最豪华的住宅里也还是能够找到地窖的，他们在里面储藏他们的萝卜、土豆之类的东西，就像古人那样，将来即便上层建筑完全毁掉，很久以后，后代人还能发现它留在地皮上的凹痕。其实房屋，依旧是洞穴入口处的一道门廊而已。

最后，在5月初，我请几位熟人过来帮忙，帮我将屋架立了起来。其实这也没有什么必要，我只是借这个机会来跟邻舍联系联系。将屋架树立起来，最荣耀的人莫过于我了。我相信，总有一天，大家还要一起来竖立一个更高的结构。7月4日，我开始住进我的屋子，由于那时屋顶刚装上，木板刚钉齐，这些木板全削成薄边，镶合在一起，防雨是没有问题的，但在钉木板之前，我已砌好了一个烟囱的地基，所用的石块是我从湖边寻到的，足有两车之多，然后我用双臂把它们搬上山来。可是直到秋天锄完了地以后，我才把烟囱做好，正好在必需生火取暖之前，而前些时候，我都是一大清早就在户外的地上做饭的：这一种方法我还认为是比一般的方法更便利、更惬意一些。假若面包尚未烤好就刮风下雨，我会在火上支几块挡板，自己也坐在挡板下，照看着我的烤面包，就以这种方式度过了许多惬意的时光。那些日子里我手上工作多，读书很少，但地上的破纸，甚至单据，或台布，都给了我无限的欢乐，实在达到了同阅读《伊利亚特》一样的效果。

要是大家建房时比我更深思熟虑一些，还是很值得的。例如，先考虑好一门一窗、一个地窖或一间阁楼在人类中间有着什么基础，除去目前需要，在你找出更强有力的理由以前，可能你永远也不要建立什么上层建筑的。一个人搭建他自己的住屋，与一只飞鸟筑巢是具有同样的情理的。有谁知道，假如世人都自己亲手造他们自己住的房子，又简单地老实地用食物养活了自己和一家人，那么诗的才能肯定会在全球发扬光大，好比那些飞禽，它们在这样做的时候，歌声传遍了全球。可是啊，我们确实就像八哥和布谷鸟，它们占据了别的鸟禽筑起的巢来下蛋，叽叽喳喳的刺耳乐音怎能使路人听了心旷神怡？

难道我们永远弃绝了建筑的快乐，而将它交给木匠师傅去独享？在大多数的人类实践中，建筑算得了什么呢？在我所有的散步中，还从来没有碰到过一个人正从事着建造自己住的房屋这样简单而自然的工作。我们是属于社会的。一个人的九分之一不仅仅是做裁缝的，还有传教士、商人、农夫也一样可以做呢。这种劳动的分工何时才算完事？毫无疑问，他人也会来替我思想，可是他替我思想的用意是阻止我自己思想，那就不是我所希望的了。

确实，在我们的国度有一些被称作建筑师的人。至少我听说过一个建筑师有一种想法要使建筑上的装饰具备一种真理之核心，一种必要性，因而有一种美，好像这是神灵给他的启示。他的观点兴许一点儿没错，不过他只比业余美术爱好者高明那么一丁点。一个建筑学上感情用事的革命家，他不从基础入手，却从飞檐入手。只在装饰中放一个真理之核心，就好比糖拌梅子里面嵌进一粒杏仁或一粒香芹子——我总认为吃杏仁不用糖更有益于健康。——他不想想居民，就是住在房屋里面的人，可以把房屋建造得里里外外都很好，而不去想什么装饰。哪个讲理性的人会觉得装饰只是表面的、肤浅的东西？——乌龟拥有龟甲，贝类有表面的珠母层，以及百老汇的居民的三一教堂。一个人与他自己的房屋建筑风格不太相干，如同乌龟与它的龟壳不太相干一样；当兵的不用那么无聊，用不着把自己的勇气的确切颜色涂在旗帜上。敌人会知道的。到了危急关头，他就要脸色发青了。照我看来，这位建筑师似乎是趴在他的飞檐之上，欲说还休地向那位鲁莽的居住者低声讲解着他的模棱两可的真理，而居住者其实比他懂得更多。

　　我现在所目睹的建筑之美，我已明白它是由内向外渐渐萌发的，是从居住者的需求和秉性中萌发的，居住者才是唯一的建筑师。——美来自他的不知不觉的真实感和崇高心灵，至于外表，他丝毫没有想到；这样的美如果必然产生的话，那他先已慢慢地有了生命之美。在我们这土地上，画家们都清楚，最有趣味的住宅通常是穷困的平民们的那些毫无装饰的、卑微的木屋和农舍；让房屋显得别致的，不仅仅是在外表上有的那种特性，而是外壳似的房屋里面的居民生活；同样富于生趣的，还有市民们在郊外搭盖的箱形木屋，他们的生活必定是简朴的，犹如想象中的一样。他们的住所，没有刻意追求矫饰的风格而让人神经过敏。

大部分建筑上的装饰物是空洞的，9月的一阵风可以把它们吹掉，就像吹落借来的羽毛一样，丝毫无损于实际。不需地窖来窖藏橄榄和葡萄美酒的人，没有豪华的宅第也能过活。假如在文学作品中，也这样多事地追求装饰风，假如我们的《圣经》的建筑师，也同教堂的建筑师一样花很多的时间在飞檐上，结果会如何呢？那些美文和美艺，还有它们的教授就是这般折腾一气的。自然，人很关心这几根木棍子是斜放在上面呢，还是放在下面，他的箱子应该刷上什么颜色。这里面是很有一些意思的，严格说来，他将它们斜放好了，箱子也漆上了颜色，可是这时灵魂与躯体分离开来，那他的这些举动与他打造自己的棺材就意义相同了——同是说的建造坟墓，而"木匠"只是"制棺人"的别称而已。

有人说，在你对生活感到失望，或是麻木不仁时，抓起一把你脚下的泥土，将房子涂抹成土色吧。他想到了他那临终的狭窄的房子了吗？抛一个铜币来选择一下好了。他一定有很多的闲暇！为什么你要抓起一把泥土来呢？还不如用你自己的皮肤颜色来粉刷你的房屋好呢；让它为你感到苍白或是为你羞红了。一个改进村屋建筑风格的创造事业啊！假如你已为我备好了这种装饰，我会欣然采用它的。

入冬以前，我造好了烟囱，在屋子的四面钉上了薄木板，因为这些地方已经不能挡雨了。那些薄片是从木头上砍下来的，不很完整的很苍翠的木片，我得用刨子刨平它们的两旁。

这样，我就拥有了一个严严实实的、钉好了木板、抹上了泥灰的木屋，10 英尺宽，15 英尺长，木柱高 8 英尺，还有一个阁楼，一个小套间每一边有一扇大窗，两个活板门，尾部有一个大门，正对大门有个砖砌的火炉。这座小屋的准确耗资，是按所用原材料的一般价格计算的，人工费用尚没列入，因为是自己动手建成的，具体数字我如实列出来；我抄写得这样详细，是因为极少数人能够精确地说出来，他们的房子究竟花了多少钱，而能够把组成这些房子的各种各样的材料和个别的价格说出来的人，倘若有的话，也是更加少了：

木板……8.035 美元（多数系旧板）

屋顶及墙板用的旧木片……4.00 美元

板条……1.25 美元

两扇旧窗及玻璃……2.43 美元

1000 块旧砖……4.00 美元

两箱石灰……2.40 美元——买贵了

头发……0.31 美元——买多了

壁炉用铁片……0.14 美元

钉……3.90 美元

铰链及螺丝钉……0.14 美元

闩子……0.10 美元

粉笔……0.01 美元

搬运费……1.40 美元——大多自己背

合计……28.125 美元

以上就是我所用的全部建材的费用，至于原木、石块和沙子，免费使用，这是在公共地带占地建房应享有的权利。我还用建房的剩余材料盖了一间侧屋。

我原本打算给自己造一座房子，论宏伟和华丽，要超过康科德大街上任何一座房子的，只要它能像现在这间屋子一样令我高兴，而且花费也不会比建造这间屋子更多。

我因此而发现，希望能有个栖身之所的学生定能获得一座终身居住的房子，建房的花费绝不会高于他每年支付的房租。假如说，我似乎夸大得有点言过其实，那么我的解释是我并不是为自己，而是为人类而夸大；我的短处和前后不一致并不能影响我言论的真实性，尽管我有不少言不由衷之处——那就像是难于从麦子上打掉的糠秕，我也跟任何人一样为此感到遗憾——但我还是要自由地呼吸，在这件事上直起我的腰杆子来，这对于品德和身体都是非常大的快乐；因而我已暗下决心，决不卑躬屈膝去做魔鬼的代言人。我要竭力为真理而呼号。

在剑桥学院，一个学生住的房间比我这房稍大一点。仅仅是住宿费每年就花费 30 美元，那家公司却在一个屋顶下造了毗连的 32 个房间，占尽了便宜，房客却由于邻居众多而嘈杂，或许不得不住在四层楼上，因而深感不便。我情不自禁地想到，如果我们在这些方面多想想，我们会发现很多人已经受到了足够的教育，人们对于教育的需求可以少些，这样就不必再为筹齐学费而烦恼了。学生在剑桥或别的学校为了必要的便利，花掉了他或别人的很大的生命代价，假如双方都合理地处理这一类事情，那只需花费十分之一就够了。

收费最贵的教育，绝非学生最需要的。比如，学费在这一学期的账单中是一笔大的支出，而他和同时代人中最有教养的人来往，并从中得到更有价值的教育，这并不需要付费。要建立一所学院，通常的模式便是：常常是弄到一批捐款的人，捐来大钱和小钱，接着盲目地遵从分工的原则，分工分到了家，这个原则的确是非得谨慎从事不可的——于是找来了一个承办大工程的包工头，他又聘用了爱尔兰人或其他什么工人，而后者真奠基开工了，然后招进的学生们得让自己适应这里的一切；并且为了这一个失策，一代代的子弟就得支付学费。我认为，对于学生或者那些希望从学校中受益的人来说，如果由他们自己来奠基建校，情形会比现在好得多。

学生们获得了渴望的休闲和安逸，他们依据制度，逃避了人类必需的所有劳动，得到的仅仅是可耻的、没有好处的空闲，而可以使这种空闲变成丰富收获的那种经验，他们却完全没有学到。"但是，"有人说，"你不是总主张学生不该用脑，而是应该用手去学习吗？"我不全部是这样的主张，我主张的东西是他们应该多思考一下；我的本意即学生们不应游戏人生，或是纯粹地研究人生，人们花费了昂贵的代价供他们求学，他们应当热忱地生活，并以一贯之。除非青年人马上进行生活的实践，否则他们怎能有更好的方式来学习生活呢？我想这样做才能够像数学一样锻炼他们的心智。举例说明，假如我希望一个孩子知道一些科学知识，我就不愿意走老套路，那仅仅只是把他送到附近的教授那儿去，那里什么都教，什么都练习，就是不教生活的艺术也不训练生活的艺术——不过是从望远镜或显微镜中观察世界，却从不教授他用肉眼来观看；学习了化学，却不懂面包是如何做成的；或是有什么工艺，也不学怎样挣来这一切。尽管发现了海王星的卫星，却没有发现自己眼睛里的微尘，更没有发现自己成了某一个流浪汉的卫星；在一滴醋中观察着怪物，却浑然不觉已被怪物缠身，而且就要被吞噬。

假如一个孩子自己开采出铁矿石，又亲自去炼铁，同时将书本上的相关知识活学活用，接着他做成了一把他自己的大折刀——另一个孩子则一边在冶金学院里听冶炼的技术课，一边收到他父亲给他的一把罗杰斯牌子的小折刀——试想一个月之后，哪一个孩子进步得更快？又是哪一个孩子会被折刀割破了手呢？

我真是大吃一惊，我离开大学时，居然有人称我已学过航海课程了——其实，我只要到港口去走一趟，我定会学到不少这方面的知识。即使可怜的大学生们被授以政治经济学，但是生活的经济学，是哲学的同义语，甚至没有在我们的学院中认真地教授过。结果搞成了这个局面，当儿子在研究亚当·斯密[1]，李嘉图[2]和萨伊[3]的政治经济学时，却让他父亲陷入了摆脱不掉的债务中。

就像我们的学院一样，拥有上百种现代化的先进设施，很容易让人对它们抱有幻想，却一直没产生什么正面的进步。魔鬼很早就投了资，后来又不断地加股，因此他一直索取利息直到最后。我们的发明宛如一些漂亮的玩具，诱使我们的视线脱离严肃的事物。它们仅仅是对无法改进的目标提供一些改进过的办法，实际上这目标早就可以很容易地达到的；就好比直达波士顿或直达纽约的铁路一般。我们匆忙的要从缅因州筑一条电磁电报线到得克萨斯州；但是从缅因州到得克萨斯州，或许没有任何重要的电讯要拍发。这种情形，就好比一个人渴望见一位耳聋的女名流，待他被介绍给她之后，她戴好了助听器，他却顿觉与她无言以对。交谈的目的好像主要是要快点说出口，而不是说得合情合理。我们急匆匆要在大西洋底下建设隧道，使旧世界能缩短几个星期抵达新世界，但是传入美国人的软皮搭骨的大耳朵的第一个新闻，可能是阿德莱德公主害了百日咳之类的新闻。

总而言之，一个骑马飞奔、一分钟跑一英里的人，是不会随身带有什么重要音讯的。他不是一个福音传教士，他来回奔

---

[1]　亚当·斯密（Adam Smith,1723—1790），英国经济学家，古典政治经济学的代表，从人性出发，主张经济自由，反对重商主义和国家干预；主要著作有《道德情操论》和《国富论》等。

[2]　李嘉图（David Ricardo,1772—1823），英国经济学家，古典政治经济学的代表，主张自由贸易，提出劳动价值论，主要著作有《政治经济学及赋税原理》和《论对农业的保护》等。

[3]　萨伊（Jean Baptiste Say,1767—1832），法国庸俗政治经济学的代表人物。

跑也不是为了贪吃蝗虫和野蜂蜜的。我怀疑英国的著名赛马飞彻特斯从未驮过一粒玉米到磨坊去。

有个人对我说："我弄不懂你怎么不积攒点钱？你爱好旅行，你应该坐上车，今天就上菲茨堡去，开开眼界嘛。"可是我比他说的要来得精明些。我早已明白最快的旅行是步行。我对我的朋友说，不妨我们试一试，看看谁先到那里。距离是30英里，车票是90美分。这几乎是一天的工资，我还记得，在这条路上的工人一天只拿60美分。那么，我现在就开始徒步出发，天黑之前就可抵达；过去一星期，我的旅行都是这样的速度。这个时候，你是在挣你的车费，明天的某个时候你也到了，如果工作找得巧，也许今晚上就到达。但是，你不是上菲茨堡，而是花了一天的大多数时间在这儿工作。因此可见，铁路线虽然绕全世界一圈，我想我却还是赶在你的前面；至于说见见世面、多点此类的人生阅历之类的话，那我实在不敢苟同。

这便是一条普遍的规律，无人可以反其道而行之，即使我们说到的这四通八达的铁路，也不会例外。让全人类得到一条绕全球一圈的铁路，就像是挖平地球的表面一样。人们稀里糊涂相信着，只要他们继续用合股经营的方法，一直这样用铲子铲下去，火车最终总会到达某个地方的，基本上不用花很长时间，也不要花很多钱；但尽管人们川流不息地朝火车站蜂拥而来，售票员大声喊着："请旅客上车！"烟在空中飘散，蒸气喷发浓密，这时可以见到少数人上了车，而其他的人却被车压过去了，这就被称作"一个可悲的事故"，的确如此。

毫无疑问，挣足了车费的人们，最后还是能登上火车的，换句话说，只要他们还活着，可是也许到那时他们已经失去了开朗的个性和旅行的愿望了。这种耗费了一个人的生命中最宝贵的时光来赚钱，只是为了在最不宝贵的一部分时间里享受一点可疑的自由，让我想起了那个英国人，他为了可以回到英国去过一个诗人般的生活，首先跑去印度发财。他真该立即爬上阁楼去住才好。"什么！"一百万个爱尔兰人从土地上的所有的棚屋里发出喊声来了，"我们造这条铁路，难道不是一件好事吗？"是的，我回答，相对而言，是好的，换言之，你们很可能做得更坏；然而，作为你们的手足兄弟，我希望，你们能把宝贵的时光花在比挖掘土石方更好的活计上去。

　　在我的陋室建成之前，我就希望用老实又快乐的方法来赚它 10 或 12 美元的，以偿还我的额外支出，我在两英亩半的屋边的沙地上种了点东西，大部分是蚕豆，也种了一点土豆、玉米、豌豆和萝卜。我一共占了 11 英亩地，这片地的大部分地方都生长着松树和胡桃树，上一季的地价是每英亩 8 美元 80 美分。有一个农夫说这地"没有任何用处，只好养一些叽叽叫的松鼠"。我没有在这片地上施肥，我不是它的拥有者，只是一个居住在无主之地上的人，我不愿意种那么多的地，就没有一下子把全部的地都锄好。我犁地时，挖掘出了几大堆树桩，让我很长时间都不缺柴烧，我因此就留下了几小块处女地。当蚕豆在夏季里长得异常茂盛的时候是很容易分开它们的。我房屋后面的枯朽树木，是难以卖掉的，还有湖上漂来的浮木，这些则是我的另一部分燃料。

为了耕地，我不得不去租来了一组犁地的马匹，还雇了一个短工，不过掌犁的还是我自己。我的农场支出，第一季度在工具、种子和工资等方面，总共是 14 美元 72.5 美分。玉米种子是别人送的。种子的确不值几个钱，除非你种得比需要的多很多。我收获 12 蒲式耳① 蚕豆和 18 蒲式耳土豆，除此之外还有若干豌豆和玉米。黄玉米和萝卜种得太迟，没有收成。农场的全部收入是：

　　　　23.44 美元
　　　　减去支出 14.725 美元
　　　　剩余 8.715 美元

　　除了我消费掉的，我手头余下的产品估计能值 4 美元 5 美分——手上的储蓄已超出了我自己不能生产的一点儿蔬菜的需求量。全方位来看，这意味着，我考虑到人的灵魂和时间的重要性，尽管为了这个实验我用掉了我很短的一些时间，不，正是因为时间非常短暂，我才深信，我今年的收成要比康科德哪一个农夫的收成都好。

　　第二年，我干得更棒了，因为我耕种了我所需要的所有土地，仅仅是三分之一英亩，从这两年的实践中，我发现了我没有给那些农业巨著吓倒，包括阿瑟·扬② 的著作在内。我从中体会到，如果一个人简朴地生活，只吃他自己生产的粮食，

① 容量单位，在英国为 36.37 升，在美国为 35.24 升。
② 英国经济学家，著有《农业经济学》。

不用耕种多余的口粮，也不无餍足地换取更奢侈、更昂贵的物品，那么他只要耕几平方米的地就差不多了：用铲子比用牛耕也便宜得多；每次可更换一块新地，以免给旧地不停地施肥，而农场上所有的必要劳动，只要他夏天有空闲的时候稍微做一做就好了；因此，他不会像现在这样，被一头牛、一匹马、一头母牛或一头猪拖累得不能脱身。在这方面，我希望大公无私地说话，作为一个对目前社会经济措施的成败都不在意的人，我比康科德的任何一个农夫都更具独立性，因为我没有把自己固定在一座房屋或一个农场上，我能随我自己的意愿行事，那意愿是每一刹那都变化无常的。另外，我现在的境遇已经比那些农夫强了好多，如果我的屋子烧毁了，或者我的庄稼歉收了，我仍会和从前一样过得好好的。

经济篇（四）

　　我一直在想，不是人在放牧牲畜，而是牲畜在放牧人。而放牛人是更随意的。人与牛是在交换劳动，假如我们考虑的只是必要劳动的话，那么看来牛要占便宜很多，它们的农场也大很多。人担任的那个部分的交换劳动便是割上 6 个星期的干草，这可不是儿戏呢。当然，没有一个在各方面都生活简朴的国度，换句话说，没有一个哲学家的国度，是愿意犯这种严重错误来叫畜生劳动的。的确世上从未有过，将来也不一定会有那么个哲学家的国度，就算有了，我也无法肯定说它一定是美满的。但是我绝对不想去驯一匹马或一头牛，束缚了它，叫它替我做一切它能做的工作，只是由于我怕自己变成了马夫或牛倌；倘若说这样做了，社会就获益匪浅，那么不难确定一个人的盈利难道就不是另一个人的损失吗？难道马房里的马夫跟他的主人有同等的满足的理由吗？就算某些公共的工作没有牛马的帮助是做不起来的，因而让人类来分享牛马的这份荣耀；那么照此推断，是否人类不能完成这些工作，就因此变得一文不值了呢？

人们利用了牛马的帮助，开始做了许多不仅多余、奢华和无聊的工作，因而，不可避免地就有少数人得与牛马交换劳动，或换句话说，他们变成了最强者的奴隶。因此，人不但为他内心的兽性而工作，而且为了某种象征，他还为他身外的牲畜工作。

尽管我们已经有了许多砖瓦或石头砌造的屋子，但一个农夫的家境是否殷实，仍是要看他的马厩在何种程度上超过了他的住房。听说这个镇为耕牛、奶牛和马匹提供的房子最大，不逊色于镇上的任何公共建筑。但是，这个镇提供给人们言论自由与信仰自由使用的会堂反而很少呢。国家不应寻求以宏伟建筑物来褒扬自己，为何不选用抽象思维的威力来褒扬自己呢？东方的所有遗迹也没有比一卷《薄伽梵歌》[①]更令人心动啊！高耸的塔楼和气派的寺院，只是王公贵族的奢侈之物罢了。一个单纯而独立的心智断不会听从帝王的吩咐去干苦活的。天才断不是任何帝王的侍从，金子银子和大理石也没办法让他们流芳百世，它们最多只能将辉煌保留极微小的一部分。我祈求神灵晓谕于我啊！锤击如此之多的岩石，终究是出于何种目的呢？我在阿卡狄亚[②]的时候，我没有见到任何人雕琢大理石。很多国家沉陷在疯狂地野心中，要想靠留下一些雕琢过的石头来使它们自己永垂不朽。假如他们用同样的劳力来琢凿自己的风度，那会如何呢？一个精深的见解，要比建一座高耸得触及月亮的纪念碑更值得后世怀念。

---

① 印度教的重要经典。

② 古希腊的一个地方，在文中喻指简朴的田园生活。

我更爱看见岩石待在它原来的地方。类似于底比斯^①那样的宏伟是庸俗的。一座有一百个城门的底比斯城早就偏离了人生的真正目标，如何比得上围绕着诚实人的田园的石墙那么合理呢？野蛮的、异教徒的宗教和文化倒建造了华丽的寺院；但是可以称之为基督教的，就没有这么做。一个国家敲下的石块，大多只派上了修筑坟墓的用场。它活埋了自己。

谈到金字塔，本没有什么可惊讶的，令人称奇的倒是有那么多人，如此屈辱至极，耗尽了一生的心血，为了替某个蠢笨的野心家筑就坟墓。实际上他如果跳尼罗河淹死，然后把身体喂野狗可能还更聪明些，更有气派些呢。我未尝不可以给他们和他找一些掩饰之词，但是我才没有时间呢。至于那些建筑家所信仰的宗教和他们对于艺术的喜爱，倒是全世界相同的，不论他们造的是埃及的神庙还是美国银行大楼，都是代价超过实际。他们此举的动机是出于贪图虚荣，再添之以对大蒜、面包和黄油的嗜好。

巴尔科姆先生是一位前途远大的年轻建筑师，他在维特鲁威^②身后亦步亦趋，用硬铅笔和直尺设计了一个图纸，接着交到多布森父子采石公司手上。于是，被人类鄙视了 3000 年之久的东西，现在却受到人类的万分敬仰。城里曾有一个疯子要开挖一条通到中国去的隧道，挖得这样深，听说他已经听到中国人烧水做饭的声响了；但是，我想我坚决不会超出我的常规

---

① 埃及尼罗河畔的古城，以石雕闻名，是世界著名古迹之一。

② 古罗马建筑师，著有《建筑十书》，对文艺复兴时期、巴洛克以及新古典主义时期均产生了影响。

去称赞他的那个窟窿的。很多人关心着东方和西方的那些纪念碑，——想知道造这个的是谁。我倒更关注在那时谁不愿建造这些东西——他其实是超脱了这些琐屑小事。不过，还是回头让我说说我的各项统计吧。

我在经营自己一方小天地的同时，还在村中兼做测量工、木工和各种各样的散工。我会的行业有我手指头的数量那么多，我一共挣了13美元34美分。8个月的伙食费——换句话说，从7月4日到3月1日这些结算出以下账目的日子，尽管在那里我总共过了两年多，——我不算自己种的土豆、一点儿玉米和若干豌豆，也不算结账日留在手上的存货市价，具体开销账目如下：

米	1.735 美元
糖浆	1.73 美元（最便宜的一种糖）
黑麦粉	1.0475 美元
玉米粉	0.9975 美元（比黑麦便宜）
猪肉	0.22 美元
面粉	0.88 美元（比玉米粉贵，花钱又麻烦）
糖	0.80 美元
猪油	0.65 美元
苹果	0.25 美元
苹果干	0.22 美元
红薯	0.10 美元

一个南瓜	0.06 美元
一个西瓜	0.02 美元
盐	0.03 美元

没错，我一共吃了8美元74美分；可是，倘若我不知道我的大多数读者与我犯的是同样的罪过，我是不会恬不知耻地将我的罪过公之于众的，如果将他们的伙食明细账也公开曝光，恐怕比我的还要糟糕。等到第二年，我有时捕一网鱼来当下饭菜，有一次我居然杀了一只钻到我菜豆田里搞破坏的土拨鼠——按照鞑靼人的说法，我把它吃了，可以实现灵魂转生，但或多或少是尝尝口味。我得到了短暂的享受，只不过有一股麝香味，但我也明白，想长期享受这美味是无益健康的，即使你请来村里的大厨为你烹调也不行。

在同一段时间之内，衣服或其他的零星开支，虽然金额不大，但也一并列出：

衣服及零星开支	8.4075 美元
油及一些家庭用品	2.00 美元

洗衣和补衣大部分拿到外面去做，应付多少钱尚未收到账单。除此之外，全部金钱支出如下——它们就是这个世界这块地方非得付出不可的花销项目，可能还多了些：

房屋	28.125 美元

农场一年的开支	14.725 美元
8 个月的食物	8.74 美元
8 个月的衣服等	8.4075 美元
8 个月的油等	2.00 美元
总计	61.99 美元

我这是在跟那些要挣钱糊口的读者谈心的。为了支付以上花销，我卖了农产品，计：

卖出的农产品	23.44 美元
做散工的工钱	13.34 美元
总计	36.78 美元

从支出的数目中减去这个数字，差额是 25.2175 美元——这个数目很接近我开始时所拥有的资金，和预料中要承受的花费；——而另外一方面，除了我因此获得的休闲、独立和健康之外，我还拥有了一所舒适安逸的寒舍，我想住多久都随我便。

这些统计资料，尽管有点偶然性，也没多大的指导作用，但因较为齐备，也就具有了某种价值。但凡我得到的没有一笔不入账。从以上的估计看，仅是食物一项每周大概需 27 美分。在这以后差不多两年的时间里，我的粮食是黑麦、不发酵的玉米粉、土豆、米、少量腌肉、糖浆、盐，加上我的饮用水。像我这样一个非常爱好印度哲学的人，以米饭为主食是适合的。为了回应一些有吹毛求疵癖好之人的反对，我还得向大家声明：如果我偶尔外出吃饭（我是常常这样做的，并且确信将来还有不少机会这样做），常常会有碍于我的家务安排。我已经说过了，外出进餐是免不了的常事，这至少不会影响我做出的上述声明。

从这两年的历验中我懂得了，甚至在这个纬度地区，要获得一个人的必要口粮，困难也少得可怜；而且一个人可以吃得那么简单，像野兽一样，还能保持健康与体力。我曾经从玉米地里采来了一碟马齿苋，煮熟后加盐调味，吃了一顿饭，这顿饭不管怎么说都吃得极为痛快。我之所以附上个拉丁文学名，是由于这种名称平凡的蔬菜的确美味可口。试问，一个通情达理的人在和平常一样吃午饭时，吃上了十分丰盛的鲜嫩甜玉米，还有盐，那他还希望再增添别的什么菜肴吗？即使我偶尔换点花样，也只是为了调节胃口，而并非是出于健康的缘故。但是，人们已经到了这种程度：他们时不时饥饿，并非由于缺乏必需品，而是由于缺乏奢侈品；我认识的一个女人，是位贤妻良母，她就认定她的儿子丢了性命是因为他只喝清水。

读者当会明察，我对这个话题，更多的是从经济学的角度，而不是从美食的角度来说的。人们是不会冒险去像我一样做节食实验的，除非他长得肥头大耳。

最初，我用纯印第安玉米和食盐来烘烤面包、纯正的玉米饼。我是把面包放在户外一块盖屋板上，或者搁在盖房子时锯下来的木条一端烤出来，可是这一来很容易把饼熏得带有松脂的味道，并且黑黑的。我也曾拿面粉试过，但最后发现，还是将黑麦粉和玉米粉掺合起来，做出的面包最方便、最可口。在寒冷的日子里，多烤上几个类似的小面包，小心照料和翻转它们，好比埃及人孵化小鸡时那样，的确是令人兴致勃勃的事。我烘烤熟的面包，可说是真正的谷物的果实，它们如其他高贵的鲜美果实一样，浓郁的芳香朝我扑鼻而来，我用布将它们包好，想尽量延续着这种芳香。

我研读了古人必备的面包制作工艺，向那些权威人士讨教，一直回溯到远古时代第一次发明未发酵的面包，那时人类从吃坚果食生肉的野蛮状态刚刚进展到这种温和文雅的饮食。慢慢地我又读到有关面团偶然发酸的事，据说这个现象教会了人们如何发酵。接下来，我阅读了各式各样的发酵法，终于找到了"优质、美味、健康的面包"，就是生活的必需品。酵母，有人称之为面包的灵魂。这填满细胞组织的精灵，像祭坛上的火焰，被虔诚地保存至今——我猜测有几瓶宝贵的发酵剂开头是由"五月花"号运进来的，解决了美国的大问题，它的影响到如今还继续在谷类食物的滔滔巨浪中上升、膨胀、扩大，拍打着这片国土——这种酵母我经常小心地从村子里拿到，直到有一天早晨，我一时忘掉了使用须知，用开水烫了我的酵母。通过这次意外，我发现也不是非得发酵不可的——因为我的发现不是靠综合法，而是靠分析法。从那以后，我便很乐意地免去了酵母，虽然大部分家庭主妇都真真切切的要我相信，不用酵母就不可能做出安全而健康的面包，年纪大点的人还断言，生命活力会因为这样而迅速衰退。可是，我发现它并非是不可或缺的要素，不用酵母我仍在这片土地上过活。令我感到快乐的是如今可以省去口袋里装小瓶子的麻烦事了，这些小瓶子有时会砰的一声碰碎，里面装的东西撒了出来，把我弄得狼狈不堪。

少用了酵母倒更简单、更高雅些。人这种动物，比起其他动物来会更能适应各种各样的气候和环境。

我在我做的面包里，既没有加什么小苏打，也没加其他什么酸、碱之类的。这样看来我似乎是按照加图 [①] 的方法来做面包的。"Panem depsticium sic facito. Manus moItariumque bene lavato. Farinam in mortarium indito，aquae paulatim addito，subigitoque pulchre. Ubi bene subegeris, defingito, coquitoque。Sub testu." [②] 我理解这段拉丁文的意思是："按照这个方法揉面。洗干净你的手和揉面槽。接着把粗粉倒进槽里，慢慢和水，揉透面粉。揉均匀了就能够捏成面包，最后盖上盖子烘烤"，这就是说，我们需要一只烤面包炉，他对发酵绝口未提。可是我并非经常能够受用这生命的靠山。有一段时间，我囊中羞涩，我有一个多月，没见到面包的影子。

每一位新英格兰人都能很轻易地在这片盛产黑麦和玉米的土地上，培育并收获他所需的面包原料，而不必依赖于相距遥远而又急剧动荡的市场。不过我们与朴素而又独立的生活距离太远了，导致了在康科德镇店里很难看到有新鲜、甜美的玉米粉卖，更不用说更粗一点的玉米片和粗粮了。农夫们将自己出产的大部分粮食去饲养牛和猪，又花了更多的钱去商店买回不那么有益健康的面粉来吃。

我清楚，我能够轻易地栽种出一二蒲式耳的黑麦和玉米，

---

① 马库斯·波休斯·加图，古罗马政治家兼文学家，著有《农书》和《史源》，大概写于公元前二世纪；拉丁文散文的开创者。

② 《农书》第 74 章。

因为黑麦能在最贫瘠的土地上生长，而玉米也不用种在最好的土地上，我能够用一架手磨机把它们碾碎，我照样能过得好好的，如果没有米和猪肉的话，如果我非要吃点高糖甜食的话，我通过这些实践经验发现自己能用南瓜或甜菜做成非常棒的糖浆，我还清楚，要想更容易得到糖浆，我只需栽种点槭树，假如这些东西还没长熟，我还可用各式各样的东西来代替它们。因为，正如我们的祖先曾经歌唱的那样：

> "我们能用南瓜、萝卜，
> 还有胡桃树的叶片，
> 制成美酒，
> 让自己的双唇润得甜甜。"①

最后，我要说说食盐。食盐是杂货店占了大半的货物，要得到食盐，可以借机去海边一趟即可；或者，如果一点儿不用，倒也可少喝些水呢。我没有探究过，印第安人是否为了获取食盐而劳神费力过。

至少就我的食物而言，我已避免了所有的买卖和以货易货的举动，而且由于我已经有个可以住的地方，所以接下来需要的只是衣服和燃料而已。我现在的裤子是在一个农夫家里做的——感谢上苍，在人的身上还保留着这么多的美德；同时我觉得，与一个人降格去做一个农夫，同样都不失之于伟大，也同样值得纪念，不过对一个新的乡村来说，燃料简直是一种累

① 编入约翰·沃纳·巴伯著《马萨诸塞——史料汇编》中一首诗。

赘。至于住处，要是不让我继续免费定居下去，我会按我耕耘过的土地的价格，就是8美元80美分来购买一英亩地。可是，我认为由于我在此地居住的缘故，这里的土地已大大升值了，事实正是如此。

有一帮喜欢与人抬杠的家伙，他们有时向我提出这类问题，比如：我是否觉得自己能够光靠吃素食过日子；为了一下打中这个问题的根基——因为根基是信念，我常常这样回答：说我吃木板上的铁钉也照活不误。他们如果无法理解这一点，也就无法理解我想的许多事了。对我自己而言，我倒乐意听到这类事有人正在试验，例如有个青年尝试半个月的时间里只吃连皮带穗的硬玉米，把自己的牙齿当成石臼一样。松鼠族就试验过同样的事并取得成功。人类对此类试验极感兴趣，虽然一些老太太，她们或是无力尝试，或者拥有磨坊的三分之一股份，或许要受到惊吓了。

我的家具，有一部分是我自制的，其余的没花什么钱，因为我未记账，这些包括：一张床、一张桌子、一张书桌、三把椅子、一面直径三英寸的镜子、一把火钳和柴架、一个水壶、一个长柄平底锅、一个煎锅、一只长柄勺、一个洗脸盆、两副刀叉、三个盘子、一个杯、一把调羹、一个油罐、一个糖浆罐，还有一台涂漆的灯。没有人会穷极潦倒地一屁股坐在大南瓜上的，那是懒汉的把戏。

在村子里的阁楼上，有很多我喜欢的椅子，只要动手去拿，就归我了。感谢上苍，我没有家具店的帮助也能坐能站。一个人看到运货车上装满了他的包扎起来的家具，在光天化日、众目睽睽之下往乡村那头拉，一眼就知道是些寒碜的空箱子，除了哲学家以外，还有谁不感到羞愧呢？这是斯波尔丁①的家具。打量这样一车家具，我总搞不清楚它是属于富人还是穷人所有；家具的主人看起来似乎总是穷困不堪。确实，这样的东西你拥有越多，你就越穷困。这一车家具，看起来就像堆满了12个破棚屋的东西，如果说拥有一座破棚屋的东西算是贫困，那么这就是12倍的贫困。

试问，我们为何要经常搬家，而不舍得丢弃我们的家具，蜕掉一层皮呢？为何不从这个世界搬入另一个布置了新家具的世界，而把老家具都扔掉呢？这样看来似乎是所有这些圈套都系在人的腰带上，只要他走过那些崎岖不平的村野时，便会把圈套给拖动。那只把尾巴丢在陷阱里的狐狸是只幸运的狐狸。麝鼠也会把自己夹在机关里的第三条腿咬断来脱身逃命。毋庸置疑，人已经丧失了他的灵活性，难怪会多少回都走上一条绝路！"先生，请恕我如此冒犯，你所指的绝路是什么意思呢？"

假如你是一位先知，无论何时，当你遇见一个人，都会看透他拥有的一切东西，嗯，还有他假装没有的东西，你甚至还可以看见他隐藏在身后的东西，你甚至知道他有哪些厨房用具和不愿烧掉的无用杂物，如此一来，他看上去就成为一个套在家具上的人，使劲拉着它们往前走。一个人已经钻过绳套或通过了门口，但是他后面那一车沉重的家具却通过不了，我认为，这人此时是踏上了一条绝路。

一位衣着考究、外表强壮的人，看起来似乎十分潇洒自在，

---

① 美国传教士。

将一切都安排得井井有条，而我却听见他谈起了他的"家具"，不管是否有人为他承担风险，我都会情不自禁地可怜起他来。"但我的家具怎么办呢？"我这只扑棱棱飞动的可爱的蝴蝶现在被蜘蛛网给缠住了。

甚至有些人，他们似乎长期并无家具的拖累，但你如果刨根问底，你会发现就在他的谷仓里，也存放着他的几样家具呢。在我看来，今天的英国就如同是一个年老的绅士带着一大堆行李在旅行，这堆中看不中用的东西是长久以来安家度日中累积起来的，他没有烧掉他们的勇气；大衣箱，小衣箱，硬纸匣，还有包袱。至少得把前面三样丢掉。到了如今，即使一个身体健康的人想拎着他的大铺盖上路，也是心有余而力不足的。我自然要奉劝生病的人放下床铺跑吧。我曾遇见一个背着全部家当蹒跚行进的移民——看起来像是脖子后面长出了个大肉瘤，我便很可怜这个人，并不是因为他的全部家当在这，而是因为他要带着所有那些东西。如果我非得带着我的陷阱上路，我也会找个轻便的带上，省得到时候它夹住了我的要害部位。但是最明智的选择就是不要用手去碰陷阱一下。

我再顺便说说，我没花一分钱去买窗帘，因为我没有必要把一切窥视者的视线遮住，至于太阳和月亮，我很乐意让它们朝里面观看。月亮不会令我的牛奶发酸，或令我的肉食变质，太阳也无损于我的家具，或令我的地毡褪色。尽管它有时像是一个过分热情的朋友，我依然觉得宁愿跑到大自然所提供的帘幕后面避一避，也比家用细目中再添上一个项目更加节约。有一次，一位夫人想送给我一张地席，可是因为我屋子里没有多余的地方铺它，也没有多余的时间在屋里屋外把它抖干净，我婉言谢绝了她，我宁愿在门前的草地上揩鞋。最好在邪恶开始时就躲避它。

此后不久，我参加了一个教会执事的财产拍卖会，他的一生其实也卓有成绩，然而：

——"人作的恶，死后仍流传"。[1]

像平常人一样，他的大部分家具都是华而不实的，有的还是他父亲置办的，其中还有一条干绦虫。这些在他的阁楼和其他尘封的垃圾坑里堆了半个世纪的东西，到现在也没有给烧掉；不但没有一把大火或者说消毒焚毁，反而搞了一场拍卖，抑或说让它们延年益寿了。邻居们急切地跑来，对它们挑挑拣拣，全部买下后，小心翼翼地运到他们的阁楼和垃圾坑里，堆在那儿不管，直到他们的家产结算清楚，这些家具才又再一次搬出门。一个人死后，他的脚只能踢到尘埃。

或许某些野蛮国家的习俗倒值得我们一学，学了之后定会大有裨益，因为他们起码每年要表演蜕皮一次；他们有这样一种想法，不管事实中是否可以做得到。像威廉·巴特拉姆[2]所描绘的摩克拉斯印第安人的那种风俗，如果我们也这样举办"迎新节"或"新果节"，不是很好的事情吗？"当一个部落欢庆

---

[1] 引自莎士比亚的名剧《裘力斯斯·凯撒》。

[2] 威廉·巴特拉姆（William Bartram, 1739—1823），美国博物学家，著有《南北卡罗莱纳旅行记》。

节日的时候，"他说道，"人们预先备好新衣、新罐、新锅和其他家用器物和家具，收好所有破衣服和其他乌七八糟的东西，打扫冲洗房子、广场和整个城镇，把那些脏东西连同陈谷子和其他的陈年存粮倒成一堆，点把火烧掉。在服药和禁食三天以后，城镇里面的火全都熄灭了。在禁食期间，他们弃绝了食欲和另外所有的欲念；大赦令颁布了，一切罪犯都可以重返家园。"

"到了第四天早晨，大祭司把干柴拢在一起，在广场上燃起新的火焰，因此，部落的每一个居民都因此获取了这重生的、纯洁的火焰。"

他们接下来享用着新的谷物和水果，载歌载舞整整 3 天，"在接下去的 4 天里，他们款待友邻部落的朋友们造访，接受朋友们的祝福，这些友人也以同样的礼仪净化了自己，一切准备妥当了。"

墨西哥每隔 52 年也要举行同样的净化祭典，他们相信世界每 52 年轮回一次。[1]

我从未听人说过比这更为虔信的祭礼了。"祭礼"一词字典上是这样定义的：内在心灵魅力的外在的显现。我毫不怀疑，他们的习俗是直接受命于天意的，虽然他们缺少一部《圣经》来记载上帝的启示。

我仅靠自己双手的劳作，已经过活 5 年多了。我还注意到，一年中只用劳动大概 6 个星期便可满足生计所需的一切开销。我整个冬天和大部分夏天都很空闲，可全部用在学习上。我曾经专心致志地办过学校，可发现我顶多收支平衡，甚至还入不

---

[1]　普雷斯科特《墨西哥征服史》卷一，第四章。

敷出。准确点说，是不相抵，因为我要相应的穿戴、训练，暂且不说还要按规矩思考、信仰，我还损失了时间。因为我执教不是为了同胞的利益，而完全是为了生活，这就是失败。我还试过经商，但我发觉，要精于此道还得花上 10 年的时间，而到那时我很可能已走到邪路上去了。我其实担心的是，到那时我真成了人们眼中的所谓成功商人。

以前，当我四处找寻一条谋生之道时，那种按照朋友们的愿望行事的悲惨经历清楚地浮现心头，使我用尽心机要另想办法，因此，我常常真的想去靠采摘浆果为生，我确信自己可以做到，而且它的薄利也使我感到满足——因为我最擅长的地方就是所求不多。它只用一点点资金，并且对我惯常的心情干扰甚微，我就是这样愚蠢地思考着。当我的熟人毅然决然投身于商业或就业时，我认为自己这份职业和他们的职业最相像；整个夏天我去山林中游荡，信手采摘沿路的浆果，然后就随便卖出了事，就这样，照看着阿德墨托斯 ① 的羊群。我也幻想过，不如去采集些野花野草，或用运干草的马车运些常青植物给喜欢森林的村民，甚至运到城里去。但是从此，我懂得了商业诅咒它买卖的所有东西；即使你买卖天堂的福音，也难逃商业对它的诅咒。

由于我偏爱某些事物，而又特别珍视我的自由，又因为我很能吃苦并取得了成功，所以，我不希望去耗费时间来挣钱购置华丽的地毯或其他精美的家具或美味佳肴，或希腊式、哥特

---

① 　古希腊神话中人物，当阿波罗从天上被放逐时，被迫去看管国王阿德墨托斯的羊群达 9 年。

76

式的房屋。假如有谁能不觉麻烦地获得这些东西，而且在得到这些东西之后知道怎样去加以使用，那么我会拱手把这块的追求让给他们。有些人很"勤奋"，好像喜欢为劳动而劳动，可能是为了让自己不去肆意妄为；我现在对这些还无话可说。对于另一些人，他们有了超出想象的更多闲暇，因而不知如何是好，我倒要奉劝他们加倍勤劳工作——一直干到能养活自己，取得自由证明书。就我自己而言，我发现短工是所有工作中最具独立性的一种，特别由于一年中只需花上 30 或 40 天便可保证一个人的生计。劳动日在太阳下山的时候结束，这时他就可自由自在地去干他一心想干的而与工作无关的事情；而他的雇主呢，则要绞尽脑汁地操劳，月复一月，年复一年，难得有歇息之日。

总而言之，我已确信，有了信仰和经验，一个人若想在人世间生活得较为简单而又精明，那并非是一件苦差事，倒是一种休闲活动；就好像一些更加朴素的民族，他们的日常工作恰好是更复杂民族的娱乐。如果不是比我更容易流汗，那么一个人要谋求生计，不用干得汗流满面。

我认识一位年轻人，他继承了几英亩土地。他告诉我说，他情愿像我一样生活，如果他"有点本事的话"。我不希望让别人出于任何原因选择我的生活方式，因为在他彻底地了解我的生活方式之前，也许我已经给自己找到另一种生活方式了。我希望世上的人，生活越千姿百态越好。不过我希望每个人都能小心寻找和追求自己的道路，而不是循着他父亲、母亲或者邻居什么人的老路走。这位年轻人可以去从事建筑，或去种地，或去航海，只是不要妨碍他做乐意去做的事情就行了。我们的智慧只是数学抽象意义上的智慧，就好像水手或逃亡的奴隶眼睛盯着北极星一样；这就完全能够指引我们一生了。我们或许不能在预期之内抵达预定的港口，但我们仍然保持着正确的航向。

毫无疑问，在此种情形之下，对一个人而言是真实的事情，对 1000 个人而言仍是真实的。因为一座大房子按比例计算起来，不会比一幢小房子更加昂贵，因为几个房间可以共用一个屋顶、一个地窖和同一堵墙。但对我来说，我还是喜欢离群索居。再者，通常而言，自己建造整幢房子比劝说别人去建一堵公墙更加便宜。就算你说服了人家，这堵公墙假如要便宜，就肯定很薄，而合用这堵墙的也许是个坏邻居，他那一边坏了也不管。通常情况下，人们可以开展的合作是非常有限的，而且很肤浅。而真诚的合作却并非只是做做表面的文章，它有着一种不可耳闻的和谐之音。如果一个人有信心，他就会用同样的信心在任何地方与人合作；如果他没有信心，他就会继续像世界上其他人那样生活，不论他和什么人结伴。之所以叫合作，无论按其最高层次或最低层次的意义来说，都代表着让我们生活在一起。

最近，我听说有两位年轻人想结伴做环球旅行。其中一人是没钱的，沿途要在桅杆之前、在铁犁之后挣钱谋生；另外一人则在口袋里揣着旅行支票。很简单看出，他们两人没有办法长时间结伴或合作，因为其中一个完全不工作。一旦在他们的旅游中碰到一个危机，他们就会分手。就像我已经说过的，单独上路的人，今天想出发就可以出发；而要结伴旅行，一个人还得等待另一个人准备就绪后才能出发，等待往往要浪费很长时间。

"可是，这样的观点真是非常自私，"我听到一些市民这样说道。我并不否认，直到现在，我极少参与慈善事业。我曾经因为责任感做出过一些牺牲，其中也包括舍弃掉做慈善活动的这种欢乐。有人想尽办法，想劝说我出来帮助城里的一些穷人家；倘若我没有事做——魔鬼专找无所事事的人，我可能会在这一类消遣上显示身手。可是，我有时想在这方面出点力，把一切都包下来让某些穷人各方面都能生活得跟我一样舒适的时候，甚至提出来要尽力去帮助他们，把让他过上天堂般的生活作为了我的天职时，这些穷人竟然一个个都毫不迟疑地表示，他们愿意仍旧贫困下去。

我们镇里的若干男男女女，正在想方设法致力于为他们的同胞谋取利益，我相信这种善举至少可使他们免于从事其他更不人道的业务。办慈善事业就好像办别的任何事业一样，需要有天赋。至于"做好事"，那已经是一个满员的行业了。何况我曾经做过一点尝试，说来好像很奇怪，我确定我的性格和慈善事业完全不合适。或许，我不应故意婉拒，社会要求我去从事专做善事的特殊职业，以便我能将这世界从毁灭中拯救出来。并且我相信，正是其他地方某种类似于此而又坚定很多倍的力量，才使宇宙得以保全。可是我不会去阻挠任何人发展他的天赋；对于那个全心全意终身做着这项工作的人，虽然我不同意这项工作，我还是要对他说，请坚持下去！即使全世界都称之为"做恶事"，而且极有可能这么认为。

我并不以为自己是个怪僻之人，毫无疑问，我的许多读者也会做出类似的申辩。在做某项工作时（我不能保证说我的邻居会说它就是好事），我会不假思索地说，我会成为一个第一流的雇员；可是做出来的工作是好是坏，还得由我的雇主去评说。我所做的好事（按照这个词一般的意义）必须是在我的主要轨迹之外，而且大多数都不是故意去做的。人们非常实际地说，就从你现在身处的地方开始吧，就照你现在的样子，别太指望去做个更有价值的人，要想做好事情，应当满怀一颗悲天悯人之心。如果我用这种语调去说教，我就要说：你去做好人吧。他们似乎认为太阳的光芒达到了月亮或六等星的亮度之后就应该停下来，如罗宾·古德费洛① 跑到每一座农舍的窗前向内窥视，让人发疯，让肉变味，使黑暗处得以清晰可辨；可太阳没有持续增加自己温煦的热量和恩惠，直到耀眼的光芒照射得凡人无法直视它的脸，同时按自己的轨道绕着世界走，施恩行善，或者说，如同一个更真诚的哲学家所发现的那样，这世界围绕着它运行，因而享受它的恩惠。当法厄同② 想用施恩行善来表明自己身为天人，他驾驶着太阳车只过了一天，便越出了轨道，把天堂下面几条街道的房屋都给烧毁了，还烤焦了地球的表面，烤干了每处泉源，撒哈拉大沙漠也因此形成，一直到朱庇特③ 一个霹雳把他击倒在地，而太阳对他的死亡悲痛欲

---

① 英国民间传说里的一个顽皮的妖精。

② 希腊神话中太阳神的儿子。

③ 古罗马神话中主宰一切的主神，统治众神，相当于古希腊神话里的宙斯。

绝，有一年没有发光。

善行一旦变质，便会奇臭无比，就像人的尸身和神的尸身变质之后会散发出腐臭味一样。如果我明确地知道有个人专门来我的屋子要为我做好事，那我肯定得逃命，就像躲避非洲沙漠刮来的那种干燥炙热的西蒙风[1]，只要一刮这种风，你的嘴巴、鼻孔、耳朵和眼睛就全都会蒙上沙尘，直到你窒息闷死为止，因为我怕他把做好事的对象定为我——怕这里面有些病毒融入我的血液。不要啊！——真是这样的话，我倒情愿忍受他的恶行，顺其自然吧。我饿了就给我吃的，我冷了就给我取暖，或者如果我掉进沟里就把我拉上来，这样的人我不会因此就认为他是个好人。我可以让一条纽芬兰犬做所有的这些事情。慈善并不是对同胞的泛爱。霍华德[2]就他自己的行事方法来说是一个极慈善而可尊敬的人，而且也得到了好报；但是，相对比来说，如果他们的慈善事业不能在我们最适合被帮助、最需要被帮助的时候到来，那么，100个霍华德又与我们何干呢？我从未听说过哪个慈善大会曾经真心诚意地提议要去向我或像我之类的人行什么善事。

那些耶稣会的教士也被印第安人吓呆了，因为印第安人在被绑在火刑柱上时，提出了新奇的受难方式来折磨那些行刑者。假如他们从不会被肉体的痛苦征服，那么他们有时也许就不用传教士来给予他们安慰了；对那些不在意别人怎样对待自己的人来说，待人如待己这个原则一点儿说服力都没有，因为他们

---

[1] 撒哈拉和阿拉伯沙漠地区的干热沙风。

[2] 英国监狱改革家。

用一种新的方法去爱敌人，几乎是宽恕了仇敌的所有罪恶。

应该确信的是，你给予穷人的帮助应是他们最为需要的，尽管他们极为贫困本是你犯下的过失。如果你给了钱，你就得亲自监督钱是怎么花掉的，不能只捐钱而不管钱。我们有时会犯一些怪异的错误。虽然穷人看上去既肮脏，又褴褛，又粗鲁，但不代表他挨冻受饿也那么厉害。这其中有一些是由于他们的爱好，而并非都是厄运。你如果向他施钱，他或许会去添置更破烂的衣服呢。

我怜悯那些爱尔兰劳工已经习以为常了。他们穿着破烂地衣服在湖上挖冰，而我穿着一身整洁而又更加时新的衣着时，却冻得发抖。直到在一个寒冷的冬日，一个不慎滑入冰水中的劳工，来到我的房中暖和身子，我这才改变了原有的看法。我看到他一共脱下了三条裤子、两双袜子，虽然这些裤子、袜子的确肮脏破烂不堪。他不需要我送给他的多余衣服，因为他有许许多多的穿在里面的衣服。这样看来他仅仅需要的就是全身湿淋淋浸一次水。于是我开始自我怜悯了，我意识到，如果送我一件法兰绒衬衣，比送给他一间旧衣店更是一件善举。

有 1000 人在伐着罪恶的枝桠，却只有一人在猛砍着罪恶之根。情况也许是：那个花了大量时间和金钱用于扶贫的人，同时也是那个用自己的生活方式制造了很大苦难的人，他虽想消除掉这种苦难却徒劳无功。正是这些道貌岸然的奴隶主，捐出奴隶生产的十分之一的盈利，去为另外的奴隶买得一个星期天的自由。有些人雇用穷人到厨房里工作，用来显示他们的慈善为怀。可是他们自己雇用自己的话，不是更加慈善的行为吗？

你自夸说你把收入的十分之一用于捐助慈善事业，其实你该捐出十分之九才正确。不然的话社会获得弥补的仅仅是财产的十分之一。这种慈善之举，是应归功于占有者的慷慨大度呢，还是归咎于主持正义者的疏忽大意？

慈善几乎是获得了人类尽情赞许的唯一美德，否则，它是被赞许得极为过头了；正是我们的自私造成了慈善事业受到的评价过高。有个身体强壮的穷人，在一个阳光灿烂的日子里，在康科德这里向我称赞他的一位同乡，因为，据这穷人所说，那同胞对像他这样的穷人很是仁慈。众人中的仁慈的老伯大婶们，往往比真正灵魂上的父亲和母亲更受敬重。

我曾经聆听了一位牧师关于英国的演说，此人学识渊博，才华横溢。他在罗列了英国科学、文学和政治上的杰出人物：莎士比亚、培根、克伦威尔、弥尔顿、牛顿等人之后，跟着就谈起基督教中的英雄人物来了，而且似乎是由于职业的原因，他极力地夸赞着他们，比夸赞其他任何人都卖力，使他们成为伟大人物中的最伟大者。他说的是佩恩、霍华德、福莱夫人。众人都必定认为他这是在胡言乱语。这三人并不是英国最为卓越的伟人，或许，仅仅能算作英国最好的慈善家而已。

我并非是要对慈善的溢美之词做些删减，我只是要为那些人讨还公道，他们的生命和工作带给了人类极大的恩惠。我并不仅仅以一个人的正直和善良来评价一个人。或者说，正直与善良只是他的茎叶而已。有些植物，一旦绿叶枯萎掉了，我们便将其煎成汤药供病人服用，那么这些植物基本没有发挥它们的真正价值，这样使用植物的人一般都是江湖医生。我需要的是一个人的花朵与果实；部分香气会飘到我这里来，而他的成熟则增添了我们交往的风味。他的仁慈不可是一种局部而短期的举动，而是源源不绝的满溢；这种溢出没有对他造成伤害，他也对此没有察觉。这是一种掩盖了许多罪恶的慈善。慈善家没忘了极其频繁地去散发他自己的悲戚，以此来营造缠绕人类的悲戚氛围，还大言不惭地美称为"同情心"。

我们应该多多授人以我们的勇气而非我们的绝望，授人以我们的健康舒坦而非我们的愁容病态，并且小心注意不让疾病传染。究竟从南方的哪片平原上响起了号啕之声？在哪个纬度地区居住着一些需要光明的异教徒？哪些是我们必须加以解救的放纵残忍之徒？倘若有什么病痛使一个人不舒服，弄得他无法完成自己的任务，如果他痛在肚肠——那是同情心所在之处，他便要马上跑去改良了，改良这个世界。因为他是大千世界的一个缩影。他发现（这是一个真正的发现，而他正好是发现的人）世界都在吃青苹果。实际上，在他眼中，宇宙本身就是一个巨大的青苹果，而人类的孩子总在它还未成熟时就去加以啃咬，这实在是很可怕。他由于激进的慈善之心而立刻去找寻爱斯基摩人和巴塔哥尼亚人，还蜻蜓点水地寻访了人多地广的印度和中国的村庄。像这样，因为有几个年头的慈善活动，有权有势的人利用这段时间来达到自己的目的，毋庸置疑，他把自己的消化不良症给治好了，而地球的一边面颊或双颊上现出淡淡的红晕，仿佛它开始成熟了，生命没有了生涩，显得更加甜蜜更加健康，更加有生活下去的价值了。我从未梦见到比我犯下的更加深重的弥天大罪。我从未、将来也不会与比我更坏的人相识。

我相信，改革家之所以如此悲伤，并不是出于他对贫苦同胞的怜悯。而是他个人的苦恼，虽然他是上帝最虔诚的孩子。把这种情况矫正，让春天来到他身边，让黎明在他的床前升起，而他不会说一句道歉的话就抛开他那些慷慨的同伴。我之所以不反对抽烟，是因为我从不沾烟，谁抽烟谁到头来会自食苦果的；那是有烟瘾的人必须要交付的罚金。但是也有很多东西，我尝试着加以斥责。如果你被误导去做任何一件像这一样的慈善事业，那你千万不要让你的左手知道你的右手在做什么，因为这是没必要泄露的。救起溺水者后，系好你的鞋带。慢慢来，去从事一些自由自在的劳作吧。

我们的举止，由于同圣者交结而变得败坏。我们的音律优美的赞美诗与诅咒上帝的声音交相呼应着，并且一直在忍受他。有人或许会说，即便是先知和救世主，也只能去宽慰人们的恐惧，而不能让人们所有的美梦成真。任何地方都找不到一种感觉能够对生命的赋予表示出朴素而无法抑制的满足，找不到一种赞美称赞上帝时能令人难忘。所有的健康和成就都使我受益匪浅，无论它显得多么遥不可及；所有的疾病和失败都使我悲伤、厌弃，无论我获得了多少同情慰藉，或者我付出了多少同情慰藉。这样的话，假如我们真的要用真正意义上的印第安式的、草木的、磁性的，或天然的方式来恢复人类的天性，那首先就应该让我们自己变得和大自然一样朴素和健康，把忧愁从身边赶走，吸入健康的空气。请别傲然伫立在那儿做个穷苦人的先知，而要尽力去做一个值得活在世上的人。

我从设拉子①诗人萨迪②的《蔷薇园》中读到这样的词句：

"他们问过一位哲人说：'至高的真主种植的众多名贵大树的浓荫之中，却都没有被称为 Azad，即自由，只有不结果实的柏树除外；这其中有什么奥秘？'"

他回答道："每棵树自有它适宜的生产，在它特定的季节，适时则会葱郁花开，时令不合则枯黄花谢；而柏树却与众不同，它永远枝繁叶茂；Azad 或宗教上的独立派就属于这种性质。——别把你的心放在那种转瞬即逝的事物上；底格里斯河在历代哈里发绝种之后仍将奔腾不息地穿过巴格达：假如你手头很充裕，就像枣树那样慷慨大方吧；但要是拿不出什么东西给人，那就成为 Azad 或自由人，就如同一棵柏树那样。"

补充诗篇

斥穷困

T. 卡鲁③

"你的手伸得太长，你太过放肆，可怜的穷鬼，

梦想在天上找个栖息之所，

---

① 设拉子，伊朗南部城市，古波斯文化中心，东北 60 千米处有波斯帝国都城波斯波利斯遗迹。

② 萨迪（Sadi,1208—1292），波斯诗人，著名作品有哲理性叙事诗《果园》和用韵文写成的《蔷薇园》，文中加有许多短诗、民间格言和警句；其作品对后世产生深远影响。

③ 托马斯·卡鲁，英国骑士派诗人，著有《不列颠的天空》，长诗《狂喜》和爱情诗《诗集》等。

你那破烂的茅舍，或者说是藏身之所，

只会惯成你懒惰、卖弄的恶习；

阳光是免费的，阴凉的泉水在身旁流，

吃菜根和野菜；

在那儿，

你的右手从心灵中夺走了人类高尚的情操，

而正在那里，美德之花怒放，格外艳丽。

你使自然枯萎，使感知麻木，

好比蛇发女妖，把活人变成石头。

一个单调的社会是不被需要的，

只需要你自我克制，谨小慎微，

也不需要不合人情的愚蠢行为，

弄不懂喜怒哀乐；

更不需要你那假装高贵的被动刚毅，

超乎积极的勇敢。

让这卑贱的族群传宗接代，

终究挣不脱平庸的命运，

成了你的奴性的意向；

但是我们

只崇拜这样的美德，容许狂狷，

勇武和大度的行为，恢弘瑰丽的，

无所不见的谨慎，无边无际的

宏大气量，

还有那种英雄美德，

从古至今都没有一个确切的名称，

只有些榜样，就好像赫拉克勒斯，

阿喀琉斯，忒修斯。

退回你黑暗的蜗居吧！

当全新的天地灿烂光明之时，

你该明白，

什么才是我们真正应该拥有的！

我活在何处，我为何而活

　　到了我们生命的某个时节，我们往往习惯于将每一个栖身之所好好考察一下。也因为如此我把住所周围一二十英里内的田园统统考察一遍。我已经幻想着接二连三地买下那儿的所有田园，就因为如此，我已经摸清了它们的价格了。我徒步来到各个农民的田地上，品尝他的野苹果，和他谈谈稼穑，然后又请他随便开个什么价钱，依他的价钱把他的农场买下来，心里却在想以任何价钱把它押给他；甚至以一个更高的价钱买下来，——把什么都买下来，可是没有立契约——只不过把他的闲谈当作他的契约，我这个人本来就很爱闲谈，——我耕耘了那片田地，而且在某种意义上，我觉得，我耕耘了他的心田，待我享尽了这种乐趣之后，便起身作别，让他继续耕种这片土地。这种做法，居然让我的朋友们觉得我是一个地产拍客。实际上我无论走在哪里，都能够生活的，那里的景色也会为我大放异彩的。

　　房子，不过是一个座位，一席栖身之地罢了——如若它是乡野的一席栖身之地，那会更合吾意。我发现许多家宅的位置，几乎都是不容易很快加以改进的，有人会觉得它离村镇太远，不过我觉得反而是村镇离它太远了点。我总说，不错，我能够在这里住下；我就在那里过一小时夏天的和冬天的生活；我看到那些奔驰的岁月，挨过了冬季，便迎来了新春。这一块地方的未来居民，无论他们将要把房子造在哪里，都可以确定过去就有人住过那儿了。只要花一个下午的时间就足够把田地变为果园、树林和牧场，并且想好门前应该留着哪些优美的橡树或松树，甚至连砍伐了的树也都已经派上了最好的用场了；然后，我就撒手不管了，近乎休耕一般，因为一个人勇于放弃的东西越多，他便越是富足。

我的想象力信马由缰地奔跑了太远，我甚至想到了有几处田园会拒绝我，——我从不愿因真正去占有这些田地而自寻烦恼。

在我买到霍洛韦尔农场的那次，我差一点做到实际占有，我已开始选种，收集好了木料准备去造一辆手推车，来运送物品进出；但是，就在农场主准备把契约交给我的时候，他的妻子——每个人都有这样一位妻子——改变了主意，想把农场保留下来，因此他赔我 10 美元，使约定作废了。现在，老实说，我身上加起来也只有 10 美分，我已不清楚我究竟是身有一角钱的人，或者是拥有农场，或身有 10 美元的人，或者是两者都有的人。但是，我把 10 美元退还给他，农场也还给他，因为我已经走得够远了；话说回来，我也算是出手大方之人了，我照他原来的卖价，又分文不赚地把田园卖给了他，而且，因为他不是富人，我送给他10美元，何况我还留了10美分，外加种子以及制造独轮车的材料。因此我觉得我一直是一个无损于自己贫穷本色的富人。此后，我每年都载走田地里的一切收获，却无需动用手推车来做。说起风景，请看：

"我君临万象，风光尽收眼底，
不容置疑，我拥有一切权利。"①

我常常看到：一个诗人在欣赏了农场上最宝贵的部分以后便离去，弄得那执拗的农夫寻思——诗人劳累奔波，却只带走了几只野苹果。哎，诗人把农场写进了诗句，而农场的主人却经过了许多个年头还不了解。要知道这诗歌是一道最奇妙的无形篱笆，诗人几乎把农场整个围起来了，把农场的奶汁和奶油全都搜刮殆尽，留给农场主的只是脱脂奶。

在我眼中，霍洛韦尔农场真正迷人的地方是：却是它深邃中的幽静。离乡村大概两英里之遥，离最近的邻居也有半英里，而且还有一片宽阔的田野把它和公路隔开；它紧挨着一条河流，据田园的主人说，由于河上起雾，因此农场春季时节不会霜冻，但是我对此无所谓；农舍和棚屋那灰蒙蒙的颜色，东倒西歪的景象，还有坍坏了的篱笆，都在我和前任居住者之间形成了间隔；田园中的苹果树，树身中空，苔藓遍布，兔子的咬痕清晰可见，我得和什么样的邻居打交道。

① 据传出自亚历山大·赛尔科克的《孤独》。他被认为是《鲁滨孙漂流记》中主人公的原型。

但超乎这眼前一切的，却是我最初对这里的一段记忆：当年屋舍掩映在密密的枫林红叶中，我听到那深处传来了家犬的吠声。我匆匆忙忙要把这农场买下来，不能眼睁睁看着业主把石头搬掉，把空心的苹果树砍倒，并挖掉一些生长在牧场上的白桦树幼苗，总而言之，等不及这里收拾得大变样了。为了得到这些好处，我愿意把它扛起来；像阿特拉斯①那个顶天巨神一样，让我肩扛天宇——我并未听说过他为此得到什么补偿。如果说我做这些事情有动机或借口，那么唯一的动机或借口就是我能花一笔钱然后安安稳稳不受干扰地拥有这农场；因为我此时知道，如果我任由这片田园自生自灭，它定会生产出我所渴求的最丰盛的收成。但结果却泡了汤。

对于耕种大片的农田（我一直在耕种着一座小花园），我有资格可说的，就是我已经备好了种子。很多人都觉得随着时间的流逝，种子会逐渐分出良莠。我对此毫不怀疑；到了最后我要去种植时，我应该是不会失望的。但我想提醒一下我的同伴们：尽量长久地自由自在地、不受束缚地生活。你执迷于一座田园，与关在镇里的监狱中，简直毫无区别。

老加图所写的《农书》对我起了"栽培者"的作用，他说（它是我所见到的仅有的译文但实在是糟糕透了）："当你想要去购置一座庄园时，千万要翻来覆去地考虑，别贪得无厌地去购买；别怕花力气去看它，更别以为兜个圈子看一遍就足够了。如果这是一个好庄园，你看的次数越多，你就会越喜欢它。"我想我永远也不会贪得无厌，我只会一次又一次地去那

① 古希腊神话里被罚至世界极西边用肩膀扛着天球的古神。

92

边看它，直到我这辈子结束，被葬在那里，这将使我最终获得更大的欣慰。

现在，我要讲述又一个这类的经历，我打算更加详细地进行描述；为了方便描述，我会把这两年的经验合并在一起。我已经说过，我并非是要歌颂垂头丧气，只是希望能像雄鸡站在栖木上起劲地放声报晓，可以把邻居唤醒。

我第一天在森林中住下时，也就是说，我白天在这里度过，接着又开始在这里过夜。巧合的是，那天是1845年7月4日，是独立日，我的房子没有盖好，不能过冬，只能勉强遮挡风雨，房子没有灰泥层，没有烟囱，墙壁用的是饱经风雨的粗木板，有很大的缝隙，因此到了晚上非常凉爽。那笔直的伐来的白色间柱，刚刚刨平的门板和窗框，使屋子看上去整洁而透气。尤其在早晨，当木料里装满着露水的时候，总使我幻想到午间大概会有一些甜蜜的树胶从中渗出。在我的想象中，这房间一整天里还将更多保持这个早晨的情调，这让我想起了去年我曾游览过的一个山顶上的一所房屋，那是一所空气好、不涂灰泥的房屋，非常适宜于旅行的神仙在途中居住，那里还适宜于仙女走动，曳裙而过。吹过我的屋脊的风，就像那扫荡山脊而过的风，吹出断断续续的调子来，或许是天上人间的音乐片段。晓风在永远吹拂，创世纪的诗篇仍在不停地吟唱，可惜听闻到的人却寥寥无几。奥林匹斯山只在大地之外，随处可见。

除了一条小船之外，以前我曾拥有过的唯一的房屋，只是一顶帐篷。夏天里，我偶然带它出去郊游，现在这顶篷帐已被卷了起来，放在我的阁楼里；只是那条小船，在辗转经过了几个人的手以后，就再也找不到了。现在我却有了这更实用的避风雨的房屋，这样看来我的生活已经进步了很多。这座房屋的框架，虽然如此单薄，却是一种围绕我的清透晶体，让建筑者立即心生感触。它散布着联想的气息，宛如一幅淡淡的素描。

我不必去户外吐故纳新，因为屋内的气息一点没有失去它的新鲜；坐在一扇门后，与坐在门外几乎一样，即便在大雨倾盆的天气，亦是如些。

《河利世系》①说过："没有鸟雀巢居的房屋像未曾调味的烧肉。"简陋的房屋却并非如此，因为我突然发现，自己正在与鸟雀为邻；我不是捕捉到一只飞鸟将它囚进笼中，而是将我关进它们的一只笼子里。我不仅跟那些时常飞到花园和果树园里来的鸟雀非常亲近，而且跟那些更野性、更逗人诧异的森林中的鸟雀亲近了起来，它们从没有过，就算有也很难得，对着村镇上的居民唱出美妙的歌曲，——它们是画眉，东部鸫鸟，红色的碛鹨，野麻雀，怪鸥和许多别的鸣禽。

我居住在一个小湖的湖岸边，此处距康科德村南约一英里半，比康科德高，就在城镇与林肯乡之间那片浩瀚的森林中央，也在我们唯一的著名地区，康科德战场以南两英里地；但我的寒舍坐落于森林的低处，湖对岸半英里开外就成了我最遥远的地平线，其余的地方都被茂密的树林所覆盖了。第一个星期，不管何时我凝望着湖水，湖都让我觉得好像山里的一泓龙潭，高高在山的一边，它的底又比别的湖沼的水平面高很多，以至日出的时候，我看到它脱去了夜晚的雾衣，它轻柔的粼波，或

---

① 印度古代梵文叙事诗《摩诃婆罗多》的附篇。

它波平如镜的湖面，都渐渐地在散去浓雾的时候呈现了。这时的雾像幽灵，从各个方向偷偷退隐到森林中，又似乎是一个夜间的秘密宗教集会散会了一样。露珠随后仍垂吊在树枝上，垂吊在山边，整天都不消失。

8月里，当轻柔的斜风细雨稍停的时候，作为我的邻居的这小小的湖，最为珍贵。柔和的微风细雨停歇之时，此时的空气和水幽静得近乎完美，但乌云仍在天空密布。下午刚过了一半，黄昏的肃静已经浸透了湖光山色，而画眉鸟的歌声四处响起，隔岸相闻。这样的湖，再没有比这时候更平静的了；湖上的明净的空气当然很稀薄，而且给乌云映得很黯淡了，湖水却充满了光明和倒影，成为一个下界的天空，更加珍贵。从新近被伐木的附近一个峰顶上向南看，越过小山间的巨大凹处，能够看见隔湖的一幅快乐的图景，那凹处正好形成湖岸，那儿有两座相互倾斜而下的小山坡，倾斜直下，宛如一条葱郁的溪流从密林的山谷中畅流而出，这是一幅多么舒心的景色，但那溪流却是臆想出来的。

我就是这样，从不远处的绿色群山之间或者之上，去眺望那蔚蓝的地平线上的遥远山峦或更高的山峰。真的，把足尖踮起来的话，我可以看见西北角上更远、更蓝的山脉，这种蓝颜色是天空这个染料制造厂中生产出来的最真实的产品，我还能够看见村镇的一角。可是假如换一个方向看的话，尽管我站得这么高，却给郁茂的树木遮住，看不清任何东西了。在邻近的地方，有一些流水真让人惬意，水的浮力将地面也浮了起来。即使是最小的井也有这一点值得推荐，在你窥望井底的时候，你发现大地并非是连绵的大陆；而是隔绝的孤岛。这是非常重要的，就像井水有冷藏牛油的功能。当我的目光从这一个山顶越过湖看向萨德伯里草原的时候，在发大水的季节里，我感觉草原升高了，大概是蒸腾的山谷中显示出海市蜃楼的效果，它就像沉在水盆底下的一个天然铸成的铜币，湖水之外的陆地犹如一层单薄的外壳，被小小的一片水潭分隔开来，并被浮力托起。我这才猛然想到，我的安身之地只不过是块"干燥的土地"。

尽管从我的房门口向外望去，视野更为局限，但我至少并无拥挤或被软禁的感受。足够我的想象力在那里游牧的了。对岸的高原长满了丛生的矮橡树，广阔的大平原和鞑靼式的草原一直向西伸展开去，给所有的流浪人家一个广阔的天地。在达摩达罗①的牛羊群需要更大的新牧场的时候，他曾这样说"世上唯有自由自在地欣赏广阔地平线的人，才是快乐忘忧的。"

时间和地点已全然变更，而我的居所却更贴近宇宙中的那些部分，更贴近历史长河对我吸引最大的那些时代。我生活的地方很遥远，就像天文家每晚观察的太空，我们习惯幻想稀有而令人愉快的地方，存在于天体的某个更远更偏僻的一角，在椅子形状的仙后星座的背后，有着远离喧闹和烦扰的净土。我发现，我的房屋其实正坐落于这样一个遁世之所，它是终古常新而未被亵渎的宇宙一角。假如说接近昴星团、毕星团、毕宿五或牛郎星的地方适合隐居的话，那么，我住的地方也不赖，都同那些星座一样远离我抛在身后的尘世。那些星座只是一点

---

① 印度神话中黑无（krishna）的名字之一，黑天是印度神话中大神田比湿奴的化身之一。

点闪闪的小光，那些柔美的光线，照着我最近的邻居，只有在没有月亮的夜间才能够看得到。我所占据的地方便是天地万物中的这样一个部分——

> 曾有个牧羊人活在世上，
> 他的思想有高山那样崇高，
> 在那里他的羊群，
> 每小时都给予他营养。[①]

如果牧羊人的羊群总是在比他的思想更高的牧场上游荡，我们该想想他的生活会是怎样的一番光景。

每一个清晨都是一个令人欣喜的邀请，令我的生活与大自然同样的朴实，也许我能说，像大自然本身一样纯真无瑕。我忠诚地向曙光敬礼，就像希腊人一样。我很早就起床，在湖中洗澡；这是个宗教意味的行为，是我做到的最好的一件事。听说在成汤王[②]的浴盆上就刻着这样的字："苟日新，日日新，又日新。"我深知其中之意。

清晨将人带到了英雄时代。在最早的清晨中，我坐着，门窗都开着，一只看不到也想象不到的蚊虫在我的房中飞，它那微弱的吟声都能令我感动，仿佛我听到的是宣扬美名的金属喇叭声。这是荷马的一首安魂曲，空中的《伊利亚特》和《奥德赛》，哼唱着它的愤怒与漂泊。这其中大有宇宙本体之感；不

---

① 英国民谣。

② 中国商朝的开国君主。

断宣泄着世界的无穷精力和生生不息，直到它强行遭禁。

黎明时分啊，是一天最值得回味的时刻，这觉醒的时候来到了。那时候是我们的昏沉欲睡的感觉最少的时候了；最起码可有一小时之久，一整天昏昏沉沉的感官大多都能清醒起来。可是，假如我们并不是给我们自己的禀赋所唤醒，而是给什么仆人机械地推弄醒的；假如并不是由我们内心的新生力量和内心的要求来唤醒我们，假若我们不是由身心的最新动力和身心的渴求来将自己唤醒，而是被工厂的汽笛声所唤醒，但痛失了悠扬回荡的天籁之音，——假如我们醒时，并没有比睡前有了更高尚的生命，那么这样的白天，即使能称之为白天，也没有什么希望。要知道，黑暗能够产生这样的好果子，黑暗是可以证明它自己并不比白昼弱的。一个人倘若无法相信每一天都有一个更早、更神圣的、是他还没有来得及玷污的曙光时辰的话，那他对生命已失望至极了，正踏上了一条堕落而暗淡无光的不归之路。

生命的感官在休整一夜之后，人的心灵，或者不如就说是人的各部分官能，又会精力充沛，而他的天赋又可去尝试它能创造的崇高生活了。能够怀念的一切事，我可以肯定地说，全在黎明时间的氛围中发生。《吠陀经》[①]说："一切知，俱于黎明中醒。"诗歌与艺术，人类行为里最美丽最值得纪念的事都在这一个时刻发生。所有的诗人和英雄好比是门农、那晨光女神的儿子，在日出时当奏响音乐。一个拥有富于弹性和精力充沛的思想，永远追随太阳脚步的人，白昼对于他便是一个永

① 印度婆罗门教的经典，共四卷。

恒的黎明。这一切与时钟的鸣响报时或与人们从事何种劳动和持何种态度，都毫无关联。

清晨，是我苏醒时内心感受黎明的时刻，修身养性就是为了抛弃深沉的睡眠而做出的努力。人们假如不是在浑浑噩噩地睡觉，那为何他们回顾每一天的时候要说得这么惨呢？他们全是精明人嘛。假如他们没有给昏睡所征服，他们是能够干成一些事的。几百万人清醒得完全能够从事体力劳动，可是 100 万人中，仅仅有一个人才清醒得足以有效地为智慧服务；1 亿人中，才能有一个人，把生活过得诗意而神圣。清醒就是生活。我还从未遇见过这样的一个人，众人皆醉而他独醒。若是遇见了这人，我怎敢正面看他一眼？

我们必须学会重新苏醒过来，学会保持清醒，但不要借助机械的力量，而应将无尽的期待寄托于黎明，即使在最深沉的睡眠之中，黎明对我们也会不离不弃。我从未看到过比这更振奋的事实了，人类毫无疑问是有能力来有意识地提升他自己的生命的。可以画出一幅画，雕塑出一个肖像，美化几个对象，都是很了不起的；但比这些更加荣耀的事情是能够塑造或画出那种氛围与媒介来，以便能让我们从中觉悟，并且使我们正当地有所作为。可以影响当今时代的本质的，是最高的艺术。为了丰富他的生命，使他的生命精彩，每人都应当把最崇高的和紧急时刻内他所考虑到的做到，就连小节上也配得上。如果我们拒绝了，或者说耗光了我们所获取的这点琐碎信息，神谕自会清晰地宣示我们怎样去做到这点。

我幽居在森林之中，是因为我希望小心谨慎地生活，只想去面对生活的基本要素，看看自己能否学会生活必定会传授于我的东西，以免死到临头才发现自己白活了一场。我不想过着不是生活的生活，要知生活无限珍贵；我也不想过消极顺从的生活，除非非这样做不可。我要深深地融入生活中，吸取生活里所有的精华，刚强地、如同斯巴达人那样，坚毅地，扫除一切不能称之为生活的东西，大刀阔斧地扫荡，仔仔细细地清理，把生活逼到一个角落去，使其处于最低的条件之中。而且，倘若生活证明了它自身的卑贱，为何不去获取它的所有而真实的卑贱，并将其公之于世呢？或者，如果生活是高尚的，就用亲身经历去体味它，以便我下次游历时，可以对它做出真正的评估。

在我看来，大部分人陷入了一个怪圈，不知道自己的生活是魔鬼所赐，还是上帝所赐，然而却"稍稍草率"地得出结论，人类在这里的主要目标是"赞美上帝并永远享受神赐"[1]。

至今，我们仍生活得卑贱，如蝼蚁一般；尽管神话告诉我们，人从前就是由蚂蚁变成的。但我们却如同希腊神话中的小矮人一般，永远在和仙鹤战斗；这是错上加错，糟而又糟，但我们最美好的品德却带上了多余的、原本能够避免的一副可怜相。我们的生命被琐碎之事连累而耗费掉了。

一个诚实之人，只需有 10 个指头便可数数，没必要比 10 个指头更多，在非常特殊的情况下，他被允许加上 10 个脚趾，其余完全都能够笼统计算。简单，简单，再简单！我说，你应该把你的事情安排成两三件，而不是成百成千件；不是按百万

----
① 引自《短篇教理问答》的前数行。

计，而是按半打计算，账目可以记在你的大拇指甲上的。

在文明生活波澜壮阔的海洋中，一个人若要生活下去，就非得经受这样的暴风骤雨和 1001 种考验，除非他不等船只沉没，便纵身跳入海洋中，一头栽到海底，不想去安抵港口了。成功的人必定是一个精明的计算家。要简化，再简化。假如可以，就每天只吃一餐而不是三餐；不是 100 道菜，而是 5 道菜；其他东西也按比例递减。

我们的生活如同德意志联邦，由一些小州构成，它的疆界永远在变更，因而即使是一个德国人也不能随时告诉你准确的国界。这个国家本身，包括它所有那些被称之为内部的改进设施（顺便说一句，那实际上尽是些徒有其表的装门面的东西），全是些不切实际的畸形发展的机构，到处都堆满乱糟糟的家具，自讨苦吃，因为奢侈和任意挥霍，缺乏深谋远虑和高尚的目标，破坏掉了一切，就好像这片土地上百万户人家的情况一样。对于这种情形，唯一的惩治方法就是采用一种严厉的经济手段，去过比斯巴达人更为简朴的生活，树立更高的生活目标。如今生活太放纵了。人们觉得国家毋庸置疑必须拥有商业，把冰块出口，用电话通话，一小时奔驰 30 英里，不管他们自己是否如此做；但是我们究竟是应该生活得像狒狒，还是像人呢？没有人确定。倘若我们不把枕木做出来，不把铁轨锻造出来，日夜埋头苦干，而是把时间花在改善我们的生活上，靠这个改进生活，那么，还有谁去建筑铁路呢？而如果不修筑铁路，那我们又怎能按时抵达天堂呢？但如果我们全都待在家中，忙于自己的家务事，谁会需要什么铁路呢？我们没有驾驭火车，而是火车驾驭了我们。

你可曾想过，铁轨下面铺着的枕木究竟为何物啊？每一根枕木都是一个爱尔兰人或者北方佬。铁轨就盖在他们身上，而上面又盖上了沙子，车辆就在他们身上平稳的奔驰而过。我告诉你，他们真是熟睡的"枕木"。每隔几年，就会在他们身上安放一批新的枕木，车辆重新在上面奔驰；因此，如果有些人喜欢乘车在铁轨上奔驰，就会有另一些人很倒霉地被压过去。当他们压过了一个梦游的人，即一根出轨的多余枕木上时，就把他吵醒了，他们只好紧急停车，大喊大叫，仿佛这只不过是一次例外。我听了真觉得可笑，他们每隔5英里的距离就指定一帮人，保证枕木在路基上平稳牢固，由此可见，枕木有时会自己翘起呢。

为什么我们应该活得如此匆匆忙忙，如此耗费生命呢？我们是下定决心要还没觉得饿便要开始挨饿。人们说，如果不去补小洞，等它变成了大洞就会遭罪，所以，他们今天缝上千针，就为避免明天缝上9针。说起工作，我们并没有什么可称道的。我们患上了舞蹈病，不能令脑袋停止晃动。

我只用拉几下教区钟楼的绳子，发出火警的信号，意思就是，还不用让钟声长鸣，康科德郊区的农场上的任何一个人（虽然今天早上他多次借口说工作十分繁忙）——任何一个男人，任何一个孩子，任何一个妇女，我保证，都会放下所有的工作，跑向钟声的方向，他们并非是要去从火中救出财产，只是，假如我们实事求是地讲，他们仅仅是要去观火，既然已经着火了，而这火，大伙肯定知道，不是他们放的——他们跑来是想看看怎样灭火的，如果火势不大，也还可以出手帮帮忙；即便教堂失了火，他们也是这般德行。

一个人在享用了午餐之后，倒头睡了半个小时，待他睡醒之后，抬头就会问道："有些什么新闻？"似乎世界上其余的人都在为他放哨。有些人让别人每半小时叫醒他一次，很明显并没有什么特殊原因；接着，为了报答人家，他们便讲一讲自己做了一些怎样的梦。睡了一整晚以后，新闻成了和早餐一样重要的东西。"给我讲一讲世界上哪里发生了些什么事情吧？"——于是他在喝咖啡、吃面包卷时阅读新闻，了解到那天早晨在瓦奇托河上有一个人眼睛被挖掉了，然而他却做梦也没想到，此刻他就生活在这个世界上的一个深不可测的巨大黑洞中，自己早就是有眼无珠了。

对我而言，有没有邮局我都不太在意。我觉得一般没有重要消息要通过邮局去传递。准确地说来，我一生中最多收到一两封值得付邮资的信——我几年前就这么说的。一般情况下，花费 1 便士来寄信，相当于你通过邮局认真地用 1 便士买一个人的思想，但他的思想却很大程度上是以玩笑的方式提供给你。而我可以确信，我在报纸上读到某某人横遭抢劫，或遭人谋杀，或死于非命，或烧了一幢房子，一架飞机失事，一艘汽船被炸毁，一头牛在西部铁路上被车子碾过去，一只疯狗被打死，或者冬天来了一大群蝗虫——那其他新闻就都不需要了。仅仅需要一条新闻了。假如你知道了规则，就没有必要去关心各种各样的实例及应用了。对一个哲学家来说，那些所谓的新闻，都是胡扯一气的，而编辑和读者全都是茶余饭后拨弄是非的长舌妇。在胡扯一气后，不少人还意犹未尽。

　　我听说有一天，一大帮人你争我抢地蜂拥进报社的一间办公室内，去打听一条最新的国际新闻，结果报社的几块大玻璃窗也被挤破了——我深思熟虑后认为，这样的新闻，一个头脑灵敏的人在12个月或者12年之前便可非常准确地先写下来。就拿西班牙来说，假如你懂得把唐卡洛斯和公主、唐佩德罗和塞维利亚以及格拉纳达等字眼挪来挪去，时不时地调动一下它们的位置，只要摆得恰当就行——从我读报以来，这些字眼或许有点小变动；如果其他可供消遣的新闻找不到了，就把斗牛端上来，一定能让您满意，它让我们知道的西班牙的现状或衰败情况，就像从那些最简单的西班牙报道中得到的概念一样。对于英国来说，差不多可以说，1649 年的革命基本上就是来自那个地区的最重要的新闻片段。假如你已对英国谷物每年平均产量的历史非常清楚，那你就不再需要去注意这件事了，除非你所做的完全是与金钱相关的投机买卖。倘若你想判断一下，怎样的新闻很少有人去看，那也并非易事，因为国外也没什么新闻值得关注，即便是一场法国大革命也不例外。

　　新闻是何许东西！那些万古长青的事物，才重要得多！"蘧伯玉（卫国士大夫）派使者到孔子那里打探消息。孔子招呼使者坐在身边，问道：你家的主公在做什么？使者尊敬地回答说：我家的主公希望把他的错误全改了，可是他怎么也改不完。使者走了，孔子感叹说：好一个值得尊敬的使者啊！

好一个值得尊敬的使者啊![1] 星期天是糟糕的一周的恰当的结束，但绝非是新的一周的新鲜而又勇敢的开始——可那牧师偏偏不慢条斯理地在农夫的耳边喻喻说教，而是雷声隆隆般地吼叫道："停！停住！为什么看起来很快，其实却慢得要命呢？"

欺骗和困惑已被尊崇为最完美的真理，而现实倒显得荒诞不经。如果人们注意到的永远只是真实的东西，不允许自己受骗，那么同我们现在所知道的这类事比较起来，生活就像神话故事和《天方夜谭》了。如果我们看重的只是那种不可避免的和有权存在的事物，那么音乐和诗歌就会在整条街上回荡。如果我们不急不躁而且足够明智，我们便会领悟到，只有伟大而又珍贵的事物才会经久不息而绝对地存在——那些琐碎的恐惧与琐碎的欢乐却是现实的阴影，现实始终是令人亢奋和高尚的。人们因为闭上眼睛睡觉，愿意被表面现象欺骗，这才到处形成他们日常生活中不可变更的惯例，这种生活规律依然是建立在纯粹的幻想基础之上的。在嬉戏中生活的小孩子，比大人更清楚地辨认出生活的真正规律，成人不懂得珍视生活，还自以为聪明，因为他们阅历丰富，也就是说，因为他们经历的失败也多。

我曾在一本印度的书中读到一段轶闻趣事："有个王子，幼年时被赶出他的城市，被一个林区居民抚养，他就在这样的状况下长大成人，也以为自己属于那个和他生活在一起的野蛮种族。他父亲的一个大臣后来找到了他，告诉了他自己的出身，

---

[1] 这段话的原文是："蘧伯玉使人于孔子。孔子与之坐而问焉，曰：'夫子何为？'对曰：'夫子欲寡其过而未能也。'使者出。子曰：'使乎！使乎！'"《论语·宪问篇》第 26 章。

于是角色的误认没有了，他知道自己是个王子。"这位印度哲学家继续说道，"因受所处环境的影响，灵魂误解了自己的角色，直到一位神圣的导师向他道出真相，然后，他方知自己是高贵的婆罗门。"我意识到：我们这些新英格兰居民之所以过着这种卑贱的生活，是由于我们没有透过事物的表面看问题。我们以为事物和它外表看起来一样。假如一个人穿过这座城市，并且只看见真相，那么，试想，"磨坊水坝"又会在哪里呢？假如他把在那里见到的真相给我们描述一番，我们一定找不到他所描述的那个地方。瞧瞧一间会议室，或一个法庭，或一座监狱，或一家商店，或者一所住宅，在你真正凝视它们之前，你说，这些东西究竟是什么啊，在你讲述它们时，它们已经被你弄得支离破碎了。

那存留于制度之外的、存留于最遥远的那颗星之后的真理，那始于亚当之前而终于世间最后一人的真理啊！但全部这些时间、地点和场合都存在于此时此地。上帝自己这一刻才至高无上，不会因为时代的逝去而更加神圣。除非永远沐浴和沉浸于我们四周的现实之中，否则我们很难领会什么是崇高与宏伟。宇宙常常顺从地和我们的构想相一致；不论我们走得快还是慢，总是有条为我们而铺设的道路。诗人和艺术家还从未去完成如此精彩而高尚的设想，但至少他们的子孙后代是能替他们完成的。

让我们如大自然一样自然而然地过上一天吧，别因掉在铁轨上的坚果壳和蚊虫翅膀而脱离轨道。让我们在黎明的时候就起床，很快吃完早餐，心平气和，毫不心烦；不管来来去去的客人、自鸣的钟摆和哭闹的孩子——认真过好这一天。我们为何要屈服，要随波逐流？当我们身处子午线的浅水边，所谓午餐的可怕的激流与漩涡要将我们倾覆之时，千万别惊慌失措。承受住这些危险，你也就安全了，因为再接下来都是下山的路。绷紧神经，带着清晨的活力，绕过它，转过头去，像尤利西斯抵御海妖一般把自己绑在桅杆上。如果发动机发出了啸叫声，就让它去吼叫到喉痛声音嘶哑吧。假如汽笛长鸣了，让它尽情鸣叫，直到声音嘶哑吧！如果警钟敲响，我们为何还要奔跑？我们倒要将它当作音乐倾听。

让我们安顿好自己，好好工作吧！把我们的两只脚踩进那污泥般的意见、偏见、传统、错觉和表面现象中去，地球完全被这些东西给蒙蔽住了，穿过巴黎和伦敦，穿过纽约、波士顿和康科德，穿过教会和国家，穿过诗歌、哲学和宗教，我们一直在不停地踩着两只脚，直到踩到一片可被称作现实的坚硬的地面和岩石上，我们才会说：就是这里，错不了。接下来，因为有了这个支点，你能够在山洪、冰冻和火焰下面着手筑墙或建造一个国家，或安全地立起一根灯柱，能够安装一个测量器，只是不是水位测量标尺，而是真相测量器，好让未来的时代知道，虚假与表面现象的洪流曾经积的这样深。如果你挺胸直立，面对着真相，你会注视到，阳光在它的两面熠熠闪耀，它仿佛是一柄阿拉伯人的弯刀，你能感受到它甘甜的利刃正划开你的心与骨髓，这样你可快乐地终结你的人间经历了。不管生还是死，我们只需要真实。如果真的快要死了，就让我们听到喉咙里发出来的咯咯声，四肢也感到冰冷；如果我们暂且活着，就让我们干自己的营生吧。

　　时间只是供我垂钓的溪流。我饮着溪水；我饮着溪水时望见了它的沙床,竟觉得它是多么浅啊！它的悠悠的流水逝去了,但是永恒留了下来。我想饮得更深；在天空中打鱼,天空的底层里有着石子似的星星。我无法数出"一"来。我记不住字母表上的第一个字母。我时常后悔,我没有初生时那么聪明了。智力是一把刀子；它瞄准了,就一路切开事物的秘密。我并不希望我的双手徒劳地忙个不亦乐乎。我的头脑是手和足,我认为我最好的官能都集中在那里。我的本能让我知道,我的头可以挖洞,好比一些动物用鼻子、用前爪,我要用它挖掘我的洞,在这些山峰中开挖出我的道路来。我看出,最富饶的矿脉就在这周遭的某个地方；所以,让我凭借这根神杖和那升腾的薄雾,我断定：我就从这里开挖宝藏了。

书卷

　　假如更谨慎地选择自己追逐的职业，所有的人可能多半愿去当个学生和观察家，因为这两种角色的性质和命运令所有人颇感兴趣。为我们自己和后代积累财富，成家立业，甚或沽名钓誉，在这些方面我们全是凡人；但是在研究真理的时候，我们就能够不朽了，也不用害怕变化或遭到意外了。最古的埃及哲学家和印度哲学家从神像上掀起了轻纱一角，这微颤着的袍子，现在依然撩起，我看见它跟当初一样的鲜艳荣耀，因为当时那么勇敢的是他的体内的"我"，而如今重新瞻仰着那个形象的是我体内的"他"。那掩面的神袍纤尘未染，自那神迹显现以来，岁月并未流逝。我们真正利用的时间，或者可以利用的时间，既不是过去，又不是现在，也不是未来。

　　我的小木屋与一所大学相比，不但更适合于思考，而且更适宜于严肃地读书；虽然我身处于一般流通图书馆的借阅范围之外，但是我却更加深入到那些传遍全世界的图书的影响范围之内，这些图书的词句开头写在树皮上，如今只是有时抄写在布纹纸上。诗人米尔·卡马尔·乌丁·马斯特说："静坐而驰骋于精神世界，我在书中便能得到此种好处。美酒一杯令人陶醉；当我沉醉于奥秘学说的琼浆中时，便体验到了这种乐趣。[1]"整个夏季，我将荷马的《伊利亚特》摆在桌上，虽然只能偶尔翻阅一下他的传世诗篇。起先我手头有着干不完的活儿，因为同时，我还要修建房子，我的菜豆还要松土，这让我不能阅读更多的书。但是将来能从事这种阅读的希望鼓励了我。我在工作的空当读一两本粗浅的旅游书籍，直到我感到干这样的事非常害羞，我自责道，怎么就忘了自己现在身处何地呢？

学生们能够阅读希腊文的荷马或埃斯库罗斯[2]的作品而没有放荡奢靡的危险，因为他自会仿效巨著中的英雄豪杰，在清晨的大好时光专心读书。这些英雄诗篇，就算是用我们本族语的文字印刷出来，也永远是一种引不起颓唐时代反应的语言；因而，我们必须得不辞辛劳地探寻每一个词和每一行诗的蕴意，绞尽我们的脑汁，勇猛而又细致地推敲出一种比普通用法所许可的更为广泛的含义。

当今的出版社，虽然出版了大量但又廉价的译著，却从未使我们更加接近古代的史诗作家。这些作家依旧和往常一样寂寞，而印出的他们的文字依旧稀缺而难以理解。花费青春岁月和宝贵时光是值得的，假如你学习到古代语言中某些词语，它们是从街谈巷议的小事中升华出来，拥有永恒的启发和令人振

---

① 塔西《印度文学史》。

② 埃斯库罗斯（Aeschylus），古希腊三大悲剧作家之一，据说写了 80 多个剧本，现存近 7 个，《被缚的普罗米修斯》和《阿伽门农》是其代表作。

奋的价值。农夫们偶然听到几句拉丁语警句，牢记在心，并时常挂在嘴边，也是有百益无一害的。

某些人曾经说过，对古典著作的研究好像最终会让位于更现代、更实用的研究。可是有进取心的学者却会把古典作品研究下去，不论它们用何种语言写成或有多古老。因为古典作品不就是用文字记录的人类最崇高的思想吗？它们是唯一不变的神谕，这中间有着对最现代的探询的答案，是特尔斐[①]和多多那[②]所没有给出过的。我们不如把研究大自然也搁到一边去算了，因为大自然这样的古老。阅读好书，意思就是，阅读蕴含着真挚精神的真诚的书，这是一种高尚的锻炼，会让读者获得比目前受到推崇的做法更好的锻炼。这需要一种锻炼，正如运动员要经常锻炼一样，终身不辍，持之以恒。书本是经过深思熟虑、含蓄地写下来的，阅读时也要这样。

即便你所讲的语言与原著相同，这仍是不够的，因为在口语与书面语，就是说，听到的和读到的语言之间存在着一个不容忽视的差异。前者常常瞬息即逝，只不过是一种声音、一种吐字、一种方言，差不多是粗野的，我们不由自主地学习它，就如同野蛮人从母亲那边学到的一样。后者则表现为口语的成熟和经验的积累。假如说前者是我们的母语，那么后者便是我们的父语，是一种被保留下来的、精挑细选的表达法，其意义不能仅靠耳朵来听，我们要说这种语言就需要重生。

中世纪时，有无数的人，他们可以流利地讲希腊语和拉丁

---

① 古希腊城市，因有阿波罗神庙而著名。

② 古希腊城市，以主神宙斯的神谕而著名。

语，因为身处不同的地域，绝不会生来就可以读天才作家用这两种文字写成的作品；这些书卷并非以他们所熟知的希腊语或拉丁语，而是以精练的文学语言写成。他们没有学习过希腊和罗马那些更加卓越的方言，而写有这些作品的东西在他们看来就是一堆废纸，反之，他们却对那些廉价的当代文学给予极高的评价。但当欧洲几个国家获得了它们自己虽粗鲁却独特的语言，完全可以满足其正在兴起的文学上的需要时，早期的学问重生了，学者们可以从远古的年代里辨认出古代的珍品。罗马和希腊的民众当时难以听懂的作品，在岁月流逝了数个世纪之后，少数学者已能读懂了，如今也只剩几个学者在研读这些作品了。

无论我们如何对演说家的精彩演讲赞不绝口，那最崇高的文字，仍时常地隐匿于口语之后，或超越在它之上的，看起来就像繁星点点的苍穹藏在浮云后面一般。那里有众星，凡是可以观察的人都可以看到它们。天文学家一直在解释它们，观察它们。它们可和我们的日常谈吐和嘘气如云的呼吸不一样。在讲台上的所谓口才，简单一点就是学术界的所谓修辞。演讲者在一个一闪即逝的灵感中放纵了他的口才，对着他面前的群众，对着那些跑来倾听他的人说话；可是作家，更均衡的生活是他们的分内事，那些给演讲家以灵感的社会活动和成群的听众只会分散他们的心智，他是在对着人类的聪慧与心灵献辞，与岁月长河中能够读懂他们的所有人倾诉心语。

这样一来亚历山大①行军时，还要在一只宝匣中带一部《伊利亚特》就不足为怪了。文字是圣物精品中的精品。它与其他任何一种艺术作品相比，与我们最为亲近，又更具世界性。它是最靠近生活的艺术作品。它能够翻译成每一种文字，不仅给人读，而且还吐纳在人类的唇上；不仅是在油画布上，或大理石上表现，还可以雕刻在生活自身的呼吸里面的。一个古代人思想的象征可以变成近代人的口头禅。

2000 个夏季已然给希腊文学的丰碑镀上了一片璀璨，如同在希腊的大理石上，遗留下更为成熟的一如秋收的金黄色泽，因为他们带来了他们自己的瑰丽的天体似的气氛，带到了世界各地，保护他们免受时间剥蚀。书本是世界的珍宝，多少世代与多少国土的最优秀的遗产。书，最古老最好的书，很自然也很适于放在每一个房屋的书架上。它们没有什么私事要诉说，但是，当它们启发并支持了读者，他的常识使他不能拒绝它们。这些书卷的作者，在每一个社会之中，自然地获得了贵族的尊位，他们对人类的影响比许多帝王更胜一筹。当那目不识丁的，或许还是傲慢的商人，由于苦心经营和勤劳刻苦，为自己换来了闲暇以及独立，并置身于财富与时髦的世界的时候，后来他不可避免地投向那些更高级，可是又高不可攀的智力与天才的领域，并且只会发觉自己不学无术，发现自己的一切财富都是虚荣，不能够自满，因此便进一步地说明了他头脑清楚，他便

---

① Alexander the Great, 马其顿国王（公元前 356—公元前 323），即位后先征服希腊、埃及和波斯，后入侵印度，建立亚历山大帝国，被认为是欧洲历史上最有能力的帝王之一。

费尽心机，要让子孙后代获得他深感匮乏的智慧文化，于是这又证明了他敏锐的眼光；他因此成为了这个家族的创立者。

那些还没学会阅读古代经典名著原文的人，对人类历史的知识一定知之甚少。惊讶的是它们并没有一份现代语文的译本，除非说我们的文化本身就能够作为这样的一份文本的话。荷马还从未用英文印行过，埃斯库罗斯和维吉尔 ① 也从没有，——那些作品是如此优美，如此坚实，美丽得如同黎明一般。后来的作者，不论我们怎样赞美他们的才能，即便有也是极少能够比得上这些古代作家的精美、完整与永生的、英雄的文艺劳动。对它们一无所知的那些人，一个劲儿地嚷嚷叫人将它们打入冷宫。但一旦我们有了学问，有了禀赋，开始能研读它们、欣赏它们的时候，那些人的话，我们马上忘掉了。在我们称为古典作品的圣物，以及比古典作品更古老，因此更少人知道的各国的经典也累积得更多的时候，在梵蒂冈教廷里放满了《吠陀经》《波斯古经》② 和《圣经》，放满了荷马、但丁和莎士比亚的作品，接下来的世纪中能继续地把它们的战利品放在人类的公共场所的时候，那个时代一定会更加丰富。借助这堆积而成的文艺经典的山峰，我们最终有望登上天堂。

这些伟大诗人的诗篇，人类迄今从未阅览过，只有伟大的诗人才能读懂它们。它们被广大群众阅读，有如群众阅览繁星，最多是从星象学而不是从天文学的角度阅读的。许多人学会了

---

① Virgil,（公元前70—公元前19），古罗马诗人，作品有《牧歌》19首，《农事》4卷，代表作为《埃涅阿斯纪》；他的作品对欧洲文艺复兴和古典主义产生了巨大影响。

② 波斯琐罗亚斯德教的经书。

阅读，是由于他们的可怜的便利，仿佛他们学算术是为了记账，做起生意来不会受骗；但是，阅读作为一种高尚的心智锻炼，他们却略知一二，或一无所知；但是就其高级的意义来说，只有这样才能被称为阅读，而不是像奢侈品那样吸引我们，更不能让我们的官能在阅读的同时被催眠，而是让我们不得不踮起足尖，把我们最灵敏、最清醒的时刻，奉献给阅读才对。这样的阅读，才是与读书的初衷相符合的。

我认为，当我们能识文断句之后，就应去读最优秀的文学作品，不要永无休止地去重复字母歌和单音字，别在四五年级留级，终身坐在最低年级教室的前排。许多人可以阅读就满足了，或听到人家阅读就满足了，也许只读到了一本好书《圣经》，其中的智慧和深奥使自己自愧不如越发感到渺小，因此他们只读一些轻松的东西，让他们的官能轻松或单调地度过余生。

在我们的公共图书馆里，有一部好几卷的作品叫作"小读物"，我猜大约也是一个我没有到过的市镇的名字吧。有这么一类人，他们好像鱼鹰和鸵鸟一样贪婪，消化能力很强，即使在饱餐了一顿肉食和蔬菜烹制的美食之后，仍能将残羹剩菜一扫而光，生怕浪费掉了。假如说其他人是供给此种食物的机器，他们就是过屠门而大嚼的阅读机器。他们读了9000个关于西布伦和索夫罗尼娅的①故事，他们怎样相爱，从没有人如此的相爱过，并且他们的恋爱经过也不平坦，——总而言之，他们怎么相爱，怎么栽跟斗，怎么再爬起来，怎么再相爱！某个可怜的不幸之人是如何爬到教堂的塔尖上的，他要是没爬上去就

① 《圣经》里的人物，在此泛指爱情故事的男女主人公。

万事大吉了。他既然已经毫无意义地到了尖顶上面了，那欢乐的小说家便敲起钟来，把全世界的人都召集过来，听他说，啊哟，天啊！他又怎样下来了！依我看来，他们还不如把这些普遍的小说世界里往上爬的英雄人物全都变形为风信子一样的人，就像他们经常把英雄放在星座之中一样，让那些风信子不停地旋转，一直到它们锈掉，却万万不让它们下地来胡闹，给好人们添麻烦。下一次，若是小说家又敲响了警钟，即使是教友会的聚会所被大火一烧而光，我也会稳坐钓鱼台的。

"一部中世纪传奇《飞跃的托伊哈》，是写《小不点托尔坦》的那位著名作家所著。每月连载，每天都非常抢手，欲购从速。"诸如此类的东西，人们阅读起来眼睛睁得有小碟子大，好奇得要打破沙锅问到底，胃口也是极好，不怕胃壁损伤，就好比那些4岁大的孩子们，成天坐在椅子上，看着售价2美分的烫金封面的《灰姑娘》——在我看来，他们读后，怎么发音、重音、加强语气等这些方面都没有进步，更不用说他们对故事寓意的了解与应用故事寓意的技巧了。其后果是目力衰退，一切生命的循环生机凝滞，器官普遍颓唐，智力的官能就像蜕皮一般。这类"姜汁面包"几乎每个烤炉日日都会烤制出来，比用纯小麦或黑麦混合玉米粉烤制的面包更受人喜爱，在市场上也更畅销。

最好的书，那些所谓的"好读者"往往也不屑去读。我们康科德的文化又排第几呢？这个城市里，少数一些人除外，大多数人对于最好的书，甚至英国文学中一些很好的书，都觉得没有味道，尽管大家都能读英文，都拼得出英文字。更有甚者有这里那里的大学出身，或所谓受有自由教育的人，也不是很了解英国的古典文学，或者有的人甚至一点儿都不知道。至于铭记着人类智慧的巨著，比如古代经典作品和《圣经》，谁想阅读是不难得到的，但也浅尝辄止。

我认识一个伐木工，他人到中年，也时常读一份法文报，他说并非是为了读读新闻，他是为了"保持他的法语水平"，因为他生来是一个加拿大人。我就问他，在世上他能做的最好的事情是什么？他回答说，除去这件事，还要继续下功夫，把他的英语学好。一般的大学毕业生所做的或想要做的就和这个差不多，他们订一份英文报纸也是为了一样的目标。假如一个人刚好读完了一本或许是最好的英文佳作，又有几人可以与他谈谈读后感呢？再假设一个人刚刚读了希腊文或拉丁文的古典作品，就连文盲也知道要称赞他；但是他完全找不到一个可谈的人。他只有沉默。我们大学里基本上找不到哪个教授，如果已经掌握了一种艰难的文字，还能以同样的比例学习一个希腊诗人的深奥的才智与诗情，并可以用同情的心情来传授给那些灵敏的、有英雄气质的读者的；更不用说神圣的经典，人类的《圣经》了，这里有谁可以把它们的名字告诉我呢？大多数人其实并不知道，除了希伯来民族，其他的民族并没拥有自己的一部《圣经》。任何一个人费尽心机去捡一块银币，但是这里有闪亮如同黄金的文字，古代最聪明的智者说出来的话，它们的价值是历代的聪明人向我们反复强调过的；——可是我们读的只不过是识字课本、初级读本和教科书，毕业之后，接触的又仅仅是"小读物"以及给孩子们和初学者们看的故事书；因而，我们的读本、我们的谈吐和我们的思想，都处于一个极低的水准，只与俾格米小矮人相匹配。

我盼望能结识一些比康科德这片土地上产生出的更加聪颖的人，他们的姓名在这里闻所未闻。如果我听到了柏拉图的名字，我还会不读他的书吗？似乎柏拉图是我的同乡，可是我却从没有见过他，似乎是我的近邻，但我却从没有听到过他说话，或听到过他的智慧的语言。但是，这不就是事实吗？他的《对话录》包含着他不朽的见解，却一直搁旁边的书架上，我还没有读过它。我们全都是文盲，简直是缺乏教养，格调低下。在这一点上，我觉得，两种文盲是一样的，一种是完全目不识丁的市民，另一种是已经读书识字了，但是只读儿童读物和智力极低的读物。我们应该和古代的圣贤一样的优秀，可是先要让我们清楚地了解他们的优秀之处。我们都是一些人微言轻的人，我们的智慧的飞翔难以超越报纸专栏内容的高度。

并非所有的书卷都如它们的读者一样愚不可及的。或许书中有些词语确实是针对我们的情况说的，这些词语假如我们真的可以认真倾听并且理解的话，那将会比清晨和春天对我们的生活更有帮助，甚至还有可能让我们周遭事物面目一新。很多人因为阅读一本书而使他的生活出现了一个新纪元。一本书或许因我们而存在，能解释我们的奇迹并揭示新的奇迹。就在今天，我们难以启齿的话语，也许在书中某处已经言明了。如今使我们心烦意乱、伤透脑筋和迷惑不解的问题，也曾一样发生在所有聪明人的心上，没有任何一个被漏掉，并且每个人都依照自己的能力，用自己的话，以及自己的生活经验来回答这些问题。况且，拥有了智慧我们才能学会慷慨行事。

在康科德郊外，在某个田园，有个寂寞的雇工，他有着第二次的诞生和独特的宗教体验。而且他自己觉得，信仰让他进入了一种静穆和与世无争的境界，他或许会认为这不真实；但是琐罗亚斯德^①几千年前便走过这条路并得到同样的经验；可是这位先哲具有高超的才智，知道这是具有普遍性的，因此以宽阔的胸怀对待邻人据说他创立了祭奉神灵的礼仪。就让他恭顺谦逊地去和琐罗亚斯德沟通精神，而且通过一切杰出人物的自由影响，同时和耶稣基督本人沟通精神，让"我们的教会"滚到一边去。

我们自我吹嘘说，我们属于当代的19世纪，我们迈着最为快捷的大步，超过了任何国家。但是想想看，这个乡镇对它自身的文化贡献却微乎其微。

我不想去恭维我的同镇人，也不用他们来恭维我，否则双方都不会取得进步。我们需要的是有人鞭策——像牛群那样由于被驱赶而快步疾跑。我们有一个非常不错的公立学校体制，专门为幼儿服务的学校；可是除了冬天有个处于半穷困状态的讲堂，和最新那个依据政府法令勉强开始创办的图书馆以外，没有我们自己的学校。我们在活命的食粮上的开销不少，但在精神食粮方面的开销却为数不多。

现在是时候了，我们该拥有一所非凡的学校，在我们长大成人后仍可继续受到学校教育。是时候了，我们的村镇就应该

---

① 琐罗亚斯德（Zoroaster），古波斯琐罗亚斯德教的创始人，据说20岁时离家隐修，后对波斯的多神教进行改革，创立琐罗亚斯德教。

成为大学，村镇里年纪较大的居民全是研究员，过着悠闲的生活——如果他们的确很富裕的话，在剩下的岁月里自由求学。世界难道就只剩下一个巴黎或一个牛津？难道学生就不能住在这里，在康科德的天空下得到自由的教育？为什么我们不聘请一位像阿伯拉尔①那样的人物来给我们讲学？我们一直忙着养牛，做店铺生意，好久无缘上学了。我们的教育被可悲地冷漠一旁。

在我们的国度，我们的乡镇应在某些方面取代欧洲贵族的地位。它应当成为艺术的资助者。它很富有，但是缺乏气量与优雅的风度。只要是农民和生意人重视的事它都愿花钱，但是，希望把钱花在那些知识水平更高的人所觉得的更有价值的事情上，则完全是一种乌托邦空想。

多亏有了财富和政治，本镇才耗资 17000 美元修建一座市政大厅。但是，要让它把同样的钱花在有生命力的智力投资上，换句话说，让那个空壳子真正意义上成为有血有肉的实体，那也许就是磨上一百年也不会有结果。每年冬天给讲堂捐助 125 美元，是这个市镇所筹集的任何一笔同样数额的资金中花得最有意义的。倘若说我们是生活在 19 世纪，那我们为何不去享受 19 世纪所提供的种种好处呢？我们的生活为何要过得如此褊狭呢？如果我们想读报纸，就应该把波士顿报纸上那些无聊的东西全都舍弃，立刻订阅一份世界上最优秀的报纸——既不去吮吸"中立派"报纸的糊糊，也不去在新英格兰这里啃"橄

---

① 法国神学家和哲学家。

榄枝"①。看一看各种学术团体的报道，我们就会了解他们是否知道些什么。为何我们拱手相让，让哈珀兄弟出版公司和雷丁公司去为我们精选自己的读物呢？

一个艺术品位高雅的贵族，在他的周围自会集结起一些对他的文化修养有助益的事物——天才——学识——机智——书籍——绘画——雕塑——音乐——哲学的工具，等等；城镇村子应该也要这样做，——不应只请一个教师，一个牧师，一个司事，认为办教区图书馆，选举三个市政委员就可以停止了，因为我们的移民祖先在冰冷的岩石上熬过了寒冬，就是靠的这点基业。

集体行动是与我们的体制精神相符合的。我的确相信我们的环境将更发达，我们的能力超过那些贵族们。新英格兰能够请来全世界的智者，来教育她自己，让他们在这里吃住，让我们不再过乡村的生活。这是我们急需的不一般的学校。贵族不需要，需要的是高贵的村子。要如果很有必要，我们宁愿在河上少搭一座桥，即使多绕一点远路，但在环绕我们黑暗的愚昧深渊之上，至少架起一座拱桥吧！

---

① 波士顿出版的一份周刊的刊名。

声音

　　但是，当我们只是一门心思去阅读那些最精挑细选出来的经典作品，并且仅限于阅读以一种特殊的语言文字，——那本身不过就是某一地的方言，我们就会有忘掉那种直白地说出所有事物的语言的危险，要知道只有这种语言才是词语最丰富而又标准的。发表的人多，印刷出来的人少。透过百叶窗的间隙流淌进来的光线，只要百叶窗被完全打开，便不再被记起了。时刻保持敏锐的必要性不能被任何一种方法或训练替代。不管精选出来的历史课、哲学课或诗歌课有多好，也不管最好的社会、最吸引人的生活习惯是怎样的，都不能和永远看到值得看的东西这种训练相比。你是宁愿当一个读者，一个学生而已，还是当一个洞察者呢？解读一下你的命运，瞅瞅在前头等着你的是什么，然后坦然走向未来吧。

　　第一年的夏季，我没去读书，我去种豆了。不，我干的事情比这个还好。有时候，我不能因为工作牺牲掉眼前的美好的时间，不管是脑的或手的工作。我喜欢留更多的富余时间给我生活。有时候，在夏日的清晨，同往常一样洗过澡之后，我坐在阳光下的门前，日出到正午，我一直坐在那里，坐在松树、山核桃树和黄栌树中间，在不被打扰的寂寞与宁静之中，凝神沉思。当时鸟雀在周围唱歌，或悄无声息地疾飞而过我的屋子，一直等到太阳照上我的西窗，抑或远处公路上传来一些旅行者的车辆的辚辚声，告诉我时间的流逝。我们在这样的季节中成长，就像长在夜间的玉米一样，手头的任何工作都远不及此中的快意。这样做并非是我虚掷了光阴，而是在我一般的时间里添加了许多，还超产了很多。

我领悟到了东方人所谓的沉思默想和暂弃劳作的其中意味。大致上，虚度时光，我无所谓。白昼向前行进，似乎只是为了照亮我的某种工作；但是刚刚还是黎明，你看，这时已经是晚上，我任何值得纪念的工作也没完成。我也不像鸟禽般地歌唱，我只安静地微笑，笑我自己幸福无边无际。犹如那麻雀，栖息在我门前的山核桃树上，叽叽喳喳叫个不停。我也低声轻笑，但压低了声音，怕它听到了我"巢中"的声响。我的一天并不代表一个星期中的某一天，它不是用任何异教的神祇来命名[①]，也没有切成小时的细末子，也没有因为钟声滴答而不安；我的生活很像普里族印第安人[②]，听说在他们看来，"表示昨天、今天和明天的是同一个字，而在表示不同的意义时，他们一边说这个字一边做手势，手指后面的算昨天，手指前面的算

---

① 一周里的每天都是以某个神的名字演变而来的，比如星期二 Tuesday，由 Tiu's day 演变而来，是阴暗神提尔（Tiu）的日子；又如 Wednesday 由 Weden's day 而来，是战神瓦丹（Woden）的日子等。

② 生活在南美洲北部的印第安人部落，现在是巴西境内的一个少数民族。

明天，手指头顶的便是今天。"①而在我的同胞们看来，这完全是懒惰；但是，假如用飞鸟和繁花的标准来审视我的话，我觉得我是没有一点儿缺点的。一个人必须从自身寻找机缘，真是所言极是了。自然的日子很是宁静，它从不自责懒惰。

至少，我的生活方式比起那些只知四处寻欢作乐、进社交界或上戏院的人，还有这种优势——我的生活自身就是一种娱乐，而且永远新颖。这是一个多幕剧，并且没有最后的一幕。假如我们经常能够按照我们学习到的最新最好的方法来过我们的生活和管理我们的生活，我们就完全不会为无聊所困。只要不丢掉你的创造力，它就能够每一小时指示你一个新的前景。

家务活是一种愉悦的消遣。如果我的地板脏了，我就会很早起身，把我的所有家具搬到门外的草地上，床和床架堆成一堆，然后在地板上洒上水，再洒上湖里的白沙，接着用一柄扫帚，把地板扫得干净雪白：待到村民们吃罢早饭，清晨的阳光已将卧室内的地板晒得很干了，我便可以把家具搬进屋内。而在这个过程中，我的沉思基本没有中断过。这是很快乐的，见到我家里所有的家具都放在草地上，堆成一个小堆，就如同一个吉普赛人的行李，我的三脚桌子也摆在松树和山核桃树下，上面堆满了书本笔墨，我都没有动它们。它们似乎很乐意上外边来，也似乎很不希望被搬回屋里去。有时，我真想张罗着给它们搭起一顶帐篷，我也好稳坐其中。

阳光暖暖地铺洒在这些家具上，形成了非常值得一观的景致。风吹着它们是很美妙的声音，在户外看到熟稔的东西比在

①　法伊弗夫人《一位夫人的环球航行》。

室内有趣得多。小鸟坐在相隔一枝的树枝上，长生草生长在桌子下面，黑莓的藤缠住了桌子脚；到处落满了松实、栗子和草莓叶子。我的家具似乎就是由这些东西的形态转变而来的，变成了桌子、椅子和床架——这些家具原来也是与这些东西毗邻的树木。

我的屋子建在一座小山的山腰上，正好在一个较大的森林的边上，在一个苍松和山核桃的小林子的中间，距离湖边 6 杆 ^① 远的地方，有一条很窄的小路由山腰通到湖边去。在我前面的院子里，长满了草莓、黑莓，还有长生草、狗尾草、黄花紫菀、矮橡树和沙樱桃树、越橘和落花生。

五月尾，沙樱桃（学名 Cerasus pumila）的精致花朵开在了小路两侧，短短的花梗四周是形状变成伞状的花丛，到了秋色漫山，大大的、十分好看的野樱桃一挂挂垂吊着，仿佛射向四周的光芒。它们并不可口，但为了感谢大自然的赐与，我还是尝尝为好。

光叶漆（学名 Rhus glabra）在屋子四周生长得非常地茂盛，掀翻了我筑起来的一座矮墙，第一季就见它长了五六英尺。它的宽阔呈羽状的热带树叶，看起来形状奇特，却令人赏心悦目。在晚春季节，巨大的蓓蕾突然从似乎已经死去的枯枝上跃了出来，就像施了魔术一样，变得花枝招展了，变成了温柔的青色柔软的枝条，直径也达到了一英寸；有些时候，恰逢我坐在窗口，它们这么自由地生长，把它们自己的脆弱的关节也给压弯了，我听到一枝新鲜的柔枝忽然折断的声音，尽管没有一丁点

---

① 　1 杆等于 5.5 码，约等于 5.0292 米。

儿风，但它却被自己的重量压倒了，像一把羽扇一般慢慢落下来。在8月里，大片的浆果，曾在鲜花怒放时引诱来一群群野蜂，此时也渐渐崭露出光鲜的天鹅绒般的绯红色泽，也再次被自身的重量压得垂落，最终折断了纤柔的枝条。

在这个夏季的午后，我坐在窗边，老鹰在我的院中空地上盘旋，野鸽子疾飞而过，三三两两地映入我的眼帘，又或不安地在我屋后的白皮松枝头栖息，对着天空发出一个呼声；一只鱼鹰在水面上啄出一个浅凹，便叼走了一尾鱼；一只水貂悄悄地爬出了我门前的沼泽，在岸边抓到了一只青蛙；芦苇鸟在这里那里掠过，莎草被它们重重地压倒；半小时内，我不住地谛听着火车驰过的咔嗒声，那声音若有若无，宛如鹧鸪在抖扇着翅膀，那火车正在将乘客从波士顿运送到这乡镇来。我也没有在世界之外生活，和那个孩子不同，据说他被送到了本市东部的一个农民那儿去，但没有待多久，他就逃跑了，逃回家里，鞋跟都磨破了，他真的是太想家了。他从未见过那么沉闷和荒凉的地方；那里的人都走光了；你连他们的口笛声也听不见！我怀疑，在如今的马萨诸塞州是否还存在这样的地方：

> 真的啊，我们的村庄成了一个靶子，
>
> 被一支飞箭似的铁路射中，
>
> 在和平的原野上，它是康科德——和谐之音。①

---

① 威廉·埃勒里·钱宁《瓦尔登湖的春天》。在英语里，"和谐"和康科德是一个单词"concord"，从中看得出作者写作该书的部分用意。

菲奇堡铁路在离我住处南边差不多100杆的地方接触到这个湖。我时常顺着路基走到村里去，就好像我是凭借这个环节来与社会相联结的。货车上的人，在整条铁路线上来回奔走，同我打招呼，把我当作老朋友，来往次数多了，他们以为我是个雇工，我也正是个雇工。我同样乐意在地球轨道的某一路段做个铁路养护工。

夏去冬至，火车发出的汽笛声贯穿了我的树林，那声音仿佛在农家院落上空翱翔的老鹰发出的尖叫声，它通知我：许多焦躁不安的城市商人正在进入市镇之中，又或是一批乡村的投机商人从相反方向来到这里。在眼睛所能看到的范围之内，他们相互间大声喊叫，警告对方离开轨道避免发生危险，有时这喊叫声两个市镇周围都听得到。乡村啊，你们的杂货来了！老乡们啊，我们给你送粮食来了！任何人都不能在田园封闭生活，因此，镇上是没人会谢绝这些叫卖声的。木材就像长长的攻城槌，以每小时20英里的速度撞击着城墙，那些住在城里的疲倦不堪、负担沉重的人，现在全都可以坐在椅子上。乡村以如此轰动的礼节给城市送上一把椅子。全部印第安越橘树的山头都给采光了，所有长蔓越橘的草地也都被采摘一空运到了城里。棉花装上了车，棉织品卸下来了；生丝装上了车，丝织品卸下来了；书籍装上了车，可是作家的写作才能降了下来。

当我与那火车头遭遇时，它正拖带着它的一列列车厢，像行星似的在铁轨上运行——准确点说，像一颗彗星那样运行的时候，由于观看的人不清楚火车以这样的速度、朝着那个方向驰去，还会不会回到这边来，它的运行轨道看起来不像一条会回转过来的曲线；它的水蒸气好比一面旗帜，编织出一个个金花环、银花环在后面飘荡，好像我见过的一团团和绒羽一般的云朵，高高地飘在天空之上，大片大片地舒展开去，并从边缘投射出耀眼的光芒来——好似游荡着的神灵精怪，驱云赶霞，很快便要把夕阳映染的天空裁剪成他列车的衣裳；当我听见铁马鼻息如雷，在山谷中发出隆隆响声，连脚下的土地也在微微颤抖，它的鼻孔里呼火喷烟（我不清楚他们会把什么样的飞马或火龙放进新的神话里），好像大地现在已经得到了一个种族，配得上在它上面去居住。假如一切都和外表看上去的一样，而人们则把各种元素都变成服务于崇高目标的工具，那该有多好呀！如果机车上悬浮的蒸汽真能化作创造英雄业绩时流淌的汗水，或者像飘浮在农田上空的祥云，那么，元素和大自然本身都会欣然听命于人类的差遣。

我眺望清晨准时奔驰而来的一列列火车时的感触，与我观望旭日东升时的感触极其相似。火车后面升起一串长烟，越来越高，火车往波士顿开去，烟却升上了天空，一瞬间阳光都被遮住了，连我远方的田野也被浓烟所笼罩。这一串串云烟犹如在天际行驶的列车，相形之下，我旁边紧贴着大地的小小列车，倒像是一支长矛上的倒钩了。在这个冬日的早晨，驾驭铁马的人一早就起床，在星光照耀下的群山中喂马，套上马具。火也一样很早就被唤醒，以便使它体内得到生命的热量，能够奔驰。假如这件事能做得既这么早又没有一点儿害处，那该有多好呀！如果积雪很深，他们就给它穿上雪鞋，用一支巨大的雪犁开出一条犁沟，从群山中通往海滨，而列车就像挂在后面的播种机，把所有躁动不安的旅客和流动商品一起当作种子一样撒在田野里。这只火驹昼夜不分地奔驰过田野，它的主人要歇息一下时它才会停住。

而我则半夜里被它的沉重的震动声和巨大的喷气声给吵醒，这时它被冰雪围困在了林中某个峡谷里；它在拂晓之前才能驶进马厩，可是既不能歇息，也不能安睡，随即又要踏上新的旅程了。也许在黄昏时分，我听见铁马在马厩里把一天留下来的能量释放干净，让神经平静，让脏腑和脑袋冷静下来，让它可以睡上几个小时。如果它飞奔起来，能永远如此英勇而威风不减当年，永远不知倦怠，那该多好啊！

在乡镇的边缘，那人迹罕至的密林深处，从前仅有猎人在白天才敢进入；现在这些灯火通明的客车却在漆黑的夜里伴随着当地居民的沉睡疾驰而过。现在车子停在市镇某个灯光辉煌的车站里，一群社交界人物正在那里聚集，而下一刻，它已停在了迪斯默尔沼泽，机车的轰隆声将猫头鹰和狐狸吓得东躲西藏。列车的出发和到站，如今成了乡村的大事了。

列车准时准点地来来往往，它们的汽笛声远远地就能听见，因此农民便根据汽笛声来校正钟表，这样一来，一个组织妥善的机构，让整个国家都受它支配。自从发明了铁路以后，人们没有变得比以前更加守时吗？他们站在车站里说话和想事，难道不比在驿站更快些吗？车站有一种令人激动的气氛。我对于火车创造的奇迹，备感惊奇。我有一些邻居，我本来猜想他们是永远不会去乘坐这么迅速的交通工具去波士顿的，但现在只要钟声一响，他们就立刻等候在站台上了。

以"铁路作风"行事，已经成了时髦的口头禅了；应该听一听权力机关时常真诚地提出来的劝告：离铁轨远一些。这东西不会停下来宣读取缔闹事法，也不会对乱民鸣枪示警。我们已经制造了一种命运，一个阿特罗波斯[①]，那是不会躲开的（就让它成为你机车的名称吧）。人们读广告时刻表，知道某些时候这些箭要朝着特定方向发射出去；然而，火车并不会插手人们的事务，孩子们还乘坐另一条铁轨上的列车去上学呢。我们的生活更加安稳。我们全都被教育成为威廉·退尔[②]之子。空中到处都是凭眼睛看不到的弩箭。人生之路有千万条，但只有你自己的道路，才是你的宿命。那么，你就走自己的路吧。

　　商业令我对它的钦佩之处，在于它的敬业精神和无所畏惧。它从不向朱庇特拱手祈求。我天天都看到这些商人或多或少带着点勇往直前和心满意足的神态从事商业活动，他们做得比自己预想得更多，或许比自己一开始计划好的干得还要好。那些在布埃纳维斯塔[③]火线上坚持了半个小时的人，他的英雄主义并不会打动我心，那些在寒冬里坚强而又快乐地在铲雪机里过冬的人，倒是令我万分感动；他们展现出坚定而又愉快的豪迈气概，不但有着波拿巴认为是最难得的早晨3点钟的作战勇气，更重要的是他们的勇气不会早早跑去休息，而且要等到暴风雪平息之后，或者他们的铁马被冻僵之后，他们才会去安睡的。

---

①　古希腊神话中命运三女神之一，掌管剪断生命之线。

②　William Tell，瑞士传说中反抗奥地利统治的英雄，为争取民族独立而斗争，被迫用箭射放在他的儿子头上的苹果，结果射箭成功，儿子安然无恙。

③　1847年墨西哥战争的战场。

在隆冬时节，清晨的暴风雪还在肆虐，仿佛连人们的血液也会冻僵之际，我便听见他们火车头压抑深沉的铃声，从列车吐出的冰冷的浓雾中传过来，预示着列车来了，没有误点，完全不理会新英格兰东北的暴风雪。我看到那铲雪人，全身披满雪花和冰凌，眼睛紧盯着铲雪板，被铲起的不光是雏菊和田鼠洞，而是类似于内华达山脉上的巨砾，这些巨砾占满了宇宙的外界。

商业有一种让人没有预料到的自信沉着、机灵、富于进取心，不知道什么叫作疲倦。商业的手段是极其自然的，而且远比许多幻想的事业和浪漫的体验更为自然得多，因此，它的成功有其独到之处。

一列货车咔嗒作响地经过我身边时，我感到精神为之一振。我闻到了各种补给品的味道，它们的香气从"长码头"到尚普兰湖一路上不停地散发着，这让我不禁想起外国各地，想起了珊瑚礁、印度洋、热带地区以及浩瀚的地球。我只要看见那些明年夏天就会戴在许多新英格兰人亚麻色头发上的棕榈叶，以及马尼拉麻、椰子壳、旧缆绳、黄麻袋、废铁和生锈的钉子时，便感觉到自己更像个世界公民。一整车的破烂船帆，若是用来造出了纸张，又印成了书，那书读起来一定会通俗易懂，更加生动有趣。谁可以把自己经历惊涛骇浪的历史，和这些破船帆所经历的惊涛骇浪相比呢？它们都是一些不用修改的校样。

从这里经过的是来自缅因森林的木材，这些木材在刚发生的一次河水暴涨时没有运出海，现在涨了价，因为后来要运输以及锯成木板等的开销使费用增加了。包括松木、云杉木、雪松——质量分为一级、二级、三级和四级，不久前它们还是同等质地的树木，摇曳在熊、麋鹿和驯鹿的栖息地之上。

下一列接着开过来的列车运的是托马斯顿的石灰，上等的好货，要托运到很远的山区去被敲碎的。这些捆成一大包一大包的破旧衣服，拥有各种款式各种等级，是棉料和亚麻织品的身价最低的时候，也是衣服的最后命运——如今再也没有人去夸赞它们的式样了，密尔沃基市除外；由于那些光彩夺目的衣裳，英国、法国或美国的印花布、方格花布、平纹细布，等等，被从各地搜集过来，包括上流社会的和穷人的，都会变成单色或只有几种色彩的纸张，在这些纸张上肯定会写出一连串真实的故事，无论是高雅的还是庸俗低级的故事，都是有事实依据的！

这一节紧闭的车厢里散发出了咸鱼的味道，极浓的新英格兰的商业气息，使我想起"大浅滩"①及其渔业。有谁没有见过一条咸鱼呢？因为我们这个世界而精心腌制，目的是使世间没有让它变坏的东西，并让那些坚韧不拔的圣人相形见绌，为之自惭不如。假如有了咸鱼，你就能去扫街或铺路，劈柴火，驾车的人可以为自己与自己的货物遮阳避雨，兼程赶路——对于一个商人来说，他可以像康科德镇某个商人以前做过的那样，开张营业时把咸鱼挂在门旁当招牌，直到老主顾都说不清这到底是动物、植物还是矿物，不过，这咸鱼此时还是如雪一样白花花的，若是放进锅里烧熟，还是一条色香味俱全的咸鱼呢，可供周末晚宴上享用一番的。

① 大西洋北美大陆架的一部分，位于加拿大纽芬兰东南，是一个国际渔场。

接着托运的是西班牙的皮革，上面的尾巴还是原样扭曲着，恰好是当年披着这些皮革的公牛在南美大草原上猛冲的姿态——这是最倔强的典型，说明一切性格上的缺陷几乎形同绝症，无药可救。我同意，事实上，一旦我了解一个人的本性，我便会觉得在这种生存状况之下是不可能让其变得更好或更坏的。就像东方人说的："一条野狗的尾巴可以加热、碾压、用带子扎，但是这样摆弄12年之后，它依旧还是会回到它原来的老样子。"对付如狗尾巴这般根深蒂固的天性，唯一有效的清除方法，就是将它们熬制成粘胶，以作粘贴之用，我相信这应当作为它们一贯的用场。

这一大桶糖蜜，也可能是白兰地，要被运到佛蒙特州的卡廷斯维尔的约翰·史密斯的手上，那是格林山区的商人，是给林中空旷地的农民们进口货物的，如今或许就站在他的岸上思考着最近运到岸上来的货物对价格会有什么影响，这时他会告诉他的顾客——其实，这话在这个清晨之前他已说了不下20遍了，说他估计下次车会运来些高质量的商品。这件事在《卡廷斯维尔时报》上报道过。

这批货物装上去，另一批货物卸下来。听见一阵嗖嗖的声音，我把书放下抬起头来，看到一些从遥远的北山上砍下来的长长的松木，越过格林山和康涅狄格，穿过城市仅仅用了10分钟左右，还来不及看清楚，它已成为：

"一艘旗舰上面的桅杆。"①

————————————
① 出自英国17世纪著名诗人约翰·弥尔顿的《失乐园》里的诗句。

听听吧！运送牲口的货车开过来了，运载着远方的牛羊，运载着空中的羊栏、马厩和牛棚，带着棍子赶牲畜去集市的人，羊群中的牧童，只剩下山中的草场没有搭载这趟列车，就好像山中的树叶被9月一阵阵大风刮走急飞一般。空中全都是牛犊和小羊的叫声，还有公牛挤来挤去，就像一个放牧的山谷从旁边疾驰而过。当领头羊的脖铃叮当作响时，高山也真的如公羊般蹦跳起来，而低缓的小山则如同小羊羔般温驯。

这列火车中，一个车厢里还装满了牲畜贩子。现在他们和他们的牲畜是一样的，他们的职业早已成为过去时，却依然紧紧抓住毫无用处的赶牲口的棍子，仿佛那棍子是他们办公室的徽章似的。但是他们的那些牧犬呢？在它们眼中这是一场大溃退，它们确实被抛弃了，它们已丢掉了追踪目标的线索。我感觉到，我好像听见它们在彼得伯勒山背面不停地叫着，又或气喘吁吁地在爬上格林山的西坡。它们见不到牛羊被宰的场面。它们也一样失业了。它们的忠诚和伶俐已不能与昔日相比。它们会悄悄地溜回它们的狗窝，一副丧家犬的样子，又或变成野狗，和狼、狐狸待在一起。你的草原生活就这样地迅速地离你远去了。警钟响了，我必须离开铁轨，让列车通行——

> 铁路与我有何干？
> 不去研究不去看，
> 没有尽头无重点。
> 穿越几条沟与坎，
> 似给燕子铺堤岸；

让黄沙吹落满地，

使黑莓四处生息。

　　但是我跨过铁路，就像我从林中小径穿过。我不情愿让我的眼睛和耳朵被机车喷出的煤烟、蒸汽和嘶嘶声给污损了。

　　现在列车已驶远了，一个紧张不安的世界也被随之带走了。湖中的鱼不会觉得震荡，我尤其孤独起来了。悠闲的下午的剩余时间内，我的沉思一般就打不断了，只有远处公路上偶尔传来的微弱的马车声会打断我。

　　有时，在星期天，我聆听着这钟声，林肯、阿克顿、贝德福德或康科德的钟声，在合适的风向中，很柔微甜美，就像是自然的旋律，真值得飘荡到旷野。这钟声传到了极远的林中树梢之上，变成了某种震颤的轻波，地平线上的松针好似一架竖琴琴弦，被这轻波弹拨着。所有声响，在最大限度的距离以外听到时，会有同样的效果，变成宇宙七弦琴弦的微颤，这就好比极目远望时，最远的山脊，由于中间充斥着大气，就会染上同样的微蓝色彩。这一次传到我耳朵的钟声带来了一条被空气拉长了的旋律，它每一张叶子和每一枝松针寒暄，因此，它们接纳了这旋律，给它转了一个调，把它从这个山谷传给了另一个。回声，在某种范围内依旧是以前的声音，这也正是它的魔力与可爱的地方。回声不仅仅重复了那珍贵的钟声，而且还重复了森林中的另一种声音，它便是林中仙女如泣如诉的吟唱。

　　到了傍晚，森林远方的地平线上，有几声醇厚的牛鸣传来，听起来是如此甜蜜、旋律优美。最初我以为是某些游唱诗人的

135

歌声，在某些个晚上，我听到过他们唱小夜曲，他们或许正漂泊途经山谷；然而听下去，我就有些失望了，这声音一拉长就听出来是牛的叫声，免费的音乐。我说，在我听来，青年人的歌声就好比牛叫，我并非是讽刺，我是很欣赏他们的歌喉的，虽然我觉得他们的歌声与牛鸣极其相似，但这两种声音，终归是天籁之音。

在夏天的某些日子里，晚班的列车准时在 7 点半经过之后，夜鹰就要演唱半个小时的晚祷曲。在我门前的树桩上，或站在屋脊梁木上。它们准时得好比时钟一般，每天晚上的日落之后，某个特定时间的 5 分钟以内，它们肯定开始歌唱。的确是个千载难逢的机会，我掌握了它们的习惯了。有的时候，我听到四五只夜鹰在林中的不同地点唱起来，音调前后很巧合地相差一小节，它们离我实在太近，我不仅能听清它们在每个唱音之后发出的咯咯声，而且还常常听到一种奇妙的嗡嗡声，就像一只苍蝇投入了蜘蛛网，不同的是那声音更响一点。有时，一只夜鹰在距离我的周遭只有几英尺的林中不停地盘旋，飞，飞，就像有绳子把它们牵住了，或许由于我在它们的鸟卵附近。夜间，它们会不时地唱上几声，在黎明前或是黎明时分唱得尤其带劲。

等到其他鸟雀平静之后，猫头鹰又接上腔尖叫起来：如同哀悼的妇人，叫出从古至今的"呜——噜——噜"这种悲凉的叫声，颇有森·琼森[①]的诗风。这午夜还在放歌的聪慧的女巫啊！！这和一些诗人所唱的"啾——微""啾——胡"并不一

①　英国剧作家、诗人、评论家，主张文学应符合"自然""生活"。

136

样，没那么真实、呆板；没有开玩笑，它的确是墓地里的哀歌，好似一对自杀的情人在地狱的山林中，回想起了生时恋爱的苦痛与喜悦，便相互抚慰着一样。但是，我喜欢听它们的悲悼、阴惨的鸣叫，回荡在树林中的颤声歌唱；让我有时想到音乐和鸣禽；似乎心甘情愿地唱遍音乐的呜咽含泪，哀伤叹息。这些歌唱的鸟雀，它们是一些堕落灵魂的化身，阴郁的精神，忧愁的预兆，它们以前也有人类的形态，每夜走动在大地上，做着黑暗的事情，如今，在从前作恶的景象中，它们悲唱着赞美诗和挽歌，祈求赎回犯下的罪过。

它们的歌唱令我耳目一新，包容一切而又变幻莫测的大自然正是我们的共同家园。"哦——噢——噢——噢——噢——我从没出生——生——生——生——嗯！"湖的这一边，一只夜鹰这样叹息，盘旋里夹杂着焦灼的失望，最后在另一棵灰黑色的橡树上停落，随后，"我从没出生——生——生——生——嗯！"远一点的另一边另一只夜鹰颤抖地、诚实地回答，并且，远远地从林肯的树林中，传来了一个微弱的回应"——出生——生——生——生——嗯！"另有一只哀鸣不已的猫头鹰也哼出了小夜曲。

接近鸣叫处，你大概会悚然而立，这是大自然中最最悲惨的声音，似乎它要用这种声音搜集人类临终的呻吟，将它永远保存在它的歌曲之中一般，——那呻吟是人类的可悲的微弱的残息，希望被他留在后面，在进入地狱的时候，和动物一样嗥叫，又还含着人的啜泣声，由于一种很美的"咕咕咕咕"的声音，它听来格外可怕——我察觉到我写下"咕"字的时候，居然不自觉要模仿那声音了，——它充分体现出一个冷凝中的腐蚀的心灵情况，所有健康和勇敢的思想都给破坏了。让我想起了夜幕下的食尸鬼、白眼的傻子和定睛而视的狂人，他们所发出的哀嚎。但是现在有了一个回应，远远地从树木中传过来，由于距离的原因，反倒觉得实在优美，呼——呼——呼，呼儿呼；这里面人们感受的只是欢快愉悦的韵味，无论是晴天或是雨夜，不管是盛夏还是严冬。

我认为猫头鹰的出现可喜可贺，它们为世人发出了沉迷于疯狂的奇人似的长啸，这种声音最适合于连太阳光都照射不到的沼泽与阴沉沉的森林，让人想起人类还从未发现的一个庞大而未开化的自然领地。它可以象征绝对愚妄的晦暗和人人都存在的无法满足的思想。所有的白天，日光照耀在这些荒蛮沼泽的边缘和上空，地衣长在孤零零的针枞上，小小的鹰在头顶盘旋，而黑头山雀在常春藤中嘁嘁地鸣叫，松鸡、兔子则在下面躲藏着；一个更加阴郁、契合的白天降临了，自然界中另一类生命适时而起了。

暗夜深浓之时，我听到远方车辆跨过桥梁的声音，——这声音在夜里听起来非常地远——还有犬吠声，有时又听到远方的牛棚中有一头不安分的牛在叫。同一时刻，湖滨回荡着青蛙叫声，古代的醉鬼和宴饮者的顽固的精灵，仍然恶习难改，要在他们那像冥河似的湖上轮番唱歌，请瓦尔登湖的水妖谅解我做这样的譬喻，湖不生杂草，但青蛙可不少———它们还习惯于遵循它们那古老宴席上那种喧嚣的规律，尽管喉咙干涩，可神态已是一本正经。它们嘲笑着欢乐，连酒也失去了香味，只成了用来灌饱它们肚子的液体，而醺醺然的醉意无法淹没它们对过去的回忆，它们酒足饭饱，肚皮里的液体沉甸甸的，头皮在膨大。

那位青蛙王子，将下巴搁在一张心形叶子上，好像流涎的嘴巴挂着一片餐巾，在北岸下喝了一口以前藐视的水酒，把酒杯传递开来，同时发出了"托尔——尔——尔——隆克，托尔——尔——尔——隆克，托尔——尔——尔——隆克"的声音，马上，从远一点的水上，传来重复的口令，这是另一只青蛙，官阶低一些，凸起肚子，喝下了它那一口酒后叫出来的，当酒令犹如击鼓传花沿湖环行一周，青蛙王子得意扬扬地大喊一声："托尔——尔——尔——隆克"，每一只都顺次传递给最没喝饱的、漏水最多的和肚子最瘪的青蛙，没有错一点；于是酒杯又一次次地轮递，一直到太阳从朝雾中露头，这时只余一位青蛙老臣没有钻进湖水下，仍一遍又一遍地聒噪着"托尔——隆克"来，停顿下来边歇边等口音。

我不太记得清晨的林间空地上是否有过雄鸡引吭高歌过，我认为养一只小公鸡很正确，只不过把它当作鸣禽对待，为了听听它的鸣叫。公鸡以前是印第安野鸡，它的鸣叫的确是所有珍禽当中最好听的，如果没有把它驯化为家禽，那它悠扬的歌喉马上会成为我们森林中标志性的音乐之声，超越于野鹅的高腔大嗓和猫头鹰的号哭之声。接着，你再想想老母鸡，在她们的夫君不鸣叫以后，她们的聒噪立刻占满了剩余所有的时间！怪不得人类要把这一种鸟编入家禽中间去——更不用说鸡蛋和鸡腿了。冬季的清晨，漫步这百鸟荟萃的林中，在它们土生土长的林子里，野公鸡在树上引颈长鸣，传到数里之外的地方，连大地都震颤了，所有鸟雀的微弱的声音都被压住——你想象一下那是怎样一番情景吧！这足以使全国警觉起来，谁不希望在他生命中的每一天能闻鸡起舞，一天天更早一点，一天天更习以为常，直达健康、富裕、聪慧的巅峰境界？全世界诗人在赞美自己本国鸣禽的歌声的时候，都赞美过这种外国鸟的音乐。没有什么气候不适宜于勇武金鸡的生长，它比本土的禽鸟更本土。它身体一直康健，它的肺脏充满力量，它的精神从不萎靡，甚至航行在太平洋和大西洋上的水手也被它的叫声警醒，但它激越的啼鸣从未把我从熟睡中吵醒。我没有喂养过狗、猫、牛、猪、母鸡，或许你要说我需要一些家畜的声音；但是我这里也没有奶油搅拌的声音、纺车的声音、沸水的歌声、咖啡壶的咝咝声和孩子的哭声等来抚慰我，老实人会因此发疯或烦闷而死的。我的屋子甚至墙中连老鼠也没有，它们大概因饥饿而出逃，——一只剩松鼠在屋顶上和地板下跑窜，夜鹰会落在梁上，蓝色的悭鸟在窗下尖叫，屋子下有一只兔子或土拨鼠，屋后松林有一只枭鹰或猫头鹰，湖上一群野鹅，或潜水鸟在湖上飞翔，入夜还有狐狸在吠叫。就连云雀或黄鹂都没有，这些温柔的候鸟从未来我的林中小屋做客。天井里既没有啼叫的雄鸡也没有聒噪的母鸡。根本就没有天井！只有奔放热情的大自然直扑你的窗牖。小树林就在你的窗下生长，一直长到你的窗楣上。野黄栌树和黑莓的藤爬进了你的地窖；挺拔的苍松紧挨着木屋，由于地方太小，它们的根在屋子下面缠成一团。

大风不会吹走窗帘，却会刮下松枝或者把松树连根拔起，正好为你提供燃料！在一场铺天盖地的暴风雪中，既无路通往前院的大门——无门——无前院——当然也无路通往那富有教养的世界！

隐居山林

　　这是一个令人痴迷的黄昏，全身只有一种感觉，个个毛孔都满溢着愉悦。我在大自然中神奇地自由来去，和她融为一体。在我只穿衬衫，沿着布满石子的湖岸漫步的时候，虽然凉快，多云，有风，并没有特别的东西吸引我，整个自然环境却和我格外地默契。蛙鸣阵阵，预示夜幕到来，而夜鹰的鸣叫伴着吹起涟漪的微风从湖上传来。赤杨摇摆，白杨晃动，荡起我情感的波澜，令我的呼吸几乎停止；诚然如湖水一般，我那平静的心境起了微微涟漪，但并没有起伏不定。晚风吹起的阵阵微波远远比不上暴风雨。虽然现在天色暗了下来，风依旧在林中吹着、呼啸着，波浪依旧在撞击，一些生物的音调成为别的生物的催眠曲。然而并没有真真正正的宁静。那些具有野性的野兽就不平静，这时正在寻找可供猎食的动物；狐狸、臭鼬和兔子正在田野和林中漫游，它们毫无畏惧，它们是自然界的守护者，——是联系着生气勃勃的白天的一个个环节。

　　当我回到家里，发现已有客人造访过，他们还留有名片

142

呢——比如一束花、一个常绿树枝的花环，或用被写在黄色胡桃叶上或木片上的名字。那些很少去林子里的人，把森林的一小片什么东西拿在手里把玩了一路，他们也许是故意，也许是偶然，留下了这些东西。有个人用剥下的柳树皮弄成一个戒指，放在我桌上。我往往可以看出在我外出时客人有没有来过，这可以从踩弯的枝条或青草，或从他们的鞋印看出来，并且常规说来，还能从留下来的微小痕迹推测出来客的性别、年龄及素质，比如一朵掉在地上的花，一束被拔起又扔掉的青草，哪怕是扔在半英里之外的铁路那边，有时上面还留有淡淡的雪茄烟或烟斗的味道。往往我还会从烟斗的香味上而留意到60杆之外公路上行走的旅人。

我们四周空间已够大的了。我们不能一伸手就摸到地平线。翁郁的森林或湖沼并非就在我的门口，这其中一般都有着一块我们熟悉并且由我们使用的空地，它被我整理过了，还在外面围了篱笆，它似乎是被从大自然的手里夺取来的。我又有何德何能，居然能将这方圆好几平方公里、并遭人类抛弃而没有人迹的森林为我独有呢？离我最近的邻居在一英里外，无法看到房子，只能登上那半里之外的小山山顶去瞭望，才可以看见一点儿房屋。我的地平线全是森林，专给我自己享受，极目远望只能看见那在湖的一边经过的铁路和在湖的另一边沿着山林的公路边上的篱笆。总的说来，我居住在这里，就跟居住在大草原上一样的寂寞。在这里新英格兰遥远得像亚洲离非洲一样远。应该说，我有我的太阳、星星和月亮，这个小世界全属于我。在晚上从未有人经过我的屋子，或者敲我的门，我似乎是人类中的第一个人或最后一个人，只有在春天的时候，隔了非常久的时间，会有人从村里来钓鳖鱼，——在瓦尔登湖中，很明显他们能钓到的只是他们自己的各种各样的性格，而钩子只能钩到黑夜而已——他们很快都撤走了，经常是鱼篓很轻就撤退的，又把"世界留给黑夜和我"①，而黑夜的黑色核心是从未被任何人类的环境污染过的。我坚信，人们常有点恐惧黑暗，纵然女巫都被吊死，尽管基督教和蜡烛之光已被引进。

然而我时有感触：在大自然的万事万物中，人们都能寻觅到甜美温馨、极其率真和激动人心的伴侣，即便是对愤世嫉俗的可怜人和最最怠慢的人也相同。只要在大自然之间生活并且各种感官还健全的人，便不可能有很阴郁的忧愁。对于健全而没有被污染的耳朵，从来就没有什么暴风雨，暴风雨还真是伊奥勒斯②的音乐呢。没有任何东西能正当地迫使单纯而勇敢的人产生庸俗的伤感。当我独享四季的抚慰时，我坚信，再也没有什么东西能够让生活成为我的重负。今天好雨洒在我的豆子上，让我在屋里待了整天，这雨既不让我沮丧，也不让我抑郁，对于我来说一切都好。尽管它让我不能够锄地，但比我锄地更有意义。倘若细雨绵绵不断，使田间种子、低洼地里的土豆腐烂，但它对高地上的芳草是有益的，既然它对芳草很有益处，那让我更是受益匪浅。有时，我和其他人做对比，仿佛我比别人更得诸神的喜爱，好像比我应该获得的还要多；似乎我有一张证书和保单在他们手上，其他人却没有，所以我受到了特殊

① 出自英国诗人托马斯·格雷《墓园挽歌》。

② 古希腊神话里的风神。

的引导和保护。我并没有自吹自擂，但是假如可能的话，倒是众神欣赏了我。

我从不感觉寂寞，也丝毫没有承受到寂寞的压迫和负担。仅有一次，在我进了森林几个星期后，我对宁静而健康的生活是否应当有些近邻质疑了一个小时，独处似乎不很愉快。与此同时，我觉得我的情绪有些失去控制了，但我预感到我会尽快保持平静并恢复常态。在这些思想侵占我时，温和的雨丝飘洒下来，我忽然觉得刻意跟大自然做伴是一件如此甜蜜如此有益的事情，在这滴答的雨滴声中，各种声音和景象都拥着无边无际的友爱将我的房屋包围，马上这个支持我的气氛把我想象中的有邻居方便一点的想法压下去了，自此以后，我再也没有想到过邻居这件事。每一支小小松针都因为蕴含同情心而膨胀起来，变为我的朋友。我鲜明地察觉到这里住着我的同类，尽管我是在一般被称为凄惨荒凉的处境中，可是那最接近于我的血统，并最富有人性的却并不是一个人或一个村民，从此以后，无论什么地方都不会使我再觉得有陌生的人。

> "哀伤的人不分时宜地消磨着哀伤，
> 在充满生机的大地上，
> 哀伤不会有好时光；
> 托斯卡尔的女儿啊，美丽又漂亮。"①

我过得最愉快的一段时光，乃是在暴风雨下个不停、使我

---

① 引自英国诗人汤麦斯·格雷的《写于乡村教堂的哀歌》

不得不在室内度过上午和下午的春秋时节。安慰我的只有不停止的大雨和咆哮；我从天微微亮的早晨迈入了漫长的黄昏，这中间有很多思想驻扎下来，并使它们自己发展壮大。在那种来自东北的狂风暴雨中，村中那些房屋都在经受考验，女用人都已经准备好水桶和拖把，在大门口阻止洪水灌入，我坐在我小屋子的门后，我的保护只有这一道门，但我却很欣赏。在一次雷阵雨中，曾有一道闪电把湖对岸的一株苍松给击中了，依次而下，划出一个一英寸，又或不止一英寸深，四五英寸宽，很鲜明的螺旋形的深槽，就好比你在一根手杖上刻的槽一样。一天，当我又路过它时，抬头看见这条沟痕，我不禁惊叹——8年前，那个恐怖的、难以抗拒的雷击留下的痕迹，比以前更为清晰。

人们时常对我说，"想必你住在那儿，定会感到寂寞难耐，总想和人接触吧，尤其是在下雨飘雪的白天和黑夜。"我喉咙痒痒地非常想这样回答，——我们居住的整个地球，在宇宙之中仅仅是一个小点。试问，那遥远太空中的一颗星星，你能用天文仪器测量出它有多大吗？试想它上面的两个距离最远的居民又相距多远呢？我会觉得寂寞吗？难道我们的地球不在银河之中？对我而言，你提出的貌似最不关键的问题。什么样的一种空间才能把人和人群隔开而让人感到寂寞呢？我已经知道了，不管两条腿如何努力也不会让两颗心灵更加接近。我们最愿和谁做邻居呢？并不是人人都喜欢车站、邮局、酒吧间、会场、学校、杂货店、灯塔山、五点区[①]，尽管在那些地方人们时常相聚，

①　灯塔山在波士顿，是马萨诸塞州政府所在地，五点区在纽约曼哈顿南部，前者是富人区，后者是穷人区，但拥挤是它们的共同特点，故作者一并引用。

人们其实更乐意去领略不息的生命脉动。在我们以往的经历中，我们经常感到有这么个需要，就像水边的杨柳，肯定朝着有水的方向延展它的根。人的性格不尽相同，因此需求也各有不同，但是一个智者在永不枯竭的大自然里深挖着他的地窖……

某天晚上在走向瓦尔登湖的路上，我遇到了一个市民同胞，他已积聚了所谓的"一笔可观的钱财"，尽管我从没有认真地看到过它，那晚上他赶着一对牛去市场，他问我，我是怎么想的，居然愿意抛弃这么多人生的乐趣？我回答说，我确定我很喜欢我现在的生活，我没有开玩笑。就此，我回家，进入梦乡，让他在黑夜泥泞之中步行到布赖顿去——又或者，走到光亮城①里去——他到达那里时已是天光大亮。

无论在何时何地对死者而言，复活才是最重要的——而其他，无论复活后的对生的展望，或是随之而来的生活，都无关紧要。能发生这种事的地方永远是一样的，它让我们的所有感官体验无以名状的快乐。我们很多时候把一些无关的短期的境遇当成自己的主要任务。其实，它们正是让我们分心的原因。生命之本是寓居于形体之内的能量，其次是由它激发的自然之道，再然后是创造了我们自身的那个我们所说的"工匠"，但并不是那些雇用来的、我们喜欢与之聊天的普通意义上的工匠。②

---

① 布莱顿（Brighton）和光明镇（Bright），在拼写和发音上相近，作者在此作了发挥。

② 这里指上帝。

"神鬼之为德，其盛矣乎！"

"视之而弗见，听之而弗闻，体物而不可遗。"

"使天下之人，斋明盛服，以承祭祀，洋洋乎，如在其上，如在其左右。"①

　　我们是一个实验品，但我对此已产生浓厚的兴趣。这样的话，为何我们不把那个说长道短的社交界暂时扔在一边，让自己的思想振奋自己呢？孔子说得好："德不孤，必有邻。"②

　　有了思想的翅膀，我们就能在清醒的状态下欢欣鼓舞。依靠心灵的自觉努力，我们就可以超然于行为及其后果以外；而所有事物，不管好坏，都如同一股急流般的从我们身边流过去。我们并不是完全置身于大自然中间。我也许是溪流中的浮木，抑或是从空中俯瞰下界的因陀罗③。我可能为戏剧中的情节所感动，但在另一方面，和我性命攸关的事件却并不怎么动人。我只知道自己一直存在着，可以看成一个思想和感情的舞台；我发现自己具有某些双重人格，因此我能够超然置身事外，看自己就像看别人那样。无论我的体验如何强烈，我总觉得有另一个我在身边评判我，仿佛他看不见我的另外一半，只是一个旁观者，没有和我分享共同的经历，而仅仅是注意到它而已；那不是我，就像不是你一样。一旦这场或许是悲剧的人生戏剧

---

① 《中庸》第16章。

② 《论语·里仁篇》第25章。译文大致为："道德不会像遗弃的孤儿那样存在；它一定会有邻居的。"

③ 印度教中主管空气、雨水、雷电、土地的神。

终结，看客就会继续走自己的路。至于这第二重性格，当然是虚构的，也就是想象力的作品。这双重人格不易使别人与"我"为邻、交朋结友。

很多时候，我没有感触，寂寞有益于身心健康。和其他人在一起，就连和最要好的朋友在一起，也会很快就让人感到厌烦，浪费精力。我热爱孤独。我从未发现一个比孤独更好的伴侣。到异国他乡身处人群之中，比独处屋内，更为寂寞。一个在不停思考或从事劳动的人永远是孤独的，不管他在哪儿。计量孤独的办法并不是根据一个人与同伴相隔多少英里。真正好学的学子，即使在剑桥大学很拥挤的蜂房内，也寂寞得像沙漠里的托钵僧一样。农夫尽管整天在田地上或森林里独自劳动，锄地或伐木，也不会感到孤独，就是因为他从事劳动；不过在他晚上回到家里之后，却不能独自一人坐在室内胡思乱想，而一定要待在他可以"见到人"的地方去缓解一下精神，按他的想法就是弥补他一天的孤独。因而，他完全不能理解的是，学生如何可以整夜并差不多整天待在屋子里却不感到无聊和烦闷呢？可是这个农夫并未意识到，尽管学生待在屋子里，却是在他的"田野"上工作，在他的"森林"里砍伐，就像农夫在自己的田野和森林里劳动那样，而后他们也需要去寻找乐趣、消遣和社交，显然这种生活方式更为紧凑些。

社交收获不大。我们聚会的时间很仓促，没有时间去让相互之间获取什么新的价值。我们每天吃饭的时候见面，相互让对方重新品尝我们这陈腐的乳酪。我们必须遵守许多惯例和约定的规则，即所谓的礼节、礼貌；使得这种公开场合的相聚能愉快顺利进行，避免争风吃醋地相互打闹。我们在一个人挤人的环境里生活，相互妨碍，相互绊脚，我认为正因为这样我们不那么互相尊重了。重要而又热情的自然交往不用很多次。请你想一想工厂里的女工吧——从来就不孤独，就连在梦乡中也很难孤独。假如一平方英里只居住一人，像我这样，那定会感觉颇佳。人的价值不在他的外表皮肤上，因而我们没有必要去相互触碰。

据说，有人曾在森林里迷路，并躺在树下，又累又饿，由于特别虚弱，他眼前幻化出一些怪诞的幻影，这让他觉得他不孤独了，因为身体衰弱，他的病态的想象力让这些幻影在他的四周浮现，他坚信这全是真的。类似的，由于身体上和精神上都很健康强壮，我们也能一直获得差不多的，只是更加正常、更加自然的陪伴与鼓励，从而发觉我们并不寂寞。

我在自己的房屋内有许多同伴，尤其是在没人造访的清晨。让我来比较一下，也许能把我的情况传达出去。湖中放声大笑的潜鸟比我更孤独，瓦尔登湖本身也比我更孤独。试问谁是那个孤独的湖的伴侣呢？在它蔚蓝色的水面上没有忧愁的恶魔，只有蓝色的天使。太阳很孤独，在乌云密布的天气里，偶然会出现两个太阳，可是其中一个是假的。上帝也是寂寞的——但是妖魔却不寂寞，他有许多同伴，总会拉帮结派。我没有独独的一朵毛蕊花孤独，也没有牧场上的一棵蒲公英，或一片豆叶，一根酢浆草，一只马蝇，一只大黄蜂孤独。我没有米尔溪孤独，也没有风向标、北极星、一阵南风更孤独，我也不比4月里的雨、正月里的融雪或新房子里的第一只蜘蛛更寂寞。

在一个漫长的冬夜里，雪花横飞，风儿在林中呼啸，先前的拓荒者，这里的旧主人，他时不时来访。听说他曾挖掘过瓦尔登湖，铺上了石头，在湖边种上松树。他给我讲一些古时的故事和新的永恒的故事，我们一起度过一个快乐的夜晚，这种交往充满乐趣，彼此交流对事物的见解，尽管我们面前没有苹果或苹果酒——他是一个非常聪明幽默的朋友，我很喜欢他，他有比戈夫或惠利①更多的秘密。虽然人们觉得他已经死了，但没有一个人知道他的墓地在哪里。有位老夫人，也住在我的附近，大部分人见不到她，有时我喜欢去她那个芳香的百草园里漫步，采集点药草，让她给我讲些寓言故事；因为她有一种无与伦比的丰富创造力，她的记忆力可追溯到比神话更早的时候，她可以告诉我每一个寓言的来源，以及每个寓言所凭据的事实，因为这些事发生在她年轻的时候。这是一位鹤发童颜、精力充沛的老太太。喜欢各种气候、各个季节，如此看来她会比自己的孩子活得更长久。

大自然那无法形容的纯洁与慈善——阳光、风雨、夏季、冬天，这么的健康，这么的欢乐，它们永远不停止！它们对我们人类具有这样的感应，因此假如任何人因为正当的原因而伤心悲痛，大自然也会被他感动，太阳黯然失色，风儿悲叹不已，云儿泪如雨下，仲夏之树落叶飘零，以示哀悼。我可以不和大地共其情怀吗？难道我身体的一部分不是由绿叶与植物构成的吗？

是什么药物使我们如此健康、安详和满足的呢？并非是你

---

① 英国大革命中的重要将领，因"弑君"罪逃往美国。

我的曾祖父的，而是我们的大自然曾祖母的宇宙的蔬菜和植物的营养，她自己也因为它而永远年轻，活得比托马斯·帕尔[①]还更久，用她的衰败的脂肪更平添了她的健康。我的灵丹妙药绝不是那些装在黑色篷车上药罐里的、由江湖术土用冥河水和死海水配制的汤水。我的万灵妙药是让我来深吸一口洁净的黎明空气。黎明的空气啊！假如人们不能在每天早上喝这泉水，那么，我们得把它们装在瓶子内，放在商店里出售，卖给世上那些没有黎明预订券的人们。你可要记住，它能放在地窖下冷藏，但最多保鲜至午时，而且要提早打开瓶塞，让其跟随奥罗拉的脚步西行。我并不崇拜那掌管健康的女神，她是埃斯科拉彼斯这古老的草药医师的女儿，在纪念碑上，她两只手分别拿着蛇和杯子，而蛇经常喝杯中的水；我宁愿崇拜朱庇特的执杯者希勃，这青春的女神，为所有神明掌管酒觞，她是朱诺[②]和野生莴苣的女儿，能让神仙和人返老还童。她也许是大地上出现过的最健康、强壮、最完美无瑕的美少女，无论她到哪里，哪里便是春天。

---

① 英国人，据说活到 152 岁。

② 古罗马神话里的天后，主神朱庇特的妻子。

访客

　　我猜，我也跟很多人一样热爱交际，一旦有血气方刚的来客，我会完全像吸血的水蛭，贪吸不放。我本性就不是隐士，假如有什么事情让我进一个酒吧间去，肯定不会有人比我坐得更长久。

　　我的屋子里摆有三张椅子，第一把用在孤独时，第二把用在交友时，第三把用在交际时。假如访客来了一大堆，多得数不胜数，也依旧只有三张椅子给他们用，他们通常都很节省地方，只是站着。神奇的是一个小房间里竟可站下这么多的男人和女人。某天，在我的屋脊底下，来了25至30个灵魂，再加上他们这许多个身体；但是，直到分手时，也几乎找不到我们之间曾经如此接近过的感觉。

　　我们有许多房子，不管它是公共的还是私有的，完全有数不清的房间，有巨大的厅堂，还有贮藏酒液和其他和平时代的军需品的地窖，我总认为对住在里面的人来讲，它们实在是太大了。它们太大，又太华丽，住在里面的人就像是败坏它们的一些寄生虫。有时我很吃惊，在那些大酒店比如特里蒙特、阿斯特或米德尔塞克斯，当门前的仆人在通报来客时，却看到一只令人发笑的小老鼠爬过长廊，在铺道旁的小窟窿里即刻隐遁不见。

但在我那狭小的房间里居住，我觉得也有不便之处，在我们开始用大堆辞藻表达宏伟的思想的时候，很难和客人保持一段足够的距离。你需要充足的空间，让你的思想进入扬帆状态，并且在入港之前行驶一两个航程。你思想的子弹必须克服它的横飞乱跳的动作之后，才能直线到达听者的耳内，否则，它一晃就会从他的头脑的一旁掠过。相同的，我们的句子也需要空间来展开和形成队列。每个人如同一国的领土一样，必须有恰当宽阔和自然的边界，甚至在两国的边界之间，特别需要有一个合适的中立地带。

我发觉我与湖对面的朋友隔湖交谈，那真是一种享受。在我的屋子里，我们太接近了，搞得无法聆听——我们既不能轻声说话，又不能让别人听得清；这就像你在平静的水里扔进两个石头，由于间距太近，它们会相互破坏对方的涟漪。假如我们只是喋喋不休、大声说话的人，那么，我们倒能紧挨在一起，互相感觉对方的气息；但假如我们说话含蓄而又富有思想内容，那便会希望双方之间能有点距离，让所有那些动物性的热气和湿气可以蒸发掉。假如我们想要与每人内在那种不可言传，只能意会的东西有最亲密的交谈，那么，我们就不仅要沉默，而且通常说来身体要离远一点，好让彼此听不见声音。由此可见，大声谈论只是为了听力欠佳的人的方便，有许多美妙的事物，我们如果非要大声喊叫的话，那就不可能言传了。谈话的调子越崇高，越庄重，我们也慢慢把椅子越来越往后移，直到碰到后面的墙角，这种时候，一般就会觉得房子的空间不够大。

诚然，我"最佳"的房间，便是我退隐其中的那间，那是用来随时准备接待来客的，但阳光却很少照在地毯上，这房间便是我屋后的松林。夏天贵客到来时，我带他们去那边，一个非常难得的管家已经打扫了地板，擦净了家具上的灰尘，把一切都安排得井井有条了。

假如只来了一个访客，他便会分享我那简朴的便饭，我一边搅拌着速煮的麦片糊，或者看着一个面包在灰火中膨胀烤熟，但这并没有打断我们的谈话。可是假如来了 20 个人，坐在我的屋子里，这时就不谈吃饭的事，虽然家里还有足供两个人吃的面包，吃饭似乎成了一种大家都已戒掉的习惯。我们很自然地实行禁食了，他们并不认为我这样做有何不妥，反而认为很合适，是一种考虑周全的解决办法。

对肉体生命上的损害，一向是需要及时补救的，虽然此时被耽搁了，但生命的活力依然没有减弱。这样说来，我接待 1000 个客人和接待 20 个是一样；假如有来访者见到我在家，却带着失望的情绪或空着肚子走出我的家门的话，他们最起码可以相信我是同情他们的。建立一种新的更好的习惯来替代旧习惯是很容易的，虽然许多主妇对这个有一点怀疑。你不需要用请客吃饭来博取你的声名，对于我，看守在地府门口的 3 条狗都不能很好地阻止我时常到某人家里去做客，但若是有人为了请我而大摆筵席，那足以吓得我逃遁，我把这种行为理解为他是在拐弯抹角的暗示我以后不要再去麻烦他。我觉得我再也不会去访问那些地方了。我会骄傲地用下面几行斯宾塞①的诗来做我的陋室铭，这是一位来访者在一张当作名片用的黄胡桃叶上写下的。

　　　　"来到这里，访客挤满小房间，

　　　　不求欢娱，陋室也无法实现；

　　　　休歇是席宴，一切随心听便，

　　　　最好满足的是最高贵的精神意念。"②

　　当年温斯洛③，即后来普利茅斯殖民地的总督，带领一班人徒步穿越森林去拜访印第安大酋长，又累又饿地来到了他住的棚屋，并受到酋长崇高的礼遇，但是当天一直没有提到吃饭的事。当黑夜来临之时，用他们自己的话来说是："他让我们跟他夫妻两个睡在一张床上，他们睡在一头，我们在另一头，这张床不过就是一块离地一英尺的木板，盖着一张薄薄的草席。他的两个头目，由于没地方睡，就只好挤着我们睡，这使我们觉得比我们在丛林中艰难行走要更加辛苦和劳累。"

　　第二天一点钟，大酋长"把他打到的两条鱼送来"，大概有鲤鱼的 3 倍大，"鱼还在煮的时候，最少有 40 个人期待着

———————

①　埃德蒙·斯宾塞（Edmund Spenser,1552—1599），英国诗人，以长篇寓言诗《仙后》著称。

②　埃德蒙·斯宾塞《仙后》第一篇第 35 节。

③　爱德华·温斯洛（Edward Winslow，1595—1655），北美普利茅斯殖民地的开拓者，曾任该殖民地总督。

156

分到一份。还好，大部分人都吃到了。这是我们一天两夜当中能吃到的一点食物，如果不是我们当中有人买到了一只鹧鸪，那我们这次旅行就成了禁食旅行了。"他们又缺少睡眠，他们担心自己体力不支，为了还能有气力回到家里，他们赶紧告辞了。——睡不好还有个原因是有"野蛮人的野蛮歌声（他们惯于给自己唱歌催眠）"。住宿上接待真的很差，虽然客人所感到的不方便之处，毫无疑问原本是出于一种礼遇。而在食物方面，我觉得不一定能比印第安人做得更高明。他们本来就没什么东西可吃，他们的聪明在于懂得道歉代替不了食物，于是，他们勒紧裤腰带，对此只字不提。另外一次温斯洛前往拜访他们，正好是个食物丰富的季节，因此这方面就没有不足之感。

至于人，什么地方都有。在我住在森林里面时，我的访客是我这一辈子的访客中最多的时期；就是说，还是有客人来拜访我的。我在那里遇见几个人，那里的环境比其他任何地方更加优越。他们可不会为了琐碎的事情来找我，由于我的住处是在离城市较偏远的乡村，仅是这段遥远的路程就使他们与我分别开来。我隐退到孤独的大洋深处，条条社会的河流入其中，对我的需要来说，在我周围沉淀下来的多数是最美好的沉积物。除了这些，我还结识了一些来自未被开发或开化的土地上的人们。

今天早晨到我家来的，不正是一位真正荷马式的或帕夫拉戈尼亚①式的人物吗？他具有一个常与他身份相匹配的富有诗意的名字，很遗憾我不能把他的名字写在这里，——他是一个

---

① 黑海边上的一个古国。

加拿大人，一个砍树做柱子的人，一天能够在50个柱子上凿洞，他刚刚吃了一只他的狗捉来的土拨鼠。他也听说荷马这人，说"若不是我有书本"，他就"不知道怎么打发下雨天"，尽管好几个雨季以来，他或许没有读完过一本书。在他那很遥远的教区里，有一位会读希腊文的牧师曾教他读过里面的诗；如今我不得不给他翻译了，他拿着那本《荷马史诗》，翻到帕特洛克罗斯①满面愁容，阿基里斯因此责怪他的一段，"普特克勒斯，干吗哭得像个小女孩？"——

> "你是不是从毕蒂亚那里得到什么秘密消息？
> 据说阿克特的儿子，麦诺提俄斯仍然活着，
> 埃考斯之子帕琉斯就在密尔弥顿人之中，
> 他们两人要是死了我们才应该悲伤。"②

　　他说："这诗写得真好。"他用胳膊挟着星期天早上采集的一大捆白桦树皮，是送给一个病人的。他又说："今天做这事总可以吧。"荷马在他心目中是位大作家，至于他写些什么，他一点也不知道。
　　要想我是一个比他更纯朴、自然的人，实在太难，使这个世界变得黯淡、忧郁的罪恶和疾病，在他看来几乎不存在。他估计有28岁，12年前他离开加拿大和他父亲的家，来到合众

---

① 　古希腊神话中人物，在特洛伊战争中被赫克托尔所杀，后阿基琉斯为他复仇。

② 　出自《荷马史诗》中的《伊利亚特》。

国打工，想挣点钱将来买点田产，可能在他的故乡买吧。他就好像是从最粗糙的模型里做出来似的，一个大而呆板的身体，却有非常文雅的态度，一个晒焦了的大脖子，一头浓密的黑头发，一双昏昏欲睡的蓝眼睛，有时却闪烁出表情，变得明亮。他一件污黑的羊毛大衣披在身上，头戴一顶扁平的灰布帽，脚穿一双牛皮靴。

他常用一只铁桶装好饭带着，到离我的住屋几英里外的地方工作——整个夏季他都在伐木——他吃肉的胃口很大 冷肉，经常是土拨鼠的冷肉；咖啡装在一只石瓶子里，用一根绳子吊在他的皮带上，有时他还请我喝一口。他很早就来了，穿过我的豆田，但是并不急于去工作，如同所有的那些北方佬一样。他不希望让自己的身体过于劳累。假如收入只够吃住，他也就心安理得了。他常把饭桶留在灌木丛中，以便半路中他的狗咬着了土拨鼠，他好往回走一英里半路将它煮熟，放在他的房屋的地窖里。不过在此之前，他曾经考虑过半个小时，他是否能把土拨鼠浸在湖水中，安全地浸到晚上。——他喜欢对类似这样的问题想来想去。清晨，他路过的时候，总说，"鸽子飞得多么的密啊！假如我的职业不需要我每天工作，我只用打猎就能够得到我所需要的所有肉，——鸽子、土拨鼠、兔子、鹧鸪——天哪！只需一天就够我吃上一星期的了。"

他是一个技术熟练的伐木工人，沉醉于如何砍伐的技艺之中。他贴着地面把树木伐下来，从根上再萌发的芽将来就特别强壮，而运木料的雪橇在平根上也能够滑得过去；并且，他不是用绳子来把砍过根部一半的大树拉倒的，他把树木砍削得变成细细的一根或者薄薄的一片，最后他只需轻推一下，那树便倒下了。

他是那么安详、那么寂寞，内心却又那般的快乐，我深深地被他吸引住了，他的眼睛里溢出他高兴而满足的神情。他的欢乐是纯粹的。有时候，我见到他在树林中劳动，砍伐树木，他带着一阵无法形容的满意的笑声欢迎我，用加拿大腔的法文向我致意，其实他也会说英文。等我走近了他，他就停下工作，一半控制着自己的喜悦，躺倒在他砍下的一棵松树旁边，把树枝里层的皮剥下来，然后把它卷成一个圆球，一边笑着说话，一边咀嚼它。他是如此的富有生气，偶尔碰到一些需用大脑思考的事情，当触及他的兴奋点时，他便会乐得倒在地上，打起滚来。看着他周围的树木，他会叫喊，——"真的呵！在这里伐木真带劲；我不要更好地娱乐了。"有时候，他没事做了，他带着把小手枪在林中一整天自娱自乐，一边走，一边时不时地开枪向自己致敬。冬天他生一堆火，在正午的时候在一个壶里煮咖啡，当他坐在一根木头上吃饭时，有时小鸟会飞过来，停在他的手臂上，并啄食他手中的土豆，他便说："我真喜欢我的身边多来一些小玩意儿。"

他的身上充满了勃勃生机，他体力上的那种坚韧和满足的特性，堪与松树和岩石相比。有一次问他整天工作，晚上累不累；他目光真诚而严肃地回答，"天知道，我一生中从没有累过。"但是在他身上，智力，即一般所谓的灵性却依旧是沉睡着的，就跟婴儿的灵性差不多。他接受的教育，是以那天真的，无用的方法进行的，天主教的神父就是这样来教育土人的，因此，学生们的意识境界不能提高，始终停留在信赖和尊敬的低层次上，好似一个孩子并没有被教育成人，他仍然还是个孩子。在大自然创造他这人的时候，她给了他一副强壮的身体，并且让他对自己的命运感到满意，在他的周围用敬意和信任支持着他，这样他就能够像一个孩子一样，一直活到 70 岁。他是那么的纯朴，那么的真诚，简单得无需介绍，就像无需对你的邻人介绍土拨鼠一样。

他干任何事都简单明了。他为别人工作，别人就给他工钱，这就等于给了他衣服和食物；但是他从来不跟人们交流意见。他这样的单纯，自然的卑微，——假如那种不抱奢望的人可以称为卑微的话，——这种卑微在他身上并不鲜明，他自己也不曾察觉。对他来说，稍稍聪明点的人，那简直就像天神，倘若你对他说这么个人正要到来，他会认为这类重要的事情一定与他无关，这类事情别人自然会把它办好，就让他被人们遗忘吧。他从来没有听到过称赞他的话。他尤其尊敬作家和传教士。他认为他们的工作真是跟神仙做的一样。当我对他说，我也写了很多东西时，他想了一下，以为我说的是写字，他也能写一手好字呢。我有时候看到，在公路旁的积雪上很隽秀地写着他那故乡的教区的名字，并注明了那法文的重音符号，就知道他曾从这里路过。我问过他有没有尝试着要写下他自己的思想来。他说他曾给文盲们谈过和写过一些信，但写下他的思想他从未想过，不，他可干不了这事，他连开头都不知怎么写，这会把他难死的，更何况创作时还要注意拼写。

我听说一个著名的聪明人兼改革家问他："你是否希望这

个世界发生改变？"他惊讶地失声笑了，从来没有想过这问题，他用一口加拿大乡音回答："没必要，现在这样不是很好吗，我挺喜欢这个样子。"与他交谈，一个哲学家会受益匪浅。在陌生人眼里，他连一些一般的问题都不懂；但是我有时候在他身上看到了一个我从未见过的人，我不知道究竟该说他是聪明得像莎士比亚呢，还是天真无邪，如同一个小孩；不知道是该说他富于诗意呢，还是笨蛋一名。有一位市民对我说过，自己有次偶然遇见到他——头戴小帽，潇潇洒洒地穿过村庄，独自悠闲地吹着口哨——那神态使我想到便装出游的王子。

历书和算术是他仅有的书籍，他对算术颇为精通。前一本书在他眼里属于百科全书一类，他认为里面包含着人类知识的荟萃，在很大意义上它的确如此。我总是试着问他一些现代社会改革的问题，他从来就是很简单、如实地回答。从前他从未听到过这类事。我问道："没有工厂他能生活吗？"他说，他以前穿的是家里做的佛蒙特州的灰色衣服，那也不错。他不喝茶不喝咖啡也可以吗？这个国家除了水以外，还提供什么饮料吗？他曾把铁杉叶浸在水里，觉得热天喝起来比水好。当我问他没有钱是否也可以的时候，他给我证明钱的好处，用的方法让人想起（也完全符合）货币起源的纯哲学，符合 Pecunia[1] 这个词的词源——倘若他的财产是一头牛，他需要到商店里买点针线，则每次用牛的一部分去换取自己需要的物品，那可真是不方便啊。他能够为许多制度辩护，比任何哲学家更加精明，因为他所描述的都和他自己有关，他给出了这些制度为何如此

---

[1] "钱"的拉丁语根，原意为"牛"。

盛行的真正原因，他的思考从不触及其他。有一次，他听到柏拉图给人下的定义——没有羽毛的两足动物，还听说有个人展示一只拔掉毛的公鸡，并把它称为柏拉图式的人时，他则说："人与鸡的主要区别在于膝盖的弯曲的方向不同。"有时，他也大声喊："我是多么喜欢闲聊啊！真的，我可以聊一整天！"

有一次，我好几个月没有看到他，遇见后，我问他在这个夏天里是否有了一些新见解。"我的天啊！"他说，"像我这样一个不得不去工作的人，如果他没有忘记他脑子里装的想法，那就好喽。和你一起锄地的人，也许就是想要和你比赛的人，天哪！你的心思一定放在那里了，你就想着除杂草的事。"遇到这种情况，有时他会先问我，我有没有什么进步。在一个冬天，我问他是否常感到满意，我想在他心里找一个东西，以替代他们所依赖的那些牧师，在生活上有更高的追求目标。"满意！"他说，"有的人对这种东西满意，有的人对那种东西满意。一个人如果什么都有了，也许他就愿意坐下来整天背烤着火，肚皮靠着饭桌，天啊。"可是我不管采取什么方法，都没法让他看事物时着眼于精神方面；他能想到的最高级的东西，不过就是纯粹对自己有利的事，这些你可以从动物的行为中见到；其实很多人也都是这样。如果我建议他在生活方法上有所改善，他则回答："太晚了，但一点儿也不感到悔恨。"他一贯到底地信奉诚实之类的美德。

从此人身上可见，尽管很少但却有可观的积极的独创性。我有时注意到，他正在思考并传达自己的想法，这种现象一般看不见，因此不管哪一天我都乐意跑十英里路前往观察，这相当于重新追溯到许多社会制度的创造源头。虽然他有所犹豫，或许还不能明白地表达自己的看法，但他背后总有一种可以拿出来的思想。他的思想虽然这般原始，以至与他肉体的生命融为一体，但比起那些只有学问的人的思想来，显然更为高明，不过却没能成熟到能够公开报道的地步。他让人意识到在生活的最低阶层里面会有一些天才人物，不论这些人怎样长久处于卑微而又文盲的状态之下，他们一直有自己的见解，也肯定不会不懂装懂；他们像人们想象的瓦尔登湖那样深的没有底，即使它或许是黯淡而又泥淖。

很多旅游者绕道想见我，看我的房屋内部，他们的借口常常是要一杯水喝，我告诉他们我喝的水来自湖里，并指着湖的方向，借给他一把水勺。虽然我住得很远，但我估计每年好像是4月1日左右，大家纷纷上路，串亲访友，我也不免要受到访问，也得到一份好运气，虽然在我的访客里面会冒出几个稀奇古怪的人来。从救济院来的和其他地方的一些智力上有缺陷的人也来看我，我设法让他们放松，以展现出他们全部的才华，让他们畅所欲言。在这种时候，智慧便成为我们谈话的主题，如此一来，我也有点收获了。实际上，我发觉他们比贫民管理员，甚至比城镇的行政管理员还要聪明，我认为让他们彼此换位的时机已到。

至于才智，我认为愚者和智者之间没有多大区别。尤其是有一天，有个不让人厌烦的朴素穷人跑来看我，表示渴望可以和我一样生活。过去我常常见到他同其他一些人被当成栅栏般的材料使用，永远是站着或坐在田里一个筐子上看牛，不让牛和他自己走失。他对我说他"智力低"，说话的时候态度非常的纯朴真诚，比所谓的谦恭行为还要谦恭，准确来说是智力更低一点。他这样说着，是上帝如此造就他的，可他还以为，上帝关照他，就像关照别人一样。"我一直就是这样，"他说，"一直都是，我从来都没什么脑子。我和其他小孩不一样，我的脑袋没有用。我认为，这是上帝的意志。"他在说明他这话的真实性。在我看来，他是一个玄妙的谜。我很少碰到一个前途这样美好的人——他所说的全都是非常纯朴、诚恳而又真实的。确实，他越表现得自卑也就越高贵。起先我不知道这就是一种聪明行为所产生的效果。由此可见，在他这个弱智的贫民所建立的朴实而又坦诚的基础上，我们的交谈反而比与智者交谈的程度更深一层。

另有一些来客，通常谈不上是城市贫民，但他们实在应该算是城市贫民，无论怎样也可说是世界贫民。这些客人需要你帮助的不是你的好客，而是你的慈善。他们急切地希望能得到帮助，可一讲话就先给你一个消息，说是他们下定决心，第一是绝不帮助自己。我要求来访者不要真的饿着肚子来，虽然他可以是世界上胃口非常好的人，不管他是怎么养成这个好胃口的。慈善救济的对象不是来访者。有的来客，全然不懂他的访问早该适可而止，我已在做我的正事，应答他们的问话越来越敷衍了事。几乎各种不同智慧的人都在候鸟迁徙的季节跑来访问我。有些人的智慧多得自己不知道如何用；一些逃跑的奴隶带着种植园的习惯，就像寓言中的狐狸时刻听到猎犬在追逐它，并用祈求的眼神望着我，仿佛在说——

"基督徒啊，你难道真的要送我回去？"

这中间有一个真正的逃亡奴隶，我帮他向北极星的方向逃去。那些只有一个心眼的人，就如同带着一只小鸡的母鸡，或者带的是一只小鸭；那些思来想去的人，脑子里一团糟，仿佛母鸡带了 100 只小鸡，全都在追逐一只小虫，这中间有二十来只小鸡便在每天晨露中跑丢——结果把羽毛弄得又脏又乱；另外有些不用脚而用聪明代步的人犹如聪明的蜈蚣，令你全身不寒而栗。有人建议我准备一个本子，让来访者把名字写在里面，就像在怀特山那边的情况；可是，可惜！我的记忆力太强了，根本就不需要它。

我总能发现我的访客的各种个性。男孩、女孩、少妇，一来到林中便欢快得不得了。看看湖水，看看花木，充分利用时间。一些商人，就连农民，想到的只是孤独与工作，还有我的住所距离其他地方多么远；虽然他们自称有时也爱在森林里漫步，可事实上情况明显并不是这样。他们这些烦躁不安的人呀，他们把时间都用在赚钱或维持生计上了。牧师们开口闭口都是上帝，好像他们享有这个主题的专利，不能忍受各种不同的意见；医生、律师，还有爱操心的管家婆在我外出时悄悄跑去看我的碗橱和睡床——否则的话，某夫人如何知道我的被单没有她的干净呢？年纪已经不小的年轻人认为走老路的职业最安全。——全部的人通常都觉得在我的位置上没多少好处。唉，问题的关键就在这里！那些年迈、病弱的、胆小的人，不论他们的年龄性别，忧虑最多的还是疾病、意外和死亡。

在他们眼里，生命是充满危险的，可是，假如你不老去想它、担心它，那又何险之有？他们觉得谨慎的人会小心选择安全的职业，在那儿，医生随时等候呼叫。对他们而言，乡村的的确确就是一个社区（com-munity）^①，一个共同防护的团体。你会想象到，他们如果不带药箱就不会去采蓝莓。这件事总的意思就是，一个人如果活着，就始终存在着也许会死去的危险，虽然应该承认，假如他一开始就处于半死不活的情形，这种危险是要相应小一些。一个人坐着不动，其危险性不低于撒腿奔跑。最后，还有一类人，他们自封为改革家，在所有来客中他们最令人厌恶，他们以为我在永远歌唱——

> 我的屋子我亲手修筑，
> 我建造的房子我自己来住。

可是他们并不知道第三行诗句是：————

> 正是这些人烦死了
> 造这屋子的住户。

我并不惧怕那捉小鸡的苍鹰，因为我没养小鸡，但我很怕专捉人的鹜鸟。

除了这最后一种人，我还有一些令人欣慰的来客。小孩子来采浆果，铁路上的工人们穿着干净的衬衣来散步，渔人、猎

---

① 英语里 community 意为"公社""社区"，拉丁语里意为 com"公共"，munire 意为"防守"。

户、诗人和哲学家；总之，所有这些诚实的朝圣者，为了自由之故而来到森林之中，把村庄全抛在脑后，我很喜欢对他们说，"欢迎啊，英国人！欢迎啊，英国人！"[①]因为我曾经和这一个民族往来过。

---

① 印第安人在普利茅斯对移民的欢迎词。

青青豆叶

　　如果把我所种的豆子，一行行地加起来，长度总有 7 英里了吧，它急需除草松土，因为最后一批还没播种下去，最先一批已经长得很好了；此事刻不容缓。这一桩赫拉克勒斯①的小小劳役，干得如此卖力。如此自尊的活儿？究竟有什么意思，我还不清楚。我逐渐喜爱上了我的一行行的豆子，尽管它们已经超出我的需要很多了。它们让我喜欢上了我的土地，由此我获得了力量，就像安泰俄斯②一般。但是我为何要种豆呢？只有天知道。整个夏天，我都这样美妙地劳动着——在大地表皮的这一块上，从前只长洋莓、狗尾草、黑莓之类和甜蜜的野果子以及好看的花朵，可如今却让它来生长豆子了。我可以从豆子上学到什么，从我身上，豆子又能学到何种东西？我爱它们，我为它们松土、铲除杂草，从早晨到夜晚不停地关照它们，这就是我一天的工作。阔大的叶子很好看。我的帮手是滋润这干

---

① 希腊神话中力大无比的英雄。

② 希腊神话里地神之子。

燥泥土的露水和雨点。但泥土自身又含有怎样的肥料，尽管说其中有多数土地是贫瘠和枯竭的。虫子，寒冷的日子，特别是土拨鼠都是我的敌人。土拨鼠吃光了我一英亩地的四分之一。但是我又有什么权力拔除狗尾草之类的植物，毁坏它们从古以来的百草园呢？幸运的是，存活下来的豆子很快长得异常茁壮，能够去对付一些新的敌人了。

我记得很清楚，在我 4 岁时，我的家从波士顿搬到这个镇上，曾路过这片森林和这块土地，还到过湖畔。这是铭记在我记忆中最早的情景之一。今夜，我的笛声让这片同样的湖光水色泛起了回响。松树依旧矗立在那儿，岁月比我年长；又或，假如有些松树已倒下，我曾用它们的树桩煮饭，而一些新发的松树就在周围不断成长，让未成年的新一代人长大后看到的是另一番景象。在这牧场的同一老树根上又长出相似的狗尾草，甚至后来还给我童年时的梦幻中增添了一幅新的美景。而我搬到这里以后产生的影响之一，是能够从这些豆叶、玉米叶片和土豆藤上看出来的。

我种了约有两英亩半的田地，这块地约在 15 年前就被砍伐过，我自己挖出了两三考得^①的树桩，因此我没有给它施肥。但在夏季的时候，我锄地翻土时挖出了一些箭头来，表明古时有一个如今已经灭绝了的民族曾在这里住过，在白种人来到这里开发土地之前就已经栽种过玉米和豆子了，因此，在某种程度上，他们已用尽了土地之力，而有所收获。

---

① 木材的一种计量单位，一般为 128 立方英尺，约 3.6246 立方米。在本书中，作者多处使用英制，一方面表示美国受英国殖民的影响，另一方面告诫国民应该尽快建立本土的计量体制。

就在所有土拨鼠或松鼠穿过大路、太阳升上橡树梢之前，当万物都披着晨露之时，我早在豆田里铲除杂草了，在草上盖上泥土。——我劝你要尽可能趁着露珠未干时做你的所有工作，尽管农民劝我别这么做。一大早，我便赤着脚劳动，好比一个造型艺术家摆弄着露水浸湿的松塌的沙土那样，但迟一点的话，等到中午的时候，我的脚会让阳光烫得起泡的。我在太阳的照射下锄地，我在黄土地上，在那 15 杆长的一行行绿叶丛中缓慢地来回行走。一端的尽头处是矮橡树林，让我可以坐在树荫下休息；另一端紧挨着黑莓田，我每走一个来回，那儿青绿浆果的颜色也更深一层。我把杂草除去，在豆茎四周培上新土，帮助我所种下的禾苗快些生长，让这片黄色的土壤用豆叶与豆花来表现盛夏的思想，而不是用苦艾、芦管和狗尾草来表现，让大地说出豆子，而不是说青草丛生——这就是我每日的工作。

由于我没有牛马、佣工或小孩的帮助，也没有什么改进的农具，所我的进度很缓慢，所以，我对豆子感到格外亲切。但是用手劳动，即便达到了做苦工的程度，或许还不成其为虚度光阴的最糟糕的方式。这里有着一个长存不可磨灭的真理，对于学者而言，它产生出一种古典效果。在那些向西经过林肯和魏兰德前往没有人知道的地方的旅行者的眼里，我成了一个 agricola laboriosus[①]；他们潇洒地坐在马车上，手搁在膝盖上，挂着花锦物的缰绳松散着，而我却在田间辛苦劳作，是待在家中的劳工。但很快我的家宅和土地他们就眼不见、心不想了。因为大路两边相当长的距离里，我的土地是唯一一片宽敞的耕

———————
① 拉丁文，意为"劳苦的农夫"。

地；因此他们尤其重视它，有时在地里劳作的人（也就是我）听到那些旅行者在说话，那不是要说给他听的，而是闲聊加上品头论足："菜豆这么晚才种！豌豆也这么晚！"——由于别人已在开始除草松土了，我还在在继续栽种。我这个临时的庄稼人却从没想到过这些。"这些玉米，我的伙计，是打算用作饲料的，是饲料玉米。""他在那里住吗？"那头戴黑帽、身穿灰衣的人说，因此那神态严厉的农民勒住他那匹温顺的老马责问我：在做什么，他看到犁沟里没有肥料，于是说应该撒些细垃圾，或任何什么废料都可以，就连灰烬或灰泥也可以。但是，这里只有两英亩半耕地，一把当马车用的锄头，要用两只手拉——我对别的马车和马抱有反感，而在很远的地方才有细垃圾。那些结伴旅行的人，坐车辚辚路过时大声把这里的田地和他们一路上见到的作对比，这就使我知晓我在农业界中的地位如何了。这是一块没有列入科尔曼先生报告中的田地。

但是，大自然在人们还没有耕作过的更荒凉的土地上所生产出来的庄稼，有谁又能测算出它们的价值呢？英格兰干草的收成被小心地称过，其含水量也经过估算，里面所富含的硅酸盐和碳酸钾也经过测算；可是在所有的小山谷、林中洼地、牧场和沼泽地都生长着各种各样的作物，只是没有被人们收割而已。而我的田地差不多就位于荒野与耕地之间的位置；正像有的国家很开化，有的国家半开化，而另有一些则是野蛮国。因此我的田地属于半开化的田地，但这并没有坏的含义。我所栽种的那些豆子快乐地回归到野生原始状态去，而我的锄头则给

172

它们唱起牧歌①。在不远处的一棵白桦树顶有棕色的歌雀——有人叫它红眉鸟——鸣叫了一整个早晨，很喜欢跟你做伴。假如你离去，它便会飞到另一个农民的田间歌唱。在你播种的时候，它叫起来，"下种吧，下种吧，——埋土吧，埋土吧，埋土吧，——往上拔吧，往上拔吧。"可这里不是种玉米的，没有像它那样的敌人来吃庄稼。你或许会觉得奇怪，它那滑稽的歌，就仿佛是用一根琴弦或 20 根琴弦作的业余帕格尼尼②式的演奏，跟你的播种毫不相关。但你却宁愿听它歌唱，而不想去准备灰烬或灰泥。而这确是我最值得依赖的、最廉价的上等肥料。

当我用锄头在犁沟边翻出新土时，我则将远古时曾在此居住而未载入史册的民族所留下的灰烬翻了出来，他们打仗狩猎用的小武器也就暴露在现代的阳光下。这些武器和另外一些天然石块混在一起，有些石块还残留着印第安人烧火留下的痕迹，有些被太阳晒过，还有一些陶器和玻璃，则大概是近代的耕种者的残迹了。我的锄头打在石头上叮当作响，这音乐之声传到了树林和天空中，我的劳动有了这样的伴奏，马上生产了无法估量的收获。我不是在种豆子，种豆子的也不是我；此时，我既自怜而又自豪地想起，我的那些熟人们正在城里听歌剧呢。

但在这个阳光明媚的下午，在我头上的高空中，苍鹰在盘旋——有时一整天地盘旋——它就像我眼里的一粒沙，也可说是落在天空的眼睛里的一粒沙，它有时侧翼下降，大叫一声，

① 原文为一首瑞士放牛人的牧歌。

② 意大利小提琴家、作曲家。

天空便像给划破了，最后就像裂成破布一般，可苍穹仍旧是一条细缝也没有；空中有不少小小的精灵飞舞，在地上、黄沙或岩石上、山顶上产下了许多蛋，几乎没有人看到过的；它们美丽而细长，仿佛是湖水卷起的涟漪，又仿佛是给风吹到空中的翻腾的树叶；在大自然里多的是这样声气相投的缘分。鹰是波浪的空中弟兄，它在波浪之上飞行观察，在空中煽动的完美的鹰翅，就像在回应海洋那原始的没有羽毛的翅膀。有时我看着一对鹞鹰在高空中飞舞，一上一下，一近一远，仿佛它们是我自己的思想的化身。另外，我有时又被一群野鸽吸引住，望见它们成群结队地从这片森林飞到那片森林，并夹带着嗡嗡的颤音急速越过。

有时我的锄头从烂树桩下挖出了一条斑点蝾螈①来，一副迂缓的怪异的、丑陋的模样，还有埃及和尼罗河的残迹，却又和我们一个时代了。当我停靠在锄头上休息时，所有这些声音和景象，无论我站在耕地的何处，我全能听见和看到，这便是乡间田园生活中具有无穷情趣的一部分。

在节庆之日，镇里燃放的礼炮犹如气枪声传来，偶尔飘来一些军乐声。我远在城外的豆田里，听大炮的声音好似尘菌在爆裂；假如军队出动了，而我又不清楚是怎么回事，我就整天恍恍惚惚觉得地平线好像痒痒麻麻的，似乎快要出疹子了，或许是猩红热，又或许是马蹄癌，直到最后又有一些大风吹过大地，吹上魏兰德大公路，带给我训练者的消息。这时，远处传来蜜蜂乱飞的嗡嗡声，好似谁家的蜜蜂出窝了。所以邻人们按

① 西方古代神话里的火怪形象，故有下文的埃及风情之说。

照维吉尔的办法，拿出了能发出最大声响的锅壶之属来轻轻敲打，召唤它们回蜂房去。等到那声音消失了，嗡嗡之声也停止了，最柔和的微风也不讲故事了，我明白人们已经把最后一只雄蜂也安全赶回米德尔塞克斯的蜂房了，现在，他们正专心考虑那涂满蜂房的蜂蜜。

我感到骄傲，清楚马萨诸塞州和我们的祖国的自由是这样安全；当我再回头耕耘时，我充满了不可名状的自信，并泰然自若地怀着对未来的希望继续我的工作。

如果有几个乐队同时演奏，那么整个村庄就如同一个大风箱，所有的建筑便会在交织的喧嚣声中此起彼伏。可是有时传到林中来的是真正高尚而兴奋的旋律，喇叭歌唱着荣耀，我觉得自己似乎可以痛痛快快地用刀杀死一个墨西哥人，——我们为何常要忍受一些琐碎事物？——我就四处寻找土拨鼠和鼬鼠，很想表现我的骑士精神。这种军乐的旋律遥远得仿佛在巴勒斯坦一样，让我想起十字军在地平线上前进，就像垂在村子上空的榆树树顶微微摇曳和颤动的动作。这是多么伟大的一天，尽管我在森林空地里遥望天空，但它依旧如每天那样永远无穷无尽，我看不出有何不同。

自从我种豆以来，就与它相依为伴，时间一久，便获得很多经验，有关播种、耕地、收割、打谷、挑选、出售——最后一项相当难——我还得加上一个吃，我还品尝了豆子的味道。我是坚决要了解豆子的。当它们生长的时候，我经常从早晨五点钟锄到正午，一般是用这天余下时间来对付别的事情。

试想一下，人和各种杂草竟相处得如此亲切，是否很怪异

175

呢？——这样说起来是怪累赘的，耕种的时候这些杂草已经很累赘的了，——把一种草全部拔掉，粗暴地摧残了它们的纤细的组织，锄头还要认真地分辨它们，为了培养另一种草。这是罗马艾草，——这是猪箩草，——这是酢浆草，——这是芦苇草，——抓住它，拔起它，翻起来它的根，使它在太阳下曝晒，否则，它就会侧身站起，不到两天，它就又会长得像韭菜般青绿。这是一场拉锯战，不是与鹤作战，而是和败草，这一群有太阳和雨露帮忙的特洛伊人①。豆子每天都见到我带了锄头来助战，杀伤了它们的敌人，战壕里到处都是败草的尸体。有好多盔饰飘摇、结实强壮的赫克托耳②，高出这成群的同伴们差不多一英尺的，也全在我的武器面前倒入尘土之中。

在这酷热的夏日里，我的同代人中有的在波士顿或罗马热衷于美术，有些在印度，思考着，还有些在伦敦或纽约，做生意，我却和新英格兰的其他农夫们一起，投身于农业。这样做并非为了要吃豆子，我这人本性上属于毕达哥拉斯③一派，最起码在种豆子这件事上是这样。种它是为了吃，或为了选票，或为了换大米，可能仅仅是为了给将来一个寓言家用吧，为了比喻或是象征，总得有人在田间耕耘。总而言之，这是一种很难得的快乐，这样持续长久了，也会使时光虚耗。

①　古希腊神话，写特洛伊城被亚该亚人围攻，而亚该亚人久攻不下，将一木马弃于城外，特洛伊人以为围兵撤走，便把木马拖进了城里，木马肚子里的亚该亚士兵乘夜跳出，袭击特洛伊城成功。

②　特洛伊战争中的英雄。

③　毕达哥拉斯，古希腊哲学家、数学家和毕达哥拉斯教团的创始人，提倡禁欲主义，认为数为万物的本原，促进了西方数学和理性哲学的发展。其信徒过着纯洁的生活，不吃豆类，认为其不够干净。

尽管我没为它们施肥，也没有为它们把杂草一次锄遍和松一遍土，但我还总是尽心尽力为它们除草松土，其效果很好。"这是真的，"正像爱芙琳说过的，"不断地挥锄舞铲，翻一翻泥土比任何混合肥料或粪肥都管用。""土地，"他还在另一个地方写着，"尤其是新鲜的土地，其中有不少的磁力，可以吸引盐、力或美德（不管你怎么称呼吧）来加强它的生命，土地也是一切耕耘、劳作的对象，我们靠在它上面的耕种劳动来养活了我们自己，一切粪肥和其他的恶臭的东西仅仅是此种改进的替代物罢了。"更何况，这片土地只是一些"正在享受安息日的耗尽地力、不堪利用的土地"，或许像凯内尔姆·迪格比爵士[①]思考过的，已经从空气中汲取了"活力的灵气"。我总共收获了 12 蒲式耳的豆子。

为了更详细可信，也由于科尔曼先生所报告的大多是有身份的农场主的华丽的试验，不曾让所有人满意，所以，我就把我的收支情况——列表如下：

一柄锄头	0.54 美元
耕耘挖沟	7.50 美元——贵了
豆种子	3.125 美元
土豆种子	1.33 美元
豌豆种子	0.40 美元

---

① 　凯内尔姆·迪格比，英国廷臣、海军军官和著名作家，曾率领私掠船在今土耳其伊斯肯德伦击沉法国船只，著有《论肉体的本质》等哲学著作，后任大臣，出使罗马。

萝卜种子	0.06 美元
篱笆白线	0.20 美元
耕马及三小时雇工	1.00 美元
收获时用马及车	0.75 美元
合 计	14.725 美元

我的收入（Patremfamillias vendacem,non emacem esseoportet）[①]来自：

卖出 9 蒲式耳 12 夸脱之豆子	16.94 美元
5 蒲式耳大土豆	2.50 美元
9 蒲式耳小土豆	2.25 美元
草	1.00 美元
茎	0.75 美元
合 计	23.44 美元

收支相抵，正如我别处所提到的，尚有盈余 8.715 美元。

这便是我种豆经验所得的结果。大概在 6 月 1 日，洒下那小小的菜豆种，3 英尺长 18 英寸的间距，按列种植，挑选的是那新鲜的、圆的、没有杂质的种子。还应注意虫子，再在那些没有长出苗的地方进行补种苗。接着防备土拨鼠，那片田地如果在外面暴露，它们会把才生长出来的嫩叶子全都啃光的；

---

① 拉丁文，意为"家主应善于销售，不该只顾购物"；引自加图《农书》第二章。

并且，在嫩卷须伸展出来以后，它们依旧会来偷吃，它们会坐直身子，和松鼠似的，把蓓蕾和初生的豆荚一起啃光。特别重要的是，倘若你想让豆子避免霜冻和其他不必要的损失，你最好尽早收获，并将它卖掉。

我还取得了一些更好的经验。我对自己说，明年夏天我不用这么勤奋拼命去种豆种玉米了，而要种真诚、真理、朴素、信心、单纯等种子，假如这些种子尚未消失的话。我要试验一下，这些种子是否能在这片土壤里生长，甚至少花劳力少施肥，是否能维持我的生活，因为地力一定没有被这些作物消耗到枯竭的程度。哎呀！这些话我对自己说过；可如今，又一个夏天过去了，并且接着过了一个又一个，我不得不告诉你，可爱的读者呵，我所种下的这些种子，假如它们是些美德的种子，很遗憾，它们全给害虫吃光了，或是已丧失生机，没有长出来。

一般人们只会像他们的祖先那样勇敢或懦弱。这一代人相信每一年的开端种豆种玉米，和印第安人很多世纪前做过并教给那些最早的移民做得完全一样，似乎命该如此。几天前我遇见一个老人，令我感到诧异的是，他用一把锄头挖一个个的洞，最少是第 70 次做同样的事，并且不是为了让自己躺进去！为何新英格兰人不去尝试一下新事业？为何不去种植一些别的作物呢？为何偏偏如此关心豆种而丝毫不关心新一代人类呢？

我前面提到的那些品德，我们确信它们比其他产物要高尚。要是我们偶然见到一个人，并看出他具有那些品德，那些在天空飘散的品德正在他体内扎根生长了，那么，我们真应该为此感到快慰和喜悦。一种微妙而无法描述的品质，例如真理和正义一类，虽然它量小或属于新的品种，正顺着大路而来。我们的大使应该接到通知，将这一类种子寄回国内，而国会则帮助把种子分配到全国各地。我们在对待真诚时不应表现出虚伪做作。假如高尚和友情的精髓为我们所拥有，我们永不该用卑下的情感来相互欺骗、相互侮辱和相互排斥。所以，我们见面时不应急匆匆的。很多人我根本就没有见过，因为他们好像都没有时间；他们都在忙着种豆子。我们也不应和这样的忙人来往，歇息时他倚身在铲子或锄头上，和一只蘑菇不一样，他有一部分拔地而起，不仅仅是直立，就像燕子飞落下来，在地上走路的样子。

"当他说话时，翅膀时不时张开，

好像是要飞，可又合起来。"[1]

它哄骗我们自以为是在和一位天使攀谈。粮食也许不能永远滋养我们，但总能对我们的身体有好处，甚至是在我们自己还不知患了何种疾病之时，便将我们关节中的僵硬消除，令我们轻松、兴奋，使我们在大自然和社会中寻觅到慈爱，并享受到所有纯净而激烈的快乐。

古代的诗歌和神话至少给人们以启示：农事曾是一种崇高的艺术，可我们却在匆忙中随意乱来，我们所追求的目的仅是大农场和大丰收。我们没有节日，没有游行，也没有典礼，连耕牛展览会和所谓感恩节也没有，农民本来是用这些形式来表

[1] 出自英国宗教诗人弗朗西斯·夸尔斯的《牧师的预言》之《牧歌》。

达他们的职业的神圣意义，或让人想起这种职业的神圣源泉的。现在吸引他的是一笔酬金和一顿盛宴。现在他服务的对象不是谷物女神刻瑞斯①和主神朱庇特，而是凶神恶煞的财神普路托斯。由于我们全都具有贪婪、自私和卑贱的恶习，并把土地视为财产或是谋取财产的主要手段，因此田园风光也变得不堪入目，就连农事也同我们一起降格，农民们则过着最屈辱的生活。他所认识的大自然，就像一个强盗所认识的那样。加图说："农业的利益格外真诚或公平。"②按照瓦罗的说法，古罗马人"把土地同等称为母亲大地和刻瑞斯，并觉得耕种土地的人都过着一种真诚而有益的生活，同时，只有他们才是农神萨图耳努斯王的遗民"③。

我们时常忘记，阳光照在我们耕种过的土地上，和照在草原与森林上一样，毫无区别。它们全都同样地反射并吸收太阳的光线，前者只是太阳每天旅程中所见到的灿烂美景的一小部分。在太阳的眼中，大地哪里都被耕种得像一片园林。所以，我们受益于太阳的光和热，就该配给予相应的信任与宽宏的胸怀。即使我注重豆种，直到秋天有了丰收的硕果又如何呢？我观察如此久的这片宽敞田地，并不把我看作主要的耕种者，而是把我扔在一边，去寻找那种能给它浇灌，让它变绿的更加亲切的影响力。这些豆子结出的成果并不由我来收获。它们难道不是也为土拨鼠生长的吗？麦穗（拉丁文 spica，已废形式

---

① 古希腊神话中的谷物和耕作的女神。

② 加图《农书》引言。

③ 瓦罗《论农业》。

speca，源自 spe，意为"希望"）不该成为农民的全部希望；它的颗粒或谷粒（granum，来自 gerendo，意为生产）并非是它所生产的所有。因此，我们的作物怎会歉收呢？难道我不以杂草的丰收而喜悦吗？因为这些杂草的种子是鸟儿的粮仓。这样对比起来，田地能否把农民的谷仓填满就无所谓了。就像松鼠不担心森林今年能不能生产出栗子来一样，真正的农夫整日劳作，并不在乎田地的粮产是否归他所有，在他内心里，他不但应该奉献第一枚硕果，而且还应该奉献最后一枚硕果。

村民

　　锄地以后，上午或许读读书，写写字；我一般再到湖水里洗个澡，游过一个小湾，这便是我运动的最大限度了，从我身体上洗去了劳动的尘埃，或者消除了阅读造成的最后一条皱纹，我在下午是非常自在的。每天或隔天，我到村子里去散步，听听那些无休无止的闲话，有些是口口相传的，有些是报纸上相互转载的，如用顺势疗法小剂量地接纳它们，确实也很新鲜，就像树叶的瑟瑟有声和青蛙的咯咯而鸣。正如我在森林中散步时喜欢观察鸟雀和松鼠一样，我在村中散步，喜欢看一些本色男人和小顽童；听不见松涛和风声了，我却听到了车马的辚辚声。从我的屋子朝着一个方向看过去，河畔的草地上，是一个麝鼠的聚居地；而在另一个地平线上，榆树和悬铃木底下，却是一个全是忙人的村子，使我产生了好奇心，他们宛若是大草原上流浪的狗，不是在他们的洞口转圈，便是蹿到邻家闲聊去了。

　　我经常到村子里去观察他们的习惯。在我眼里，村庄就像一个特大的新闻编辑室，在它的一旁支持它的，好像州府大街①上的雷丁出版公司的情形，人们卖干果、葡萄干、盐、玉米粉和其他的食品杂货。有些人对前一种商品，也就是新闻，是胃口大，消化能力也同样大的，因此，他们能百般耐心地坐在街道上，不停地去打探那些新闻，听那些新闻如地中海季风般地沸腾着、私语着吹过他们，又或者说，他们仿佛是吸入了一些只是产生局部麻醉作用的乙醚，意识虽然还是清醒的，但痛苦却被麻痹了——否则有些新闻，听到后会令人痛苦的。

每次我徜徉路过那村子的时候，总是看到这些活宝们一排排坐在石阶上晒太阳，身子微向前倾，他们那满含欲望的色眼左顾右盼；否则便是身子靠在一个谷仓上，两手插在裤袋里，就像女像柱似的支撑着那谷仓。他们由于通常都在露天坐着，风中吹过的什么都听见了。这些是最粗的磨坊，一旦有飞短流长的闲话都由他们第一道碾过，再送进户内，倒入那更精致的漏斗进行更精细的加工。

我在村中观察到最具有活力的地方，当是食杂店、酒吧、邮局和银行；除此以外好比机器中少不了的零件，还有一只大钟、一尊大炮、一辆救火车，都放在恰当的地方；为了尽可能利用人类的特点，房屋都面对面地排成巷子，每一个旅行者都得受到夹道的检阅，男女老少都可以监视他。诚然，那些被安排在巷子口附近的人，他们最先见到别人，别人也最先看到他们，他们最先拦击过客，自然就要为所占的地盘付出最贵的租金；而少数零零散散居住在村外的居民，在他们之间的巷道开

————————
① 波士顿市的金融中心。

184

始有很长的空当，旅行者可以翻墙而过，或抄小路逃走掉的，他们当然只付很少一笔地租或窗税。周围挂起了招牌，诱惑着旅行者，有的在胃口上把旅行者抓住了，那就是酒店和食品店；有的抓住旅行者的幻觉，例如干货店和珠宝店；有的抓住旅行者的头发，或他们的脚或他们的衣服，比如理发店、鞋店和成衣店。除此之外，还有一件更可怕的事，就是要你不断地挨家挨户地去访问，而这样一来，更多的村民会见到你。

总的说来，所有这些危险，我全能巧妙地躲过去。我或者大胆向前、毫不犹豫地向目的地走去，那些遭到夹道检阅的人真是应该采用我的办法，或者我专心致志地想着崇高的事物，比如俄耳甫斯 [①]，"弹奏着七弦琴，高歌诸神之赞美诗，把妖女的歌声盖过，因而没有遭难。"[②] 有时候，我闪电似的跑走了，没有人清楚我在哪里，因为我无所谓礼貌，篱笆上有了洞，我会毫不犹豫地钻过去。我甚至还习惯于闯进一些人的家里去，那里对我很热情，就在听取了最后一些筛选过的新闻之后，在知道了刚平息下来的事情，战争与和平的前景，世界还能够合作多长时间，我立马从后面几条路溜出，又隐没在我的森林之中。

我在城里待到了很晚的时候，才兴奋异常地回到黑夜之中，尤其是在那些漆黑的并夹杂着风暴的夜晚。我从一个光亮的村屋或演讲厅里出发，肩上带了一袋黑麦或印第安玉米粉，驶进林中我那安乐的港埠，外面的所有东西都牢靠了，带着愉快的

---

① 古希腊神话中的歌手，善弹竖琴，琴声感人。

② 罗得岛的阿波罗尼奥斯《阿尔戈船英雄记》。

思想退到甲板下面，只留我的躯壳掌着舵，如果风平浪静的话，我便干脆用绳子把舵拴死了，当我"航行"时，坐在舱中的炉火旁，我获得了许多欢欣的思想。

无论何时，我都不会忧郁，也不会感到悲伤和难过，尽管遇到过好几场险恶的风暴。就连在一般的晚上，森林里也比你们想象得还要黑。在最黑的夜晚，我经常只能看那树叶空隙间的天空，一边走，一边这样认路，走到一些没有车道的地方，还只能用我的脚来寻找我自己走出来的道路，时而我用手去摸几棵熟悉的树，这样纠正航线。比如，从两枝松树中间穿过，它们中间大约距离18英寸，永远在森林中央。有时，在一个墨黑而潮湿的夜晚，很晚归来，我的脚探索着眼睛看不到的道路，我的心却一路都不在身上，跟做梦似的，忽然我得伸手开门了，这才醒悟过来，我完全不记得我是怎么走过来的，我想，也许是我那躯体，即使在它失去灵魂之后，也照样能在冥冥之中找到它的归途，就像手很容易摸到嘴，而无需帮忙一样。

有几次，有的访客碰巧待到很晚，而这一夜恰巧又是墨黑的时候，我不得不把他从屋后送到公路上去，同时也把他要去的方向给他指点一下，告诫他不要凭眼睛而要凭双腿探摸着前行。有一个非常黑暗的晚上，我这样给两个到湖边来钓鱼的年轻人指点了他们的路。他们住在大约离森林一英里外的地方，还是非常熟悉的呢。一两天后，他们中的一个告诉我，他们在自己的住所周围转来转去转了大半夜，一直到黎明才回到了家，期间遇到了几场大雨，树叶都湿淋淋的，他们被淋得皮肤都湿了。我听说村里有许多人在街上走走，都会迷路，那是在黑暗最浓厚的时候，就像老古话所说，黑得你可以用刀子一块一块把它割下来。有些人是在郊外住的，驱车到村里来办货，却必须要留在村里过夜了；还有一些先生和女士们，外出寻访，走离大道不过半英里路，便不得不小心翼翼地用脚来探摸人行道，在何时拐弯都不知道了。

无论何时在林中迷路，都很惊险，刺激得令人念念不忘这宝贵的经历。在暴风雪中，即便是白天，走到一条习惯的路上了，也能够迷失方向，不晓得哪里通往村子。尽管他清楚他在这条路上走过 1000 次了，但是什么也不晓得了，它就如同西伯利亚的一条路一样的陌生了。假如在晚上，显然还要更困难。在我们平常随意的散步中，我们经常像领航员一样，凭借某个灯塔，或凭借某个海角，判别方向向前航行，虽然我们并没意识到这点。假如我们不在熟悉的航线上，我们仍然在脑中有着相邻的一些海角的印象；除非我们完全迷了路，或者转了一次身，否则在森林中你只要闭上眼睛，转一次身，就迷路了，——等到那时，我们才察觉了大自然的浩瀚与奇异。不论是睡觉或其他心不在焉，每一个人都应该在清醒过来以后，常常看看罗盘上的方向。难道只有等到我们迷路，换言之，只有等到我们失去了这个世界之后，我们才开始发现我们自己吗？才能认清我们的处境吗？并且认识了我们之间无穷的联系。

一天下午，在我的头一个夏季即将结束之时，我到村里找一位鞋匠拿一只已修补好的鞋子，结果被抓了起来，被送进了监狱，理由是，我在其他地方曾经说过，我不给政府纳税，也不信服政府的权威，因为就在这政府参议院的门口，男人、女人和孩子被当作牲畜般在交易。我本来是由于其他目的到林中去的，可是，一个人不管走向哪里，人们都会用他们那套肮脏的体制来束缚他，逮捕他，只要允许，便强迫让他变成他们那个孤注一掷的古怪社团的成员。诚然，我本可以坚强地反抗一下，多少能有点结果，我也可以发疯地反对社会，但我宁愿让社会发疯地反对我，因它才真正是失望的一方。

然而，第二天我便被释放了出来，还拿了那只已修补的鞋子。我返回林中，及时在美丽港山上吃到了越橘。除去那些代表国家的人，我没有受到任何人的骚扰。抛开那张放稿件的桌子不算，我连个锁簧也没有，甚至门闩上和窗户上都没有钉子。我无论早晚都不锁门，即便我有时出门好多天。一次在那个秋天，我去缅因州的森林中住了半个月，我毫不例外地也没锁门。但是，我的屋子比被整列兵士看守的屋子更受到尊敬。疲惫的漫游者可以在我的火炉旁休息温暖一下；文学爱好者能够在我的桌上阅读几本书；或者某些好奇的人打开我的碗橱门，看看我午餐留下了哪些菜，晚餐打算吃点什么。虽说有不少各个阶层的人跑到湖畔来，但我没感到有多大的不便，我没丢失什么，除了一本小书，那是一卷荷马的作品，大约是因为书皮镀金太过分了吧，我相信我们兵营里的一名士兵现在正翻看它呢。我相信，假如所有的人都生活得像我那时那么简朴，盗窃和抢劫的事便没有了。发生诸如此类的事，主要原因是世上有的人得到的太多，而另一些人又得到的太少。蒲柏^①所译的荷马作品应该很快得到广泛传播——

> "当世人所需只是山毛榉制成的碗碟时，
> 人间便不会再有战乱。"

"子为政。焉用杀。子欲善。而民善矣。君子之德风。小人之德草。草上之风。必偃。"^②

湖

有时候，我对人类社会及其闲言碎语感到十分厌烦，还有村子中的朋友都厌烦不已。我就会向西漫游，越过了平常起居的那些地方，跑到这乡镇更加人迹罕至的区域，来到"新的森林和新的牧场"上；又或者夕阳西沉时，到美丽港山上，把那些黑浆果、蓝浆果一股脑儿地吞咽进去，又把满地的浆果拣了起来，以备后几日享用。水果可是不肯把它的色、香、味给购买它的人去食用的，也不愿给予为了卖掉它而栽培它的商人去享受的。要享受那种色、香、味只有一个方法，可是很少人采取这个办法。假如你要了解越橘的色、香、味，你得向牧童和鹧鸪请教。从未采摘过浆果的人，自以为已领略它的精妙，这不过是井蛙之见。从来没有一只越橘去过波士顿，尽管它们长满了波士顿的三座山上，却从未进过城。水果的美味和它那本质的部分，在装上了车子运往市场去的时候，便同它的鲜丽一起给磨掉了，它变成了仅仅是食品的东西。只要正义一直主宰天地，那么就不会有一颗贞洁的浆果能从野外的山上进入大都会。

　　当我在地里劳作了一天之后，会偶然跑到一个厌世的友人身旁。他从早上就一直在湖上钓鱼，不出声，一动不动地和一只鸭子一般，也像一片漂浮着的落叶，他在实践各种各样的哲学以后，一般在我到来之前便已得到结论，觉得自己属于修道院僧中的古老教派。还有一个老头儿，是个很棒的渔人，特别精通各种木器活，他惬意地把我的小木屋当作是为方便渔夫而建造的，这让我很是得意，他经常坐在我的门前摆弄他的钓丝。我也同样兴高采烈，看他坐在我们门口整理钓线。我们偶尔一起待在湖上，他在船的一头，我坐在另一头。我们之间并不多说话，因为他近几年来耳朵聋了，可是他偶尔会哼一首赞美诗，这和我的哲学非常契合。我们的交流如此一来就完全没有隔阂，回想起来尤其愉快，比起用语言进行的交流更美好。在我找不到人谈话时（这是通常的情况），就用桨叩击船舷，让四周的森林响起了回荡扩散的声浪，像马戏团中的驯兽师诱使他的兽群发出吼叫，我让每座青山、每个翠谷发出了怒吼。

　　在温暖的暮色中，我经常坐在船上吹笛，看鲈鱼围着我环游，好像沉醉于我的笛音。月亮在有波纹的湖底上面移动，湖底到处散布着森林的断枝残块。从前，在夏日的黑夜里，我有时和一个同伴以探险的心情来到这个湖畔，在水边生一堆火，认为这样能够吸引鱼游过来，我们把蚯蚓缚在钓丝上作诱饵，钓到了一些鳕鱼；把这些做完时已是深夜，我们把燃烧着的木头高高地抛到空中，就像在放焰火，木头又掉到湖里去，发出咝咝的响声，火光也熄灭了。我们周围一下子变得漆黑一片，我一边摸索，一边哼着小调，穿越黑夜，又沿着来时路走到人来人往的地方。不过如今我已在湖畔建立起自己的家园。

有时候，我歇息在村里的一个门厅中，当那家子人都要上床睡觉时，我就独自回到林中。接着，也是想到第二天的伙食，我在午夜的时候在月光下乘小船钓鱼，有猫头鹰和狐狸朝着我唱小夜曲，时不时也听到不远处一只不知名的鸟儿吱吱的叫声。这些景象一直珍藏在我的记忆深处。——在水深40英尺处抛锚，距岸20至30杆，四周有时有很多条小鲈鱼和银色小鱼环游着，月光下它们用尾巴在水面上点出了一个个笑脸，我用一根长长的亚麻钓丝与活动在40英尺水下的那些神秘的夜间游鱼打交道；有时我在轻柔的夜风中随波逐流，拉着一根60米长的钓丝在湖上四处飘荡，时不时感到钓丝上有轻微的颤动，这说明某种生物正绕着钓丝的另一端在觅食，笨头笨脑犹豫不决，迟迟不能下决定。最终，我一把又一把，慢慢扯出钓丝，一些生龙活虎的鳕鱼便吱吱叫地被拉上水面。特别是在黑夜，在你浮想联翩、神驰于其他空间并思考着宇宙的种种大主题的时候，你觉得钓丝上有什么轻轻一拉，打断了你的梦，你重新和大自然联系在一起，这感觉十分奇特。我好像把钓丝甩进繁星密布的夜空里去了，正如我把钓丝垂下到水色沉沉的湖深处，这样我仿佛一钩钓上两条鱼。

瓦尔登湖风光秀丽，但并不雄奇，不足称道。不常去游玩的人，不住在它岸边的人不一定能被它吸引住；可是这一个湖以深邃和清澈著名，值得突出地来描写它。这是一个明亮的深绿色的湖，半英里长，圆周大概一英里又四分之三，面积大概

61.5英亩；是一个松林和橡树林环抱滋润的、终年不涸的湖泊，湖泊的进水口和出水口并无踪迹可寻，湖水的上涨和退落缘于雨水和蒸发。四周的山峦突然高出水面，达到40至80英尺的高度，可是在东南面高到100英尺，而东边更达到150英尺，它们离湖岸的距离，也只有四分之一英里及三分之一英里。山上林木葱郁。

我们康科德所有的湖泊起码有两种颜色！一种是远眺而见的；另一种是近观而见的，它更接近本色。第一种多数靠的是光，依据天色变化。在天气好的夏季里，从远一点的地方望去，它展现了蔚蓝颜色，尤其在水波荡漾的时候，但从很远的地方望去，却是一片深蓝。在风暴的天气里，有时它表现出深石板色。海水的颜色则不一样，听说它这天是蓝色的，另一天却又是绿色了，虽然天气连细微的可感知的变化也看不见。我们这里的水系中，我看到在白雪覆盖这一片风景的时候，水和冰差不多都是草绿色的。有人声称蓝"乃纯水之本色，勿论它是流水，抑或冰晶"。但从船上俯瞰我们的河流，它会呈现不同的色彩。

而瓦尔登湖更为出奇，甚至站在同一点上，湖水也忽蓝忽绿。置身在蓝天下，它分担了这两者的色素。从山顶看去，它呈现蓝天的色彩；走近湖边，看到岸边细沙浅水处，水泛着黄澄澄的水波；再远一点，呈现淡绿，越远色泽越深，最后水波荡漾呈现一色的黛绿。可是在有些时候的光线下，就算是从一个山顶望去，靠近湖岸的水色也是碧绿得非常漂亮的。据说，这是草木绿色折射的缘故；但是在铁路轨道这儿的黄沙地带的衬托下，也一样是碧绿的；到了春天，树叶还没有长大，这或许是太空中的蔚蓝，调和了黄沙以后形成的一个纯粹的效果。这就是瓦尔登湖彩虹般的色彩。而且这个地方，当春天降临以后，冰层让水底反射上来的太阳热能、也给土地中传播的太阳的热量消融了，这里一开始溶解成一条狭窄的运河的模样，而中间还是冻冰。在晴朗的气候中，比如我们的其他的水波湍激地流动的时候，波平面是在 90 度的直角里反射了天空的，又或因为太光亮了，从远一点的地方望去，它比天空还要蓝；每逢此时，泛舟湖上，环湖四望，我看到一种罕有其匹、悠然心会、妙处难与君说的亮蓝，好似浸水的或变色的丝绸，又似乎是青锋宝剑，比天空还要更接近天蓝色，它和那波光的另一面——原来的深绿色交替地闪现，那深绿色和它相比便显得很混浊了。这是一个玻璃般的带绿色的蓝色，以我记忆所及，仿佛是冬日西沉之时，它之上的乌云露出的一角蓝天。

　　当你在玻璃杯中盛满水，举到光亮之处一看，却看不出任何颜色，如同装了一杯空气一样。大家都知道，一大块厚玻璃板就会呈现微绿的颜色，按照制造玻璃的人的说法，那是"体积"的原因，一样的玻璃，少了就不会有颜色了。瓦尔登湖应该有多大的水量才能泛出这样的绿色呢，我从未做过试验。一个直接朝下望着我们的水色的人所看到的是黑的，或深棕色的，一个到河水中游泳的人，河水和所有的湖一样，会给他染上一种黄颜色；然而这个湖水却是如此的纯洁，人犹如大理石一样洁白，更出奇的是，四肢放大了，扭曲了，形体怪异，可以让

米开朗基罗 [1] 来做一番研究。

一泓湖水是如许的清澈，25 至 30 英尺下面的水底都可以很清晰地看到。赤足涉游之时，可看见很远的地方有成群嬉戏的鲈鱼和银鱼，长约一英寸，连鲈鱼的横行条纹都清晰可辨，你会感到这种鱼是逃离尘世，到这清净世界定居的。有一次，在好几年前的冬天里，为了钓梭鱼，我在冰上凿了几个洞，上岸以后，我把一柄斧头扔在冰上，但是似乎有什么恶鬼刻意要开玩笑似的，斧头在冰上滑过了四五杆远，恰好从一个窟窿中滑了下去，那里的水深 25 英尺，因为好奇，我趴在冰上，从那窟窿里往下看，我看到了那柄斧头，它偏向一边头向下直立着，那斧柄笔直朝上，顺着湖水的波浪摇摇摆摆，如果不是我后来又把它吊了起来，它也许就会这样直立下去，直到木柄烂掉为止。就在它的上面，我用带来的凿冰的凿子，又凿了一个洞，又用我的刀，砍下附近一根长长的桦树枝，系一个活结的绳套在枝头，小心翼翼地慢放下去，套往斧柄，接着用桦树枝上的绳子一拉，就这样把那柄斧头吊了起来。

除了一两处短短的沙滩之外，整个湖岸由白润的鹅卵石铺就，它们很是陡峭，你纵身跃入湖中，水没头顶。若不是水波实在是太明净了，你完全不可能看到这个湖的底部，除非是湖底又在对岸升起。有人觉得此湖深不可测，它没有一处是污浊的，偶尔观察的过客也许还会说，它里面连水草都没有；至于能够见到的水草，除了新近的让上涨了的水淹没的、并不属于

---

[1] 米开朗基罗（Michelangelo,1475—1564），意大利文艺复兴时期的雕塑家、画家、建筑学家和诗人，主要作品有雕像《大卫》《摩西》，壁画《最后的审判》及建筑设计罗马圣彼得大教堂室顶等。

这个湖的草地之外，便是仔细地查看也的确是看不到菖蒲和芦苇的，就连睡莲也没有，不管是黄色的还是白色的，至多只有一些荇菜和眼子菜而已，或许还有一两束莼菜；然而，即使在湖中游泳的人也未必找得到它们。就算是这些水草，也和它们生长在里面的水一样的透亮而纯净。岸石延伸入水，只一两杆远，水底已是清一色的细沙，除了最深的地方有所不同，其他地方通常是有一点沉积物，或许是腐朽了的叶子，年复一年的秋天，落叶被刮到湖上慢慢沉下去的，最后是那些绿亮亮的水苔，深冬之时，会随锚拔起。

我们这里另外还有一个清清如许的湖泊，在九亩角那里的白湖，在偏西两英里半的地方；但是以这里为中心的 12 英里半径的圆周之内，虽然还有不少湖泊，我可以说了如指掌，但找不出第三个湖泊有如许一泓清泉的纯洁之性。大概历来的民族都喝过这湖水，赞赏过它并测量过它的深度，最后他们一个个离开了，湖水却仍然澄清，显出绿色。没有一个春天变化过！或许远在亚当和夏娃被逐出伊甸乐园时，那个春晨之前，瓦尔登湖就已经在这里了，甚至可能就是那个清晨，随着飘拂而来的细雾和习习南风，洒落下一阵金色的春雨，湖面不再平静了，成群的野鸭和天鹅在湖上畅游，它们完全不知道逐出乐园这一回事 ①，能有这样纯粹的湖水已经很满足了。就是那个时刻，瓦尔登湖涨落起伏，湖水变得晶莹，呈现各样光泽，还特别拥有了这一片天空，形成世界上仅有的一个瓦尔登湖，它是天上露珠的蒸馏器。谁知道，在多少篇不再有人记得的民族诗篇中，

———————————
① 指亚当和夏娃被赶出伊甸园。

这个湖曾被赞美为卡斯塔利亚之泉①？人类最早的黄金时代，又有多少山林水泽的仙女在这里嬉戏？这是康科德桂冠上最璀璨的一颗钻石。

最初发现这片湖泊的人们遗留下他们的痕迹。我曾十分惊奇地看到，环绕湖边，包括在一片森林刚被砍伐的岸上，都有一条贴着陡峭山壁的狭窄小道，一会儿上升，一会儿下降，一会儿靠近湖边，一会儿又离远些，它大约和生活在这里的人类的年代一样久远，猎人们用脚把它摸索出来，而当地的居民则无忧无虑地跟随而来。冬季站在湖心看这条小路就格外醒目，若赶上刚下过一场小雪，山路看上去仿佛一条清晰的波浪起伏的白线，衰草枯枝遮不住它，在四分之一英里之外的地方还可以看得清楚，可是在夏季就是近在咫尺也看不清。好像是雪用清楚的白色把它拓印出来，变成了清晰的白色车轮状的高低起伏的雕塑。但愿后人建造山间别墅时，别把这条早期人类的痕迹擦拭掉。

湖水时涨时落，并无规律可言。如有规律，周期又是怎样，无人知晓，虽然一般来讲有不少人不懂装懂。一般的情况是冬季高些，夏季低些，但这并不和一般天气的潮湿与干燥相联系。我记得与我住在湖畔时比较，湖水什么时候低了一两英尺，什么时候又至少高了 5 英尺。有一片狭窄的沙洲伸到湖中，一边是深水，我曾在沙洲上煮过一锅杂烩，大概在距离主岸 6 杆的地方，那大概是在 1824 年，25 年来都没有再到那里去煮东西。

---

① 神话传说中的泉，位于帕纳索斯山，为阿波罗和缪斯的神泉，被认为是诗歌灵感的来源。

不过另一方面，当我告诉朋友们，几年之后，我会经常到现在山林中那个僻静的山坳里泛舟垂钓，他们总是露出不相信的神情，那地方离他们所知道的湖岸有 15 杆之遥，早已成为一片草地了。可是这个湖两年来一直在升高，如今，1852 年的夏天，比我住在那边时正好升高 5 英尺，接近于 30 年前的高度，那片草地之上又可以荡桨行舟了。

从表面上看，湖水已高涨了六七英尺，但山上流下的雨水并不多，涨水的原因一定是深处泉源在起作用。同年夏天，湖水又开始下降了。值得一提的是，这种涨落不论是否定期，都需要有很多年的时间才能完成。我观察到一次涨，又部分地看到两次落，我估计 12 至 15 年以后，水位又将回落到我所见过的位置。在东面一英里处的弗林特湖（忽略不计进水口和出水口所引起的变化）和其中一些较小湖泊，全都和瓦尔登湖同升同降，也在不久前涨到了它们的最高水位。据我观察，白湖也是同一情况。

多年涨落一次对瓦尔登湖起码有这样一个影响：湖水保持在这个高水位一年以上，虽然这给人沿湖行走造成一些困难，可是自从上次涨水以来，那些沿湖生长的灌木与树木，比如油松、白桦、桤木、白杨，等等，所有的一切都被冲掉了，水位下降后，就留出了一片洁净的湖岸。和许多湖泊以及所有每天涨落的水体不同，它的湖岸在水位最低时也非常干净。在我屋旁的湖边，一排 15 英尺高的油松已经被水给淹死，就像被杠杆拉倒下来，这一来就防止了它们侵占地面。树龄的大小正好表明了一次涨落用了多少年时间。

湖以涨落保证了湖岸的权利，湖岸这样刮去了长出的胡须，森林无法统领这块飞地。而那些草木是瓦尔登湖的嘴唇长出的胡子，但总也长不太长，湖水经常伸出它的舌头，一次又一次地把胡须舔掉。在湖水涨到最高点的时候，桤木、柳树和枫树从水中树干的四面生出大量纤维状的红色根须，有数英尺长，最高离地有三四英尺，试图保全自己。我还注意到，高处的蓝浆果灌木丛，以往颗粒无收，但在此情况下，浆果累累，缀压枝头。

湖岸何以铺砌得如此整齐有致，让不少人惊诧莫名。我的同乡都听到过一个传说，老人们对我说，他们年轻时曾听说：古代印第安人正在这里山顶上举行狂欢典礼，山高高耸入云端，其高度就像这个湖现在陷入地下那么深。听说人们使用了不少亵渎的语言，其实，印第安人从未有此罪孽，山忽然摇晃起来，沉陷下去，只有一个叫作瓦尔登的老妇人逃掉了，这个湖就是以她的名字命名的。据说，当地动山摇时，这些石头滚落到边上，形成了现在的湖岸。不论怎样，有一点可以断定，此处原本无湖，现在却有一泓碧水。

这个印第安神话与我前面说的那位远古移民并无冲突，那位移民非常清晰地记得，在他带着魔杖初次来到这里时，见到一层薄雾从草地上升起，而魔杖则指向下方，因此他决定在这里挖一眼泉。至于那些圆圆的鹅卵石，很多人认为这不太可能源于山中地震。可是我注意到，周围山上一样的石头特别的多，人们必须在最靠近湖的铁路两边把石头堆成护墙；另外，石头最多的地方，湖岸也最陡峭。因此，不幸的是，这事在我看来一点儿也不神秘和不可思议了，我知道谁铺砌这片湖岸。要是湖名不是来自英国地名，比如萨夫伦沃尔登 ①，那么便可认为它以前叫作"围墙湖"。

瓦尔登湖是我的天然水井。一年中有 4 个月湖水都是很凉很凉的，就像它永远洁净那样。我得为，湖水在本镇就算不是最好的水源，也不会比别的差多少。冬季中，敞露旷野的水，总比大地裹护的泉水和井水要冷一些。在我住的房间里，从午后五时到第二天即 1846 年 3 月 6 日的中午，室温上升至 65 华氏度（有时 70 华氏度），这一边是由于太阳晒在屋顶上的原因，可是放在屋里的湖水比刚打上来的村子里最冷的井水还低一度，只有 42 华氏度。沸泉 ② 同一天的温度为 45 华氏度，是我测量过的所有水中最温暖的，但到了夏季，它又成了最砭人肌骨的冰水，因为它的水浅，流动性差。

因为瓦尔登湖深极了，也不同于一般阳光照耀下的水体，所以到夏季它没有一般水体热。在最炎热的天气里，我经常把整桶水放在地窖里，水到了夜晚便变凉了，而且白天仍然清凉，但是我有时也用附近的一处泉水。湖水放了一个星期还像刚打上来那么好，而且没有抽水机的气味。谁想在夏季到湖畔露营一周的话，只要在帐篷背阴的地方，几英尺的地下埋下一桶水，就不需要冰块这种奢侈品．

在瓦尔登湖曾捉到狗鱼，有一条有 7 磅重，还有一条狗鱼更了不得，它飞速将钓丝扯走并拉断，渔夫没能看到它的身影，

---

① 英国埃塞克斯郡的一座城镇。

② 瓦尔登湖西面一道冒泡的泉水。

粗略估计那条鱼有 8 磅重；也曾捉到鲈鱼和大头鱼，其中有重两磅以上的；还捉到银鱼和齐文鱼，几条鲷鱼，两条鳗鱼，其中一条重 4 磅——我记叙得如此琐细，是因为鱼的重量是这些鱼真正分量的所在，而这两条鳗鱼是我在这里听到过的仅有的两条；我还模模糊糊回忆起有一种大概 5 英寸的小鱼，两边呈银色，背部呈绿色，拥有鲦鱼的特征，我之所以在这里说起这种鱼，主要是因为要把我的事实和寓言联系起来。然而这个湖的鱼的产量并不丰富。

湖里狗鱼虽不多，却是它为之自豪的东西。有一次我卧在冰上观察到起码 3 种不同的狗鱼。一种长长扁扁，钢灰色，跟河中捉到的那些最像；一种是鲜亮的金黄色，带着绿色反光，在非常深的水里，是这里最普通的类型；还有一种是金黄色，形状跟前一种一样，但是鱼身两侧有深褐色或黑色小斑点，其间夹杂着几点淡淡的血红色斑点，非常像鲑鱼。"reticulatus"[1] 这个学名看来与它不符，更准确点应该用"guttatus"称呼更合适[2]。这些鱼很结实，比之同体积的鱼要重。

银鱼、大头鱼，加上鲈鱼，所有生活在瓦尔登湖的鱼类比其他河、湖的鱼要健壮、洁净、优雅，因为湖水洁净，这些鱼看起来出类拔萃。或许鱼类学家们会从中培育出来新的品类。

这里还有一些干净的青蛙和乌龟，以及少数贻贝；麝鼠和水貂也在湖的四周留下它们的足迹，间或还会有一只泥龟漫游到这里。有一次清晨，我把船推离湖岸，将夜里躲在船下睡觉

---

① 意为"网状的"。

② 意为"有斑点的"。

的一只大甲鱼的好梦搅醒了。

野鸭和大雁春秋两季常常来到这里，白腹燕子（Hirundo bicolor）掠过湖面，而斑鹬（Totanus macularius）整个夏天一直在多石的湖岸上游荡。我有时惊起了一只鱼鹰，它在一棵俯瞰湖面的白松上栖息。可是我看海鸥的翅膀不一定亵渎过这里，就像在美丽港那样。潜鸟每年要飞来一次。现在，这湖的重要动物常客都已登台亮相了。

在水波不兴的初冬中，坐在船上，你能够看到，东边的沙滩周围，水深8英尺或10英尺的地方，或者在湖的其他地方，也可以看到的，有圆形的一堆堆东西，大概有一英尺高，直径大概6英尺，堆起一堆比鸡蛋略小的一些圆石，并且在这一堆堆圆石周围，都是黄沙。刚开始，你会惊讶不已，认为可能是印第安人有意在冰上玩的把戏，待到冰消雪融的初春，它们就沉到湖底了。可是，就算这样吧，那形式还是太规则化了，并且有些圆石，明显又太新鲜。它们和河流中能够看见的很相似。可是这里没有胭脂鱼或八目鳗，我不清楚它是哪一些鱼堆起来的。或许它是银鱼的巢。这样水下就更有了一种令人愉快的神奇感了。

湖岸千曲百回，毫不单调。我对湖岸了如指掌，西岸有深深的锯齿形的湾，北岸较开阔，而那美丽的扇贝形的南岸，一个个岬角相互地重叠着，让人想起岬角之间一定还有人类足迹未到的小海湾。森林作为背景再好不过了，美丽异常；湖边，群山耸峙。从这个山中小湖的湖中心放眼望去，山景如此令人目眩神驰，湖山清奇超凡。因为森林已经反映在湖水中，这不但是形成了最美的前景，而且那弯弯曲曲的湖岸，恰好又给它做了最自然又最愉悦的边界线。和斧头砍伐出一个林中空地，或者露出了一片开垦了的田地的那种地方不同，这儿没有滥砍滥伐的痕迹，也没有残缺不全之感。在湖畔，林木有足够的自由空间生长，每棵树都把龙腾虎跃的枝条伸向湖水。大自然织就了一幅纯天然的织锦，眼睛能够从沿岸最低的矮树慢慢地望上去，望到最高的树。这里见不到多少人类的双手留下的痕迹。湖水拍岸，千百年来从不停息。

　　一个湖是自然风光中最美妙、生动的所在。湖是大地的眼睛；看着它的人能够测出他自己的天性的深浅。湖边林立的树木是湖岸的长长的睫毛，而四周苍翠的群山和峰峦叠嶂是它浓密突出的眉毛。

　　站在湖东端的宽阔的沙滩上，在一个安静的9月下午，薄雾让对岸的岸线看不太明白，那时我知道了所谓"玻璃似的湖面"这句话是指什么了。当你倒转身，头朝下观看湖平面时，它像游过山林的一根细丝，远处的松林衬得它熠熠放光，将大气层层隔开。你会认为你可以从它下面走过去，走到对面的山上，而身体依旧是干的，你感觉掠过水面的燕子完全能够停在水面上。真的，有时它们点水到水平线之下，似乎这是偶尔的错误，接着醒悟过来。从湖上西望，看到湖对面的时候，你必须用两手来保护你的眼睛，一方面挡开原来的太阳光，同时又挡开映在水中的太阳光；假如，这时你能够在这两种太阳光之间，用挑剔的眼光观察湖面，它正应了那句话，滑亮如镜。

　　一些在水面上滑行的长足昆虫星罗棋布地分散在湖面上，

它们在阳光照耀的湖面轻盈飞快地滑动，撩起了想象不能穷尽的激潋波光。或者，还会有一只鸭子在整理它自己的羽毛，或者，就像我已经说过的，一只燕子在水面上飞掠，低得碰到了水。有时，远处一条鱼跃出湖面，闪起一道波光，在三四英尺的空中划个弧线，栽进湖水，又亮起一道闪光，有时会划出一整道亮闪闪的银弧。不过这里或那里，时不时会漂着一枝蓟草，鱼朝它一跃，水上便又荡起水涡。这似乎是玻璃的溶液，已经凉了，可是还没有凝结，而这中间连一些尘垢也还是纯洁而美丽的，好似玻璃中的细小的水泡。你还常常见到一层更为滑溜墨黑的湖水，被一张肉眼无法看见的细密蛛网所分隔，成了水仙林妖在湖上歇息的栅栏。

站在山顶俯瞰湖面，你会看到，湖中任何一处跃出水面的鱼儿。在这样平滑的湖面上，没有一条梭鱼或银鱼在捕捉一个虫子时，不会破坏全湖的平静的。的确神奇，这种简单的捕食的一件事情一经发生便产生了这么精致的景象——这水族界的谋杀案会显露出来——我站在远远的高处，可看到那扩大的涟漪，直径有五六杆长。甚至你还能看到水蝎（学名 Gyrinus）不停地在平滑的水面滑了四分之一英里；它们稍稍地犁出了水上的皱纹来，分出两条界线，中间有着很鲜明的漪澜；而掠水虫在水面上滑来滑去却不留下明显的可见痕迹。在湖水荡漾的时候，就看不到掠水虫和水蝎了，明显只在风平浪静的时候，它们才从它们的港埠启程，仿佛探险似的从湖岸的一边，用短距离的滑行，向前滑去，一直滑过全湖。这是如何舒服惬意啊，秋日里，这万里无云的晴空下，充分享受阳光的抚爱，坐在高地的一个老树墩上，湖景尽收眼底。仔细瞧那圆圆的水涡，那些圆涡不停歇地刻印在天空和树木的倒影中间的水面上，若不是有这些水涡，水面是看不到的。在如此广大的一片水面上，一点儿扰动都没有，即使产生一点儿，也马上柔和地消失了复归于平静，就像在水边装一瓶子水，那些颤抖的水波流回到岸边之后，马上又平滑了。鱼跃水面，虫落湖心，都会这样用圆涡，用美丽的线条来传达给人们看，似乎那是泉源中的经常的喷涌，它的生命的轻柔的颤动，它的胸膛的呼吸起伏。究竟是欢乐的震颤，还是痛苦的痉挛，这一切无从知晓。

秋色下的湖光多么祥和醇美！人类的工作又如同在春天里一样地发光了。每一片树叶、枝丫、石子和蜘蛛网在下午茶时都在发亮，跟它们在春天的早晨承露以后一样。每划一下桨或每一只小虫的飞舞和爬动都能闪出一道光辉，欸乃一声，又荡起何等精妙甜美的山水清音！

仲秋9月或金秋十月，这样秋色浓郁的一天，瓦尔登湖是一面完美无瑕的林中明镜，周围用石头镶边，在我眼中它们珍贵如稀世珍宝。世间有什么东西可以像这面躺在大地表面的湖泊那么美，那么纯，同时又那么大。水天一色！它无需围栏，许多个民族来了来了又走，都玷污不了它的贞洁。这天地间的镜鉴，不会为石击碎；它的水银一直不会磨损，大自然不断地修补它的装饰；不管什么风暴和尘土都无法使它那常新的镜面失去光泽——这么一面镜子，在它面前一切不洁的东西都会消失，太阳会用雾柔柔的轻刷，光如拭尘布一般给它扫除尘土。这么一面镜子，在它上面呵气也不能留下一点儿痕迹，水气蒸

205

腾，直上青天，成为白云，马上又把自己映衬在湖的胸襟里。

上天的玄机常在这片湖水中泄露无遗，它不断从上天接受新的灵气和旨意。就它自身而言它是大地与天空之间的媒介物。大地上只有草木可以像波涛般起伏，可是湖水本身却因风荡漾。我可以从一道道波纹或一片片波光中看见微风从湖上掠过去。能俯视湖面真是太奇妙了。或许我们还应该细细揣摩水中的云天，看是不是有难以察觉的精灵和天使悄悄飞过。

水黾和水蝽到了 10 月下旬终于消失了，木叶尽脱，白霜在地。11 月中任何一个艳阳天，不再有任何东西在湖面上搅起波纹。11 月的一个下午，连着很多天的暴雨之后终于平静下来，可是天空依然阴云密布，雾气漾漾。我看到湖水特别平静，因此很难认出湖面；它不再反射 10 月鲜明的色彩，却反射出四周山峦那沉郁的 11 月的颜色。我轻轻地泛舟湖上，船尾荡起的微波一直延伸到远方，湖中的倒影颤颤巍巍。

我眺望水面，看见远处满眼微光颤动，就像一些躲过了霜冻的掠水虫又在那里集合，也有可能因为湖面格外平静，湖底涌上来的泉水都能够看出来了。我轻轻地划着船到其中的一处，惊奇地发现周围有成千上万条小鲈鱼，大概 5 英寸长，绿水中满是斑斓的古铜色，它们嬉戏不已，时不时浮到水面，弄出些小水涡，有时还吹出些小泡泡漂在水面上。在这样纯粹明净、看若无底、倒映着云彩的水里，我仿佛是坐着气球飘浮在空中的，而鲈鱼的游动则让我觉得自己是在飞行或滑翔，似乎它们是密密麻麻的一群鸟，就在我的左下方或右下方飞过去，它们的鳍如一面面扬起的风帆。湖里有很多这样的鱼群，自然要在冬天给它们广阔的天窗被冻结以前，好好享受一番这短暂的季节。它们有时让湖面看上去仿佛有一阵微风掠过似的，又像几滴雨点飘落。等我无心接近它们，它们一片慌乱，尾巴横扫，激起水花，好像有人用一根树叶婆娑的树枝击打湖面，它们一下潜到湖底去了。最后，风越来越大，雾越来越浓，波涛开始奔拍，鲈鱼蹦得更高，半身跃出水面，形成数百个黑点。约莫3英寸，一同露在湖面上。

有一年，已到了12月5日，当时，我看见湖面有圈圈涟漪，浓雾四合，以为暴雨马上来临，我赶紧跑到桨座上，往家里快划而去。虽然我不认为有雨点打在我面颊上，可是湖上的雨好像已经在迅速下大，我已经打算全身湿透了。但是突然间，涟漪没有了，原来这些都是鲈鱼造成的，我划桨时的声音把它们吓得跑到深水里去了，我隐隐约约地看见鱼群消失。这样，那天下午，我衣衫干爽，滴水未沾。

有个老人在差不多60年前，经常在夜幕笼罩山林之时来到湖畔。他对我说，在那些日子里，他时不时看见湖上栖满野鸭和别的水禽，还有很多鹰在空中盘旋。他来这里钓鱼，用他在岸上找到的一条古老的独木舟，它是用两棵白松树刳空，钉在一起的，两头削成正方形。

独木舟很简陋，但用了不少年头了，舱中已泡烂进水，现在大概已沉到湖底去了。他不知道这是谁的船，它归这个湖所有。他常用一条条山核桃树皮缠在一起做成锚索。有一次，一位革命①前在湖边居住的老陶工对他说湖底有一个铁箱，并说

---

① 指美国 1775 年至 1783 年间的独立战争。

自己曾亲眼见到过。有时，它随波浪漂到岸边，当你走上前去，它就又回到湖中，消失在水下。

听到老人说起独木舟，我兴致盎然。它代替了一条用同样材料做成的印第安独木舟，那一条建造得更加美丽，原本也许是岸上的一棵树，后来好像倒在湖水里，在那里漂浮了二三十年，对这个湖来说它是最适合不过的船只。记得我初次凝望湖水下面时，隐约见到许多大树干横卧湖底，如不是狂风吹倒它们，便是伐木工砍倒之后，堆放在冰层上，因为那时木材实在太便宜了；但是如今，这些大树干很多都不见了。

当我初次泛舟在湖上时，它四面全部由挺拔而密集的松林和橡树林包围，在一些小湾处，葡萄藤爬上了岸边树木，变成一个个凉亭，船能从下面穿过。围绕湖岸的山峦十分陡峭，山上的林木那时也十分高，因此你若是从西端往下望，就像一个圆形剧场，可供林中演出之用。我年轻时曾把许多时光耗费在泛舟湖上，随风飘摇，我把船划到湖心，仰面躺在座位上，就这样，在一个夏日的上午，我似梦非梦地任船遨游，直到小舟撞上沙滩，才惊醒起来，我坐起身，看看命运把我送到哪里。

那种日子里，闲适是最诱人的，也是最多产的。很多上午都让我偷闲度过了，我宁可把一天中最宝贵时间这样虚耗掉，因为我是富有的，尽管不是金钱上的富有，但拥有很多阳光灿烂的时光和夏天的日子，我大肆挥霍，毫不珍惜；我没把很多时间用在工作室或教师的课桌上，对此我不觉得有什么遗憾。可是自从我离开那些湖岸以后，砍伐木材的人把湖岸进一步摧毁了，现在，要等很多年以后才有可能在林木葱葱的小道上漫

208

步了，也要很多年才能从林中偶然窥见湖光水色了。我的缪斯今后如果是沉默的，那是可以原谅的。百灵鸟的寓所已被伐倒，你还能指望她那婉转的歌喉唱出曲调？

现在，湖底的大树，苍老的独木舟，四围墨绿的林子，都消逝了。村里人对湖在哪里差不多一无所知，他们不是去湖里洗澡或喝水，而是想把这片最起码应该看成和恒河水一样圣洁的湖水，通过一条水管引到村子里，好让他们洗盘子！——他们想仅仅是拧一下水龙头、拔一下塞子便得到瓦尔登湖的湖水！那魔鬼似的铁马，那尖厉刺耳的汽笛声嚷得整个地区都听得见，它那肮脏的铁蹄让泡泡泉变得混浊不堪，也正是它把瓦尔登湖岸边全部的树木都吃完了。这匹特洛伊木马，藏进了1000人在肚子里，是由唯利是图的希腊人引进来的！这个国家的战士去哪儿了？莫尔霍尔的莫尔①要在深谷那地方迎接它，投掷出复仇的长矛，刺进这张牙舞爪的恶魔的肋骨上？

在我见过的特异个性之物中，或许瓦尔登湖最为奇崛，它一直坚持着自身的纯洁。很多人曾被比作瓦尔登湖，可是能配得上这个称号的为数很少。虽然伐木人先后把这片和那片湖岸的林木伐光，爱尔兰人已在湖边建起了猪圈，铁路也侵占了湖的边界，卖冰的人还曾在湖面割过一层冰，但湖仍保持着自己的天性，还是我青年时代所见的那个湖泊，所有的变化只是我自己。虽然它涟漪处处，但没有留下一条永远的皱痕。它永远青春，我能够站在那儿看到一只燕子像往常一样扑下去，从湖面上叼走一只小虫。今夜，它又深深地触动了我，似乎20年

① 据传，莫尔是英国传说里的屠龙英雄。

来我不是基本上每天都见到它——啊，这就是瓦尔登湖，我多年前找到的那个林中之湖。去年冬天，一片树林被伐倒了，但今春，另一片树林又在春风中顽强地喷涌出来。一样的思想和当初一样又涌上湖面。瓦尔登，就它本身及上帝而言依然是一种清粼粼的快乐与幸福，唉，对我来说或许也如此。这湖一定是勇敢者的杰作，在他身上没有一丝狡诈！他用手把这片湖水围成圆形，在自己的思想里让其深化、澄清，并在遗嘱中把它传给康科德。我从湖的面容里探知这一切，我几乎忍不住要说，瓦尔登，是这样吗？

> 我并不梦想，
> 装点一句诗行；
> 要靠近上帝和天堂。
> 莫过于瓦尔登湖——我居住的地方。
> 我就是多石的湖岸，
> 是掠过湖面的微风；
> 在我的掌心，
> 是他的碧水，是他的白沙，
> 而他最深隐的泉眼。

　　火车们从来不会歇息下来欣赏湖光山色，可是我想，那些火车司机、司炉工和制动手，还有那些持有月票、不时见到它的旅客们，都获得了这景色的陶冶。司机夜里也没有忘怀，或者说他天性不能忘记，白天他至少瞥见过那宁静、纯洁的山光水色。虽然只见到一次，可它却能够帮助他洗濯掉州议会街和机车上的烟灰。有人提出建议，说这个湖应被称作"上帝的水珠"。

我曾说过，瓦尔登湖没有明显的进水和出水处，但一边与更高一点的弗林特湖相连，中间串联着一连串小湖；另一边它显然又与康科德河有着关联。中间也串联着类似的一连串小湖，在某一个地质年代，流水或许在此泛滥。如今只要稍加挖掘，又能再度让它流向那边，可是上帝不同意这么做。假如瓦尔登湖因为长时间像林中隐士那样克制而又简朴，得到了如此令人惊讶的纯洁，那么，要是让弗林特湖不怎么纯洁的水混入瓦尔登湖来，或者让瓦尔登湖那甘冽的绿水浪掷到那内海的海波中，谁不会为之扼腕叹息呢？

弗林特湖也称沙湖，位于林肯镇，是我们最大的湖泊或内海，位于瓦尔登湖以东约一英里处。它要大很多，听说面积197英亩，鱼类很丰富，可是湖水很浅，也不那么干净。散步穿过森林到那边去经常是我的一种消遣。即使只是为了让旷野的风潇洒地扑面而来，即便只是为了看看水天之间的滚滚浪涛，畅想一下水手的海洋生活，那也是值得一试的。

秋天，风起云涌的日子，我到那里去拣拾栗子，那时节栗子落在水里，又让浪涛卷到我的足下。还有一次，我沿着莎草丛生的湖岸慢慢前行，阵阵清新的浪花溅在我的脸上，我碰到一只腐烂掉的船的残骸，两侧的船舷都掉了，让我印象深的是船只留下一面平底，四周全是灯芯草，但是，船的模样还非常清晰，看上去就像一面腐烂了的巨大垫板，纹理依然可以分辨。

211

它就像海边遇难的沉船一样让人惊心动魄，并且有着同样惨痛的教训可吸取。这个时节，湖畔完全是植物组成的形状，很难分辨湖岸原本的样子了，灯芯草和菖蒲都从里面长出来，喧宾夺主地占据了显眼的位置。我经常欣赏北端留在沙质湖底上的一道道波痕，因为水的压力让沙底变得坚硬，适合涉水者在上面行走；还有那些灯芯草，它们一行行地生长着，随着波浪摇晃，与湖底的波痕一一对应，就好像波浪把它们培植起来的。

在那儿，我还发现数量非常多的奇特的球体，应该是由细草或根须构成，也许是谷精草，直径从半英寸到 4 英寸不等，呈非常完美的球形。这些球形在沙质湖底的浅水中前后漂浮，有时还给冲到岸边来。它们不是团成一体的草球，就是中间含有些许沙粒。起先你会说它们是由波浪冲击造成的，好比卵石那般，但是最小的圆球直径为半英寸，却是由一样粗糙的物质构成的，而且它们只在一年中的一个季节里产生。再者，我想，波浪既造就不了也破坏不了那些具有持久生命力的东西。那些球茎在出水干燥的情况下，很长一段时间还保持原样。

弗林特湖！我们命名法是这样的贫乏呀。这个将农庄建于水天之滨的村夫，浑身秽气逼人而又长着个榆木疙瘩的脑袋，他把湖岸弄得一塌糊涂，他又有何功德将湖冠上自己的姓氏？要知道他的农场紧紧挨着这片水天，他一点不迟疑地把湖岸砍成精光。一个吝啬鬼[1]，更喜欢亮闪闪的美元或亮晶晶的

---

[1] 英文中弗林特（flint）有吝啬之意。据传，弗林特拒绝让梭罗在弗林特湖边建木屋的请求，如果梭罗的请求被同意的话，那么我们读到的这本书有可能叫"弗林特湖"了。

分币，从而照见他那副黄铜色的无耻面容。他甚至觉得那些飞来湖上定居的野鸭侵占了他的土地；他的手指因为长期掠夺成性，已变成了又弯又硬的鹰爪——因而这个湖名不是我要取的名字。他从来没有欣赏过这个湖，从来没在里面凫水，从来没有爱意温情，也从来没有当过护湖使者，从未替它说过一句好话，也从不感谢让它产生的上苍。与其用他的名字命名，还不如用湖中的游鱼来给它命名，用那些时常到湖上来的飞禽走兽，用在岸边生长的野花，或用历史渊源和这个湖交织在一起的某个野人或孩子的名字来命名。不用那村夫的名字，除了那伙臭味相投的邻人和立法机构发给他一纸契约，没人认可他的所有权——他满脑子装的只是这个湖在金钱上的收益；他的到来，让湖岸遭受一场浩劫。

他要榨尽湖边沃土的膏腴，他恨不得排干湖水，他觉得遗憾的只是这个湖没有变成长满英国干草或越橘的草地。——在他眼中，这个湖实在是一点儿用都没有。为了挖湖底的淤泥卖钱，他会把湖水抽干。湖水不能推动他的磨粉机，这让他烦恼不已。他不认为观看湖光水色是一件非常荣幸的事。我不认为他的劳动、他的农场值得尊重，那儿每件东西都和价钱相关。他会把风景，把他的上帝全都带到市场上去，只要能卖到钱就可以，其实他到市场上去正是为了他的上帝。在他的农场里，没有什么能自由生长。他的田地不种庄稼，他的牧场不开花，他的树木不结果实，长出来的是金钱而已；他品鉴不到果实之美，除非换成金币，才算瓜熟蒂落。

让我去过那真正富裕的简朴生活吧。越穷的农民越受到我的尊敬，越让我感兴趣——贫穷的农民。一个模范农场！那里的农房像粪肥堆里长出来的真菌，人、马、牛和猪的住房，干净的和不干净的全都连在一起！人畜杂居，没有分开！这是一个大油渍，粪便与奶酪的气味都混合其中！如此发达的文明里，心灵和大脑成了大粪似的肥田之物！好像你要在教堂墓地里去种土豆！呜呼，所谓模范农庄也。

不，不，如果最美妙的风光应冠以人名，那就采用那些最高尚、最雄健的人的姓氏吧。让我们的湖最起码得到伊卡洛斯①海那样真正的名字，在那里，"海岸依然回荡着一次勇敢的尝试。"②

雁湖，范围比较小，位于我到弗林特湖的路上；费尔黑文湖，是康科德河的一段宽阔水面，听说占地70英亩，位于西南一英里处；而白湖，面积约40英亩，位于费尔黑文湖再走一英里半外。这里是我的水乡泽国。所有这些，再加上康科德河，就构成了我的水上王国。日夜相加，一年又一年，它们把我带去的珍贵谷物碾碎。

自从伐木工、铁路和我本人亵渎了瓦尔登湖之后，所有这些湖中最可人意的，如果不算最优美的，林中的明珠，就要属于白湖了——这个平平淡淡的名字因为它的平凡，也许取自其湖水的格外明净，也或许取自其沙粒的颜色。但是，这些方面，和其他方面一样，它是比瓦尔登湖稍差一筹的孪生姐妹。两个

---

① 古希腊神话里的一个人物，巧匠迪达勒斯的儿子，与其父双双以蜡翼粘身飞离克里特岛，后坠入爱琴海而死。
② 出自威廉·德拉蒙特《小曲与短诗》中"伊卡洛斯"1—10。

湖非常相似。你一定会说它们是在地下相连。同是圆石的湖岸，同样的水色，如同在瓦尔登湖上。在炙热的大暑天，你透过森林俯瞰一些不是很深的、会让湖底的反光轻轻抹上颜色的湖湾时，湖水表现出一派雾漾漾的蓝绿色或者说蓝灰色。

多年以前，我经常往返其间，拖回一车又一车沙子，制造砂纸，从那时起，我便时常到那里观光。常到这湖上观光的人建议把它称为翠湖。或许，按照以下的情况，它应被叫作黄松湖。大概 15 年前，你还能见到一株北美油松的树顶，从距离湖岸许多杆的深水里伸出湖面，这一带人们把这种松叫作黄松，实际上它并不是明确规定的品种。有人推断此湖很早以前水位不高，而这株松树就是以前长在早期湖畔原始森林中的。我注意到早在 1792 年，在一位本地居民所写《康科德镇地形志》（收入马萨诸塞历史学会藏书）中，作者说到瓦尔登湖和白湖之后，接着又说："在白湖中间，当湖水骤降，可见一树，似甚早就长在此处，虽说树根是在离水面 50 英尺的水下。这棵树的顶端已经断掉，经测量，折断处直径为 14 英寸。"

1849 年春天，我和一个住在萨德伯里最接近这个湖的人谈话，在一次交谈中，我得知 10 年或 15 年前，正是他将湖中的那棵树拖出水面。就他能够记得的，树距离湖岸 12 至 15 杆，那边水深 30 至 40 英尺。那时是冬天，上午他一直在取冰，决定下午把邻居叫过来帮忙，把这棵老黄松拉出去。他割开一长条冰，直通湖岸。驱赶一群牛来拔取，把它拖到冰上。但是，还没拉多远，他便惊讶地发现：树身原来是颠倒的，残枝全都向下，细端牢牢地固定在沙质湖底上。粗端直径大概一英尺，他原本希望能得到一块优质的锯材原木，但是它已腐烂不堪，最多只能当柴火烧了。他的棚屋里当时还有几块这种木头。木头较粗大的一端还留有斧印和啄木鸟啄过的印迹。他认为这大概是岸上的一棵死树，后来被风刮到湖里去，树顶被水给浸透了，比较粗大的另一端却依旧干燥而又较轻，所以漂出去之后便倒翻个身沉了下去。他的父亲已经八十多岁了，依然记不清这棵树什么时候不在那里。湖底还可看见几根巨大的树干，水波颤动，就像湖底有几条巨型的水蛇在游动。

这湖极少被船只青睐，这里没有什么让渔夫感兴趣。这里没有白睡莲——它需要污泥，也没有平常的白菖蒲，只有变色鸢尾花（Iris versicolor）稀稀拉拉地生长在洁净的湖水里，从湖岸周围多石的湖底长出来，蜂鸟大约在 6 月间飞来探访，鸢尾花泛青的叶片颜色和花朵的色彩，尤其是它们的倒影，与浅浅的蓝灰的湖水交相辉映，融为一体。

白湖和瓦尔登湖是大地之上的巨型水晶，是荧光四射之湖。假如它们永远凝固起来，小到可以握在手心，也许就会被一些臣仆带走，如同宝石般镶在帝王的王冠上。但它潋滟不定，且如此宏大，所以永远属于我辈和子孙后代，因此我们反倒忽视它们，跑去追求科依诺尔钻石①了。它俩太圣洁了，市场的价格容纳不了，它俩没受到羞辱。比起我们苟且偷生的人类，它俩纯美之至；比起我们的性格来不知要透明多少倍！我们从不晓得它们哪里平庸低劣。它们比起农家门前鸭子游泳的池塘来

① 世界最大钻石之一，原产于印度，1849 年以来为英王御宝。后雕琢成108.8 克拉，1937 年成为英女王王冠上的宝石。

216

不知道要美丽多少倍！洁净的野鸭到这里来了。世人如何能感受到这些？鸟儿披着羽裳，唱着它们的曲调，与野花十分融洽，但是哪个少男少女可以和大自然那种粗犷而丰富多彩的美丽互相协调而浑然一体呢？自然在远离都市之处，孤寂地自我丰茂。谈什么天堂！你正在践踏大地。

贝克农场

有时我徜徉到松树密林下，它们好似高耸的庙宇，又像海上装备齐全的舰队，树梢像碧波般此起彼伏，还像涟漪般熠熠生辉，见到这样柔和而碧绿的浓荫，便是德鲁依特们①也要舍弃他的橡树林而跑到这下面来顶礼膜拜了；有时我来到了弗林特湖边的杉木林下，那些参天大树上结满灰白色浆果，它们越长越高，便是移植到瓦尔哈拉②去都丝毫不逊色，而杜松的藤蔓上果实累累，铺于地上。

有时，我还跑到沼泽地区去，那儿的松萝地衣像彩带一般从云杉上悬挂下来，还有一些伞菌，它们是沼泽各位神仙的圆桌，铺设在地面，更加美丽的香菇像蝴蝶或贝壳一样点缀在树根周围；在那里生长着淡红的石竹和山茱萸，红红的桤果仿佛是妖精的眼睛似的闪亮，产蜡蜜蜂在最坚硬的树上刻下了深槽

① 英国、爱尔兰、高卢地区的古代凯尔特人中一批有学识的人，担任祭司、教师和法官或巫师、占卜者等。
② 北欧神话中主神奥丁接待战死者英灵的殿堂。

218

而使树木遭到破坏，而野冬青的浆果更是美得使人恋恋不舍，另外还有许许多多野生的不知名的禁果将使观看者头晕目眩，实在太美了，这简直不是世人应该品尝的。

我并没寻问哪位学者，我访问的只是一棵棵奇特的树和附近一带的稀有林木，它们有的远远地耸立在牧场的中央，有的长在森林、沼泽的深处，有的在小山的顶上；比如黑桦木，我就见到一些好标本，直径两英尺长；还有它们的亲戚黄桦木，穿着宽松的金袍，它散发着一种就像前面说的那样的香气，又比如山毛榉，有如此清洁的树干，美丽地画着苔藓之色，处处美妙啊，除了一些散在各地的样本，在这乡镇一带，我只知晓有这片小树林，树的直径已相当粗大了，听说还是一些被附近山毛榉的果实吸引来的鸽子播下的种子；在你劈开树木的时候，银色的细粒闪闪发光，真值得一看；还有椴树、角树；还有学名为 Celtis occidentalis 的假榆树，其中只有一棵长得较粗壮，有一种适合于做椀杆和木瓦用的较高的松树，还有比平常的松树更完美的铁杉，跟一座宝塔似的矗立在森林中；我还能列举出来许多别的树。这便是些我在夏季和冬天所拜访过的神庙。

一次，我刚好站在一道彩虹的桥墩上，这道彩虹笼罩在大气层的下面，把四周的草叶都染上了色彩，让我眼花缭乱，就像是透过一块彩色水晶去观看一般。瓦尔登湖顿时成了一个虹光之湖，我像一头生活在其中的海豚。假如彩虹出现的时间保持得更久点，那它肯定能把我的事业和生活染成彩色。当我在铁路的堤道上行走时，经常会对我身影周围的光环感到诧异，我会轻飘飘幻想自己是上帝的选民。有一来客对我说，他面前的那些爱尔兰人的身影周围就根本没有这种光环，只有本地人才有这独特的标识。

本韦努托·切利尼①在回忆录中告诉我们，当他被囚禁在圣安琪罗城堡，就在他做了一个惊恐噩梦或产生幻觉之后，便见一个光亮的圆圈罩在他身影的头上了，无论是黎明或是黄昏，不管他是在意大利还是在法国，并且当露水打湿青草的时候，这情况非常明显。我上面所指的情况可能和这属于同一现象，早上看得尤其清楚，不过在别的时间，就连在月光下也可见到。尽管经常都是这样，却并没被注意到，而像切利尼那种想象力丰富，动辄兴奋激动的情况，便完全可以由此构成一种迷信。另外，他还告诉我们，这件事他只和很少的人说过。但是，那些知道自己头上有光环的人，难道真的是卓尔不群吗？

有一天下午，我穿过森林前往美丽港钓鱼，想弥补我粗茶淡饭的不足。我途中路过那片附属于贝克农场的快乐草地，有个诗人曾经歌咏过这块幽静之地，他开头写道：

> "眼前是一片乐土，
> 长满苔藓的果树，
> 给淡红的小溪让路，
> 灵活的麝香鼠在溪边居住，
> 还有水银似的鲑鱼，
> 来去倏忽。"②

---

① 意大利作家、雕塑家。

② 钱宁《贝克农场》，出自《梭罗：自然诗人》。

在我住进瓦尔登之前，我曾想到那儿生活。我曾经"钓"过龙果，跳过小溪，吓跑过麝香鼠和鲑鱼。在那样的下午，就在这么一个显得格外漫长又有许多事情发生的下午，我们能够在那里度过大半生，虽然我出发时已是时间过半了。走在半途中，突遇到了阵雨，使我赶紧跑到一棵大松树下躲了半小时。在头顶上架起一些树枝，再用一块手帕盖在上面以供避雨。最终我在狗鱼草上抛下了钓丝，站在及腰深的水里，但是乌云滚滚，雷声开始隆隆作响，我只有认命，没别的法子了。我想，天上的神仙一定都趾高气扬，才会用这一道道叉形的闪电来击打手无寸铁的渔人。因此我便急忙跑到最近的棚屋去躲避，这间棚屋距离任何一条路都有半英里之远，但它离湖泊就近多了，这儿已很久都没人住了：

> "此屋是一位诗人建，
> 在那已成过往之年，
> 看那个小小的房间，
> 已向毁灭之途扬帆。"①

缪斯女神就是这样讲的。但是我发现那里现在住着个爱尔兰人约翰·菲尔德，还有他的妻子和几个孩子。大的是一个有着宽阔额头的孩子，现在已能帮他的父亲做工了，如今他正跟在父亲旁边从沼泽地跑来躲雨；那个满脸皱纹、一副女巫的样子、脑袋尖尖的婴儿，坐在父亲的膝盖上，就同坐在贵族的宫廷里没什么两样，从潮湿饥饿的家里惊奇地看着陌生人——这

---

① 钱宁《贝克农场》。

是婴儿的权力，但他还不知道自己是贵族世家的最后一代，他是世界注目的中心，是世界的希望，而不仅仅是约翰·菲尔德家可怜、挨饿的小子。

我们一块儿坐在不漏水的那部分屋顶下，而外面却是雷雨交加。以前我曾多次坐在这里，在这一家驾船漂洋过海到美国来之前。约翰·菲尔德明显是一个诚实勤劳但却无能的人。他的妻子却异常顽强地、日复一日地在高大的炉子边做饭；她长着一副圆圆油腻的脸孔，露着胸，心里还总想着有一天她会有好日子过呢；拖把始终抓在手中，但没有一处地方值得一拖。一些小鸡也跑到这里来躲雨，大模大样在屋子里踱步，就像家庭成员一样，我认为这样一来它们的人性的味道太重了，要烤来吃就不那么合适。它们站在那儿先望望我的眼睛，然后便采取行动，故意来啄我的鞋子。

这时，我的主人将他的身世讲给我听，他是多么困难地"在沼泽里"替邻近的农民打工，用一把铁锹或沼泽上专用的锄头翻草地，每英亩的报酬为10美元，这片地和肥料一起能够让他使用一年。他那个子矮小、脸庞宽阔的儿子并不知道自己的父亲和别人做了一笔多么窝囊的交易，仍然在父亲的身边非常愉快地工作。

我试图用自己的经验帮助他，告诉他，我是他的一个最好的近邻，我是来这里钓鱼的。看上去和游手好闲的人一样，但实际上我的谋生之道和他一样。我对他说，我住在一个光亮、清洁而结实的屋子里，每年的租金一般并不比他这座破房子的租金更多；如果他愿意的话，他可以在一两个月之内给自己建起一座宫殿。我这人不喝茶，不喝咖啡，不吃牛油，不喝牛奶也不吃鲜肉，我也不拼命地吃，我的饮食费用很少，因此我不必为要得、到它们而工作。再加上因为我不用拼命工作，也就不用拼命吃，这样一来花在吃的方面的钱就很少了；但是由于他一开始就喝茶、喝咖啡、吃牛油、喝牛奶、吃牛肉，样样要，因此他得拼命工作以付出这笔钱，而当他拼命工作了，他就不得不拼命吃不可，因为这样才能补偿他全身体力的消耗——这样一来，两相抵消，白忙一场，实际上还亏了，理由是他感到不满足，把生命浪费了。然而，他还庆幸自己能够来到美国，因为在这里每人可以喝茶、咖啡和吃肉。

但是，真正的美国应该是一个这样的国家：在这个国家里你可以自主地选择一种生活方式，没有这些吃的，依然过得好。并且国家并不打算强迫你去支持奴隶制度和战争，不强迫你因为直接或间接地使用这些东西而支付多余的费用。我和他谈话时特意把他当成一个哲学家，或是一个想当哲学家的人。让大地上所有的草地全都停留在原始的状态，假如这是人开始重新恢复自我的后果，那我会感到十分快乐。一个人不用依靠研究历史去找寻最适合于自己的文化。噢！真是的，一个爱尔兰人的文化，就是用一柄开垦沼泽地的锄头安心地来开发的事业。

我对他说，因为他跟沼泽地打交道干得很艰苦，因此他要有一双厚实的长筒靴和一身耐穿的衣服，但是它们很快就弄脏、穿破了，而我穿的是薄底鞋和薄衣服，价钱比他穿的便宜一半，在你眼里我穿得却像位绅士，实际却并非如此。我只用花上一两个小时，都不觉得是在劳动，而是在消遣，假如我愿意的话，可以捕到足够我两天吃的鱼，或赚到可以够我花一星期的钱。假如他和他的家庭如此简朴地生活的话，那么，你们就可以在夏季，都去采摘越橘，其乐无穷。

约翰听到这一番话长叹了一口气，他的妻子则两手叉腰，两眼圆睁，看来他们似乎都在考虑，有没有足够的资本来确保过上这样的生活，或者是否能有算术头脑把这种生活维持下去。他们认为，光依靠测程和推算如何能够到达他们的延续彼岸，正如我所想到的，他们依旧会勇敢地用他们自己的方式生活。拼尽全力去做，但却还是不能用一根精制的楔子把生活的主柱给劈开，接着再细加雕刻；他们只是想粗略地应付一下生活，就像对付蓟草一样。他们勇于作战，可惜他们是在一种兵败如山倒的不利状况下作战的——生活，约翰·菲尔德，天哪！不要做算术了，你败局已定。

"你曾钓过鱼吗？"我问道，"哦，是的，当我休息的时候，在这湖边钓过，很好的鲈鱼。""你用什么钓的？""我用蚯蚓捉银色小鱼，再用小鱼去钓鲈鱼。""约翰，你现在应该去了。"他的妻子脸上放光，充满希望地说。可是约翰却一直在犹豫。

现在阵雨已过去，东面的森林上出现了一道彩虹，会有个晴好的黄昏，我就起身再见。出门以后，我又向他们讨一杯水喝，渴望看一看他们这口井的奥秘，把这家的境况弄个清楚；但是，唉！井不深，全是流沙，绳子断掉了，桶子破得没法修了。这段时间，他们把厨房用的杯子找了出来，这水像是煮沸过的，几经商量，拖延再三，最后杯子递到口渴的人的手上，

224

水还是热的，并且混浊不堪。我想，是这样的脏水在维持这几条生命；因此，我就很巧妙地把灰尘摇到一旁，闭上眼睛，为了那好客的真诚喝了。至于礼节方面的问题，我丝毫不在意。

雨过天晴，当我告别了爱尔兰人的房屋后，便跨步来到湖边。蹚水经过草原上的积水的泥坑和沼泽区的窟窿，经过荒凉的旷野，突然有一阵子我感觉我急于去捕捉梭鱼的这种心情，对于我这个上过中学、进过大学的人，未免太卑劣了；于是我转下山，朝着霞光万道的西方奔去。我身披一道彩虹。

微弱的铃声透过清澈的空气飘入我的耳中，我又好像不知道从哪儿听到了我的守护神在同我说话了——要每天都远远地出去渔猎——越远越好，地域越宽阔越好——你就在很多的溪边，很多很多人家的炉边休息，完全不用担心。要记住你青年时代的创造力。在黎明之前毫无忧虑地起来，即刻出发探险。正午的时候你在另一个湖边。夜晚来临时，处处是家。没有哪里的土地比这里更广大了，也没有比这更有价值的游戏了。依照你的天性而放纵地生活，就像芦苇和羊齿，它们是一辈子不会变成英吉利干草的啊。让雷霆怒吼，即使对稼穑有害，这又有什么要紧的呢？这并不是给你的音讯。他们要躲在车下，木屋下，你能够躲在云下。你不要再靠手艺为生，应该以游玩为生。尽管欣赏大地，但不要想去占有。因为缺乏进取心和信心，人们便在买卖中，如同奴隶一般地过活。

呵，贝克田庄！
富足元素风景无限。

为最美丽的大地风光阳光仅一束，纯洁又
烂漫。……

农场的四周围起的栏杆，

谁也不会跑去纵情狂欢。……

你不曾跟人争辩，

也从未为你的疑问所缠，

初见时就这样温婉，

你穿着普通的褐色斜纹衣衫。

爱者来，

恨者也来，

圣鸽之子，

和州里的盖伊·福克斯[①]，

阴谋祸国，命该被吊死，

行刑绞架是那粗壮的树枝！[②]

黑夜来临时，人们总是不约而同地从附近的田间或街上，
驯服地回到家里，平凡的声音总在他们家中回荡，他们的生命，
在忧愁中消逝，理由是他们一再呼吸着自己吐出的气体；早晨
和傍晚，他们的影子比他们每天的脚步到的地方更远。我们应
该从远方，从奇遇、危险和每天的新发现中，将新经验、新性

---

① 盖伊·福克斯（Guy Faux，又名 Guy Fawkes，1570—1606），英国天主教徒，
曾参加西班牙军队，为英国火药阴谋案（1605）的主犯，在直通国会大厦的
地下室埋置炸药，阴谋炸死詹姆士一世，事败后被处决。英语 faux 有"假的""伪
的"之意，作者巧妙地借用这个词，既说人又说事，一石二鸟。

② 钱宁《贝克农场》。

格带回家来。

我还没到湖边,约翰·菲尔德已在新的冲动下,来到了湖边,他的思路有所改变,今天太阳下山以前不再去沼泽工作了。但是,这可怜的人,只钓到一两条鱼,而我却钓了一大串,他说这是他的命运;但是,后来我们换了座位,那运气也跟着换了位。可怜的约翰·菲尔德!想必他是不会读这段话的,除非他看来以后会有进步——他想在这原始性的新土地上用传统的旧方式来生活——用银鱼来钓鲈鱼。偶尔,我也承认这是好钓饵。

尽管他的地平线全归他所有,但他依然是个穷人,且生来就穷,继承了他那爱尔兰的贫困或者贫困生活,还继承了亚当的祖母的泥泞的生活形式,他或是他的后裔在这世界上都无法上升,除非他们那深陷在沼泽中长了蹼的双脚,穿上了商业之神那双有翅膀的飞靴。

更高的法则

　　当我提着一大串鱼、拖着鱼竿穿过树林回家时，天已经黑得什么都看不见了，我瞅见一只土拨鼠悄悄地横越过我的小径，就察觉到了一阵怪异的野性喜悦的颤抖，我被强烈地诱惑了，只想抓住它，活活吃到肚子里去，这倒不是由于我肚子饿了，而仅是因为它代表的是野性。

　　我在湖上生活时，有一两次发现自己在林中狂奔，好似一条半饥饿的猎犬，用一种奇怪的恣肆的心情，想要寻觅一些能够吞食的兽肉，任何兽肉我都能吃下去。最狂野的一些景象都很奇怪地变得熟悉了。我发现在我的内心，而且还更深一层次发现，我在追求一种更高尚的生活或者说是在探索本能的精神生活，对此许多人也持同样感受，可我除此之外还有一种追寻原始的行为和野性生活的本能，这两者我都很尊崇。我对野性的喜爱，不亚于我对善良的喜爱。钓鱼有一种野性和冒险性，这就是为什么我喜欢钓鱼。有时候我情愿粗野地生活，更如同一头野兽似的度过我的时光。这种嗜好，或许，还得归功于我年轻时钓过鱼和打过猎，因此我和大自然有亲密的来往。渔猎很早就把我们推荐给野外风景，将我们放置在那里，要不然，在我们那样的年龄，是没法熟悉野外风光的。

渔夫、猎户、樵夫等人，一生在深山野林中度过，就某个特别意义说来，他们已是大自然不可分割的一部分，他们在工作的闲暇里比诗人和哲学家都更适合于观察大自然，因为后者一直带着一定的目的前去观察的。大自然不在乎将自己展示给他们看。旅行家在草原上顺其自然地成了猎手，在密苏里和哥伦比亚上游却变为了捕兽者，而在圣玛丽大瀑布那儿，就变成了渔夫。但仅是一名游客，他得到的只是二手的片面知识，他是一个冒牌而可怜的权威。最让我们感兴趣的是，当科学论文告诉我们，已经通过实践或者出于本能而找到了一些什么，只有这样的报告才真正归人类所有，或是记载了人类宝贵的经验。

有些人觉得美国人的娱乐活动很少，因为这里没有许多的公共休假日，男人和小孩玩的游戏不像英国那么多，这话大错特错，这是因为在我们这里，极原始、更寂寞的渔猎之类的娱乐活动还没让位给那些游戏呢。在我同一时代的人里面，差不多每个新英格兰男孩在 10 至 14 岁的时候都背着一把鸟枪。他们捕鱼打猎的场所不像英国贵族的那样只局限在一个独占的范围内，而是就连野蛮人也没有他们那么无边无际，这就是为什么他们不常到公共场所游戏的原因了。现在的形势已发生了根本变化，这不在于人口的增加，而是在于猎物的逐渐稀少，或许猎人反而成了猎物的好朋友，包括保护动物协会。

再加上，我在湖区时，有时只是想换一下我的口味才捕捉鱼类。我确实和早期那些捕鱼人一样，是因为需要才去捕鱼的。不管我会编造出怎样的仁慈为怀的说法来反对捕鱼，一切都是人为的，更多是因为我的哲学而并不是我发自内心的感情。在此，我只谈到捕鱼方面因为很久以来我对捕鸟的看法发生了改变，在我来森林中之前，就已卖掉了我的猎枪。不是因为我没有别人仁慈，而是我不认为我的感情受到多大的影响。我既不同情鱼，也不同情饵虫，这只是习惯而已。

对于捕鸟，在我找着那把猎枪的最后几年里，我的借口是我正在学习鸟类学，我找的鸟是非常稀少和独特的。但我不否认，我现在更加愿意相信，有一种比这更好的学习鸟类的方法。它要求你更加殷勤地注意鸟类的习性，因此，就凭这个理由，足以使我不需要猎枪了。但是，虽然人们出于博爱的理由反对打猎，我仍不自觉地认为，不一定能有一些具有同样价值的娱乐来替代它。当我有些朋友亲切地问我，他们是不是应该同意儿子去打猎，我回答他们：是的——我记得，那是我受到的最好的一部分教育。把他们训练成猎人，虽然一开始仅仅是户外运动爱好者，但假如可能的话，以后就会成为好猎手，这样他们将会知道，无论在哪个野山林园里都没有足够的鸟兽来供给他们打猎。

到目前为止，我依然持有乔叟笔下那修女的意见，她说：

> "被拔了毛的母鸡这样讲，
> 猎人要杀鸡，圣人当不上。"①

---

① 乔叟《坎特伯雷故事集》总序。

在个人和种族的历史中有一段时间，猎人被看作"最好的人"，阿尔冈昆人 ① 就曾这样叫过他们。我们应该为一个没有放过一枪的孩子感到可怜；并同情他的教育被忽视，他已是一个没有人情味的人了。这就是我对那些只想要打猎的青年人的回答，我坚信他们很快就会成熟起来，超越这个阶段。任何一个人在过完了无忧无虑的童年时期之后，都不会胡乱任性杀害任何生物，要知道这生物所过的是和他同样的生活。兔子到了生命的最后时刻，呼喊得极像一个小孩。我在此警告你们，母亲们，我的同情并不只是撒向人类。

年轻人常常通过狩猎来接近森林，并积淀为他纯良的天性。他跑到森林中去，首先是以一个猎人和渔人的身份，直至最后，假如他内心深处埋藏着善良的生命种子，他便会认识到自己的目标是当一个诗人或一个博物学家，因此就会把猎枪和钓鱼竿扔到身后。在这方面，大多数人依旧而且永远是年轻的。在一些国家里，打猎的牧师很常见。这种人能够成为一头好牧犬，可要成为一个"好牧羊人"却还差得多。让我感到奇怪的是：在伐木、砍冰，或其他差不多的营生以外，显然，现在仅剩下一件事，才能把我的同镇老乡们，不论男女老少，都吸引到瓦尔登湖来，逗留一整个半天，那就是——钓鱼。

通常来说，他们还不觉得自己很幸运，也不觉得花去的时间得到了丰厚的回报，除了能钓到长长一大串鱼以外，尽管他们得到这么好的机会，钓鱼的同时一直可以欣赏瓦尔登湖。他

---

① 居住在魁北克和安大略省的美洲印第安人。

们得到湖上垂钓 1000 次，才能使钓鱼这种陋习沉没湖底，他们的目标才算得到了净化；但不可否认，这个净化的过程会长久持续下去。州长和议员模糊记得那个湖泊，他们小时候曾到那边钓过鱼，但是现在年老地位高了，不适合再跑去钓鱼，因此，他们已永远不会知道垂钓之乐了。可是，他们却渴望最后能到天堂去。假如立法机关想到它，那也大多是规定在湖上捕鱼时所用的钓钩数量。但是，他们不知道钓钩会把湖的美丽的景色破坏到什么程度，立法反倒变成缚在钓竿上的钓饵了。由此可见，即使在文明社会里，处于启蒙状态下的人也都必须经过一个渔猎者的发展阶段。

这些年来，我多次发现，我每次钓鱼后，总感觉我的自尊心又低落一层。我曾再三尝试着钓鱼。我有钓鱼的经验，跟我的许多同伴一样，有这种天性，它不停促使我去捕鱼。但是，我常常在捕过了鱼之后觉得假如不去会更好些。我觉得我并没有错，这是一个微妙的暗示，仿佛黎明的微光一样。毋庸置疑，我这种与生俱来的嗜好是归于造物中比较卑贱的一种。可是随着一年年的时光流逝，我也渐渐不捕鱼，虽然人道意识或智慧并未增强。

现在我已不再是垂钓者了。可我知道，如果我生活在荒野里面，我又会想去专心致志地捕鱼打猎了。但是，这种鱼肉和任何肉食品基本上是不洁净的；我开始了解家务劳动源自哪里，又因为什么要试图每天表现出一副健康、体面的外表，每天要将房屋管理得洁净美观，没有一切恶臭难看的景象。这需要花费很多的钱。我自身既是屠夫、杂工、厨师，又是一道道菜肴要端给自己品尝的老爷，因此我能根据非常完整的经验来表达意见。其实我反对吃兽肉是由于它不干净；另外，当我洗净、煮熟并吃掉我捕来的鱼时，这些鱼好像完全就没有让我吃到营养。这既不值一提，又没有必要，损耗却很大。

一个小小的面包，几个土豆就足够了，既简单，又干净。跟我许多同时代的人一样，很多年以来我很少吃兽肉或喝茶、喝咖啡，等等，这倒不是由于我在它们身上找到了恶果，而是由于它们与我的想象力不符。我对于兽肉有反感，不是由于经验造成的，而是出于本能。在各方面过朴素一点，吃着粗茶淡饭反倒显得更美。虽然我还没有做到这样，可我却尽我所能让我的想象力感到满意。我确定，每个极想把自己更高级和更富有诗意的官能保持在最佳状态的人，会格外地避免吃兽肉并多吃其他食物的。

昆虫学家认为这是个值得人们深思、考究的事实（我从柯比和斯彭斯的著作中读到）——"有些昆虫在成虫的时期，虽然生长着饮食的器官，却不加利用。"他们把这看为"一种普遍规律，差不多所有的昆虫到了这个阶段吃的东西都比幼虫阶段时少很多。当贪吃的毛虫变成了蝴蝶，""当贪食的蛆虫变成了苍蝇，"[①] 只要一两滴蜜或一点别的什么甜液便足够了。在蝴蝶翅膀下面的腹部却还是蛹的形态，即是这点东西便引诱食虫动物杀死了它。暴饮暴食的人就是位于幼虫形态的人；某些国家的人民全处于此种状态，这些民众已丧失幻想和想象力，

---

① 威廉·柯比和威廉·斯彭斯均为英国昆虫学家，两位科学家以合著《昆虫学概论》而闻名，共 4 卷，先后撰写了 10 年之久。

仅有一个将他们出卖的便便大腹。

诚然，要准备烹调既简单，又纯净，又不触犯你的想象力的一餐饮食是个棘手之事。可我觉得，在我们为身体提供营养时，也必须为想象力提供营养，两者应该一视同仁。这或许还能够做得到。有控制地吃些果蔬并不会让我们为自己的胃口感到羞愧，也不会阻碍我们从事那些最有意义的事业。如果你要在自己的盘中多加一些不需要的调料，那么，它就会毒害你。靠吃山珍海味过日子是划不来的。很多人如果亲自在那里大肆烹调美味的荤菜或素菜给人撞见了，就会感到不好意思，事实上每天都有人在帮他做这种菜。如果此类情况没有转变，我们岂有文明可言？就算是有身份的先生与女士，也不能算真正的男人和女人。这一点自然让人想到应该如何去改变这种状况。不要问我们的想象力为何不喜欢兽肉和肥肉。晓得它不喜欢就行了。

说人是一种食肉动物，岂不是一种谴责吗？确实，人在很大程度上可以，并且也的确以捕食其他兽类为生，可这是一种悲哀的方式——每一个跑去诱捕兔子或屠杀羊羔的人都不会不知道。因此那教育人们只吃较纯洁而有助于身心健康的饮食的人，就将被当作人类的恩人。无论我自己实践得怎么样，我丝毫不质疑这是人类命运的一部分，人类的发展进步必定要逐步把吃肉的习惯抛掉，如同野蛮人和比较文明的人结交久了以后，逐渐把人吃人的习惯抛弃掉一样。

要是一个人倾听了来自他自身天性的建议，此建议虽微不足道，但持久不变的话——它们自然是真的，他看不出天性会把他带到什么极端甚至疯狂的事上去。但是，当他变得更加坚定，更有自信时，那条路就变为了他要走的路。一个健康的人内心中最微弱又坚定的反对，都能够战胜人世间的各种雄辩和陋习。每个人都不是按天性行事，直到被它带入歧途。虽然结果给身体造成了虚弱，但是或许人人都会说这样的结果是件好事，因为这是些遵循了更上一层法则的生活。

假若你愉快地迎来了白昼和黑夜，生活便像鲜花和香草似的芳香四溢，更加明快，星光灿烂，更加不朽——那便是你的成功。整个自然界都在恭喜你，此时此刻你绝对有理由为自己祈福。最大的好处和价值却常常得不到人们的赞许。我们很容易对是否真的存在疑惑，并且很快就把它们忘记了。它们是最高形式的事实。或许那些最令人震撼和最真实的事实从来没有在人与人之间交流过。我日常生活的真实成果有点像朝霞暮霭那样无法捉摸和难以言传。我所能得到的仅仅是一丁点儿沙尘，我抓住的仅是一抹彩虹。

然而，我这个人绝不斤斤计较，若是有此必要的话，一只油煎老鼠，我也能津津有味地吃进肚里。我只喝白开水已非常久了，原因同我喜爱大自然的天空远远超过吸食鸦片烟的人的吞云吐雾一样。我愿意经常保持清醒，而醉酒的程度是无穷无尽的。我相信，白开水是聪明人的唯一饮品，酒算不上什么贵重的液体，试想一杯热咖啡足以摧毁一个早晨的希望，一杯热茶又能够把晚上的美梦粉碎掉！啊，受到它们的引诱之后，我曾经怎样地堕落过！就连音乐也能够使人醉倒。就是这一些细微的原因竟摧毁过希腊和罗马，将来还会毁灭英国和美国。在

235

所有的陶醉者中，谁不是因为所呼吸的空气而陶醉？

我坚决反对长时间拼命干活的理由，就是它会反过来迫使我不得不拼命地大吃大喝。但是说实话，在这一点上，最近我好像也不那么挑剔了。我一般不把宗教带上食桌，我也不追求保佑；这倒不是由于我更加聪明了，我得从实承认，而是由于，不论有多遗憾，我也一年年地变得粗俗了，变得冷漠了。或许这类问题只有年轻人关心了，犹如他们关心诗歌一样。我的实践"没有出处"，可是我的想法却写在这里了。不过，我并不认为我是《吠陀经》①上说的那种特权阶级，它曾经说："于万物主宰有大信心者，可以吃所有存在之事物，"这是说他能够不用问吃的是什么，是谁给他准备的，然而，就是在他们那种情况下，也应该提起，就像一个印度的注释家说过的，吠陀经典是把这一个特权局限在"患难时间"②里的。

谁不曾吃得有滋有味过，难道我们的肠胃真的一点收益也没有？我曾经欣慰想到，由于通常的所谓知味，我有了一种精神上的领悟，通过味觉受到启发。坐在小山坡上吃的一些浆果哺育了我的创造力。"心不在焉，"曾子说过，"视而不见，听而不闻，食而不知其味。"③能品尝到食物的真味的人绝不会暴饮暴食，而暴饮暴食的人是品不出食物真味的。

一个清教徒有可能狼吞虎咽他的面包皮屑，就像一位议员狂咬甲鱼。食物入口并不能侮辱一个人，可他吃这种食物的胃

---

① 印度六派正统哲学体系之一，构成大多数现代印度教派的基础。

② 拉杰·拉莫汉·罗伊《若干吠陀文献译文》。

③ 《大学》第7章。

口却足以侮辱他。关键不在量，不在质，而在口腹的贪嗜上，假如吃食物不是为了我们生命的需要，也不是为了激励我们的精神生活，而是为了在肚皮里困住我们的蛔虫。一个猎人爱吃乌龟、麝鼠或其他野蛮的食物，一个漂亮太太爱吃小牛蹄做的冻肉，或海外的沙丁鱼，他们是同等的，他到他的湖边去，她拿她的肉冻罐。令人吃惊的是他们，或是你我怎能过这种卑贱的野兽般的生活，整天只知吃喝。

在我们整个的感性的生命中，善良与邪恶之间的较量，从未停息过一刻。善是仅有的授予，永不失败。在全世界为之侧目的竖琴音乐中，善的主题给我们以欢喜。这竖琴就像宇宙保险公司里的旅行推销员，宣扬它的条例，我们的小小善行是我们支付的保险费。尽管最后青年人总会淡漠下去，但宇宙的永恒规律却永不会淡漠，并且，永远和敏感的人站在一块。从西风中听一听责怪的话语吧，肯定有的，没听到的人是不幸的。我们每拨动一根弦，每移动一个音栓的时候，可爱的寓意浸透了我们的心灵。许多惹人厌的声音，传得很远，而且听起来好似乐声，这对于我们卑劣的生活，真是个绝妙的讽刺。

我们都知道在我们的身体内有一头野性的动物，每当我们崇高的天性昏然欲睡时，它就醒过来了。这是官能的，好比一条毒蛇，或许很难整个驱除掉；也像一些虫子，就连在我们生活着并且活得很健康的时候，它们也在我们的体内寄生。我们或许能够躲避它，但永远改变不了它的秉性。也许它本身也有一定的健壮的一面，我们能够很健康，却不能永远是纯净的。某一天我拣到了一只野猪的下颚骨，有雪白的完整的牙齿和长牙，还有一种和精神上不一样的动物性的康健和精力。显然是它用节欲和体质以外的方式方法获得的。

"人之所以异于禽兽者几希，"孟子说，"庶民去之，君子存之。"假如我们慎守纯洁，谁能知道我们将会得到什么样的命运？假如我知道有这样一个聪明人，他能教给我洁身自好的办法，我一定会去找他。"控制我们的情感和身体的外在官能，并只做好事的话，依照《吠陀经》的意思，是在心灵上接近神的不能缺少的条件。"精神能够瞬时浸透身体的每个官能和部位而将外在的最粗俗的淫欲转变为内心的纯净和虔诚。放纵了生殖的精力会让我们荒淫不堪；节制了它则让我们精力洋溢而得到鼓舞。贞洁是人类的花朵，而创造力、英雄主义、神圣等等，则仅是它的各种果实。

当贞洁之门訇然洞开，人们就会即刻奔涌到上帝面前。我们一会儿为纯洁所鼓舞，一会儿因不洁而沮丧。自知身体之内的兽性在一天天地消失，而神性一天天地生长的人是有福的，当人和低等的兽性结合时，便只剩羞辱。我真担忧他们只是那种半人半兽的农牧之神和森林之神相结合的妖怪，是贪食又好色的野兽。我忧虑，在某种意义上，我们的生命本身就是我们的耻辱。———

　　这人何等快乐，斩除了脑中的林莽，
　　把内心的群兽驱逐到适合的地方。

　　我们可以驱使各种牲畜劳作，

那么本身还不算愚笨。

不然的话，人不仅仅放牧一群猪猡，

并且也是这样那样的鬼怪妖魔，

使它们狂妄失性，让他们越来越坏。[①]

　　所有的淫欲，尽管形式各异，都只是一回事，所有的纯洁的本质也一样。一个人不管是纵欲吃喝、同居或睡眠，全是一样的意思。它们同属于一个胃口，我们只要看一个人做这中间任何一件事，就会清楚他是个多大程度的酒色之徒。不洁与纯洁不能同等对待。我们在洞穴的一头打一下蛇，它就会立马在另一头出现。假如你要贞洁，就不得不有所节制。贞洁是什么呢？一个人怎会知道他是贞洁的呢？他不会知道。

　　我们只是有所闻但不知它是何等模样。我们便简单地按照听到的传说来加以证明。智慧与纯洁源自身体力行，无知与淫欲则来自懒惰。拿一个学生来说，淫欲是他的心智堕落的结果，一个不洁的人往往总是一个懒汉，他在炉旁坐着烤火，躺在那里晒太阳，还没累就要休息。假如你希望避免不洁以及种种罪恶，你就不得不专心工作，甚至是去打扫牛棚。天性很难克服，但不得不克服。假如你不比异教徒更纯洁，假如你不比异教徒更能节制自己，假如你不比异教徒更虔诚，那么你即使是基督徒又能怎样呢？我知道有很多被认定是异教徒的制度，它们的

---

① 　引自多恩的诗《致爱德华·赫伯特爵士》。约翰·多恩（John Donne），英国诗人，是玄学派代表人物，曾任伦敦圣保罗大教堂教长；写有爱情诗、讽刺诗、宗教诗、布道诗等，著名作品有宗教长诗《灵魂的进程》。

种种教规戒律让读者感到羞惭，促使他们去做出新的努力，尽管有些努力仅仅是流于行式而已。

我本不想说这些话，但绝不是因为话题——我并不害怕我的用语是多么亵渎——只是因为说这些话就流露出我自身的不洁。我们总是自由谈论一种形式的淫欲而不感惭愧，但是对另一种形式的淫欲却又闭口不谈。我们已经堕落到这样的地步，就连人类天性必不可缺的功能都无法谈。早期在某些国家里，对各种活动都能虔诚地讨论并让法律作出规定。在印度制定法典的人看来，世上没有烦琐的事情，不管它如何不符合现代的口味。他教育应怎样饮食、同居、如厕，等等，把卑劣谫陋提高到冠冕堂皇，而不将它们视为烦琐之事且避之不及。

我们每个人都是一座神庙的建筑师，他的圣殿便是他的身体。他即便另外去打造大理石，也依旧逃避不开。我们全是雕刻家和画家，用的材料就是我们自己的血肉与骨骼。所有高尚的品质，都会使一个人的形态有所完善，但任何一种卑俗或是淫欲即刻使他堕落为禽兽。

9月的一个黄昏，农夫约翰在辛苦劳作了一天之后，在门口坐了下来，他的心或多或少还在牵挂工作。他沐浴完后，接下来便休息一会儿，开始想一些问题。让一个有智力的人在他身上苏醒过来。这是一个非常寒冷的黄昏，他的一些邻居担心会降霜。他沉思不久以后，就听到有人在吹笛，那声音和他的心情十分协调。他依旧想他的工作；尽管他痴呆地想着，并在身不由己地计划着、设计着，但他对这些事已漠不关心了。这就是点皮屑而已，常常可以去掉。可笛子的曲调，来自不同于他工作的领域，传到他的耳中，告诫他身上沉睡的某些官能醒来工作。曲调飘飘然吹得他不知自己在哪里，忘记了他所住的街道、村落和国家。有个声音对他说——在你有机会过着光荣的生活时，为何要待在这里过着这种卑贱辛苦的生活呢？一样的星光照的却不是这里，而是那边的田地——但是，怎样才能从这种恶劣境况中跳出，而真正迁移到那边去呢？他所能想到的仅仅是实践某种新的简朴严肃的生活，让他的心灵降入肉体内去救赎他的肉体，然后以与日俱增的敬意来对待他自己。

禽兽为邻

　　有时在我的垂钓生活中会有一个伙伴，他从城那一头，穿过了村子到我这里来。宴请宾朋固然是社交，而一起钓鱼佐餐更是交谊活动。

　　隐士（独白）：我想知道现在世界正在干什么。整整3个小时我甚至没有听到香蕨木上有蝉鸣的声音。鸽子都挤在鸽棚上——翅膀一动不动。这时从树林外传来的是不是农民中午的号角声？雇工们就要回来了，吃煮熟的腌牛肉、苹果酒和玉米面包。人们为何这般庸人自扰？不吃的人就不用工作。我不清楚他们收获了多少。谁乐意住在那个地方？狗吠声吵得人不能思考。哎呀，还有家务！要把讨厌的门把手擦亮，这样好的日子还得冲洗浴盆！没有家室之累，真是一身轻松。例如，住在空心树里，如此一来，哪还有什么午后的正式访问和宴会？只有啄木鸟敲击树洞的声音。啊，他们成群结队待在一起，那边太阳很热；在我眼里，他们都涉世太深。我渴饮清泉，饥餐粗粮。——听！我听到树叶的沙沙声。是不是村里有只没有吃饱

242

的猎犬听从本性跑去捕猎？还是那头丢失了的猪，听说跑到这林子里来了？雨后我还看见过猪的脚印呢。脚步声迅速跑过来，我的漆树和多花蔷薇抖动起来。——呃，诗人先生，你在干吗？你感到今天如何？

诗人（独白）：瞧瞧，那些云，它们是何等精彩地悬挂在天上！这就是我今天所见到的最伟大的东西了。在古画中见不到这样的云，在国外也都没有这样的云——除非我们是在西班牙海岸以外。这是正宗的地中海天空。我想到，既然我必须活着，可今天却没有吃东西，那我就应该去钓鱼了。这是诗人的正式营生，也是我唯一的谋生之道。来吧，我们同去。

隐士（独白）：我无法推辞。我的粗粮已吃光。我乐意马上前去，可我得等一下才能从沉思冥想中走出来。我觉得很快就完了。那就请你让我再孤单一会儿。但是，为了避免耽误大家，你可以先挖出一些钓饵来。这一带能作钓饵的蚯蚓非常少，因为土里从未施过肥料；这一个物种差不多灭绝了。挖掘鱼饵的把戏，跟钓鱼一样有滋有味，特别是胃口不开的时候。今天你一个人去做这一个游戏吧。我要劝你带上铲子，去那边的落花生丛中挖掘；你见到那边狗尾草在摆动吗？我觉得我可以保证，假如你在草根里仔细地找，就和你是在除败草似的，每次翻起三块草皮，你一定可以捉到一条蚯蚓。或者，你想走得远一点，那也很明智，因为我发现一个定律：因为我发现钓饵的多少，正好跟距离的平方成正比。

隐士（独白）：让我看看，我到了哪里？我认为我是在这样的思维局限中，我对周围世界的看法是从这个角度看的。我

243

应该是升进天国还是下湖钓鱼？假如我马上能够把我的沉思终结，难道还能有这样一个美妙的机会吗？我刚才差不多已经和万物的本体融为一体，这一生中我还从未有过如此的经验。我担心天歌难再。假如吹口哨能唤回他们，那我就要吹了。起初思想向我们涌来的时候，说一句：我们要想一想，是对的吗？现在我的思想连一点儿印迹也没有留下来，我找不到我的思路了。我在想什么呢？这是一个非常模糊的日子。我还是来想一想孔夫子的三句话，或许还可以恢复刚才的思路。我不知道那会是堆垃圾，还是神灵启示的澄明之境。切记，机缘决不光临二次。

诗人（独白）：怎么啦，隐士；是不是太快了？我已弄到了 13 条蚯蚓，另外，还有些断头去尾的，或者太小的，钓些小鱼还能凑合，不会让钓钩显得太臃肿。这村子的蚯蚓实在是大，银鱼能够吃饱了而还没碰到这串肉的钩呢。

隐士（独白）：好的，让我们走吧。我们要不要去康科德？如果水位不太高，那里倒能玩个尽兴。

为何我们明确关注的那些事物构造了一个世界？为何人只有这样一些禽兽当他的邻居；似乎天地之间，只有老鼠能够充满这个窟窿？我觉得皮尔贝 [①] 公司的利用动物，是利用得棒极了，他们笔下的动物都善于负重，它们都背负一些我们思想的使命。

常来我家的老鼠并非普通的那种，平常所见的老鼠据说是从外地带到这野地的，而在我家跑来跑去的是村子里看不到的

---

① 因写印度动物寓言而闻名的作家。

土生野鼠。我寄了一只给一个有名的博物学家，他对它产生了很大的兴趣。还在我造房子的时候，就有一只这样的老鼠在我的屋子下面做窝了，而在我还没把楼板铺好，刨花也还没被扫出去之前，一到午饭时分，它就到我的脚边来吃面包屑了。或许它从来没有看见过人；我们很快就熟悉起来，它奔跑过我的皮鞋，并且从我的衣服上爬上来。它轻而易举地三蹿两跳就奔上屋顶，好比松鼠，连动作都是类似的。

一天，我趴坐在板凳前，双肘挂在上面，它爬上我的衣服，沿着我的袖子，沿着我盛放食物的纸不断地打转，而我把纸拿到我面前，躲开它，然后忽然把纸推到它面前，跟它玩躲猫儿，最后，我用拇指和食指拈起一片干酪，它跑上前来，坐在我的手掌中，一口一口地吃完食物，跟个苍蝇似的擦擦它的脸和前掌，然后扬长而去。

很快便有一只美洲鸫飞到我棚屋里筑窝，还有一只知更鸟为了保护自己飞到我屋子旁边的松树里建窝。六月间，鹧鸪（Tetrao umbellus）这非常容易受惊的鸟带着一窝幼雏从我窗前经过，落到我的屋前，像只老母鸡咯咯地叫着带着她的婴孩散步，她的所作所为表明她确是林中的老母鸡。

当你接近幼雏，母亲就一声警号，雏鸟一哄而散，好比有一股旋风把它们一卷而去似的。鹧鸪的颜色很像败叶和枯枝，许多旅人把脚踩到一窝幼雏里面，听到老鸟猛然飞起并着急呼叫，或见到老鸟拍着翅膀吸引他的注意力，都不会联想幼雏就在周围。母鸟在你面前翻滚、旋转，弄得羽毛一片蓬乱，让你搞不清面前是个什么样的鸟。小鸟安静地、平平地蜷伏着，不时把头藏到叶子底下，只注意听着母亲从远处发出来的指令，就是你走近，它们也不会再跑出来暴露自己。甚至你的脚踩着它们，眼睛还瞪视了一会儿，可你还弄不清你到底踩上了什么。

有一次我随手把它们放在摊开的手掌上，因为它们只听命于母亲与本能，蹲在那里，既不恐惧也不发抖。这种本能达到登峰造极的地步，有一次我把它们重新放到树叶上去，突然有一只侧倒了，10 分钟后发现它依旧是以那个姿势和其余的雏鸟待在一起。鹧鸪不像其他鸟类的幼雏不长羽毛，比起小鸡，它的羽毛长得很快，成熟得也快。

它们的眸眼清亮，显然已知世事，但仍一派天真，让人难以忘怀。一切智慧仿佛都在那眼睛里得到反映。它们不仅展现出幼小时期的纯洁，而且表现了一种受到经验洗练过的聪慧。这样的眼睛不是和这鸟儿同时诞生的，而是和它所反映的天空一样久远。森林没有产生出另一种类似的宝石。通常的旅游者也望不到这样清纯的古井。那些愚昧无知或粗心鲁莽热爱打猎的人，经常在这时杀掉它们的父母，抛下这些无辜的幼雏成为野兽或猛禽的猎物，或逐渐化为和它们非常相似的枯叶。据说，由母鸡孵出的雏儿，稍受惊吓便四散而去，再也无法寻觅，因为它们再也听不到母鸡的召唤声。这便是我的母鸡和雏儿。

令人惊奇的是，莽莽森林里，多少动物隐蔽地生活着，但行动又是那么地放任天性、率真而不羁。并且它们在城市的附近仍能保持生存，唯有猎人才估测得到它们的踪迹。水獭在这里的生活多么的隐蔽啊！它身长 4 英尺，像个小孩一样，或许从没有人看见过它。从前我曾在我所盖的屋子背后那片森林里见过浣熊，现在午夜时分我仿佛能听到它们嘤嘤而叫。

一般我早上耕地，中午在浓荫匝地的大树下午睡一两个小时，用过午餐，在泉水旁边读一会儿书。这条泉水从布里斯特山下渗出来，离我的田地半英里远，是一片沼泽地和一道小溪的发源地。到那儿去的路上得穿过一片片越来越低的草洼地，上面长着北美油松的幼树，接着才能到达沼泽附近的一片较大的森林。林中有一片僻静而荫凉的树荫，一棵高耸云天的白松下有一个洁净而坚实的芳草地，宜于或坐或卧。我挖出了泉水，挖了一口井，井水是清澈的银白色，我可以打上来满满一桶水，而不会把水搅浑。仲夏当湖水太热时，我几乎天天在此打水。

山鹬也带着一窝幼雏到那里，它们在地里翻掘蚯蚓，母鸟又在泉水一侧的幼鸟的上空约一英尺处飞来飞去，而幼雏则成群结队在下面奔跑。但是最后，这只山鹬发现了我，于是它离开了幼雏，在我头上不停盘旋，越飞越近，直到距我只有四五英尺之遥，还假装翅膀和脚都折断了，好吸引我的注意力，让幼雏逃脱险境。这时雏鸟已经开始奔跑，发出微小的吱吱叫声，遵照母亲的指示，排成单行穿过沼泽了。有时我听到幼鸟尖细的叫声，却看不到母鸟身在何处。斑鸠也待在那边的泉水边，或拍着翅膀从我头顶上那柔软白松的一根枝条飞到另一根枝条上去。又或者，红松鼠从最近的枝条上跑下来，分外亲切，分外好奇。用不着在山林佳美之处坐多久，便会看见各类成员依次粉墨登场亮相，对你献艺。

森林并非总是一片歌舞升平的和平景象，我还是一场战争的见证人。有一天，我出门去往我的木柴堆，或者可以说是我

247

堆树根的地方，在那儿见到两只大蚂蚁在激战，一只红色，另一只比它大很多，差不多有半英寸长，呈黑色。两只蚂蚁缠斗不已。一交上手，谁也不退却，推搡着，撕咬着，在木片上翻滚起伏。朝更远处看，我惊奇地发现，木屑上布满这样的格斗者，看来这不只是一次决斗，而是一场战争，一场两个蚂蚁民族之间的战争。红蚂蚁与黑蚂蚁誓不两立，通常是两红对一黑。这些密尔弥冬人①军团在我的堆木场里覆盖了满山遍野，地上到处是尸体和垂死挣扎的伤者，红蚁和黑蚁都有。这是唯一一场我见到的战争，唯一一个当战斗激战正酣之际，我亲临激战的中心地带。相互残杀的恶战啊，一面是红色的共和派，另一面是黑色的帝国派。双方都进行死战，虽没听到声声呐喊，但人类之战却从未如此奋不顾身。

在一束阳光照射下的木片"小山谷"中，一对武士相互死死抱住对方，现在正是烈日当空，它们准备血拼到底，或魂归天国。个子比较小的红色战士仿佛是一根老虎钳，紧紧钳住对手的前额不放，即便经过战场上不断的摔跤翻滚，却始终紧紧地啃咬对手一根触须的根部，而另一根触须则早就被啃掉了。至于那只更强壮的黑蚂蚁，则把红蚂蚁猛烈地撞来撞去。我凑近观战，发现红蚂蚁的躯体好些已被咬掉，它们比斗犬厮杀得更惨烈。双方都不让分毫，显然它们的战争信念是"不战胜，毋宁死"。

此时，从山腰上跑来了一只红蚁，它看来斗志正盛，不是已击毙一个对手，就是刚刚投入战场——据我分析是后者，因

---

① 古希腊神话中由蚂蚁变成的一队勇士跟随阿基琉斯前往特洛伊作战。

为它的身体完好无损。它的母亲要求它带着盾牌凯旋或躺在盾牌上回去。或许它是阿基琉斯式的英雄，曾经待在一边怒气冲冲，现在要来替普特克勒斯[①]这位不幸阵亡的我友来报仇雪恨，它从远处瞅见这场势不均力不敌的搏斗——因为黑蚁的体积比红蚁基本上大一倍，它快步靠近，直到距离战斗者只有半英寸时才谨慎地停了下来。然后，它瞄准时机扑向黑色的战士，从靠近右前腿根的部位开始它的军事打击，让敌人随意选择它自己身上的任何部分。3个战斗者为了生存黏在一起，好像已产生出一种新的粘胶剂，让任何锁链和水泥相形见绌。

这时，如看到它们各自的军乐队，在各方突起的木片上排成方阵，威武雄壮地高奏国歌，以鼓励落后的战士并鼓舞垂死的战士，那我肯定不会觉得奇怪。我自己也是热血沸腾，仿佛它们是人。

你越深究下去，越觉得它们与人类并无两样。且不说美国的历史，最起码在康科德的历史里一定找不到可以与之相对比的战斗，不管着眼于参加战斗的人数，还是战斗中所表现出来的爱国主义和英雄主义。就双方参战数量和惨烈程度，不啻是一场奥斯特利茨战[②]或德累斯顿之战[③]。康科德之战！爱国者一边死了两个，路德·布朗夏尔负伤！每只蚂蚁在这里都是一个巴特里克——"射击！看在上帝的分上，射击！"——于是成千上万的战士都与戴维斯和霍斯默拥有一样的命运。没有一

[①] 希腊英雄，阿喀琉斯的好友，在攻特洛伊时战死。

[②] 拿破仑与 1805 年 12 月在该地歼灭俄奥联军 3 万之多，大获成功。

[③] 拿破仑与 1813 年在该地大胜波俄奥联军。

个雇佣兵，我不怀疑，它们是为真理而斗争，正如我的父辈一样并不是为了免去 3 美分的茶叶税。这场战争的结果对参战者而言，其重要性和值得永志不忘的意义，最起码和邦克山之战①一样。

我拿起了一片木屑，上面有我专门描述过的 3 只蚂蚁正在搏斗。我把木屑带到屋子里，放在窗槛上，罩在一个玻璃杯下面，以便观察到结局。我用放大镜观察最初提到的红蚂蚁，看到它狠狠咬住敌方的前腿上部，且咬断了对方剩下的触须，可是它自己的胸部却给撕开了，把重要器官暴露在黑蚂蚁的牙齿前面，而黑蚂蚁的胸铠显然太厚，它不能撕破；这个受害者的眼睛表现出暗红色，放射出只有战争才能激发出来的凶狠光芒。它们在杯子下又缠斗了半小时，当我再次观战时，黑色战士已经让两个敌兵的头和身体分了家。而两个还活着的头颅则悬挂在它两侧，就像是挂在马鞍上的可怕的战利品，仍然紧紧咬住不放，它则继续做微小的挣扎。因为它没有触须，只留下了一条腿的残余部分，浑身伤痕累累，它用尽力气要甩掉它们。又经过了半个钟头，它终于做到了这一点。我拿起罩杯，它一瘸一拐爬过窗台。经过这场恶战，它能否活下来，能否把余生消磨在荣军院中，我并不清楚。但我想以后它的工作不会有太大的意义。我不清楚作战哪一方是胜利者，也不清楚战争的原因，但因目击这一场大血战，而整天陷入亢奋和失落的情绪之中，就像在我的大门前经过一场惊心动魄的战争。

---

① 美国历史上一场著名战争的地点，其性质主要在于由农夫、渔夫和手工业者自发组织起来迎击英军，并获得战果。此役发生于 1775 年 6 月 17 日。

柯比和斯彭斯告诉我们，蚂蚁战争长久以来就受到人们的敬重，彪炳史册，战争的日期也有明确的记载，虽然他们说，于贝①好像是见证此类战争的仅有的现代作家。他们还说"埃涅阿斯·西尔维乌斯②在非常详细地描述了梨树干上大小蚂蚁间一场异常坚韧的争夺战之后"，补充说："这次战斗行动发生在教皇犹金四世的时候，目击者是著名律师尼古拉·皮斯托里恩西斯，他极其忠实地叙述整个战争的过程。"奥劳斯·芒努斯③也记载过大小蚂蚁之间的一场相似的交战，小蚂蚁是赢家，据说战后它们掩埋了自己的烈士，让大蚂蚁的尸首曝尸荒野，任飞鸟去啄食。这个事件发生在暴君克里斯蒂恩二世被驱逐出瑞典之前。"而我目睹的这场战争则发生在波尔克总统④任期之内，五年后韦伯斯特的《逃亡奴隶法案》⑤通过。

　　有一头乡间常见的耕牛，行走不便，本来只适合在储藏食物的地窖里跟在乌龟后面走走，却用它那种笨拙的躯体来到森林中跑跑跳跳了，它的主人是不清楚的，它嗅嗅老狐狸的窟穴和土拨鼠的洞，没有结果；大概是些精瘦的恶狗在给它引路，恶犬们在林中敏捷地窜东窜西，林中鸟兽对这种恶狗当然有一种恐惧；如今老牛远远落在它那导游者的后面了，向树上一些

---

① 瑞士博物学家。

② 教皇庇护二世。

③ 瑞典教士，作家。

④ 波尔克，美国第11任总统，1845—1849年在任，民主党人，在任期间通过沃尔克关税法案，促进美国贸易，发动墨西哥战争，兼并德克萨斯，向西部扩张领土。

⑤ 该法案于1850年由联邦通过使南北方的敌视更加激化，于1864年废除。

小松鼠狂鸣，那些松鼠就是躲在上面细细观察它的，然后它慢慢跑开，那笨重的身躯把树枝都挤弯了，它自以为在追逐一些慌不择路的鼠类。

有一次，在湖边的石岸上，我惊奇地看见一只猫在散步，它们很少会跑到这么远的地方来。我和猫都感到奇怪了。可是，就是整天都躺在地毡上的最温顺的猫，一到森林里却也似乎回了老家，从她的偷偷摸摸的狡猾的步伐上可以感觉到，她是比土生的森林禽兽更土生的。有一次，在森林捡浆果时我遇见了一只猫，邂逅一只母猫，她率领一群小猫，那些小猫全都野气未脱，像它们的母亲一样弓起背脊，向我凶恶地吐口水。

在我搬入森林之前的几年，在林肯镇离湖最近的吉利安·巴克田庄内，有一只被叫作"有翅膀的猫"。1842 年 6 月，我专门去访问她（我不能肯定这只猫是雌的还是雄的，所以我采用了这一般称呼猫的女性的代名词），她已经像她平常那样，去森林猎食去了，据她的女主人称，她是一年多前的 4 月间来到这里，在宅子附近徘徊，后来女主人收养了她。

猫身是深棕灰色的，喉部有个白点，脚也是白的，尾巴很大，毛茸茸和狐狸一样。一到冬天，全身的毛浓密起来，披垂下来，变成了两条 10 至 12 英寸长，两英寸半宽的毛绺子，在她的下巴那儿也似乎有了一个暖手筒，上面的毛比较松，下面却像毡一样纠缠着，一到春天，这些附着物就脱落了。主人送了我一对她的"翅膀"，我至今还保存着。翅膀的外面好像并没有一层膜。有人觉得这猫的血统一部分是飞松鼠，或其他的什么野兽，因为这完全很有可能，听博物学家说，貂和家猫交配，能够产生很多这样的杂种。如果我能拥有这样的一只猫，我会很兴奋，为什么不呢？既然诗人的马能生出彩翼，为何他的猫就不能拥有一对飞翅？

秋天里，潜鸟像平常一样来了，在湖里脱毛并且洗澡，黎明，我还没起床，林中已回荡起它那潇洒奔放的狂笑。一听到它已经来到，磨坊水闸上的全部猎人都出发了，有的坐马车而来、有的步行而来，三三两两，背着猎枪，挎着子弹，他们走来，好比是秋天的树叶飒飒然穿过林中一般，一只潜鸟最起码得对付 10 个猎者。有的在这一边的湖岸放哨，有的在那一边的湖岸站岗，这可怜的鸟不可能四处露面，如果它从此处深潜下去，就必然从那边浮水上来。

但是，那阳春十月的风吹过来了，吹得树叶沙沙作响，湖面起了涟漪，再听不见也看不见潜水鸟了，虽然鸟儿的对头们用望远镜在湖面望来望去，枪声轰鸣，山野震荡，鸟儿踪影全无。水波大量地涌起，狂怒地冲到岸上，它们和水禽是同一阵线的，我们的喜爱打猎的人们只好空手回到镇上店里，接干他们的未完的事务。但是，他们的事务通常是很成功的。天色微明，我到湖上提水，常看见这种帝王气象的潜鸟缓缓驶出我的小港湾，相距不过数杆。要是我想坐船追上它，看它怎么活动，它就潜下水去，全身隐藏，从此再也看不见，有时候要到那天的下午才出来。可是它停在水面，我还是有法可想的。它经常在一阵雨中飞去。

在 10 月一个静极了的午后，我沿北岸划行。因为恰好是这种日子，潜鸟会像乳草的柔毛一般的出现在湖上。我正到处都找不到潜鸟，突然间却有一只，从湖岸上出来，游向湖心，距离我才几杆远，狂笑般鸣叫，吸引了我的注意。我划船追击，它一下子潜入水中；可是等它冒出来，我却更加接近了。它又潜入水中，这次我估计错误了方向，它再次冒出来时，距离我已经50杆远。这样的距离是我自己的错误弄成的。它长长地大声讥笑起来，这笑声当然合情合理。

它如此敏捷灵活，我无法靠近到五六杆之处。每一次，它冒到水面上，头四周地旋转，冷静地观察了湖水和大地，明显在挑选它的路线，好让自己浮起来时，正好在湖面最开阔、距离船舶又最远的地方。惊奇的是它运筹决策非常快捷，而一旦决定就马上执行。它马上把我骗至最浩渺的水域，我却无法把它驱入湖水的一角了，它的脑子正在思索着，我则揣测它在动什么脑筋。这真是一个奇妙的棋局，在一个波平如镜的湖面上，一人一鸟正在对弈。忽然对方把它的棋子下在棋盘上了，问题就是把你的棋子下在它下次出现时最靠近它的地方。有时它出人意料地在我对面升上水面，显然它是从船底穿过。它肺活量大，不知疲惫为何物，它游到远处，又马上潜入水下。

任何人的理智无法相信，在这样波平如镜的水面下，它可以在这样深的湖水里的某个地方急泅如鱼，因为它有能力和时间去到最深处的湖底作拜访。听说在纽约湖中，距离湖面80英尺的地方，潜鸟曾被捕鲥鱼的钩子钩住。可是瓦尔登是深许多了。我想水中的鱼儿一定惊叹不已，从上面世界下来的这个不请自来的家伙居然能在它们中间来去自如！不过它好像水性非常的好，水下认路和水上一样，而且在水下泅泳得还格外迅速。

有一两次，我看到它即将浮出水面激起的水花，它脑袋在水面探一下，马上又潜下去。我认为我既能够估测它下次出现的地点，也可以停下桨来等它自己从水里出来，因为每一次，当我向着一个方向望穿了秋水时，我猛地听到它在我背后发出一声怪笑，叫我很吃惊，但是为何这样狡狯地戏弄了我之后，每次钻出水面，一定放声大笑，让它自己败露形迹呢？它的白色的胸脯还不足以让它被人发现吗？我想，它真是一只很笨的潜水鸟。我通常都能听到它出水时的拍水之声，因此也能找到它的所在。这样玩了一个小时的游戏，它仍生龙活虎，兴致盎然，不减当初，游得比开头还远。它钻出水面又严肃地游走了，胸羽一丝不乱，它是在水底下就用自己的脚蹼抹平了它胸上的羽毛的。

它通常笑起来像魔鬼大笑，但还是有点水鸟特有的叫声。可是有时，它成功地甩掉了我，潜水到了很远的地方再钻出水面，它就发出一声长长的怪叫，不像鸟叫，更像狼嗥；仿佛一只野兽的嘴，咻咻地啃着地面而发出呼号。这是潜鸟的音乐，这样狂野的音响在这一带好像还从没听见过，整个森林都被惊动了。我想它是用笑声在讥笑我枉费精力，为自己诡计多端在自鸣得意。

此时，天空阴森，湖面寂静，我看它从水中浮出，却未听到任何声响。他的胸毛雪白，空气庄重，湖水平静，这一切本来都是与它不利的。后来，在离我 50 杆的地方，它又发出了这样的一声长啸，好像它在呼唤潜鸟之神出来帮助它，马上从东方吹来一阵风，把湖水吹皱了，而天地间都是毛毛细雨，还夹带着雨点，我感到，大概潜鸟的祷告获得了它的上帝的垂怜，它的神灵对我感到讨厌，于是，我驶离了它，任它在波涛间翱翔远去。

在落叶满天的秋日里，我经常待上几个小时观看野鸭怎样机灵地在波浪中出没，躲开猎人，始终不离湖心。这种架势，它们是不用在路易斯安那的长沼练习的。在不得不起飞时，它们飞到一定的高度，不停地盘旋，就像天空中的黑点一般。它们从如此的高度，想来一定能看到别的湖沼和河流了；但是当我觉得它们早已经飞到了那里，它们却忽然之间，斜飞下来，飞了大概有四分之一英里的样子，又降落到了远处一个比较不受打扰的区域；它们飞到瓦尔登湖来，除了安全、安静，是否还有其他缘故？我不太清楚，或许它们也爱这片湖光山色，理由和我移居湖畔没什么两样吧。

暖房过冬

10月的时候，我到河边草地采摘葡萄，满载而归。一串串葡萄色泽芬芳，比美味还要美味。在那儿，我也欣赏蔓越莓，那小小的蜡宝石垂挂在草叶上，光莹而艳红，我却并不采摘，农夫用耙收集它们，平整的草地变得乱糟糟的，之后他们用蒲式耳和美元粗略地计算一下，看看把草地上的抢夺物卖到波士顿和纽约能值多少钱；这些浆果命中注定被制成果酱，以满足那里的大自然爱好者们的胃口需求。同样的，屠夫们在草地上到处耙野牛舌草，不顾那被撕伤了和枯萎了的生命。光耀的伏牛花果也仅仅让我欣赏；我只稍微采集了一些野苹果，拿来煮了吃，这地方的业主和旅行家还没有注意到这些东西呢。

栗子熟了，我藏了半蒲式耳，准备过冬天。这样的季节里，徜徉在林肯镇一带一望无涯的栗树林中，真是兴高采烈——如今，这些栗树却在铁道之下长眠了——当时我肩上扛了一只布囊，手中提了一根棍棒敲开那些有芒刺的果子，由于我一般是不能等到霜降的，在枯叶飒飒声和赤松鼠跟松鸦聒噪的责怪声

257

中漫步，有时我还偷窃它们已经吃了一部分的坚果，因为它们所选中的有芒刺的果子里面，一定有一些是品质不错的。有时我爬上树，去摇荡栗树，我屋后也长有栗树，有一棵大得几乎把我的房屋整个遮住了。开花时，它是一朵硕大的花朵，四处都飘满了它的芳香，但它的果实大多数却给松鼠和樱鸟吃掉；松鸦一大早就成群地飞来，在栗子落下来之前先把它从果皮中啄出来。这些树我让给了它们，自己去找所有树都是栗树的较远一点的森林。这一种果实，依我看，这种果实可以作为面包的优良替换品。也许还可以找到别的许多种替换品吧。

有一天我挖地找鱼饵，挖到了成串的美洲豆芋（Apios tuberosa），是少数民族的土豆，一种奇特的食物，我不禁有些迷离恍惚，到底我有没有像他们对我说的，在童年时代挖过、吃过它们，何以我又不再梦见它们了。我经常看到它们皱的、红天鹅绒一般的花朵，被其他的植物的梗子支撑着，却不晓得就是它们。耕耘差不多把它们摧毁了。它有股甜味，像霜冻后的土豆，我觉得煮熟了吃比烘烤吃更好。

这种块茎似乎是大自然为以后的时代预备的，将来总有一天要在这里简朴地养育自己的孩子，就用这些来喂养他们。在当今推崇养肥的耕牛和麦浪翻滚的田地，在这种年代里，微小的美洲豆芋便被人忘记了，最多只有它开花的藤蔓还能见到，却曾经有一段时间它还是印第安部落的图腾呢；其实，只要让狂放不羁的大自然重新在这里统治，那些柔弱而富贵的英国谷物说不定就会在无数仇敌面前消灭殆尽，并且不要人的帮助，乌鸦会把最后的一颗玉米的种子再送去西南方，到印第安之神的大玉米田野上去，听说从前它就是从那儿把种子带过来的，那时候，美洲豆芋这现已几乎灭了种的果实或许春风吹又生，并且四处扩张繁衍，不怕那霜冻和荒野，说明它自己是土生土长的，并且还要恢复古代作为游猎人民的一种重要食品时的那种重要地位和尊严了。肯定是印第安的谷物女神或智慧女神发明了它，以后赏赐给人类的，当诗歌的统治从这里起步时，它的叶子和成串的坚果将在我们的艺术作品上得到体现。

9月1日，我已经见到湖对面有两三株小枫树变红了，在3株斜权分开的白杨树干下面，就在湖角与水连接的地方。啊！它们的颜色讲述着多少故事！慢慢地，一周又一周，每株树的性格表露出来，欣赏着自己在平滑如镜的湖面上的倒影。每个清晨，这一荒野画廊的经理取下墙上的旧画，换上一些新的画幅，新画更明艳或者色彩更亮眼，清新恬静，迥异尘世。

10月中旬，黄蜂飞到我的木屋里，有几千只，好像来躲避严冬的，住在我的窗户里边、我头顶上方的墙上，有时还把访客吓跑了。每天清晨，趁着它们冻僵的时候，我把其中一些扫了出去，但是我并非故意要摆脱它们。甚至我对它们把我的屋子当作比较满意的过冬避寒之所而感到荣幸。它们从未让我过分烦恼，虽然和我同室共寝。逐渐地，它们也不见踪影了，我却不知道它们躲到什么隙缝中间，躲避那冬天和难以言传的寒冷。

像黄蜂一样，在11月最后躲到冬季住所去之前，我经常到瓦尔登湖的东北岸去，在那里，太阳从油松林和石岸上反射过来，让你跟坐在炉边似的。趁你还能做到的时候，晒晒太阳，暖和暖和，这样做比生火取暖更愉快，也更干净。夏天像离开的猎人一样，留下了仍在发光的余火，我就用这些来给自己取暖。

当我造烟囱的时候，我研究了泥瓦匠的手艺。我那些砖头全是用过的旧货，不得不用泥刀刮干净，因此我对砖头和泥刀的性质比一般人知道得更多。砖头上面的灰泥已有 50 年了，听说还会变得更坚固，就是这种话，人们最爱以讹传讹，不管它们对不对。这种说法自身也越变越坚硬，并伴随岁月的推移而更加坚固，因此也必须用泥刀多次敲击，从自作聪明的人身上除去。美索不达米亚的许多村庄都是用一种从巴比伦废墟里拣来的质量非常棒的旧砖头建成的，砖头上面的灰泥时间更长，也许更加牢固。但事实并非如此，不管怎样，那瓦刀真犀利，用力猛击，丝毫无损于钢刃，简直让我惊叹不已。

因为我的砖头都来自从前的一根烟囱（虽然我没有看到砖上刻有尼布甲尼撒①的名字），我尽量拣，有多少就拣多少，以便节省劳力和避免浪费。壁炉四周砖头与砖头之间的空隙处，我用取自湖岸的石块填充起来，并用从同一个地方来的白沙制成我的灰泥。我为炉灶花了不少精力，把它作为木屋最要紧的一块。我干得真是十分细心，所以虽然我早上从地面开始工作，到了晚上，一层砖头离地才只有几英寸高，让我睡觉时当枕头用。然而我并没有为此落枕，倒是从前有过落枕。

大约是那时候，我接待一个诗人来访，他住了半个月，这使得我的房子更显局促。他自己带了一把刀，我自己有两把，

---

① 著名的巴比伦国王。

我们经常把刀子插进地里，用这个办法擦刀。他跟我一起烧饭做菜。我很开心地看到我的壁炉方方正正、扎扎实实地慢慢升高起来，我认为，工程进展虽慢，可大约只要完成会更加耐用。在某种程度上，烟囱是一个独立建筑，脚踏坚实的大地，穿过屋子，升上天空。就是房子烧掉了，它屹然矗立，它的独立自主和重要显赫是显而易见的。这事发生在快到夏末的时候，现在已是 11 月了。

北风已让湖水生凉，虽然还要不断地再吹几个星期才能结冰，但是由于湖水深，当我第一天晚上生了火，烟在烟囱里畅通无阻，非常美妙，由于墙壁有许多漏风的缝，当时我还没有给板壁涂上灰浆。可是，我在这寒冷通风的房间内过了几个快乐的晚上，周围全是些有节疤的棕色木板，而橡木是连树皮的，高高的在头顶上面。后来涂上了灰浆，我就格外喜欢我的房子。我不能不承认这样特别舒适。

人住的每一所房子难道不应该屋顶很高，高得有些朦胧之感吗？到了晚上，火光投射的影子就能够在橡木之上跳跃了。这种影子的形状，比起壁画或最值钱的家具来，应该是更合适于幻觉与想象的。如今我能够说，我是第一次住在我自己的房子里了，第一次用来挡风遮雨，以及取暖了。我还用了两个旧的薪架以使木柴脱空，当我看到亲手造的烟囱的背后积起了烟炱，我很是欣慰，我比平常更加有资格、更加得意地拨火。

虽然我的房子很小，无法引起回声；但作为一个独立的房间，又距离邻居很远，这就显得大一点了。一幢房屋内所有的东西都在这一个房间内集中；它是厨房，寝室，客厅兼储藏室；

无论是父母或孩子，主人或仆役，他们住在一个房子里所得的一切，我统统一样不缺。

加图说，一个家庭的主人（patremfamilias）需要在他的乡居别墅中，具有"cellamoleariam,vinariam,dolia multa,uti lubeat caritatem expectare,etrei,et virtuti,et gloriae erit"[①]，意思就是，"一个放油放酒的地窖，放进许多桶去预防困难的日子，这是对他有利的，有意义的，光荣的。"在我的地窖中，我有一小桶的土豆，大约两夸脱[②]的豌豆以及其中的象鼻虫，在架子上还有一点儿米、一缸糖浆，还有黑麦和玉米粉，各一配克[③]。

我有时梦见一座较大的容纳众人的屋宇，矗立在远古神话中的黄金时代中，材料持久耐用，全是实用的装修。这屋子仍只有一间住房，一个宽敞、简陋、实用、原始的大厅，没有天花板或灰泥面，有的只是未经装饰的橡木和檩条，支撑着头顶上的较低的天棚——却是足以抵御风霜雨雪了。

在那里，在你进门向一个躺卧的古代农神礼拜之后，你看到桁架中柱和双柱架在接受你的敬意。一间像洞穴一样深邃的屋子，你不得不把火炬插在一根长竿上面高高举着才能看到屋顶。在那里，有人能够住在壁炉边，有人能够住在窗户的凹进处，有人在高背长扶手椅上，有人在大厅的这一头，有人在另一头，还有人住在高高的橡木上和蜘蛛在一起，一旦他们选中

---

① 加图《农书》第 3 章。

② 谷物等的容量单位，约 8 夸脱或 2 加仑。

③ 配克为容量单位，约等于 9 升。

了就可以。这屋子，你一打开大门就到了里边，不必再拘泥形迹，完全可以放浪形骸；劳累的旅行者能够洗漱、吃饭、交谈和睡觉，不需要再多走路。这样一个蔽身之所你在暴风雨之夜肯定很高兴抵达，里面有着一座房屋所必需的一切，而没有料理家务的琐碎事。在那里，所有财产你一瞥可尽收眼底，而凡是人所需要的都挂在木钉上；一屋同时兼做厨房、餐具室、客厅、寝室、仓库和阁楼；在那里，你可以看到像桶或梯子这样必不可少的东西，像食橱这样便利的设备，还能够听到壶里的水开了，能够向把你的饭煮熟的炉火和把你的面包烤熟的炉灶致敬，而必需的家具和用具则是主要的饰物；在那里，洗涤物不必晒在外面，炉火不熄，女主人也不会生气，也许有时要你移动一下，让厨子从地板门里走下地窖去，而你不用蹬脚就可以知道你的脚下是虚是实。

这房子像鸟窠，里面四通八达且一目了然；假如你从前门进从后门出，那么一定可以看清屋里所有的住户。在那里作客就像在家中一样自由，不会被特别地排除在八分之七的空间以外，关闭在一个特别的小房间里，让你在那儿敬请自便——也就是单独囚禁起来。现在，通常的主人都不肯邀请你到他的炉边去，他叫来泥瓦匠，另外给你在一条长廊中造一个火炉。所以殷勤招待就是任你逍遥自在。烹饪方面也有着很多秘密，就像他图谋着要把你毒死一样。我感觉，我曾经到过许多人的房间里，按照法律他们下逐客令把我撵走，但是我并没有发觉，我已经到过许多人的家里了。我会穿着旧衣服去拜访在我描述过的那种房子里过着朴素生活的"国王和王后"，假如我走到那边去的话；可是，如果我进到一个现代宫殿里，我希望我学会那种倒退出门的本领。

看起来，仿佛我们的高雅辞令已经失去了它的全部活力，完全蜕化成一堆废话，我们的生活远离了它的代表意义，而它的隐喻和转喻全都非常牵强附会，就像客厅与厨房相隔太远，所以要用送菜升降机来传递饭菜。就连进餐常常也成了仅仅是进餐的比喻。似乎只有野蛮人才与大自然和真理住得最接近，可以从其中借用转喻。那个遥远地住在加拿大西北地区或马思岛的学者，怎么知道厨房里的门道呢？

只有一两个宾客还有勇气跟我一起吃玉米糊；当他们见到那种危机靠近时，便宁可急流勇退，似乎它会动摇到房屋的根基似的。煮过那么多玉米糊了，房屋还是大模大样地挺立着呢。

我是直到天气真的很冷了，才开始泥墙的，为了这个缘故，我驾了一叶小舟到湖对岸去取来更洁白的细沙。船这种运输工具对我有极大的诱惑力，有必要的话，我会愿意到更远的地方去。同时，我的屋子外面从上到下都钉上墙面板。在钉墙面板时我可以一锤钉上一颗钉子，这让我觉得非常称心。我更加雄心万丈，要熟练潇洒地把灰浆从木板涂到墙上。

我记起了一个夸夸其谈的家伙的故事。他穿得人模人样，像平常那样到村子里闲逛，给工人做指示。有一天他突然心血来潮，要用实际行动来替代空谈，于是卷起袖子，端起一块灰泥托板，刮了满满一泥刀，这所有一切都很顺利，因此他面露喜色，有些得意，抬头看看头顶上的板条，果断地一挥手把泥灰糊上去。可是马上丢人现眼，全部灰浆都掉回他那华美的胸襟上了。

我再次欣赏灰浆，它能这样简洁、这样便利地击退了寒冷，它平滑又清爽，我懂得了一个泥瓦匠会碰到怎样一些事故。我很惊讶地看到，那些砖头是怎样处于一种干渴的状态之中，在我把灰泥抹平以前，包含在里面的水分便已被砖头吸干了，为了建造一个新的壁炉要用多少桶水！上一个冬天，我用生长在我们河流里面学名叫 Unio fluviatilis 的贝壳烧成一点石灰，用来做试验，如此一来，我便知道我的材料来自何处。如果我高兴的话，也许我会走一两英里路，找到很好的石灰石，自己动手来烧石灰。

这时候，阳光照不到的背阴处和浅水湖湾中已经结起了薄薄的一层冰，比整个湖结冰早了几天，比有些地方早了几星期。第一片冰尤其有趣，尤其完美，它显得坚硬、黝黑、透明，给考察浅水的湖底提供了最好机会，因为你能够伸展身体躺在只有一英寸厚的冰上，仿佛是一只在水面上滑行的水黾似的，从容不迫地研究距离只有两三英寸的湖底，好像玻璃后面的画，那时的湖水当然一直是平静的。

沙上有许多沟槽，若干生物曾经爬过去，又从原路爬回来。至于残骸，处处覆盖着白石英微粒所形成的石蚕壳①。或许正是这些石蚕在细沙上爬出沟槽来吧，你会在沟槽里发现它们的壳，虽然由它们来形成，而那些沟槽却又显得太宽大了。

不过，冰本身是最值得玩味的东西，你得利用最早的机会来研究它。假如你在湖水结冰后那个早晨仔细留意观察，便会

————————
① 生石蛾的幼虫，活于水中并形成圆筒形壳。

看到，一开始好像是在冰里面的大部分气泡，事实上是贴在冰的底面上，而且还有更多的气泡正在继续不断地从湖底升起来，因为冰块还是比较结实、微微发暗的，所以你可以穿过它看到湖水。这些气泡的直径从八十分之一英寸到八分之一英寸，非常清晰美丽，你能够透过冰层看到你的脸孔反映在一个个气泡里面。在一平方英寸里面，也许有 30 个或 40 个气泡。在冰里面已经存在着一些长长的垂直气泡，长大概半英寸，是尖锥的形状，尖端朝上；更常见的现象是，假如冰刚刚冻结，便有一些小球形的气泡，一个紧顶着一个，好像一串珍珠一般。但在冰层中间的这些气泡并没有附在冰下面的那么多，也没那么明显，我常常投掷些石子去试试冰层的承受力，那些穿冰而过的石子带了空气下去，就在下面形成了很大很明显的白气泡。

有一天，我在过了 48 小时之后再跑去，发觉那些大气泡仍旧完好无损，虽然冰层又结厚了一英寸，我从一块冰边上的裂缝里看得很清楚。可是由于前两天温暖得仿佛小阳春，因此冰如今不透明，没有显示出水和湖底的暗绿色，而是带白色或灰白色。冰层厚了一倍，却没有比从前坚固多少，因为在这种热气的影响下，气泡大大地扩张，结合到一块，失去其整齐匀称；气泡再也不是一个顶着一个，而常常像是一些从袋子里倒出来的钱币，堆积在一起，或呈一些薄片，仿佛占据着一些细小的裂缝。冰的美丽已消失了，要研究水底已经错过了时间。我很好奇，想知道我的那个大气泡在新冰那儿占了什么位置，我挖起了一块有中型气泡的冰块来，把它的底朝了天。

在气泡之下周围已经结了一层新的冰，所以，气泡是在两片冰的中间。它完全处于下一层冰中，不过贴近上层，并且略呈扁平，或许有点像小扁豆的形状，圆圆的边，深四分之一英寸，直径4英寸。我惊奇地发现，就在气泡的下面，冰融化得很有规律，像一只倒置的茶杯，中间达到八分之五英寸高，水与气泡之间只留下了一片薄薄的夹层，还没有八分之一英寸厚，在这夹层里面很多地方，小气泡朝下面冲出去，或许在那些直径一英尺的最大气泡下面完全就没冰。我的头脑豁然开朗了，我第一次看到的附在冰下面的小气泡现在也被冻入了冰块中，而每个气泡都依其体积大小在冰下起着凸透镜的作用，要把冰消融掉。这些气泡也就是一把把让冰块爆裂发出轰响声的小气枪。

最后，冬天气喘吁吁地赶来了，刚好我把泥墙完成了，那狂风在屋子的周围嚎叫起来，仿佛憋了很久，这时才大发淫威。每一夜，飞鹅在黑暗中轰隆而来，呼号着扇动着翅膀，一直等到大地上已经铺上了白雪，有的停在瓦尔登湖，有的低低的飞过森林到费尔黑文湖，准备去墨西哥。好几次，在10点11点左右的时候，从村里回到了家，我听到一群飞鹅的脚步声，要不然就是野鸭，在我屋后踩过洼地边林中的枯叶，它们要去那里觅食了，我还能听它们的领队低唤着急行而去。

1845年，瓦尔登完全冻结的第一夜是12月22日的晚上；早十多天，弗林特湖和其他较浅的湖沼很早就全部冻上了；1846年是12月16日那一夜冻的；1849年估计是12月31日夜里；1850年大约是12月27日；1852年1月5日；1852年12月31日。

自 11 月 25 日以来，白雪已经在地面上积起来了，突然间冬天的景象展现在我的面前。我更加藏进我的小窝里，渴望在我的屋子和我的心中都点亮一个火。现在我的户外工作便是到森林中去找枯枝，抱在手中或者放在肩膀上，把它们捡回来，有时还在两个手臂下各自挟了干枯松枝，把它们拿回家。曾经在夏令当作藩篱的茂盛松树如今却够我拖的了。我用它们拜了火神，因为它们已经拜过土地之神。这是多么有趣的事，到森林中去狩猎，也可以说，去偷窃燃料，来煮熟一顿饭菜！我的面包和肉食都很香。我们大部分的乡镇，在森林里都有足够的柴薪和废木料可以生火，可是目前它们却没有给任何人以温暖，有人还认为它们阻碍了幼林的发展。湖上还有许多漂浮而来的木料。

夏天里，我曾经发现了一个用苍松做的木筏，是造铁路的时候爱尔兰人钉起来的，树皮都还保留着。我把它们整体拖上了岸。已经在水里泡了两年，如今又躺在高地有 6 个月，尽管说水还饱和着没办法晒干，却是十分完美的木料。这个冬天里的一天，我把木头一根根拖过湖来，以此自娱自乐，拖了半英里路，木头长 15 英尺，一头放在我肩上，一头放在冰上，跟溜冰似的溜了过来；不然我就把几根木料用赤杨的纤枝捆绑上，再用一枝较长的赤杨或桤木丫枝钩住它，钩过了湖。这些木头尽管全是水，而且重得像铅，可当燃料却不但经烧，而且烧的火非常热；因此，我还觉得它们浸湿了更好烧，好像浸水的松脂，在灯里烧起来格外长久。

吉尔平[①]在他的英格兰森林中的居民记录里面，写着："闯入者霸占了土地，在森林中就这样筑了篱笆，造了屋子。"在"古老的"森林法规中，这是被觉得很有害的而要以强占土地的罪名惩罚的，因为这趋向于残暴凶恶——这是荼毒林木和其他恶行，使飞禽恐惧，使森林受损。但是我比猎者或伐木者更关心野味和森林保护，就像我自己就是护林官一样；如果它有一部分被烧掉了，即使是我自己不小心烧掉的，我也要大为悲伤，比任何一个林地主人都要哀痛得更长久，而且更难以平复。

　　我希望我们的农夫在砍伐一个森林的时候，能够感觉到那种敬畏，就像古罗马人在让一个神圣森林里的树木更少些，好让阳光进来的时候所感到的恐怖一样，因为他们认为这个森林是属于一些天神的。罗马人先赎罪，后祈祷：无论你是男神或女神，这森林是因你而神圣的，愿你赐福给我、给我的家庭和我的孩子们，等等。

　　甚至在这种时代，这新大陆上的森林却还是极有价值的，有一种比黄金更久远更通用的价值，这真是很让人惊讶的。我们已经发明和发现了好多东西，可没有人能经过一堆木料而丝毫不心动的。它对我们是非常的宝贵，就像对我们的撒克逊和诺尔曼的祖先一样。假如他们是用来做弓箭，那我们就是用它来做枪托的。米肖[②]在30多年前说过，纽约和费城的燃料的价格，"接近于巴黎最好的木料的价钱，有时甚至有过之而无不及，尽管这大城市每年需要30万考得'的燃料，并且四周300英

① 　吉尔平（William Gilpin,1724—1804），英国作家，自然科学家。

② 　米肖（Andre Michaux，1746—1802）法国植物学家。

里的土地都已开垦过了。"

在本乡镇上，木料的价钱几乎日夜在涨，唯一的问题是今年比去年涨多少。不是因为其他事情亲自到森林里来的机械师或商人，肯定是因为林木拍卖才来的；甚至有人乐意出很高的价格来取得在砍伐者走了以后拣拾木头的资格。多少年了，人类一直都是到森林中去找燃料和艺术的材料；新英格兰人、新荷兰人、巴黎人、凯尔特人、农夫、罗宾汉、老大娘布莱克和哈利·吉尔[①]，世界各地的王子和乡下人、学者和野蛮人，都要到森林里去拿一些木头出来，生火取暖煮饭。便是我，也肯定是少不了它的。

每一个人看见了他的柴火堆都会涌上一股愉悦之情。我喜欢把我的柴火堆放在我的窗下，细木片越多越可以让我回忆起那快乐的工作。我有一柄没人要的旧斧头，冬天里我经常在屋子向阳的一面砍那些豆田里挖出来的树根。正如在我耕地时所租用的马匹的主人曾预言过的，这些树根给了我两次温暖，一次是我劈开它们的时候，一次在燃烧它们的时候，但是再没有什么燃料可以发出更多的热量来了。而那柄斧头，有人告诉我到村中的铁匠那里去锻一下，但是我自己锻了它，并用一根山核桃木给它装上柄，能够用了。虽然它很钝，却至少是修好了。

几块多油质的松木就是一大宝藏。这种燃料还有许多埋藏在大地的深处，记住这一点是很有趣的。前几年，我经常出去"勘探"一些荒凉的山坡，从前那里曾经生长着北美油松，于

---

① 见英国诗人华兹华斯（William Wordsworth，1770—1850）的诗《老大娘布莱克和哈利·吉尔》。

是我把那些富含树脂的油松根挖出来。它们几乎是不能毁坏的。至少三四十年的树根，芯子里还是完好的，虽然外表的边材已经朽烂了，那厚厚的树皮在芯子外边四五英寸的地方形成了一个环，和地面相齐。你用斧头和铲子便能够勘探这种矿藏，沿着这片黄得跟牛脂一样的髓质前进，或者你就像找到一条黄金矿脉，一直深入到地里去。但一般我总是用林中枯叶来点火的，我在下雪前就把枯叶储藏在棚屋里。当伐木工在林中安营扎寨时，那些被细细劈开的青核桃木便作为他们的引火柴。我时不时也弄到一点这样的引火柴。正如村中的袅袅炊烟一样，我的烟囱上也有一道浓烟喷溢出来，让瓦尔登湖的许多野性的邻居知道我是醒着的——

> 展翅轻飞的炊烟啊，伊卡洛斯之鸟。
> 你向上飞，翅膀便融化，烟消云散，
> 默语而歌的云雀，黎明的使者，
> 盘旋在村落群居的上空，那是你的家园；
> 否则的话，是逝去的一场梦；
> 午夜模糊的身影，把你的衣裙轻撩；
> 夜间，给星星罩上面纱，
> 白天，把光线遮住，把太阳抹掉；
> 我焚香袅袅，走吧，从炉火中升天。
> 请求诸神宽恕这清亮的火焰与热情。

虽然我只用了很少的、坚硬的、青郁的、刚刚劈开的树木，它却比任何别种燃料更适合我用。冬天下午我到外面散步时，有时留下一堆烧的很大的火，三四个钟头之后我回来时，它依然熊熊燃烧着。虽然我跑了出去，我的屋子并没有空着，就像我把一位快乐的女管家留在家里一样。住在那里的是我和火：一般说来，这位主管家真是忠实可靠。

然而，也有过一天，我正在劈木头，我想到我该到窗口去看看，这座房子是否着火了；这是我能够记得的唯一一次在这一点上的担心。我见到一团火星已经烧着我的床铺，于是我跑进去把它扑灭，它已经烧去了我手掌那么大的一块。

既然我的房屋处在这样一个阳光充足，又背风的位置上，它的屋脊又很低，所以在任何一个冬日的中午，我都可以将火灭掉而不会冷。

鼹鼠在我的地窖里筑窝，每次要啃去土豆的三分之一，它们利用我泥墙以后还剩下来的麻绳和几张牛皮纸，自己做了个舒服的床铺，因为就算是野性最突出的野兽也和人一样喜爱舒适和温暖，它们能够度过寒冬，就是由于它们小心谨慎地得到了舒适与温暖。

我有几个朋友，说话的口气好像我跑到森林里来是为了要把我自己冻僵。野兽只是筑了一个窝，在避风的地方用自己的身体把自己弄暖；而已经发明了火的人，却是把空气装进一个大盒子里，然后把它弄温暖，他并非是靠自己的体温，然后把这暖房做成卧室，让他可以不穿许多笨重的衣服而跑来跑去，在冬天里保持着一种夏天的温度；并依靠几扇窗户让光线透进来，再用一盏灯把白昼拉长。如此一来，他就跨越出本性一两步，腾出时间来从事美术了。如果我长时间暴露在狂风之下，身体就会开始感到麻木，可是，等到我回到了温暖如春的房屋之内，我立刻恢复了我的灵敏的意识，又延长了我的生命。

就是住在最奢华的房间里的人在这方面也没有什么可以夸耀的，我们也不必费神去猜测人类最后将怎么毁灭。只要北方刮来一阵稍微刺骨的狂风，任何时候都很轻易地让他们丢掉性命。我们一直用寒冷的星期五和大雪来记录日期；可一个更寒冷点的星期五，或一场更大点的雪就可以把大地上的人类彻底终结掉。

第二年冬天，为了节约起见，我用了一只小小的炉灶，因为森林并不属于我所有；可它没有壁炉的火那么旺盛。这时烹调之类的事情大多也不再具有诗意，而仅仅是个化学过程。在这些使用炉灶的日子里，人们很快就会遗忘，我们曾习惯于依照印第安人的办法，用炉灰烤土豆。炉灶不仅占地位，熏得房间里一股烟味，而且看不见火，让我觉得自己似乎失去了个朋友似的。你时常可以在火中见到一个脸孔。劳动者夜间注视着火焰，便会让白天里思想上累积下来的浮渣与脏乱的东西得到沉淀。可是我再不能坐着凝望火焰了，有一位诗人的直指人心的诗句让我生出许多感触：

"明亮的火焰，千万别舍我而去，
你那可爱的生活的憧憬，甜蜜的情意。
难道不是我的希望才腾飞得如此明亮？
难道不是我的命运才随夜色沉得如此低迷？

要知所有人都欢迎你、钟爱你。

难道你的存在过于浮想联翩,

不适合为迟钝者普照生命轨迹?

难道你那明媚神秘的光芒,

不是在和我们契合的灵魂交流? 秘不可宣?

没错,我们安全而强壮,因为这时

我们坐在炉边,没有阴影摇晃,

既没欢乐也没悲伤,只有炉火温暖着

我们的手脚——亦不希望更多;

因这密集而实用的一堆火,

在场的能够坐下来,能够安眠,

不用怕一群恶鬼,从阴暗的过去走来,

在旧木柴摇曳的亮光旁,和我们交流。"①

---

① 引自胡珀的作品《柴火》;胡珀(Ellen Stargis Hooper,1812—1848),
美国诗人,多写韵诗和田园诗,著名的如《美丽与责任》。

以前的居民和冬天的访客

我遇到了几次快乐的风雪，在炉边度过几个快乐的冬夜，当时外面风雪狂放地旋转，连猫头鹰的叫声也被呼啸声压下去了。一连好几个星期，我的散步中没有遇到过任何人，除了那些偶尔到林中来砍伐的，他们用雪车把木料载走了。可是那些大风大雪却让我学会了从林中积雪深处寻出一条路径来，因为有一次我走过去以后，风把一些橡树叶子吹到了被我踩过的地方；它们留在那儿，吸取了太阳光，消融了积雪，这样，不仅我的脚可以踩到干燥的树叶上，而且在夜里，它们的黑色线条能够给我引路。

谈到与人交往，我眼前禁不住闪现出这一带林中以前的居民。依我那个乡镇上许多居民的回忆，我屋子周围那条路上曾响遍了居民的闲谈与笑声，而两侧的森林，四处斑斑点点，都曾经有他们的小花园和小住宅，尽管当时的森林，和现在比起来，还要浓密很多。在某些地方，我自己都记得的，浓郁的松材摩擦着轻便马车的两边；不得不独自从这条路步行去林肯镇

275

的女人和小孩都畏缩不安，有大部分的路程他们常常是一路跑过去的。主要从路况上来看，这是到邻村去的一条不值一提的小径，也可以说是唯有樵夫在走的，可它曾经诱惑了一些旅行家，那时它的花明柳暗，比如今还要丰富，在记忆里也更为留恋。如今从村子到森林中间有一大片空荡的原野，当时道路在那地方穿过一片枫林沼泽，很多的木料是那里的小径的基础，如今变成了尘土飞扬的公路了；从斯特拉顿（现在的济贫院农庄），一直通向布里斯特山的公路，肯定还能够找到它的痕迹。

在我的豆田东面，路的那一侧，加图·英格拉哈姆曾居住过，他是康科德的乡绅邓肯·英格拉哈姆老爷的奴隶；他给他的奴隶建了一座房子，还同意他住在瓦尔登林中，——这个加图不是乌提卡①的那个，而是康科德人。有人说他是几内亚黑人。有几个人还记得他在胡桃林中拥有一小块属地，他将它栽育成树林了，梦想老了以后，有需要的话能够有用处；但最后还是被一位年轻的白人投机家买下了。如今他也有一所狭长的房子。加图的那个半掩半露的地窖窟窿到现在还在，不过由于地窖边围着松树，旅行者看不到它，如今那里全是平滑的光叶漆（学名 Rhus glabra），还有很传统的一种黄色紫苑（学名 Solidago stricta），也在那里很生机勃勃地生长着。

就在我的豆田转弯的地方，距离乡镇更近之处，有着一幢一个黑种女人悉帕的小房屋，她在小屋里织细麻布卖给乡民，她边织边唱。她有一个洪亮的嗓子，唱得瓦尔登林中回荡着她的高亢的歌声。后来，1812 年，她的小屋被英军士兵、一群

① 小加图，老加图的曾孙，罗马政治家，在凯撒称帝后逃往北非的乌提卡。

获假释的战俘放火烧了，还有她的猫、狗和母鸡全都葬身火海。她的生活过得很困苦，基本上是不像人过的。有个在这森林中可被叫作常客的老者还记得，有一个中午他经过她的家，听到她在对着沸腾的壶自言自语，——"没有肉，都是骨头啊！"在那里的橡树林间我还看到一些残垣断壁。

　　沿路而行，在右边布里斯特山上曾住着布里斯特·弗里曼，他是一个"心灵手巧的黑人"，做过乡绅卡明斯的奴隶。布里斯特栽种的苹果树依旧长在那地方，现在已经是又高大又茂盛的树林了，可是那果实吃起来仍是野味十足。不久之前，我在旧林肯墓地见到他的墓碑，有点儿向一边倾斜，挨着几个没有标志的英军士兵的墓，这些士兵是在从康科德撤退时战死的。在墓碑上他被叫作"西皮奥·布里斯特"，他倒有点资格被称为非洲的西庇阿 ① 这一名字了———"一个有色人种"，仿佛他的肤色已经退了。墓碑上一个十分醒目的位置告诉我他去世的时间，这只不过是以间接的方式告诉我，他曾经活在世间。他那位殷勤好客的妻子芬达和他埋在一起，她替人算命，但是做得很招人喜欢，她长得又大、又圆、又黑，比任何夜里的孩子都黑，如此黑油油、圆胖胖的肉球在康科德出现，真可谓是空前绝后的。

　　从布里斯特山再往下走，在左边的林中老路上还有斯特拉顿家宅的残骸。他们家的果园曾经遍布整个布里斯特山坡，但

---

① 　西庇阿·阿弗里卡努斯（Scipio Africanus, 公元前 237—公元前 183 年），古罗马将军，曾入侵非洲，他的名字 Scipio 与布里斯特的名字 Sippio 相近，而他的称号 Africanus，拉丁语本义是"非洲的"，而布里斯特应该是来自非洲的，所以作者便有了这一说法。

果树老早都被北美油松消灭了，只剩下几根树墩，其老根上又衍生出许多枝繁叶茂的小树丛。

距离城更近些，在道路的另一边，就在森林的边缘，你会看到布里德区域，那地方由于一妖魔作怪而出名。虽然这妖魔在古老的神话里还没有什么名气，他在我们新英格兰的生活中扮演了一个惊骇莫名的角色，本该和其他神话人物一样，有朝一日让人给他写部传记：他先打扮成一个朋友或雇工到你家来，接着就抢劫并把你全家杀害——被称为新英格兰妖怪。可历史还不用把这里所发生的一切悲剧全写出来。悲剧在时间的流逝中会慢慢减淡，时间会给它们氤氲出蔚蓝的色彩。据说这里曾有一家小酒馆，但这个传说是最含糊不清、无可稽考的。那口井还和以前一样，井水给旅行者调饮料，让他的马恢复精力，从前在这里男人们会互致敬意，互相传递消息，然后又各奔东西。

12年前布里德的小屋依旧还没塌，尽管很早就不住人了。小屋的大小和我的房子差不多。如果我没弄错，那是在一个总统大选之夜，几个顽劣的小孩放火把屋子烧了，当时我住在村子边上，正在稀里糊涂地读达文南特①的《冈迪伯特》，那个冬天我一直在忍受昏睡病的折磨——顺便提一句，我一直不清楚是不是应该把这当作是家传的毛病（因为我有位叔叔刮胡子都会睡着，为了保持清醒过安息日，星期天他得在地窖里给马

---

① 达文南特（Sir William Davenant,1606—1668），英国诗人，剧作家；作品有喜剧《众才子》，假面剧《爱之神殿》、诗集《马达加斯加》等，并创作英国第一部公演歌剧《围攻罗得岛》，有莎士比亚"精神之子"之称。

铃薯拔掉嫩芽），还是因为我想读完查默斯①编的《英国诗集》，一首也不放过，我读得真是晕头转向。

正当我把头低垂到这本书上时，火警钟声响了。救火车心急火燎地往那里开去，前头是一群男人和小孩在乱跑，我跑在最前面，因为我跳过了小溪。我们以为火灾是远在森林的南端——我们这些人从前都救过火，谷仓、商店或者住宅，或者所有这些地方都着过火了。有一个人喊道："是贝克家的谷仓。"另一个人又以确定的口气说，"是科德曼的家着火了。"接着又一阵火花升到森林上空。好像屋顶塌了。我们都叫道，"康科德人来救火呀！"马车狂奔疾驶，上面全是人，中间也许还有保险公司的代理人，不论火灾发生的地方有多远，他是肯定要到场的。救火车的铃声不时在后面响着，越来越慢，越来越稳，后来人们都私下谈论说，跑在最后面的那些人就是放火报警的人。我们就这样不停地往前跑，像一些完全的理想主义者，完全不管眼观耳闻的事实，直到道路一转，我们听到火焰的噼啪声，并且实际上感觉到了墙那边火的热度，这才反应过来，哎呀！我们到了火灾现场。然而走到火边，我们的热情也降温了。

起初，我们还想把一池塘的水都泼上去；但后来决定还是让它烧吧，这屋子已经大势已去，而且一文不值。于是就站在救火车旁，不停地挤，用扬声喇叭来交流我们的意见，或者低声议论世界上曾发生过的大火灾，包括巴斯科姆商店的那次火

---

① 查默斯（Alexander Chalmers，1759—1834），英国剧作家。

灾。我们私下觉得，假如我们可以及时带着"缸"①到那里，并且周围又有一口池塘的话，就能够把世界末日一场灭绝人寰的大火变为另一次大洪水。最后，我们什么事也没做便回去了——回去睡觉，去看《冈迪伯特》。说到《冈迪伯特》，序文中有一段关于智慧是灵魂的火药的话："但大多数人不懂机智，正像印第安人不懂火药一样。"对这段话我不敢苟同。

第二天晚上，大约在同一时间，我恰巧从那条路上走过田野，听到火场上有人低声叹息。黑暗中我走了过去，看到了那家人中我所晓得的唯一幸存者，他秉承了家族的优点和缺点，唯独他对这场大火有兴趣，此时他趴在地上，从地窖墙头看着下面依旧在冒烟的余烬，一边自言自语，这是他常做的事。他整天在远处的河边牧场干活，一有时间就来看他的老屋。他顺次从各个方面，各个角落注视地窖，身子总是要躺到地上，似乎他记得在那仅剩了一堆砖和灰的地方还有某些宝物藏在石头中间。房子已经烧掉了，他望着残余的东西。我的出现对他意味着同情，这使他大感宽慰。

他尽可能在黑暗中指给我看井被盖住的地方，谢天谢地，井是永远不会被烧掉的。他在墙边摸了好久，摸到他父亲砍来并装上的水井吊杆，用手抚摸着用来系重物的铁钩，要我确定那完全不是一般的吊杆——这就是他所能抓到的一切。我摸了它，后来每天散步我还注意到它，因为那上面悬挂着一个家族的历史。

---

① 手摇水缸（hand tub），一种早期的灭火设备，通过多人合作按压手摇泵将水从储水缸中泵出。

在左边能看见井和墙边丁香花的地方，在现在的旷野里，纳丁和勒格罗斯曾在那里住过。但还是回头说说吧。

在林中比以上这些地方更远的地方，在道路离池塘最近的地方，陶匠怀曼拥有一块土地，他给乡亲们提供陶器，还留给子孙继承。经济上他们并不宽裕，他们在世时，只能勉强守住土地，治安官来收税，常常是白跑一趟，为了摆摆样子，"捎带走一些小东西"，我见过他的账目，那里无物可取。

仲夏的某一天，我正在锄地，一位运着一车陶器上集市的人在我的田边勒住马，问我小怀曼的状况，说是很久之前向他买过一个陶轮，很想清楚他现在如何。我曾在《圣经》里读到制陶的泥和陶轮，但我从没想过我们所用的罐子并非是从古时候完整无暇地传下来的，或者是像葫瓜一样长在某处的树上，而且我很高兴听说在我附近也有人从事这种极具创造力的艺术工作。

在我之前，这片森林里的最后一位居民是一位爱尔兰人，叫休·夸尔（我如果把他的名字搞对了的话），他曾住在怀曼的住宅里——人们叫他夸尔上校。听说他曾参加过滑铁卢战役，如果他还活着，我就会要他把他打过的仗重新讲述一遍。他在这里的职业是挖沟。拿破仑去了圣赫勒拿岛，夸尔来到瓦尔登森林。

我所知道的有关他的事都是很凄惨的。他举止优雅，是个见过世面的人，并且可以说最有教养的话。由于患有颤抖性谵妄症，他在仲夏还不得不穿大衣，脸是胭脂红色的。我到森林来以后没多久，他就死在布里斯特山脚的路上，因此没有被我当作邻居记住。在他的房子被拆掉前我去看过。他的同伴都认为他的房子是"一座不吉利的古堡"，因而绕道而行，在房子被拆除之前，我去看过。

在他凸出的床板上堆着他的旧衣服，那些衣服都被他穿得太久了，看起来就像他本人躺在床上一样。壁炉上放着一根破烟斗，而不是在泉水边打破的碗。破碗不能当作他死亡的代表，因为他曾对我坦白，尽管他听说过布里斯特泉，但从没有见过。地板上还散落了脏污的纸牌，方块 K、黑桃 K、红心 K 等。那儿有一只行政官没抓到的黑鸡，仍旧栖息在隔壁房间里，羽毛跟黑夜一样黑，安静得也像黑夜，连叫都不叫一声，在等着列那狐^①来抓。屋后模糊可见一个花园的轮廓，花园里曾种过东西，但是因为他那可怕的颤抖常发作，从未锄过地，尽管现在已是收获的季节了。罗马艾草和鬼针草在园里丛生蔓延，后者的果实全都粘到我的衣服上。屋子后面挂着一块小兽皮，这是他最后一次滑铁卢之战的战利品，可是，他现在再也不需要温暖的帽子或温暖的暖手筒。

现在只有地上的一个凹坑可以标明这些住宅的原址，还有埋到地里的地窖石，那里向阳的草坡上还生长着草莓、悬钩子、蓝莓、榛树丛和漆树。在原来是烟囱的那个角落，现在长出北美油松和多节的橡树，而也许在以前是门槛石的地方，一棵飘香的黑桦在迎风飘扬。有时还能看见井坑，那里曾经有泉水涌流；如今只有干巴巴的枯草；又或是最后一个人离开时用一块

---

① 列那，寓言和民间故事中狐狸的名字；列那狐则指中世纪法国叙事诗《列那狐的故事》中的著名形象。

石板将井盖住，上面还有草皮掩着，深埋在地下，直到日后某一天才会被人发觉。居然把井盖起来！与此同时，人们会泪如泉涌的。

这里曾有过热闹的人类生活，也会依据某种形式、方言或其他办法讨论过"命运、自由意志、绝对预知"①，可如今只留下这些像被抛弃的狐狸洞一样的地窖坑，古老的洞穴，而关于他们的结论，我所能知道的只是"加图和布里斯特拔过羊毛"。这差不多跟著名的哲学学派的历史一样富有教益。

在门、门楣和门槛消失一代人之后，丁香花仍长得青葱水灵，每年春天都开出芬芳艳丽的花朵，连埋头想事的路人都会采摘几枝。丁香以前是小孩在前庭培植的，如今长在墙边安静的草地上，渐渐让位给新生的森林；——那块狭长的地上最后一株丁香成了那个家族唯一的守护者。

那黝黑的小孩几乎没有想到，那枝只有两个芽眼的细小幼枝，由他们插入屋后阴凉处，每天浇水，竟然会生根发芽，活得比他们还长，比给它们遮阴的房子寿命还长，比大人们的花园和果园的寿命还长，并且在这些小孩长大老死后半个世纪，还向孤独的漫游者们隐约地讲述他们的故事——它们还是像在那第一个春天一样开出鲜艳的花朵，散发清甜的暗香。我还注意到它那依然柔美、优雅明快的淡紫色的光泽。

可是这个小村庄，本可以让更多的东西繁衍生存，为什么消失了，而康科德却能守住它的地盘呢？难道没有天然优势，难道享受不到绿水吗，真的？啊？深深的瓦尔登湖，清凉的布

---

① 弥尔顿《失乐园》，第二卷 560 行。

里斯特泉——能够长期享受健康的饮水，但这些人除了用水来掺杯中的酒之外，完全没有好好利用。他们全都是口渴之人。莫非编篮子、做马棚扫把、织席子、烘玉米、织细麻布、制陶器等生意都没有在这儿发展繁荣起来，让这荒野开出如同玫瑰一样的美丽花朵，让所有的子孙后代来继承祖先的土地？贫瘠的土地本来至少能够防止低地的退化的。可叹啊！想起这些人类的居民几乎无法给这里的山水增光添彩！或许大自然又会重新尝试，让我来做第一位定居者，而我去年春天建的房子将成为这个小村落最古老的房子。

我不知道以前是否有人在我这块土地上建过房子，千万不要让我住在一个建在更古老的城市旧址之上的城市里，古城的材料已变成废墟，花园已成为公墓，土地贫瘠荒凉，受到诅咒。在此之前，大地本身已经被摧毁。带着这样的幻想，我又让自己回到村中，同时让我自己静下来沉入梦乡。

在这个季节，很少有客人来拜访我。积雪最深时，往往连续一个星期，或者两个星期，没有一个人会走近我的房子，但我在那儿却过得很安适，仿佛像一只田鼠，又或者像牛和鸡，听说它们埋在雪堆里，即使没有食物也能够活得很久；或者可以说是像本州萨顿城那家早年移民那样，1717 年的那场大雪把他的小屋全盖住了，那时他不在家，一个印第安人只是凭烟囱冒出的气在雪堆中融出的洞才找到那间小屋，救出了他的家人。但是，没有友好的印第安人来关注我了，他也没必要来，因为房子的主人在家里。丰年好大的雪啊！听到风雪声是多么轻快愉悦！农夫们没办法赶着马车到森林或沼泽去，只得把屋前遮阴的树砍下；在地面冻僵时，他们就到沼泽去砍树，到第二年春天一看，他们是在离地 10 英尺的地方砍下树枝的。

积雪最深时，我常走的那条从公路到我家的大约半英里的小道可以用一条蜿蜒曲折的虚线来代表，两点之间的空隙很大。一个星期里，天气平稳，我会丝毫不差地踩着同样数目的脚印，以同样的步幅，来来去去，专门以两脚规那样的准确性踩在我自己深深的脚印上——冬天把我们约束在这样的老套套里——不过脚印里常常盛满天空的蔚蓝。但无论什么天气都没办法彻底打扰我散步，或者说阻挠我出门，我经常在最深的积雪中踏雪 8 至 10 英里，去赴一个约会，与一棵山毛榉，或者一棵黄桦，或是松林中的一棵老相识履约。冰雪让它们的树枝下垂，这样让树顶变尖，把松树变成杉树的样子。我踩踏着差不多两英尺的积雪爬到最高的山顶，每一步都在我自己头顶上摇下一阵暴风雪，有时候手脚并用，爬着、挣扎着向那儿前进，那时猎人都躲在家里过冬了。

一天午后，我充满兴致地观察一只横斑猫头鹰（Strix nebulosa），在光天化日下，在一棵白松下部挨近树干的枯枝上栖息，我站在离它一杆之远的地方。它可以听到我挪动踏雪的声音，但它没法看清我，我发出的声音最响时，它会伸伸脖子，竖起颈上的羽毛，睁大眼睛；但它的眼皮马上又垂下来，并且开始点头打瞌睡了。看了它半小时以后，我自己也觉得有点儿昏昏欲睡，它就这样半张着双眼栖息着，跟一只猫似的，真可以说是猫的有翅膀的兄弟。眼皮之间只留下一条细小的缝，通过这个小缝和我保留一种若即若离的关系，它就这样半闭着眼从梦乡朝外看，尽全力想看清我这个模糊的物体，又或是阻碍它视线的沙尘。后来，由于声音比原先更大了，或者我离得更近了，它慢慢觉得不安，在枝丫上懒懒的转个身，仿佛因美梦被打断觉得很不爽，当它展翅飞起在松林中，它展开的羽翼竟如此的宽大，我听不见一丝羽翼扑动的声音，它就是如此，不是依靠视觉，而是凭借对周遭树木的微小感觉在松枝中探索它的路，似乎是用它敏感的羽翼在微光中探索，它找到一个新栖息处，到那里它可以平安等待它的白天到来。

　　我走过贯穿草地的一条长长的铁路堤道时，遇到了一阵阵怒吼凛冽的寒风，因为唯有在那里风才最自由。霜打在我一边脸上，虽然我是异教徒，我依旧把另一边脸转过来让它打①。从布里斯特山下来的那条马车道也好不了多少。我依然要像一个友好的印第安人似的进城去，虽然风把宽阔的原野上的积雪都吹到路上，半个小时就足以把前面一位旅行者的足迹泯灭掉。

　　我回来时，又有新的雪堆形成，我在雪堆里跌跌撞撞往前走。繁忙的西北风已经把路的一个急转岔口都塞满了粉状积雪，瞧不着野兔的足迹，甚至于连田鼠的细小爪印也见不到。但是，即使在隆冬，我依旧可以找到暖和有弹性的沼泽地，在那儿草和观音莲仍旧长出四季常青的叶子，偶尔也看到几只傲寒而立的鸟在等待春天归来的脚步。

　　有时，尽管下雪，我晚上散步回来时，跨过伐木工踩出的

---

①　《圣经·新约》里有类似著名的说法：人家打你的左脸，你把右脸也送上去。这种化解矛盾的德行是对基督教徒的要求，故作者在这里有"异教徒"的提法。

深深足迹，脚印是从我门口出来的，我还在壁炉上找到一堆他削下的碎木片，屋里充斥着他的烟斗味。又或在某一星期日下午，假如我恰巧在家，我会听见一位精明的农夫的踏雪声，他从森林深处到我家来，寻一点社交"刺激"，是他那个行业中为数不多的几个在自家农庄上"务农的人"^①之一；他没有穿教授的长袍，而是穿着一件工装，他讥诮教会和政府的那些道貌岸然的言论，就像从他的牛棚里拉出一车粪那样信手拈来。我们讲起了那些原始和简朴的年代，当时在寒冷清新的天气里，人们围坐在大篝火旁，个个头脑清醒；没有其他的点心吃，我们就用牙齿去试许多聪明的松鼠早就不吃的坚果，那些壳最厚的坚果里面往往是空心无仁的。

从最远的地方走过最深的雪，冒着最凶猛的暴风雪来到我木屋的是一位诗人。农夫、猎手、士兵、记者，就连哲学家也许都会被吓倒。可是什么也吓不住一位诗人，因为他是为天真的爱欲所驱使的。谁能预见他的踪迹呢？只要是创作，他随时都会出去，即使是在医生都要睡觉的时候。

我们在小屋里时而开怀大笑，时而清醒地低语细谈，这样也能够填补瓦尔登山谷长时期的沉默。相形之下，此时连百老汇也显得寂静荒凉了。在恰当的间歇，总要爆发出笑声，这或许是不经意地为刚才说的俏皮话而笑，抑或是为将要说出的俏皮话而笑。我们一边吃着一盘稀粥，一边创造出许多"水灵灵"的人生哲理，这就使宴饮作乐的滋养和清醒头脑的哲思结合在一起了。

---

① 爱默生在"美国学者"中区分了"农夫"和"农庄上的人"。

我不会忘记，在我住在瓦尔登湖的最后一个冬天里，还有一位受欢迎的客人。有一次穿过村庄，冒着雨雪和黑暗，直到他透过树林见到我的灯，他来跟我一起度过了几个冬日长夜。他是后续无人的哲人的一员——是康涅狄格州把他献给世界，他先推荐它的东西，最后宣布要推荐他的智能。他还在推销这些，抬高上帝，贬低世人，只有大脑才是果实，就像果仁才是坚果一样。我猜他绝对是世上活人里最有信仰的人了。他的言语态度总是看到诸多事情更好的一面，比别人的眼光高出一筹，伴随时代的演进，他也许是最后一位觉得失望的人。目前他尚无任何人世活动。可是，尽管他目前相对来讲还不为人注意，等到他时机到来的时候，大多数人猜想不到的法则即将起作用，一家之主和一国之君就要来寻求他的看法？

"面对澄明的尊者视而不见，可悲也！"[①]

他是人类真正的朋友，几乎是人类进步的唯一朋友。一个老凡人，还不如说是个神仙，一次又一次，真心实意地把铭刻在人们身上的形象表达明白，那就是神，而那些人类之神却只是外表损坏、有点倾斜的纪念碑。他用殷勤的智慧拥抱孩子、乞丐、疯子和学者，接纳全部人的思想，同时又经常使这种思想变得更博大精深。我认为他应该在世界公路上开一家旅馆，让全世界的哲学家都能够在那里住，而在他的招牌上就要写上"招待人，不招待人的兽性。欢迎有闲情逸致，心平气和，想真诚寻找正道的人。"也许他是头脑清醒的人，

---

① 引自托马斯·斯托勒（Thomas Storer）的《托马斯·华斯莱的一生》，第二部，77节。

是我所认识的人中心灵最纤尘不染的人；昨天和明天对他都一样。

昔日，我们一起闲游漫谈，全然把世界抛在脑后，因为他没有向世上任何机构保证过，他生来自由，胸襟坦荡。不管我们走向哪一条路，都好像让天和地连成一体，因为他给山水增添了颜色。一个穿蓝袍的人，他最合适的屋顶便是天空，星空映照着他的澄澈。我看不出来他哪天会死去，大自然不忍让他逝去。

一些思想的木制标签如此干瘪无趣，于是，我们就坐下来试着用我们的小刀来刮削标签的木板，同时赞美美国五叶松清楚带黄的纹理。我们轻柔而又虔诚地涉水，又或一起轻拉慢引，所以思想的鱼儿不会从溪中吓跑，也不怕岸上的钓鱼人。鱼儿自由地游来游去，好比西天飘过的云彩，那珠母似的云团在那里时而形成，时而又散开。我们在那儿研究、考究神话，不时给寓言润色，建立空中城堡，大地没有给城堡提供有价值的基座。

伟大的观察家！伟大的预言家！和他谈话是新英格兰之夜的至乐。啊！我们曾这样交流过，隐士、哲学家，还有我提到的那个老移民——我们3人，交谈让我的小屋膨胀变形。我说不清楚，在大气压之上，每一英寸要遭受多少磅的重量，它裂开了缝，因此，后来得用许多乏味的废话来填塞，以防止泄漏——不过我已经储备足够多的那种麻絮了。

还有一个人，我曾在他村中的家里同他度过"充实的时光"，并且一直无法忘记。他也不时来看我。我的社交圈子就到此为止了。

　　正如在别处一样，有时我也在那儿期盼着永远不会到达的客人。《毗湿奴往世书》^①说，"黄昏时，屋主应当待在院子里，像给一头奶牛挤完奶一样耐久，假如他高兴，还应该待更久，以等待客人的到来。"我常常履行这种好客的职责，我等的时间足以挤完整群奶牛的奶，却没有看见有人从镇里前来。

---

①　印度教的主神之一，守护神。

过冬的动物

当湖水冻成结实的冰的时候，不仅到许多地方去有了全新的坦途、更近的捷径，并且还能够站在冰上看周围熟悉的风景。当我走过积雪覆盖的弗林特湖的时候，尽管我在上面划过船，在冰冻的湖面上溜过冰，但今天它变得如此广袤和新鲜，让我惊叹不已，它让我总是想着巴芬湾。在我附近，林肯的群山矗立在一个苍茫雪原的四端，我从前似乎从未到过这个平原；在冰上看不清晰的远处，渔夫带着他们的狼犬缓缓地移动，仿佛是猎海狗的人或爱斯基摩人一样，在这雾气茫茫的天气中，他们就像传说中的生物模模糊糊地出现，弄不清楚那里站立的是巨人还是侏儒。

晚上，我总是走这一条路去林肯镇听演讲的，没有去走以前任何一条处于我的小木屋和演讲厅之间的道路，新路上没有一座屋子。途中路过鹅湖，那里是麝鼠居处的地方，它们的住宅矗立在冰上，可我路过时没有看见一只麝鼠在外面活动。瓦尔登湖，跟另外几个湖一样，经常是不积雪的，最多积了一层薄薄的雪，不久让风吹走了，它是我的小木屋的前庭，我在上面逍遥自在地散步；另外的地方这时候积雪却一直有差不多两英尺深，村中居民都被封锁在他们的街道里。这里远离村中的街道，很难得听到雪车上的铃声，我经常踉跄地走着，一走一滑一溜，仿佛走在巨大的鹿苑中，上面悬挂着橡木和庄严的松树，不是让积雪压得弯下腰，便是悬挂许多晶亮的冰柱。

在冬夜里，白天也常常是这样，我听到从遥远的地方飘来凄凉而悠扬的猫头鹰的哀鸣，这样的声音，好像冰封的大地被一根合适的琴拨子拨动时发出来的响声，恰好是瓦尔登森林的地道土语，后来，我对它耳熟能详，却从未看见它引颈而歌的模样。冬夜，我基本上只要推开门，就能听到它的"贺、贺呢、贺"的叫声，非常响亮，特别是头三个音好像是"你好"的发音；有时它也只漫不经心地"贺、贺"两声。

一个初冬的晚上，湖水还没有完全结冰，大概9点钟左右，一只飞鹅的大声鸣叫把我吓了一跳，我走到门口，听到一群野鹅的拍翅声，像林中刮起了暴风雪，它们低低地掠过了我的屋子。它们飞过湖面，飞向美丽港，就像害怕我的灯光似的，它们的指挥官一路飞一路叫唤，节奏分明。突然间，我不会听错，就在我的附近，一只猫头鹰发出低沉而又抖动的声响，在森林中是从未听到过的，它在每隔一定间歇答复那飞鹅的鸣叫，似乎它要嘲笑那些来自哈得孙湾的闯入者，它发出了声音更大、音域更宽的地方土话的声音来，"呼呼"地要把它们赶出康科德的领空。在我的夜晚里，你们在我的城堡里吵闹，这是为什么？你认为在这个时候的夜里，我在睡觉，你觉得我没有跟你一样的肺和喉音吗？"卟——呼，卟——呼，卟——呼！"这是我所听到过的最惊悚的不和谐的声音了。然而，你如果有一个有着音乐训练的耳朵，又能听得出一种和谐的因素，那么，在这一带原野上从未看见也从未听到过的和谐因素一定也在其中。

我还听得到湖上的冰块的喘息声，瓦尔登湖是在康科德这个地方和我同一个床铺睡觉的大伙伴，好像他躺在床上不太舒服，想翻个身，觉得肚子里有些胀气，并且噩梦连连。有时我听到严寒冻裂了地面的声音，好像一群马车撞在我的房门上，清晨推门一看，大地赫然裂开一道口子，宽三分之一英寸，长四分之一英里。

有时我听到狐狸在冻月下、在雪野里跋涉，寻找鹧鸪或其他飞禽，跟森林中的恶犬似的，刺耳地恶鬼一般地吠叫着，似乎它有点焦躁，又似乎它要传达一些什么，要挣扎着寻找光明，要变成狗，自在地在街上奔跑；如果从时代进化来看，禽兽不也可能像人类一样，建立起某种文明吗？我认为它们像原始人，穴居的人，一直警戒着，等待着它们的变形。有时候，一只狐狸被我的灯光引诱住，走近我的窗子，吠叫似的向我发出一声狐狸的咒骂，然后急急溜走。

黎明时分，通常是红松鼠催我起床。它在屋脊上蹿来蹿去，又在屋子的四侧爬上爬下，似乎它们窜出森林，就为了这个。冬天里，我抛出了大概有半蒲式耳的都还没有熟的玉米穗，它们滚落在门口的雪地里，我开始欣赏嗅着气味而来的各种禽兽的千姿百态，这让我兴致勃勃。黄昏与黑夜中，兔子经常跑来，大吃一顿。

　　整天里，赤松鼠来来往往，它们的灵活滑稽让我开怀一笑。有一只赤松鼠开始小心地穿过矮橡树丛，跑跑停停地在雪地奔走，仿佛是一张叶子被风给溜溜地吹了过来；它忽而向一个方向百米冲刺，又向另一个方向飞速急跑，每次不超过半杆的距离；然后猛然做了个让人喷饭的滑稽表情，停下脚步，毫无理由地翻了个筋斗，仿佛天地间所有的目光都看它作秀——因为一只松鼠的行为，就算在森林最深最孤独的地方，也似乎像舞女一样，面对众多的观众搔首弄姿——它在拖宕，转圈子中，消耗了更多的时间，假如直线进行，早就已经结束全程了，——我却从未看见过一只松鼠能坦然地步行走过——接着，忽然，一眨眼的工夫，它已经在一个小苍松的顶上，上紧了它的发条，责怪一切假想中的观众，又好像在独白，同时又仿佛是在向全宇宙说话——我完全不懂它在干嘛，我想，它自己也未必知道。

　　最后，它终于来到了玉米旁，抓起一个玉米棒，还是曲曲折折地跳来跑去，蹦到了我窗前堆起的那一堆木料的最高峰上，在那里它从正面瞧着我，并且一坐就是几个小时，不时地找来新的玉米穗，最开始它贪吃着，把半裸的穗轴扔掉；后来它精熟起来，玩起玉米棒来，只吃一颗颗玉米，而它用一只前掌拿起的玉米穗突然不小心掉到地上了，它便做出一副不确定的滑稽的表情来，低头看着玉米穗，似乎在怀疑那玉米穗是不是活的，是要去拣起来呢，还是该另外再拿一个过来，或者干脆溜掉。它时而看看玉米棒，时而听听风中传来的声音。

　　如此这样，这个荒唐的家伙一个上午就糟蹋了不少玉米棒，

294

末了，它叼起最胖大的一根，比它自己还要大的一支，很灵巧地背了就走，回森林去了，就像一只老虎叼了一只水牛，但还是歪歪扭扭地走，走一走停一停，艰难地前进，似乎那玉米穗太重，总是掉在地上，它让玉米穗处在介乎垂直线与地平线之间的对角线的位置，决意带回窝中——个少见的心性轻浮而又心神不定的小家伙——它把玉米棒叼进窝中，或许是四五十杆之外的一棵松树的顶上去了，后来我总能够看到，那穗轴被乱掷在森林各个地方。

最后来的是松鸦，它们身子未到，那生涩刺耳的叫声已先来了，它们小心谨慎地来到离我八分之一英里的地方，悄悄地从一棵树飞到另一棵树，越飞越近，啄食松鼠掉下的玉米粒，然后，歇在一棵苍松的枝头，想一口吞下那粒玉米，但玉米粒太大，卡在喉头，难以呼吸，费了很大的力气之后又把它吐了出来，并且花一个小时反复啄个不停，试图把它啄碎。它们明显是一群盗贼，我很瞧不起它们。倒是那些松鼠开始不好意思，之后就像拿自己的东西大大咧咧地扬长而去。

在同一时刻，一群群黑顶山雀飞来，啄食松鼠沿途撒下的屑粒，接着飞到最近的枝杈上，把碎屑放在爪下，用小嘴频频啄击，仿佛那是树皮上的一只昆虫，把屑粒一直啄到碎得能让它们细小的喉管吞咽进去。每天都有一小群这种鸟到我的柴火堆上吃一顿，或者到我的门前吃玉米屑，同时发出仓促的含糊不清的微弱之音，就仿佛是冰凌在草地上发出的开裂声，又或是发出轻快的"嘚，嘚，嘚"的声音，更不一般的是在春天般的日子里从森林边发出琴弦般夏日的声音"菲——比"。它们和我厮混得很熟了，到最后，有一只鸟竟飞落到我正在搬进屋的一捧木柴上，洋洋自得地啄起细枝。有一次我在村中花园里锄地时，一只麻雀飞到我肩上停了一会儿，那时我觉得，即便我戴上任何肩章都没有这样荣耀。后来，松鼠熟得对我视而不见，偶尔寻捷径从我的脚背践踏而过。

　　大地还没有完全被白雪铺盖之前，再就是冬末雪在我的南面山坡和我的柴火堆周围消融时，鹧鸪早上和晚上都要从森林里出来去那里觅食。不管你走到林子的哪一头，总有鹧鸪慌忙飞走，震落枯叶和枝桠上的积雪，雪花在阳光中纷纷扬扬，像金光闪闪的花粉。这种勇敢的鸟不畏惧严冬，它时常被积雪盖住，并且听说"有时会飞扑进柔软的雪里，在那里躲避一到两天"。傍晚时分，它们振翅冲出林子，直奔野苹果林，去啄食因阳光照射绽起的花蕾，每天晚上它们会固定飞到几株树上，狡诈的猎人正守在那里恭候它们，森林旁边远处的果园也因此受害不浅。不论如何，我倒很开心鹧鸪能找到食物。它们以花蕾和露珠为生，它们是大自然纯正的鸟儿。

　　灰色的冬天清晨，或一晃而过的冬天下午，有时我会听到一群猎犬在森林里穿行，发出追猎的号叫，它们没法抗拒追猎的本性，同时，我时不时听到猎手的号角，明白它们后面还跟着猎人。森林又响起了猎狗们的狂吠，但是没有看见狐狸冲到宽阔的湖面上，接下来也没有一群猎犬来追它们的阿克泰翁[①]。有时落日西沉，我才看到猎人，雪橇后拖着一根毛茸茸的狐狸尾巴而凯旋，寻找路边人家住宿。

---

① 　希腊神话中的年轻猎人，因看到狩猎女神沐浴而被变为牡鹿。

他们对我说，如果狐狸躲在冰冻的地洞里，它一定毫发无伤，或者它直线奔跑，那没有猎犬能追得上它。可是，把追猎的甩掉以后，它便会停下休息，倾听声音，直到他们又追上来。它跑的时候，会转一个圈子回到它的老窝，但猎人就在那里等着它。有时它在墙脊上飞跳几杆之后，突然飞跃到另一面墙上。

它似乎也明白水不会留下它的味道，有一位猎人对我说，他曾见到一只被猎犬追逐的狐狸跳到瓦尔登湖上，那时冰面有浅水坑，它跑过一段路后又折回原来的岸上。不久之后，猎狗来到湖上，再也嗅不到狐臊了。有时，一群猎犬自己追逐着从我门口跑过，并且绕着我的屋子跑，只顾号叫，一点也不理我，就像害了一种疯病似的，什么也挡不住它们的飞奔，优等的猎犬总是不顾一切，只管拼命追逐狐狸。

某一天，一个人从莱克星顿到我的小屋来打听他的猎犬，猎人追蹑他猎犬巨大的足印赶了过来，他已追赶了一个星期了。可能我所告诉他的一切并未让他获益，因为每次我想回答他的问题时，他总要插话问我，"你在这里做什么？"他丢失了一头猎狗，却发现一个人。

有个老猎手，言谈乏味，每年湖水最温暖的时候，就到湖中洗浴，他到我的小屋来看我，有次他和我谈起他的狩猎旧闻。

很多年前有一天下午，他扛着一支猎枪，在瓦尔登林中巡猎。走到魏兰路时，他听到猎犬追上来的号叫，不久以后，一只狐狸跳过墙头跑到路上，闪瞬之间，又窜过了另一堵墙，他迅即发射却未击中目标。在他身后跑来 1 只老猎犬和 3 只小狗崽，完全凭借自己的本能在追猎，拼尽全力追赶着很快就又在森林中消失了。下午晚一点的时候，他在瓦尔登南面的密林里休息时，听到远在美丽港那边猎犬的声音，依旧在追赶狐狸。那个声音正向他靠近，狗吠声让整个林子轰鸣着，声音越来越近，一会儿从韦尔草地传来，过一会儿又从贝克农场传来。他静静地在那儿站了很久，仔细听着猎犬的声音，它们是如此让猎者感到迷醉。

突然狐狸现身了，它轻捷地在林间穿梭，表示同情的树叶的沙沙声遮盖了狐狸的声音，它敏捷又没有声音，守住阵地，把追猎者远远甩在身后。现在它蹦上林中的一块岩石上，后腿站立，侧耳倾听，它的背正对着猎手，顷刻间同情之心阻碍了猎人的手臂，但那仅仅是短暂的情绪，只在一闪念之间，他的枪就端平了，砰！狐狸从岩石上滚下来，躺在地上死了。猎人仍旧留在原地，听着猎犬的吠叫。它们依旧追，现在所有林中小径到处都奔驰着它们的疯狂的吼叫。

后来，老猎犬忽然跃入视野，鼻子嗅着地，像中了邪一样吼得空气直颤，直奔岩石而去。但是看到死狐狸时，它猛然停止了吠叫，似乎是惊愕得叫不出声了，它一声不响地绕着狐狸转了一圈又一圈，接着小狗崽也一只接着一只来了，也和它们的母亲一样，这奇怪的事让它们沉静得一声不响。于是，猎手走到它们中间去，猎犬们终于明白了这个难解的谜底。在猎人剥狐狸皮时，它们安静地等着，接着跟着狐狸尾巴走了一会儿，最后转头拐入林中走了。

那天晚上，一位韦斯顿的乡绅到康科德这位猎人的小屋询问他的猎犬，说它们已经从韦斯顿森林出来自己追捕一星期了。

298

康科德的猎人对他讲了详情并把狐皮送给他，可是这位乡绅婉言谢绝以后就走了。这天晚上，他没有找自己的猎犬，第二天获悉它们渡过了河，在一个农家过了一夜，在那里饱餐一顿，一清早动身回家了。

给我讲这个故事的猎人还记得一个叫萨姆·纳丁的人，过去经常在美丽港岩架上猎熊，剥下熊皮，回村子换朗姆酒喝，甚至还对他自称曾在那儿见过驼鹿。纳丁有一只很有名的猎狐犬，叫伯戈因——他读作伯金，对我讲此事的猎人也借用过它。

镇子上有个老商人，既是镇长又是镇上出纳，兼民意代表，我在他的流水账里见到这样的记录，1742—1743 年，1 月 18 日，"约翰·梅尔文以一只灰狐狸贷 23 美分"，如今这里却没有这种事了；在赫齐卡亚·斯特拉顿的账目中。1743 年 2 月 7 日，"以半只猫皮贷 14.5 美分"，这自然是野猫皮，因为斯特拉顿在旧法兰西战争中当过中士，猎取比野猫还低劣的猎物是得不到信贷的。当时也有以鹿皮来借贷的，每天有鹿皮进出。有一个人家保存着这一带最后一只野鹿的鹿角，还有一个人曾精彩地向我讲述他伯父参加的一次野猎。

从前这里猎人很多并且很快活。我自己记得一个精瘦的狩猎高手，他随手扯起路边的一张叶子，就能吹得成腔成调。假如我记得没错，这调子比任何猎手号角的声音都更粗犷，更悦耳。

在月明星稀的子夜，在路上，我遇到不少猎狗，它们在林子中奔驰，从我面前的路上闪开，钻进灌木丛，等我走过，再跑出来。

松鼠和野鼠为我储藏的坚果而大打出手。我的屋子周围有几十棵北美油松，直径 1 到 4 英寸，前一年冬天全被老鼠啃了——对鼠类而言，那是一个挪威式的难熬的冬天，雪积得又深又久，它们只好在食物里混进大量的松树皮。这些树还活着，在夏天明显长得很茂盛，尽管树皮全被吃光了，可许多树还是长高了一英尺，但第二个冬天以后，它们一个不留，全都枯死了。说来真吓人，一只老鼠就能够这样把整棵松树拿来饱餐，它并非上下啃树皮，而是环绕着啃。要使林子稀疏些，这或有所必要，林子有时密不透风。

野兔随时可见，整个冬天它在我的屋下地板里活动，只有地板将我们隔开。每天早上我开始挪动身子时，它就匆忙离开，总把我吓一跳——嘭、嘭、嘭，匆忙之中，它把脑袋撞到地板上。它们过去经常黄昏时来到我的门边，吃我扔掉的土豆皮，毛色和地面的颜色非常接近，当它们待着不动时，你几乎无法辨认它们。有时，傍晚的天幕下，一只野兔动也不动地伏在我窗下，我一会儿能看见它，一会儿又看不见。静静的黄昏时，我推开门，它们吱吱地逃去。在近处观察它们，总会激起我的爱怜之心。

一天晚上，一只野兔蹲踞在我的门口，离我只有两步之遥。刚开始它怕得直抖，但是还不想跑开，可怜的小东西，瘦得只剩皮包骨头、破耳朵、尖鼻子、秃尾巴、细爪子。但看上去大地上再没有比它更尊贵的品类，只存有这么一种娇小玲珑的兽类。它的大眼睛看上去很年幼并且不健康，就像有水肿病。我踏上一步，噢，它跟个弹簧似的跳到雪地上，优雅地舒展身子和四肢，不一会儿，已经把森林抛在我与它之间。——这个野生的自由动物，又表明了大自然的活力和尊严。它显得瘦削是有缘故的，这是它的天性。

　　假如没有兔子和鹧鸪，一片田野能称为田野吗？它们是最质朴淳厚的土著动物。古时候和现在一样，就有了这类古老而可敬的动物；与大自然同色彩，同性质，又和树叶，和土地是最亲近的联盟——它们彼此之间是联盟，既不是靠有翅的禽鸟，也不是靠有脚的野兽。见到兔子和鹧鸪跑掉的时候，你不认为它们是禽兽，它们是大自然的一部分，就像飒飒的树叶一般。不管有怎样翻天覆地的革命，像一方水土中的一方人一样，兔子和鹧鸪万世常存。假如森林被砍伐了，矮枝和嫩叶还能够藏起它们，它们还会更加繁殖呢。不可以让一只兔子生存下去的田野一定是贫瘠无比的。我们的森林对兔子、鹧鸪都是快乐的家园，每一个沼泽地可以看兔子和鹧鸪出没其间，而牧童们在它们周围安置了细枝的篱笆和马鬃的陷阱。

冰天的雪湖

一个静谧的冬夜过去了，我醒来时似乎有人曾给我提过问题,而梦中似乎找不到明确的答案。什么——如何——何时——何处？可外面是黎明的大自然，万物富有生机，她露出安详满意的脸孔从我的大窗户望进来，唇边并没有问题。我醒来见到一个有了答案的问题，见到大自然和日光，地上铺着厚厚的雪，上面点缀着幼松，而我木屋所在的小山坡好像在说，前进！大自然从不质疑也不答复凡人的问题。她老早就下定了决心。"啊，王子，我们以称赞的目光注视着，并把宇宙奇妙多彩的景象传到灵魂深处。毫无疑问，黑夜将遮去造物光华的一部分，可白日又把这部伟大的作品展现在我们面前，它从大地一直延伸到苍天之上。"[1]

我开始了清晨的工作。第一，我拿起斧头和桶去找水，假如那不是做梦的话。经过一个寒冷的雪夜之后，需要一根魔杖才能找到水。原来水波浮动的湖面，对任何动静都异常敏感，

---

[1] 印度史诗《诃利世系》。

风儿、船儿、鱼儿，它能折射出每一道光和影；但是每年冬天都结起一英尺或一英尺半的冰，如此一来连最笨重的马车都能够从上面通过。或许在冰上还要积一两英尺的雪，让你分不出是湖还是平地。就像周围山上的土拨鼠一样，这湖闭上眼睛，冬眠上三个多月。

我站在这积满冰雪的湖面上，就像置身于群山之中的牧场一样。我首先要挖开一英尺的雪，然后是一英尺的冰，在脚下凿开一个窗口。在那里，我跪下喝水，俯瞰安静的鱼的客厅，光线非常柔和，像是透过一面磨砂玻璃窗，照在鱼儿身上，明亮的沙底依旧和夏天一样。那儿有一种四季平静的安详笼盖着，好像黎明琥珀色的天空一样，和水下居民沉静安宁的心情很呼应。天空在我们头上，也在我们脚下。

每天，很早的时候，万物都被严寒冻得松脆，人踏着松脆的积雪，带着钓竿和朴素的午饭，穿过雪地来钓梭鱼和鲈鱼；这些野性未驯的人们，他们不像城里人那样，他们本能地采取其他的生活方式，他们就这样来来往往，就把很多城市部分地结合在一起了，使城市之间密不可分。他们穿着暖和的粗呢大衣坐在湖岸上，在干燥的橡树叶上吃他们的食物；他们在自然界的学识这一方面，就如同城里人的人工智能方面一样聪明睿智。他们从不靠书本解决问题，他们所知道的和所能够说出的事情远远少于所做的，他们所做的事听说还没有人晓得。

这里有一位，是用大鲈鱼来钓梭鱼的。看看他的桶吧，你会发出惊讶，好像看到了夏天的一个池塘，就像他把夏天锁在他的家里了，又或是他知道夏天藏在什么地方。你说，在仲冬，他如何能捉到这么多？啊，啊，大地结了冰，他从朽木之中找出了虫子来，所以他能钓到这些鱼。

他的生活本身，就在大自然深处度过的，甚至超过了科学家研究的深度；他本身就应该是自然科学家的一个研究项目。科学家轻轻地用刀子把苔藓和树皮挑起，来寻找虫子；可他却用斧子劈到树木中心，苔藓和树皮飞得很远。他以剥树皮为生。这类人有捕鱼的权力，我喜欢大自然从他那里现身。鲈鱼吃了蛴螬，梭鱼吃了鲈鱼，而渔夫吃了梭鱼；所有生物等级的空隙就是这样被填满的。

当我在雾蒙蒙的天气里，绕着湖散步时，我很欣赏几个渔夫的原始垂钓方式。或许他在冰上凿了许多距离湖岸相等的小窟窿，各自距离四五杆，在上面横上白杨枝，用绳子系住了丫枝，防止它被拉下水去，并在冰上面一英尺多的地方把钓丝挂在白杨枝上，还铺了一片干燥的橡树叶，如此一来钓丝被拉下去的时候，就表明鱼已上钩了。这些白杨枝出现在雾中，距离相等，当你绕着湖边走上一半路程，就可以看到这些情景都显露在雾霭中。

啊，瓦尔登的梭鱼！只要看见它躺在冰上，或者渔夫在冰上凿出的洞里看到它们，我总是禁不住为它们那种奇异之美而倾倒。似乎它们是神秘的鱼，街上看不到，森林中看不到，就像在康科德的生活中见不到阿拉伯一样。超乎自然的美，这让它们跟灰白色的小鳕鱼和黑线鳕比起来，不啻天壤之别，可是梭鱼的名声，却传遍了街道。它们并非和松树一样绿，也并非和石块一样灰，更没有跟天空一样蓝；如果可以这样比喻的话，我觉得它们像珍珠和宝石一样，放射着鲜艳夺目的光彩，它们是瓦尔登湖水中动物化的精灵。

它们当然是真正的、完完全全的瓦尔登，在动物界里，它们本身就是一个个小瓦尔登，这么多的瓦尔登啊！惊讶的是它们在这里被捕到——在这深深而又宽阔的水中，这伟大的金碧色的鱼自在地遨游着，它远离路过瓦尔登的车马和叮叮当当响着的雪橇声。这一种鱼我从未在市场上看到过；在那里，它肯定会成众人瞩目的焦点。很轻易地，它们只用痉挛性地扭几下身子，就抛开了那水露露的幽灵，好像一个世人，还未魂归天国，就已灵智俱失了。

我渴望把瓦尔登湖失传已久的湖底弄明白。1846 年初，我在融冰之前就谨慎地勘察了它，用了罗盘、铰链和测水深的铅锤。这个湖底，或者说这个无底之湖有许多传说，那很多的离奇故事当然是毫无根据的。人们并不去勘察湖底，就马上相信它是无底之湖，这实在非常奇怪。我在这一带的一次散步中曾跑到两个类似的无底湖边。许多人一点也不怀疑，相信瓦尔登一直通到地球的另外一面。有的人曾趴卧在冰雪上，躺了许久，全凭幻觉似的媒介物，望下去，也许眼中全是水波，由于他们怕伤风受凉，因此很快速地下了结论，说他们看到了许多非常大的洞穴，假如真有人会下去填塞干草，"这中间不清楚能够塞进多少干草"，那毫无疑问是冥河的入口，从这些入口可以通到地狱的领土里去。有人从村子里来了，他们驾着一辆马车，车上装满了绳子，却仍旧没有测量出湖底，结果是徒劳一场。但是，我可以明确地告诉读者，瓦尔登湖有一个坚密得非常正常的湖底，虽然它的深度很少见，也并非是不合理地存在着。

我用一根钓鳕鱼的钓丝测量了它，这是很容易的事情，在它的一头系上一块重达一磅半的石头，它就能很明确地告诉我这石头在什么时候离开了湖底，因为石头触到湖底之后便没有了水的浮力了，要把它提起来很费力气。最深的地方刚好是102 英尺；还可以加入后来上涨的湖水 5 英尺，一共 107 英尺。瓦尔登湖面积这样小，然而有这么深的湖底，真叫人感到惊诧，可是无论你的想象力如何丰富，你无法再减少它一英寸。假如所有的湖都很浅，那又如何呢？瓦尔登湖的深不可测不正好在人们的脑海里产生影响吗？我感激的是这一个湖，深沉而纯洁，可以作为一个永久的象征。当人们向往着无限的时候，就感到有些湖泊是无底的。

有个工厂主对我探测的湖底深度不相信，说这不是真实的，因为按照他熟悉水闸的情况来说，细沙无法躺在这样陡峭的角度上。但是最深的湖，与它的面积不成比例，也就不像很多人想象的那么深了，把湖中的水抽干来看一看，它并不像一个深邃的峡谷，它也不像一个杯子的形状，瓦尔登湖按面积来算，比我们常见到的草地洼不了多少。

威廉·吉尔平在描述风景时实在太棒了，并且总是非常精确的，站在苏格兰的费因湖湾的尖端上，他写道，"这一湾盐水，六七十英寸深，4 英里宽，"约 50 英里长，四面全是高山，他评论道："如果在洪水泛滥或大自然其他什么魔力形成它之前，我们将见到一个大得让人吃惊的缺口！"

"高耸的山峰升得这高，

低洼的湖底沉得如此低，

阔而深，好河床——。" ①

　　但是，假如我们把费因湖湾的最短一条直径的比例放在瓦尔登湖上，我们才清楚它只不过像一只浅盘的形状，那么，它比瓦尔登还浅了4倍。假如费因湖的水全倒出来，那些被夸张了的缺口就显得这样恐惧。毫无疑问，很多伸展着玉米田的乐呵呵的山谷，都是急流退去以后出现的"可怕的缺口"，居民们显然更相信地质学家的科学观察力和预见性。

　　在很低的小山上，有辨别能力的人就可以看出湖泊的原始形态，即使平原升高，也掩盖不了历史。可是像在公路上做过工的人一样，很简单就知道，大雨过后，瞧瞧泥水潭就能够晓得哪里是洼地。也就是说，有时要允许想象力稍微放纵一点，就可以比自然界潜下去得更低，升起得更高。所以，大海纵然很深，可它的面积那样宽阔，或许就显得不深了。

　　我可以判定湖底的形状了，因为我已经透过冰面探测了湖的深度，过去，我测量没有结冰的港湾时，没有这样精确。结果我发觉它总体来说是规整的，这让我很吃惊。在最深的地方，它比那些在阳光照耀下、在和风吹拂下、被人耕耘过的田地还要平整。有一处，我随意地挑了一条线，测量了30杆，但是深浅的变化还没有一英尺；一般来说，在接近湖心的地方，向

————————————

①　弥尔顿《失乐园》第七卷288—290行。

任何方向移动，每 100 英尺的变化，我提前就能够知道，只是三四英寸上下的深浅。

有人常说，在这没有风浪的、积满细沙的湖底有很深的很可怕的洞，但是假如这种情况出现，湖水早把湖底的不平统统变成平底了。湖底的规则性，它和湖岸以及邻近山脉的相呼应，全是这样地完美，很远的一个湖湾，我从湖的这一边就可能测量出来，看它的对岸，就可以判明它的方向。岬角形成了沙洲和浅滩，溪谷和山峡形成了深水与湖峡。

在我以 10 杆比 1 英寸的比例画了湖的图样，在 100 多处记下了它们的深度时，我发现了这个惊人的巧合，我注意到湖的最深处正是在地形图的中央。我用一根直尺放在最长的距离上画了一道线，又放在最宽敞的地方画了一道线，真使人吃惊不已，最深处恰好在两线的交点，尽管湖的中心十分平坦，湖的轮廓却不是非常的规则，而长宽的差距是从凹处量出来的，我自言自语道，谁晓得这是不是表明了海洋最深处的情形正巧跟一个湖和一个泥水潭的情形相似呢？把这个规律用于高山，山峰与山谷是相对应的，我们完全可以知道一个山的最窄处不一定是它的最高点。

在 5 个凹湾中有 3 个被测量过，就是所有测过水深的凹湾，都有一个沙洲横在口上，里面的水非常深，这湖水并不仅仅漫到了陆地上，扩大了面积，而且它还向深处延伸，形成了一个独立的小水湾，又或独立的湖，而两个岬角的方向正代表沙洲的位置。沿海每一个海港的入口也都有沙洲。当湾口与湾的长度比例越大，其沙洲上的水与内湾比例也就相照应地越深。那么，你可以把小水湾的长宽数和四周围湖岸的情形作为充足的资料，然后列出公式，普遍地应用于类似的问题。

运用这种方法，我测量了湖的最深处，观察湖岸的特性，了解它的轮廓。为了检验我测量湖的数据是否精确，我画了一张白湖的平面图。该湖大概 41 英亩，跟瓦尔登湖相似，中间没有岛，也没有能够看到的出入口。最宽的线与最窄的线很靠近，在那儿两个相对的岬角相互靠近，而两个相对的凹湾相互后退，我就在最窄的线上标一个点，不过依旧在最长的线上交叉，看作最深处。最深处果然是在这一点周围 100 英尺之内，在我预料那个方向上更远一点，只深了一英尺，也就是 60 英尺深。当然这个湖的情况比较简单，要是湖中有个小岛，或者有山泉、河流渗入，问题就复杂得多了。

当我们了解了大自然的一切规律后，我们就很清楚，只要忠诚于事实，或者不偏离事物的本来现象，我们就可以得出它的特殊结论来，并在其他的事情上举一反三。目前我们只晓得少数几个规律，推导结果没有多大的说服力，这自然不是由大自然的混乱或不规则形成的，而是我们在计算中对于一些基本要素还知道得很少。我们所了解的法则及和谐常常只局限于已经找到的事例，但是更奇特的和谐是从非常非常多的看上去彼此冲突、事实上是相互呼应的法则中产生的，可这些法则我们目前还没有发现。各种特殊的规则实际上是我们的观点，一个旅行者，他跨出每一步，山水的形状都有所变化，有无数的侧面，你不可能在任何位置上看到它的全貌。

湖的情形与伦理学上的道理是一致的，这便是平均的规则了。利用两条直径进行测量的这样的规则，不仅指引我们观测天体中的太阳，引导我们观察人的内心，而且通过人们的特殊的日常行为和生活波动的总体的长度和宽度也能画出这样的线，进入他们的谷地和入水口，而这两条线交会的地方便是他的性格的高度和深度了。我们只要知道这个人的河岸的走势，以及他周遭的环境，便可以弄清他那隐藏的奥秘和深度。假如他周围都是高山峻岭，那是阿基琉斯的陡岸，它的山峰笼罩着并反映在他的襟抱中，提示出在他身上也有相对应的深度。但是低平的湖岸也证明这个人在那一点的肤浅。鲜明突出的额头代表相应的思想深度。在我们身体的每一个凹进去的小湾，都横着一个沙洲，或一个特殊的倾向面；在一定时期内，每一个湖湾都是我们的港口，我们在这儿待得很长久。几乎永远地被束缚在那里。

往往这些倾向不是荒唐可笑的，它们的大小、方向和形状都被岸上的岬角所决定，就是古代地势隆起的轴线。当暴风雨、潮汐或水流逐渐将这个沙洲增高，又或是水位降低，沙洲就露出水面，一开始那只是一个倾向，一个思想却孕育其中，最后与大海隔离出来，变成了一个独立的湖。其中思想获得自己的环境，产生了变迁，或许由盐水变成淡水，变成一个淡水海、死海、又或沼泽。每个人托生为这种生命，我们能否这样说呢，一个人来到了这个世界，就很像一个沙洲升到了水面？没错，我们是一群如此蹩脚的航海家，我们的各种思想大多数是有时靠近、有时远离一个没有港口的海岸，只熟悉一些诗意的小港汊，或者驶向公共的大港口，停靠在枯燥的科学码头在那里进行新的组合，以迎合世上的习俗，没有一种潮流可以保持其自身的独立。

　　瓦尔登湖的入口和出口之处，我并没有观察到别的，除了雨雪和蒸发以外。或许用一个温度计和一根绳也能够找到入口和出口，因为在水流入湖的地方，大约在夏天是最凉的，在冬天是最暖的。1846—1847 年，有一天挖冰人在这里劳动时，把冰块送到岸上，那些在岸上囤冰的人不愿接受，因为冰块太薄，没办法和其余的冰块并列放在一起。挖冰的人发觉，这些冰块比别的冰块薄了二三英寸，回到掘冰的湖面，他们想到这地方必定是个水流的入口处。

　　他们还在另一个地方指给我看一个被当做是"漏洞"的地方，大量的湖水从那里涌出去，而且从一座小山边流过，一直到临近的一块草地。他们让我站在一块冰上把我推过去看，那是在 10 英尺水下的一个小穴，可我想我能够保证在找到比这更糟的漏洞之前，这个湖是不用焊补的。有人提议，假如发现这样的"过滤洞"，只需在洞口放些色粉或木屑，然后再在草地上的源泉口上安置一个过滤器，那么这个过滤器在水流经过的时候，必定将带出的粉末和木屑留住。

　　我伏在瓦尔登湖冰上观察到，16 英寸厚的冰层在微风下像水波一样荡漾。有一个常识，水准仪没办法在冰上使用。在冰上放一根有刻度的棍子，再在岸上放一个水准仪对着它来观测时，在距离岸一杆处的地方，冰层的最大波动是四分之三英寸，虽然冰层看上去和岸是紧紧连着。有谁知道呢？在湖心的波动还要更大。假如我们有更精密的仪器，说不定能测出地壳

311

的波动。我把水准仪的两只脚放在岸上，第三只脚放在冰上，然后从这第三只脚的角度进行观察，冰面上极小的波动就能够在对岸的一棵树上造成几英尺的差距。

有一次，我为了测量水深，在湖面上凿洞之时，在厚厚的积雪下，冰面上有三四英寸的水，可水马上开始流到这些洞里，并且形成深深的水流不停地流了两天，把冰周围的棱角全磨光了，使湖面变得干涸，这是很重要的原因，当然不是主要原因。因为，在水流进去的时候，冰层被提高浮起，这有点类似在一艘船的底部凿个洞让水流出。这种洞结冰然后又下大雨，最后又来了一次新的冻结。

整个湖面上，都笼罩了一层光滑的、新鲜的冰面，而冰的内核就编织了美丽的网络，就像蜘蛛网，你或许能够称其为冰玫瑰花。有时冰上布满浅水坑时，我可以见到自己的两个影子，一个站在另一个的头上，一个影子在冰上，另一个落在树木或山峦在水中的倒影里。

1月份，天气很冷的时候，冰雪又厚实又坚硬，已经有些深谋远虑的乡绅到这里取冰块到村子里去，为炎热的夏日准备冷饮。

寒风呼啸的冬季，他们就想到了盛夏如何度过，我想这些人真是既精明又可悲，眼下他们还裹着一身的厚棉衣、戴着皮手套，还有那么多的事情，他都没有做。或许他在这个世界上还没有准备什么宝贝能够用来在下辈子冰冻夏天的饮料。他凿着、锯着结实的湖面，拆了鱼的住宅的屋顶，用铰链和桩跟捆木头似的把鱼儿的空间和空气绑紧，用车子载走，穿过有利的冬天的空气，运到寒冷的地窖里，在那里等着夏天到来。冰被拉开很远之后，穿过街头时，看上去仿佛是固化的蔚蓝空气。这些凿冰者是愉快的人，爱说笑话，热爱游戏，我到他们那里去时，他们常常邀请我站在下端，和他们上上下下地用大锯来锯冰。

在1846—1847年冬天，一天清晨，突然来了100多个有北极血统的人，他们蜂拥而至，他们带来了好几辆车，——雪车、犁、播种机、铡草机、铲子、锯子、耙等等，每个人还配有一柄两股叉，这样的工具《新英格兰农业》或《农事》杂志都没有叙述过的。我不清楚他们是不是来播冬天的黑麦，又或其他什么刚刚从冰岛引进的种子。我没有看到他们准备肥料，便猜测他们和我差不多，大概认为泥土很深，闲置得很久了，所以不打算深耕了。

后来他们告诉我，有个乡绅没有露面，他想让他的钱财膨胀一倍，他已经积攒下50万了。可是，如今为了在他的每一美元之上再放上一美元，他就在严冬剥去瓦尔登湖的唯一外套，不，是瓦尔登湖的唯一一层皮。他们马上开始做事了，一切按照农活的规矩，井然有序。他们简直要把这里变成一个典范农场；但是就在我专心致志要看他们在犁沟里播下什么种子时，我身边的一群人忽然开始用钩子钩拉这片肥沃的处女地了，他们猛拉铁钩，直接挖到沙层，也可以说是水层——因为那是一片松软的土地——那里所有的土地都是这样的，接着放在雪橇上拖走，因此我猜他们肯定是在泥塘里挖泥煤。他们天天这样来来去去，火车的汽笛尖厉地叫着，好似他们来自北极又回归

313

到北极，我觉得他们像一群北冰洋上的雪鸟。

这情景有时引起瓦尔登湖的愤慨，它像印第安女人一样复仇了。一个雇工走在队伍最后，一下子跌落进地面的一个缝隙，向地狱深渊沉去，这个从前很勇敢的人，忽然间就成了九死一生的人，差一点丢了命，他幸好可以在我屋里避难，并且承认炉子有某种美德；又或者某些时候，冰冻的土地有时把他们犁头的钢齿折断了，有时让犁陷入泥沟中，要让这些人费很大力气破冰才能拉出来。

切实地说 100 个爱尔兰人，在美国佬监督下，天天从剑桥镇来这里挖冰。他们把冰切割成一块一块的，具体的方法我们都清楚，不用多加赘述。这些冰块被雪橇运到岸边，快速拖上一个冰台，用马拉的抓钩和滑车堆成一堆，就和许多桶面粉一样稳当地堆起，一块接一块，一排叠一排，他们如同建筑一个耸入云端的锥形高塔的基础一般。

他们说，只要好好干一天，能够挖起 1000 吨冰来，那是每一英亩地生产的数字呀！冰面上留下深深的车辙和"支架洞"，就好像在大地上到处有车辙一样，这是由于雪橇在同一轨道上通过的结果，而马匹始终在挖成桶状的冰块槽里吃燕麦。他们就这样在露天把冰块码成一堆，一边高 35 英尺，六七杆见方，外层塞着甘草。天气特别寒冷，大风无孔不入，它在中间寻找到了路线，吹出很大的洞，让所有的地方都失去了支撑，以至于最后全部坍塌。刚开始，这冰堆看上去好似一个巨大的蓝色堡垒，又或像瓦尔哈拉殿堂 [1]；可是，他们把粗糙的干草

---

① 北欧神话中，奥丁接待英灵的殿堂。

314

皮塞到缝里，冰堆上堆满了霜和冰柱，看上去就像个古色古香、生满苔藓的古老废墟，用蓝色大理石建的冬神的住所，即那个在历书上见到的老人——他的陋室，仿佛他有意要和我们一起避暑。

他们推测这堆冰百分之二十五不能到达目的地，百分之二或百分之三将在车上被浪费。有更大一部分冰的命运与原来的预计不同，不能够像原来想象的那样保藏得那么好，因为它里面有更多的空气，又或由于其他原因，它们从未被送到市场。这一堆在1846—1847年那个冬天垒起的，大约有1万吨，后来用干草和木板盖住。尽管第二年7月掀开过一次，运走一些，可其余留在原处在太阳之下暴露，度过夏天和冬天，直到1848年9月这些冰还没有融化。这样，其中一大部分又被湖容纳了。

远远地望去，瓦尔登湖的冰呈现出美丽的蓝色，而走近一看，它却像湖水一样碧绿，四分之一英里以外，你就很轻易把它同河上的白冰或一些湖里只是带绿的冰区分开来。有时，你会看见在街道当中，躺着一大块冰，足足有一个星期不化，像一块很大的翡翠，躺在那里一星期，吸引了所有过路人的兴趣，我已经观察到，瓦尔登湖的一部分在液体状态时是绿的，而在冰冻时从相同角度看却常常呈现出蓝色。

冬天的时候，湖边有一些低洼地盈满了绿色的水，但第二天上冻后就变成了蓝色的了。或许水和冰的蓝色是因为光和它们所含的空气形成的，越透明的地方越蓝。冰成为我思考内容的最有趣味的题目。他们对我说，在费雷什湖畔的冰屋中有一些冰放了5年还完好无损。为何一桶水很快就会腐臭，可冰冻之后就能永久的保持甘美呢？所以不少人说，这正是情感和理智的不同所在。

就这样连着16天，我从窗口看到100个人像农夫似的忙忙碌碌地干活，他们带着车马及一切农具，这幅图画，我们常常在历书的封面上会看到。每当我从窗口望去，便会联想到收割者和云雀的故事，或者是那播种者的譬喻。

后来，他们都离开了这里，或许30多天后，我又可以从同一窗口见到那纯绿色的瓦尔登湖，把云和树映照在湖面上，独自把水汽蒸发到空中，完全看不出有人曾站在上面的印迹。我似乎又可以听到那只孤独的水鸟，潜入水底，翻动着羽毛，向天而啸，或者看见一个孤寂的渔夫划着一叶扁舟，注视自身在水波上的倒影，可不久之前，这里曾有100人安然无恙地在上面劳作过。

这样看来，那些汗如雨下的查尔斯顿、新奥尔良、马德拉斯、孟买和加尔各答的挥汗如雨的居民，会紧跟其后来饮用我的井水。早上起来，我沐浴在《薄伽梵歌》[①]的宏伟宇宙的哲学里，在这一部史诗完成了以后，神仙的岁月已经在流逝，与此相比，我们近代世界以及它的文学就会显得如此的猥琐而渺小；我怀疑这类哲学是否源于先前的生活，它的崇高性离我们的观点是多么遥远啊。

于是，我搁下书本，走到我的井边去饮水。看啊！在那里，我遇到了婆罗门教的仆人，梵天和毗湿奴和因陀罗的僧人，他

---

① 印度教经典《摩诃婆罗多》的一部分。

依旧坐在恒河上，他的神庙中，读着他们的《吠陀经》，又或是住在一棵树的根上，仅有一些面包屑和一个水钵。我见到仆人给主人汲水，我们的水桶在井内相互碰撞。

瓦尔登湖那纯净的水和恒河的圣水完全混合在了一起。柔和的风吹送着，这水波流经了阿特兰蒂斯①和赫斯珀里得斯的圣园②这些传说中的岛屿，流经汉诺的《周航记》，流经特尔纳特岛、蒂多雷岛③和波斯湾的入口，和印度洋的热带暖风汇聚，最终抵达了连亚历山大大帝也只闻其名的港湾。

---

① 传说中的岛屿，据说位于大西洋直布罗陀海峡以西，后沉于海底。

② 古希腊古罗马神话中金苹果树所在地。

③ 荷属东印度群岛中的香料群岛。

春

　　掘冰人的大量开采，会使湖冰过早解冻。因为就算在寒冷的气候中，让风吹动了的水波，都可以融化它周围的冰块。可是，有一年，瓦尔登湖没有出现这样的情况，因为它马上穿上了新的一层厚冰衣，来代替那旧的一层。这一个湖，从不跟邻近的那些湖沼的冰一样化得那样早，因为它深很多，并且湖底并没有流泉经过，来融化或消耗上面的冰。我从未看见它在冬天里爆开过；只除了1852—1853年的冬季，那个冬天，许多的湖泊都经历着严峻的考验。

　　瓦尔登湖一般在4月1日左右解冻，比弗林特湖或美丽港迟一星期或10天，冰层解冻从湖畔北边的浅水区域开始，也恰好那里是最开始结冰的。这里的湖水似乎比其他区域对气温的感觉更灵敏，它的灵敏显示了季节更替的绝对进程。3月间，持续几天的寒冷，便能推迟其他湖沼的开化时间了，可瓦尔登湖的温度却差不多没有中断地在增高。

　　1847年3月6日，插入瓦尔登湖中心水域的一支温度计刻度显示，有 32 华氏度，或冰点，湖岸周围，有 33 华氏度；同一天，在弗林特湖心，有 32.5 华氏度；距岸 12 杆的浅水处，在一英尺厚的冰下面，有 36 华氏度。弗林特湖深水区域与浅水区域的温度差是 3.5 华氏度。

而实际上这一个湖多数区域都是浅水，这就能够说明为何它的化冰日期要比瓦尔登早很多了。当时，最浅水中的冰比湖心的冰要薄上好几英寸。隆冬时节湖中心水域的温度比较高，使得冰层变得稍薄一些。相同的，夏季里在湖岸附近，蹚水而过的人都晓得的，靠湖沼的水要暖和许多，特别是只三四英寸水的地方，游泳出去远了一些，深水的水面也比深水深处暖和许多。可在春天，阳光不但在温度渐渐升高的天空与大地上发挥它的热量，它的热量还穿透了一英尺或一英尺以上的厚冰，在浅水处更从水底反射到上面，让湖水温暖了，而且溶化了冰的下部，同时，温暖的阳光直接照耀冰的表层，让它解冻成水。冰层的表面并不平坦，鼓起了气泡，升上又降下，直到最后全都变成了蜂窝，到最后一阵春雨，冰层会最终解冻，消失殆尽。

冰层也同树木一样有纹路，当一个冰块开始溶化，或蜂窝化了的时候，不管它在什么地方，气泡和水面总是成直角地连在一起的。通常，岩石和树木也会吸收阳光的热量去解冻冰层，它们上面的冰就会薄很多，常常被反射的热力所消解；我听说，在剑桥曾做过这样的试验，在一个浅浅的木制的湖沼中冻冰，使冷空气流过它的下面，从而让上下都能够发生影响，而从水底反射上来的太阳的热量依旧能够超过这种影响。冬天，下过一场雨，瓦尔登湖周围的冰层就会解冻融化，仅在湖心保留一块暗色而坚硬的透明的冰坨，随即会出现一溜易碎但更加发白的厚冰层，大概一杆或更宽一点，这恰好也是反射的热量所造成的。正像我前面讲过的一样，冰层中的水泡如同灼热的凸透镜在冰下解封冰层。

在湖的这个小天地里，一天之中会浓缩一年四季的变化。一般说来，每天早晨，浅水比深水更快变暖，虽然最终也许不会很暖，但每天晚上直至天亮之前，那儿也最快变冷。一天是一年的缩影，夜间代表冬天，早晚代表春秋，中午便是夏了。冰层爆发出的响声揭示着季节更替。

1850 年 2 月 24 日，寒夜后的第二天早晨，我到弗林特湖去度过一天，惊讶地发现，在我用斧头敲在冰上时，那声音就跟锣一样，在湖面上空回荡，好像是锤击着鼓膜一样。太阳出来以后大概一个小时，湖面感受到阳光从山头斜射过来的热量，湖里便开始轰隆作响；它伸懒腰，打呵欠，跟刚睡醒的人似的，慢慢变得越来越吵闹了，这样持续了三四小时。中午，湖安静地歇息；快到晚上，太阳热量降低的时候，湖又开始隆隆作响。在正常的天气里，每天夜间，整个儿湖都会规则地发出鸣响。可在中午时分，由于裂缝太多，并且空气的弹性不够，湖就一点共鸣都没有留下，或许鱼和麝鼠到那时都不会被冰上的震动惊吓到。渔夫说，"湖的雷鸣"吓跑了鱼，让它们不敢来吃饵。湖不会每一个夜晚都奏鸣，我也无法确定地说什么时候可以听到湖的雷鸣，更不会观察天气作出判断，因而只会去聆听湖的奏鸣。

谁能想到这么大、这么冷、皮这么厚的东西会这样敏锐？

它却有自己的规矩，到时候便乖乖发出雷鸣，就好像春天发芽那么肯定。大地复苏，到处都是簇拥的生机。即使再巨大的湖对气温的感觉也会如同玻璃管中的水银一样敏感。

引诱着我到森林里去暇居一段时光的原因是，我将有宽裕时间去目睹春天降临。湖上的冰终于逐渐变成蜂窝状了，我路过时，脚跟都能够放进去。雾和雨以及更暖和的阳光逐渐把雪融化，白天明显变长了，我已经感觉不再需要增加燃料，也不再需要熊熊的旺火。我密切关心着春天的第一个信号，想听听一些飞来的鸟儿不时发出的鸣叫，或者是花纹松鼠的唧唧声，因为它存储的食物如今肯定快吃光了，或者看美洲旱獭走出它们冬天居住的地方。3月13日，我听到蓝鸲，歌雀和红翼鸟的鸣叫，但是，湖泊中的冰层依然还有一英尺厚度。

伴随天气逐渐暖和，冰块再也不可能被水流带走，它会像河流中的冰块那样崩裂，在水上漂浮。尽管沿岸半杆宽的地方都全部融化了，可湖中间还只是呈蜂窝状，并且浸满水，因此六英寸厚时，你仍能够把脚踩过去。即使这样，过一个夜晚，下一场雨或者一场雾后，所有的冰层会全部解冻，和浓雾一起神秘地消失。有一年，我到湖心散步后才过去五天，冰就完全消失了。1845年，瓦尔登湖是在4月1日全部解冻的，1846年是在3月25日，1847年是在4月8日，1851年是在3月28日，1852年是在4月18日，1853年是在3月23日，1854年大约是在4月7日。

只要是与河流、湖泊解冻相关的事情，或者是气象变化，都自然会受到生活在天气如此悬殊地方的人们关注。天气更暖时，那些在河边住的人，晚上会听到冰裂的声音，那惊人的隆隆声跟打炮一样响，好像它的冰脚镣从头到尾被扯裂了，几天以后，就见到它消失了。就像从淤泥里钻了出来的鳄鱼，大吼之后消失在水面之下。

有一位老人一直认真观测大自然，似乎他自幼年起就和大自然生活在一起，并且是他帮助大自然装上的龙骨——如今他已成熟，即使他活到玛士撒拉^①那个年纪，也很难获得更多的自然知识了。在和他交谈时听他对所有大自然的运作表示惊叹，我很吃惊，因为在我看来，他和大自然之间那么亲密无间毫无隐秘可言了。

他对我说，春天里有一天，他带着枪划着船去打野鸭。当时草地上还有冰，可河里的冰全没了，他从他住的萨德伯里顺流而下，沿途没有一点阻碍，直到美丽港，才意外地发觉那湖上多数部分覆盖坚冰。那天天气温暖，他很奇怪地看到依旧有这么大片的冰残留在湖面上。因为没看到鸭子，他就把船藏在湖中一个岛的北面。也可以说背面，接着自己躲在南面的灌木丛里等待鸭子。距岸三四杆的冰都融化了，水面平滑温暖，湖底泥泞，这是野鸭最喜欢嬉戏的乐园，他脑子里甚至浮现了野鸭飞来的图画。

他一动不动地守在那里大概一小时后，一种低沉的声音传来，好像很遥远，深沉而响亮，似乎从未耳闻过。它是慢慢增强的，仿佛将有个永恒难忘的结局；一种暗哑的奔腾怒吼声，他一听这声音就感觉这似乎是一大群飞禽要到这里降落，赶忙

_____

① 《圣经·创世纪》以诺之子，据传他活到 969 岁。

抓起枪跳起来，非常高兴，就在此时，忽地发现他待的那块地方，整块冰已逐渐向岸边漂来，刚才听到的隆隆轰吼声正是冰层撞击湖岸的声音。——最开始是轻轻地一点一点碎落，但最后沿岛猛烈撞击，向空中撒开碎冰，到了十分高的高度才又变得平静。

最终，阳光从高处直射下来，暖风驱逐了雾和雨，融化了湖畔最后的残雾。含笑照耀出一片赤白相间，香烟缭绕的美景，旅行家在其中穿行，从一个小岛走向另一个小岛，千百条小溪和曲涧的叮当声构成令人无比快活的音乐，河流的渠道中奔腾着的冬天血液，将随之逝去。

还有什么能比亲眼观察解冻的泥沙沿铁路上的一个深切面流下时的形状而更令我高兴的呢！进村的时候，我总是要走过一段铁路，在这里能够看到这般大规模的情景并不是很多。尽管自从铁路发明以来，新显露出来由这样材料构筑的路基已经增加了很多了。那材料具有各种粗细不同的沙子，并且颜色丰富多彩，沙粒中还渗着泥土。

当霜冻在春天出现时，仍是乍暖还寒的时候，沙粒会像熔岩一样从山坡滚落下来，有时会冲破积雪，流淌到先前没有沙子的地方。无数的沙流相互交织重叠，展现出一种混合产物，一半遵循流水的规律，一半遵循植物蔓生的规律。沙流下时呈现出多汁树叶或藤蔓状的样子，造成一堆堆深达一英尺多的浆沫似的喷射物体。

你俯瞰它们时，它们形状好像苔藓，裂成一瓣瓣的，覆盖的叶状物让你联想到珊瑚、豹掌、鸟爪、大脑、肺、小肠或者是其他形形色色的排泄物。这实在是一种奇特的植被，我们见到这种形状和颜色在青铜器上被模仿，这是一种建筑叶饰，比爵床叶、菊苣、常春藤、葡萄或任何其他植物叶饰都更古老、更典型；也许，在某一时刻，会成为将来的地质学家探究的神秘之谜了。

整个坑给我感觉就像是个洞窟，它似乎像山洞被打开，里面的钟乳石暴露在光天化日之下。沙的各种颜色非常丰富又宜人，包括了各种铁的颜色：褐色的、灰色的、黄色的和红色的。流动的块面流到路基脚下的排水沟时，就平展开成为沙带，所有沙流都冲破它们的半圆锥形状，愈流愈平坦宽广。在它们更湿一点的时候，便流到一块，直到形成一个基本平坦的沙滩，却仍旧美丽多彩，在这中间你还能够找到原来的植物形状；一直到最后，在水里，它们变成了沙洲，好似那些在河口形成的沙洲一样，此时，类似植物的形状终于消失在沟底的波纹之中。

整个铁路路基大 概是 20 英尺到 40 英尺高，有时被这种枝叶花簇的装饰所覆盖，或许，它就是沙石的痕迹，在其一面或两面都有，有四分之一英里长，这就是一个春日的产物，这些沙流叶蔓的惊人之举在于它是瞬间形成的。

我站在路基的一边，因为太阳光最先只能照射一面，没有被照射的一面所见的是一个没有生气的斜坡；而另外的一面上，我却见到了这么华丽的枝叶，它仅仅是一小时的创造，我被深深地感动了，似乎在一种特殊的意义上而言，我是站在这个制造了世界和我的那位大艺术家的画室里，——跑到他正在不停创作的现场，他还在这里的路基工作，以他充沛的精力在周围挥洒新的图画。

我觉得我和大地的命脉更接近了。因为流沙呈叶形体，和动物的心肺一样。在这沙地上，你见到会出现叶子的形状。这也不奇怪，大地在外部表达时采取了叶子的形式，因为在它里面，它也在这个信念之下劳动着。原子不仅掌握了这个规律，并且已经孕育出了结果。高挂在树枝上的叶子在这儿见到它的原形了。不管在地球或动物身体的内部，全有润湿的、厚厚的叶，这一个字尤其适用于肝，肺和猪板油（它的字源，labor，lapsus，是漂流、往下流，或逝去的意思；globus，是 lobe 叶之意；globe 地球的意思；更可以化出 lap 叠盖，flap 扁宽之悬垂物和很多其他的字），从外形而言，树叶是变干了、变薄了的叶，它的单词 leaf 中 f 和 v 也是挤压发出的 b 音。lobe 的辅音是 l、b，柔和的 b 音有流动的 l 音，从后面推动着它。在地球 globe 一词中，g、l、b 是辅音，喉音 g 用喉部的容量增加了词的分量。

鸟的羽毛和翅膀也是叶状，但它更干燥、更薄。这样，你还能够从土地的粗笨的蛴螬进一步看出空中活泼的、翩跹的蝴蝶。我们这个地球不停地变换，不断地把自己超越，它也在它的轨道上扇动翅膀。甚至冰也是以它精巧晶莹的叶状开始的，它们似乎从一个模型雕刻出来一样，而那模型雕刻便是印刻在湖水中的植物。一整棵树，也仅仅是一张叶子，但河流是更大的叶子，它的叶质是河流之间的大地，乡镇和城市是附在叶脉上的虫卵。

夕阳坠落之时，沙石流动停止了，次日清晨，它又开始流动，从一个支流分成了亿万道川流。或许你能够从这里晓得血管是怎样形成的，假如你细心观察，你能够发觉，最开始从那溶解体中，有一道软化的沙流，前面有一个类似水滴的顶端，就像手指的圆圆的突出部分，缓慢而又无目的地朝下找路，直到太阳出来给予它热量和水分；那流动最快的部分尽力听从最不流动的部分也遵从的规律，最终和后者分开了，自己单独分出来，自己形成了一道弯弯曲曲的渠道或动脉，如同一条光闪闪的银色小溪，在沙石构成的叶脉上流过，一片一片，直至在沙石之中消失。

令人叹息的是，流动的过程中，这些沙流能这样快速而优美地集合起来，用极好的材料为自己构筑流动的沟渠。河流的源远流长恰好就是这么的一回事。大概骨骼的系统就是水分和硅所形成的，而在更细腻的泥土和有机化合物上，便组成了我们的肌肉纤维或纤维细胞。

人是什么？不就是一团融化了的泥土？人的手指足趾的顶点仅仅是凝结了的一滴。手指和足趾从身体的溶液中流出，流到了它们的最大值。在一个更具有生机的环境里，谁知道人的身体会扩张和流到怎样的地步？人的手掌多么像一片摊开着有肉汁有茎脉的叶子！耳朵，不如想象为一种苔藓，学名 Umbilicaria，挂在头的两侧，也有它的和叶片一般的耳垂。唇——字源 labium，大约是从 labor（劳动）化出来的——就是在口腔的上下两边重叠悬垂着的。鼻子，非常鲜明，是一个聚集了的水滴，或钟乳石。下巴是更大的一滴了，整张面孔的水滴汇集在这里。面颊是一个斜坡，从眉毛上朝山谷降下，广泛的分布在颧骨上。每片植物的叶片的碎片都是一滴浓浓的流动的水滴，它们或大或小，都是叶片的手指，有多少叶片，便代表它打算朝多少方向流动，温度越高，水滴流动得更伸展，也流动得越远。

如此看来，这个小山沟边发生的故事浓缩了整个大自然运行的规则了。地球的创造者仅仅是发明了一片叶子的专利。有哪一位商博良 [①] 可以为我们阐释这个象形图纹的意义，让我们最终可以翻出新的一页（一叶）呢？这一现象之欣喜远远胜于一个富有而多产的葡萄园。真的，其性质有点像排泄物之类的东西，一堆堆肝脏和肚肠，没完没了，就像地球给从里面翻了出来；至少，它表明大自然是有内脏的，由此证明大自然是人类之母。

整个大地染上了白色的霜；春至，那霜总是先于万物复苏、百花争艳的春天到来，争着去亲吻大地，正像神话总在诗歌之前出现。我不清楚还有什么东西更可以扫除冬天的烟霾和一切郁积，它让我相信地球还在襁褓之中，向四处伸出婴孩的手指。从最秃的眉脊上长出了新的鬈发。万物都是有生命的。这湖畔散布的叶状图案更像火炉中的熔渣，它表明大自然之火还在"兴旺地燃烧"。地球不仅仅是死的历史的片段，一个地层叠一个地层，仿佛书一页叠一页，需要地质学家和考古学家专门去研究，它又像是树叶一般的生动的诗歌，那叶总是先于花、先于果前就生成；——并非一个化石地球，而是一个活的地球；和地球伟大的中心生命比起来，一切动植物的生命都仅仅是寄生的。它的剧震将把我们的化石从墓中扔出。你或许能够把金属

---

① 法国历史学家，研究埃及学家，1821 年译解埃及象形文字。

熔化，倒入最美的铸模，可它们都无法像这地球的熔液流出的图案那样使我兴奋。在陶土工人手中，不仅是大地，包括在其上建立的一切制度都如同泥土一样可塑。

没过多少时日，不但是在这湖岸上，并且在每一个山坡、平原和每一个空谷中，霜就跟一只休眠的四足动物似的从洞中爬到地面，在音乐声中寻着海洋，抑或是搬移到云彩里的别的地带去。这样温柔的消融比起猛烈的撞击显得更为有力，温柔使物体渐渐融化，强击者则会使物体粉身碎骨。

大地一部分的残雪已经消融，渐暖的天气晒干了大地的表层。令人赏心悦目的活动是看看新年伊始刚露出的稚嫩迹象，和那些经过冬日严寒考验后、依然挺立着的苍翠植物作个比较，是一件令人赏心悦目的事情。

长生草、黄色紫菀、松针草和一些优雅的野草，此刻它们比在夏天更加生机盎然，更加富有生趣，好像它们的美正当其时，富有成熟的风韵。还有羊胡子草、香蒲、毛蕊花、金丝桃、绒毛绣线菊、欧洲合子草和其他粗茎的植物，这些是最早飞来的鸟儿用之不尽的粮仓——最起码是得体的草装，是冬天的棉装上的花色。我特别为羊毛草那拱形的禾束状的冠所吸引，它让夏天回到了我们冬天的情景之中，它的形态更受艺术家的喜爱和模仿；在植物世界里，它的形态极符合人的想象力，如同人们对天体的理解一样。这是一种比希腊和埃及更古老的古典风格。很多冬天的现象恰好揭示了一种无法用语言表述的稚嫩和脆弱的柔美。我们对于听人家把这个国王描绘成粗鲁烈性的暴君已经习惯，实际上它正是以情人般的温馨之手为夏天的树林精巧梳妆。

春之将至，赤松鼠就来到我的屋子底下，一次两只，在我阅读和写作之时，它们躲进我的脚下，不间断地发出叽叽吱吱的怪叫；如果我跺一下脚，它们便唧唧得更响了，就好像无视人类的禁止，在疯狂地恶作剧中早把所有恐惧和尊敬都抛到脑后了。"松鼠啊，松鼠，你们不要叫闹了！"它们对我的抗议置若罔闻，甚至叫得更甚更欢，我束手无策，毫无办法。

春天的第一只麻雀！新年开始了，比以前更加富含青春的希望！蓝鸟、歌雀和红翼鸫隐隐约约的银铃般的鸣叫响遍了部分光秃潮湿的田野，好像是冬天的最后雪花降落时发出的叮当声！在这样的时刻，历史、年表、传说和所有书面的启示又算得了什么呢？小孩迎着春天歌唱，苍鹰在原野盘旋，已经在寻猎那些刚刚苏醒的小动物们。在一切林壑谷地里都能够听到融雪的滴落声，而冰在湖里快速融化。草如同春天的火焰般在山坡上燃烧起来——"春天的雨带来一片新绿"，整个大地似乎将自身的热能全部释放出来以迎接太阳的归来。

但是，火焰不是黄色的，而是绿绿的——那是永恒青春的象征。那草叶，就好比长长的绿带，从草地上流入夏天，一路上确实被霜阻拦过，可是马上又向前推进，顶着去年干草的茎秆，保护新的生命从下面复生。它就像小溪从地下冒出那样不停生长。草儿与小溪几乎融为一体，因为在 6 月蓬勃生长的日子里，小溪干涸时，草叶变成了溪水的渠道，一年又一年，牛羊从这常青河流里喝水，节气到了时割草人又会从此地获取过冬取暖的柴草。即便是人类生命销声匿迹也灭绝不尽此处的根源，新的生命会继续茁壮成长，像绿草一样永恒。

瓦尔登湖已经全部解冻融化。沿北边和西边有一条两杆宽的河道，东头的更宽点。有一大片冰从主体上裂开掉落下来。我听到一只歌雀在岸上灌丛里鸣叫——欧利特，欧利特，欧利特——叽普，叽普，叽普，切查——切维斯，维斯，维斯。它们在为冰化雪消呐喊欢呼，冰层龟裂的透迤曲线多美啊！它和湖畔的弯形曲线太相似了，只是它有自己的规则！由于近来天气突变寒冷异常，冰块十分坚硬，全都有水纹或波纹，就好比宫殿的地板。但风向东吹过那反光的湖面，却吹不起一点涟漪，直到吹到远处活动的湖面。看见这缎带般的水在阳光下闪烁，实在是愉快的事情，裸露的湖面充满快乐和青春，它描述着水上鱼儿的欢跃和湖畔沙滩的欣喜；闪闪湖光有如鳞片，好像整个湖就是一尾欢跃蹦跳的大鱼。

这就是冬天和春天的不同，瓦尔登湖从死亡中复活。可这个春天，我讲过的，瓦尔登湖的融冰过程比往年更持续稳定。从暴风雪和冬天变到风和日丽的天气，从昏暗阴沉、慵懒的时光变到明媚开朗、充满活力的时光，这是一个万物称赞、并且让人难忘的转折点。最终，它似乎是突然到来的。顷刻，我的房间到处都是阳光，虽然那时已近黄昏，并且冬天的云依旧挂在空中，屋檐下还淅淅沥沥滴答着水，我望向窗外，看！昨天还是一片洁白的冰雪，今天已变成一泓如镜的湖水；湖面和夏日黄昏一样宁静，装满了希望，湖里倒映着夏日的夕阳天，尽管头顶还看不到这样的天空，它却已经与遥远的天际息息相通了。

我听到一只知更鸟在远处鸣叫，我好像有几千年没有听到这样动听的歌唱；几千年以后，我也肯定不会忘记它的叫声——依旧和往日一样甜美，一样嘹亮。啊，黄昏的知更鸟，在那新英格兰的夏夜，在夕阳暮霭中歌唱的知更鸟，我多么企望觅寻到你的栖身处！我说的是攀柄树枝的知更鸟，而不是别的候鸟。

　　我小屋周围，油松和橡树枯萎了好久好久，忽然它们又恢复了以往的神态，而且看上去更加鲜明、葱郁、挺拔、生机盎然，就像是被雨水洗涤之后又注入了活力一般。我知道雨不会再下了。只用看看森林中的任何一根树枝，你就能清楚，或者，从自家的柴垛里也能断定冬季是否结束。

　　天色渐暗，我被在树林上空低飞的大雁叫唤声震撼，它们好似一群疲倦的旅客，从南方的湖上飞来，到这里早就迟到了，最后便使劲地诉苦，彼此安慰。我站在门口就可以听到它们翅膀拍动的声音，它们朝我的屋子飞时，忽然发现了我的灯火，于是突然从喧嚷里静下来，转头飞到湖上栖息。我回到屋里关上门，在树林中度过我的第一个春宵。

　　早上，我从门口透过薄雾观看湖中央的雁群，它们在50杆外游来游去，那么，一大群快乐地游来游去的大雁，使瓦尔登湖看来就像专门为它们设置的嬉水乐园。可是，一旦到我站到岸边，领头雁便发出一个信号，它们所有的都用力扇动翅膀，马上飞起来，列成队形在我头顶飞舞，总共有29只，随后一起直飞加拿大去了。领头雁隔一阵叫唤几声，继续发着号令，告诉雁群到淤泥多的沼泽地用早餐，一帮鸭子也同时飞起，跟随它们更吵闹的兄弟们向北飞去。有一周时间，我听到孤雁在雾蒙蒙的早晨彷徨、鸣叫，它们在追寻着雁群，它们的啼声使树林感到难以承受这沉重的悲哀。

4月，鸽子来了，一小群一小群飞来；在恰当的时候，我还听到燕子在我的林间空地上唧唧叫，过去像镇子这种地方留不住那么多的燕子，更轮不到我分享一只半只，因此我猜测它们是古代的物种，在白人到来之前，它们栖息在树洞里。差不多在所有的气候里，乌龟和青蛙都是这个季节的先锋和信使，鸟儿飞着唱着，羽毛闪耀；植物蓬勃生长，争奇斗艳；和风吹拂着，这些似乎都是在为调节两极的倾斜，保持大自然的平衡。

四季转换，每个季节对人们来说各有巧妙之处。春天降临仿佛如混沌初开，宇宙创世，如同黄金时代的重现——

　　　　"东风退到奥罗拉和纳巴泰王国，

　　　　退到波斯和晨曦下的山冈。

　　　　人类诞生了，到底是那万物的创造者，

　　　　更美好世界的起源，用神的种子创造了人类；

　　　　还是地球最近才与太空分开，

　　　　因此获得了一些同源天上的种子。"①

一阵春雨后，草儿更加青翠。同样的，有更好的思想注入时，我们的前景就光明起来。假使可以一直生活在当下，学会利用

---

① 引自奥维德《变形记》；奥维德，古罗马著名诗人，代表作是《变形记》，对欧洲文学产生多方面影响。

所有发生在我们身上的事情，就好比青草承认落在它身上的最小一滴露珠的作用，而并非把时间花在弥补失去的机会——就是所谓的尽责，那么我们就是福气的人了。春已至，我们却仍滞留在冬天。

在一个无比愉悦的春晨，人间所有的罪过都获得宽恕。这样的一个日子是没有犯罪的日子。阳光这么灿烂依旧，最坏的罪人也能回头。我们自己拿回了清白，从而也发现了邻居的清白。昨天还将邻居视为窃贼、酒鬼和色狼，怜悯他或鄙视他，对整个世界悲观；可是太阳照亮并温暖了这第一个春日清晨，重塑了这个世界，你看到他在做平心静气的事情，看到他疲惫堕落的血管里全是欢乐，祈福新的一天，用婴儿般的天真无邪感受到春天的影响，于是，你遗忘了他所有的错误，对他不仅充满善意，甚至还有一种神圣的气息在表达，也许这种感觉有些盲目或者徒劳，可它毕竟是新生的本能。

瞬间，在太阳照耀着的山坡上，再也听不见庸俗而粗鲁的玩笑了。你能看到某些纯真的美丽嫩芽正使劲从他那多结疤的树皮里往外钻，尝试新的一年的生活，就跟幼苗一样鲜嫩。他甚至已经在享受到上帝赐予的快乐了。狱吏为何不把牢门打开，法官为何不撤销他的案件，布道人为何不让会众散去！因为他们没有听从上帝的旨意，也没有接受上帝赐予他无条件的赦免。

"其日夜之所息，雨露之所润，非无萌蘗之生焉，牛羊又从而牧之，是以若彼濯濯也。人见其濯濯也，以为未尝有材焉，此岂山之性也哉？虽存乎人者，岂无仁义之心哉？其所以放其良心者，亦犹斧斤之于木也，旦旦而伐之，可以为美乎？

333

其日夜之所息，平旦之气，其好恶与人相近也者几希，则其旦昼之所为，有梏亡之矣。梏之反覆，则其夜气不足以存；夜气不足以存，则其违禽兽不远矣。人见其禽兽也，而以为未尝有才焉者，是岂人之情也哉？"[①]

> "黄金时代初创时，复仇者不存在，
> 不用法律，自然相信忠诚正直，
> 没有惩罚和恐惧，也没有，
> 铜器上高挂的恐吓文字；
> 乞讨的人群不用害怕法官的判词；
> 没有复仇者，大家平安相处。
> 高山上砍下的松树还未落入水波，
> 让它也许见到一个异邦世界；
> 凡人只晓得自己的停靠岸不知有其他。
> 永恒的春天，宁静的和风，
> 温暖地吹拂着不种而自生的花朵。"[②]

在 4 月 29 日，我在九亩角桥周围的河岸上钓鱼，双脚踏在有麝香鼠出没的草堆和柳树根上。我听到了一种特别的响声，有一点像小孩子用他们的手指玩木棒所发出来的声音，抬头一看，只见一只小巧华丽的鹰，悠地如水花似的飞旋，一会儿如同水花一样的飞旋，一会儿翻跟斗似的落下一两杆，不停这样

---

① 引自《孟子·告子上》第八章。

② 引自奥维德《变形记》，一，89—96，107—108。

的轮回，呈现了它的翅膀的内部，在日光下闪闪好比一条缎带，也可以说像一只贝壳内层的珠光。这情景让我联想起鹰击长空、捕捉禽鸟，这是贵族和诗人最喜炫耀的娱乐。这似乎可以称为灰背隼了，我倒是无所谓它的名字。这是我所看见过的最轻灵飘逸的一次飞翔。它并不像蝴蝶那样翩跹，也不像个头较大的鸢鹰那样滑翔，它在田野上空骄傲而自信地玩耍，一面奇异地叫唤，一面向高空攀升，随后继续做着它那敏捷优美的俯冲；像鸢鹰般在天空盘旋几周后，接着又从它在高处的翻腾中恢复过来，似乎它从来不希望在大地上降落。

看来整个苍穹都没有它的同伴，独自在天上游戏，除了黎明和空气，它谁都不需要。它并非孤寂，比较之下，下面的大地可是非常孤寂。抚养它的母亲在哪里呢？它的同伴呢，它在天空中的父亲呢？它在天上居住，与大地唯一的联系是，它曾是一只鸟，在山岩中孵化；——或者说它的故乡的巢穴是在云中一角，是用彩虹作边沿和晚霞的天空编织而成，又由一些从地面浮起的仲夏的薄雾来环绕住的吗？它今天的巢穴还是筑建在云端之中。

除此之外，我还捕捉一些极少见的金色、银色和闪着黄铜色的鱼，看起来极像一串珍宝。啊！多少个春回大地的第一天，我在清晨深深地走进这些草地，从一个小丘跳到另一个小丘，从一枝柳树的根，跳到另一枝柳树的根，看到荒野的河谷和森林都沐浴在这如此纯净、如此明媚的春光里，如同一些人相信的，假如死者都仅仅是在坟墓中熟睡，那他们也会在这样的春光里醒过来的。他们根本就不需要证据证明他们不朽，因为万物成长离不开太阳的光芒。啊，死神，你的光芒在何处？啊，坟墓，你的胜利又在什么地方？

假若没有未曾开垦过森林和田野，我们在村里的生活会是何等的乏味和无聊。我们需要荒野的滋补——有时跋涉在充斥着山鸡和鹭鸶的沼泽地区，聆听着沙锥鸟的鸣叫，有时闻一闻窃窃私语的蓑衣草的味，在那里只有一些更野更喜欢孤寂的飞禽建筑它的巢，还有水貂肚皮贴着地皮爬行。我们无比热忱地探究和学习一切的同时，真希望这些事物总是那么神秘不可知，多么希望大地和海洋因为它们的浩瀚无边永远处于狂野的状态，从来没人勘察过，也无人测量过。我们肯定不会对大自然感到厌烦。我们需要从无穷的精力，广大的巨神似的形象中得到生命的焕发和恢复，必须看到海岸上的船骸遍布，荒野上生机勃勃树和腐朽相间，看到电闪雷鸣，看到大雨滂沱连下三个星期并导致水灾之后才能重新焕发。我们必须证实自己有能力超越极限，去人烟未及的地方自由地生活。

当我们看到秃鹫啄食令人作呕的腐烂死尸，从中获得力量和健康时，我们该为之亢奋。通向我的木屋去的小道旁的洞穴里有一匹死马，常常让我不得不绕道而行，尤其在晚上空气沉闷的时候，现在我从中得以补偿，确信大自然有着巨大的胃口和不可摧毁的健康。我喜欢看大自然充满了生机，能忍受住无数生灵相互残杀的牺牲与痛苦，组织薄弱的，就跟软浆一样地被压碎、被榨掉、被澄清了——苍鹭把蝌蚪整口整口地吞到肚里。乌龟和蛤蟆会在路上被车辆碾成齑粉，有时，血肉会跟雨点似的落下来！天有不测风云，人有旦夕祸福，既来之则安之。

在一个智慧者的思维中，天地万物是普遍稚嫩的。毒药归根到底无毒，伤筋动骨不一定就要了一个人的命。怜悯不永远可靠，它只能短暂存在，无法经受时间的检阅。

5 月初，橡树、山核桃树、枫树和别的树刚从沿湖的松林中发芽抽叶，像阳光一样给湖光山色增辉。特别在有云的天气里，似乎太阳撕破晨雾，含情脉脉地照射在这边或那边的山坡上。5 月 3 日或 4 日，我在湖中见到了一只潜鸟。在这一个月的第一个星期中，我听到了夜鹰、棕色的鸫鸟、画眉、小鹟、棕雀和其他的飞禽的声音。林中的画眉我是早就听到了的。鸫鸟又到我的门窗上来张望，似乎窥视我的小屋是能否像洞穴一样供它做巢。它在空中飞翔，扇动的羽翼发出嗡嗡之声，双爪缩着，整个身躯似乎被空气托着。

油松硫磺色的花粉撒到了湖面上，纷纷流到湖畔的石头和朽木之中，够你用桶来装捡。这便是我们以前听到过的被称作"硫磺雨"的东西。甚至在迦梨陀婆的剧本《沙恭达罗》①中，我们也能读到"莲花的金粉把小河染黄了"②。这样，我们终于进入夏季，漫步渐渐长高的草丛之中。

我在森林里第一年的生活就这样度过了。第二年的日子过得大同小异。我最后于 1847 年 9 月 6 日离开了瓦尔登湖。

---

① 印度七幕剧，描写静修女与国王的恋爱。

② 出自迦梨陀婆《沙恭达罗》，第五幕。

终结的尾声

　　假如生了病，医生要明确地奉劝你换个地方，换换空气。谢天谢地，好在世界并不局限于此地。在新英格兰没有七叶树，这里也很难听到反舌鸟。大雁和我们相比更是一位世界公民，它们早餐去加拿大吃，在俄亥俄州吃午饭，夜晚到南方的河湾上去梳洗自己的羽毛。就连野牛也十分配合着时令节气，它在科罗拉多牧场上吃草，一直吃到黄石公园的枯草又变青绿、翠甜而迎候它之时。

　　可是我们人却觉得，要是拆除篱笆或栅栏，在田园周围砌上石墙的话，我们的生活也许就有了界限，我们的命运才有所稳定。假如你被挑选为市镇的办事员，那你今夏就无法到火地岛去旅行，但或许你可以到地狱的火里去。宇宙比我们目力所及的地方要大得多。

　　当然，我们应像好奇的旅行者一样，时不时地从船尾去瞭望，而不要一边旅行，一边却像那傻呆的水手，在那儿垂头一味地撕扯麻絮。地球的另一边仅仅是和我们相同的人的家。我们的航行仅仅是绕了一大圈，医生开的处方仅仅可以治你的皮肤病。有人急不可耐地跑到南非发疯似的追逐长颈鹿，但说实话，那并非他要追的猎物。你说，一个人可以一直把长颈鹿追下去吗？沙锥鸟和山鹬也能够提供特别的娱乐运动，但我以为在内心里猎杀自己将会是更为高尚的运动——

> "把你的视线转向内心，
>
> 你会发觉心中一千个未发现的地区，
>
> 到这些地方旅行去，
>
> 让自己成为家中宇宙学的专家。"①

非洲和西方都代表什么？在地图上，我们不是有自己的内在空白吗？一旦去考察它，它是否像非洲海岸似的漆黑莫测呢？我们要找寻的是不是尼罗河、尼日尔河或密西西比河的源头，甚或我们这大陆上的西北走廊是否都要我们去发现呢？这些真的是和人类关系最亲密的问题吗？兰克林②是仅有的失踪的人吗？而他的夫人非得如此焦虑地寻找他呢？究竟格林奈尔先生知不知道他自己在哪里？

还不如成为芒戈·帕克，成为刘易斯、克拉克和弗罗比舍③；探险你自己的江河海洋；探险你自己的更高的纬度——

---

① 　出自威廉·哈斌顿的《卡斯塔拉》。

② 　英国海军少将和探险家，1845 年率官兵 138 人乘两艘船从英国出发探寻西北航道，在威廉岛外水域被冰块包围，全体人员先后遇难。

③ 　芒戈·帕克曾在非洲大陆探险，刘易斯和克拉克率探险队考察美国西部，弗罗比舍 3 次到北冰洋寻找西北航线。

去探索你自己的极地去吧——若有必要，可在船上放满罐头食品，以维持你自己的生命，还可以把空罐堆得好像天一样高来做信号。发明肉罐头难道就仅仅只是为了保存肉吗？绝不是，你必须做一个哥伦布，去发现你心海里的新大陆和新天地。开出思想而不是贸易的新航道。

每个人都是自己王国的国王，与这个王国相比，世间的沙皇帝国仅仅是一个小国，仅仅是冰融化后留下的小丘。可是，有的人就不自尊自重，却妄谈爱国，因小失大。那些人喜爱用来筑起他们坟墓的土地，却不喜欢那或许可以给他们的泥土赋予生命的精神。爱国仅是他们大脑的凭空之想。南海探险有什么用，那样的排场，那样的消耗，只是间接接受这样一个事实：在人的精神世界里，也有大陆和海洋，而任何一个人仅仅是与之相连的岛屿或小湾，但是他自己从未去探索过；一味坐在政府的船只里，带 500 名水手和侍仆，航行几千英里，经过严寒、风暴和食人的蛮荒之地，他认为这要比独自一人在心灵的海洋和在大西洋以及在太平洋上探险容易得多。

"让他们去漫游，去考察异邦的澳大利亚人吧，
我拥有上帝更多的赐予，他们得到更多的路。"[1]

游遍世界各地，而偏偏跑到桑给巴尔去数到底有多少只老虎，都是不值得做的。否则就算是对这种事，也未必不可以不

---

[1]　引自克劳狄安的《维罗纳的老人》；克劳狄安，古罗马诗人，主要作品有《普罗塞尔平娜被劫记》。

为，你或许能发现某个"西姆斯洞"①，最终经由这个洞走到地球内心。英国、法国、西班牙、葡萄牙、黄金海岸和奴隶海岸，都面对这个私有的海洋；但是，从那儿启航能直达印度，不过还没有一条船敢于航进那无边无际的内心沧海中。

纵然你掌握了所有方言，熟悉并了解所有风俗；假如你能比所有的旅行家能旅行到更远的地方，适应所有气候，让斯芬克斯②自行以头撞石，也要遵循古代哲学家的格言：去探究你自己吧。探索自己需要用眼、用脑。这个战场上只有末路之将和逃兵才会参与，只有流亡者和懦夫才会应征入伍。现在就启程吧，踏上最远的西去的道路，那条路不会在密西西比河或太平洋终止，也不会引你到疲累的中国或日本，而是沿着这个地球的某条切线，不管是冬天，还是夏季；是白昼，还是黑夜；不管日落也好，不管月落也罢，最后到地球也落下才停止。

听说米拉波③曾到公路上抢劫，以此"来测试一下，公然违抗社会最神圣的法律究竟需要多大的决心"。他宣布"进行战斗的士兵所需的勇气只为拦路抢劫者的一半，"——"荣誉和宗教根本完全没法阻止一个深思熟虑和坚定的决心"④。按常规标准这是男子汉气概，但事实上这假如不是铤而走险，也是无意义的举动。

一个头脑清醒的人会知道自己"正式抵抗"人们所说的"社

---

① 英国人，曾想象地球是空心的，在两极有开口通到内部。

② 古希腊神话里的形象，长有翅膀，狮身，女人身体，经常难为路人猜她的谜语，猜不对者会被她杀死。埃及金字塔前现有狮身人面大石像。

③ 法国革命家，试图建立君主立宪制。

④ 梭罗从《哈珀新月刊》第一期上将这段趣闻抄到他的日记中。

341

会最神圣的法律"已有很多次，他要遵从更神圣的法律，因而不用铤而走险就能够考验自己的决心。实际上他不需要对社会持有这种态度，他只需持有他原来的态度，他只需遵守他自己的法则，这个人就永远不能算作对抗一个公正政府的人，假如他有机会碰到这样一个公正的政府的话。

我有同样的充分理由，令我离开或是进入森林。或许我认为我要过好几种生活，没法为哪种生活花更多的时间。我们如此容易地遵循某一条道路，为自己踏出旧辙，这实在是让人惊奇，我在那里住不了一周，便会踩出另一条小路，并从门口通向湖边；至今不觉已有五六年了，这小路依然可见。老实讲，我猜或许有其他人已陷入这条道路，从而使这条路持续畅通。地面是软的，人的脚在上面留下脚印，心灵旅行的道路同样如此。那么，世界上的公路该多么破旧多尘，传统和习惯的车辙该是多么深啊！我不希望坐客舱里旅行，宁愿站到桅杆前，站在世界的甲板上，因为在此，我能仰视群峰中的明月。我再也不愿到舱底去了。

至少，我从实践中体验到：假如一个人可以自信地在他所希望的航道上前进，努力去过他希望的生活，就能够取得出乎意料的成功。他将会把所有事情抛在脑后，从而超越一条看不见的界限；新的、普遍的，并且更自由的法规将在他周围和内心自行成立起来；又或旧的法律得到扩大，以更自由的意义对他做出有利的解释，他能够在生命的更高级的秩序中生活。他生活得越简朴，宇宙的规律也显得更为简朴，孤独将不会成为孤独，贫困也不会成为贫困，软弱也不会成为软弱。假如你建了空中楼阁，你的劳动不会白费，就让那些楼阁待在空中，而你在下面支上基础。

英国和美国提出了怪异可笑的要求，——你说的话语必须让他们能听懂。人的生长和毒菌的生长都不是这样从命的。他们竟然还认为这极为重要，似乎这世上只有他们才会来理解你。仿佛大自然只赞成这样一种理解的能力，它可以养活四足动物却无法养活鸟雀，养活了飞禽而养不活爬行动物，"别出声"和"站住"的吆喝，似乎成了最好的英文，连光明镇也可以听见了。好像只有愚笨才是最安全的。我最忧虑的是我表达的还不够过分呢，我忧心我的表达无法超过我自己的寻常经验的狭隘范围，以便把我所认定的真理表达清楚。过火！这倒要看你从什么角度来衡量。流浪的水牛跑到另一个纬度去找新的牧场，并不会比奶牛在喂奶时踢翻了铅桶，跳过了牛栏，去找它的小牛来得更为过火。

我希望在自由之地畅所欲言；如同一个清醒的人跟另一些清醒的人那样地说话；我意识到，若要给真心的表达奠定基础，我表达还不够激进、猛烈呢。有谁听到了一段音乐就担心自己会永远说话说得过火呢？为了将来，或是为了可能会遇到的事情，我们应轻松地生活，不要锋芒毕露；表面含糊一些，轮廓可以暧昧而朦胧些，就像我们的影子似的，对着太阳也会出现看不见的汗水一样。我们说的话极易在空气中消散，经常留下一些多余的话渣。它们的真实是随时改变的；仅有它的文字形式还留存着。用何种语言才能表达我们的信念和忠诚？只有卓越的人对此了然于心，并且使其甘之如饴。

为何我们要经常将我们的智商降到愚蠢的程度，却又赞颂它为常识？最寻常的常识是睡觉的人的感觉，在他们打鼾中传达出来的。有时我们把偶尔聪明一次半次的人和半傻半精的人归为一类，因为我们仅仅可以欣赏他们智力的三分之一。有的人难得起了一次早，便对初现的朝霞吹毛求疵。我还听人说，"他们认为卡比尔的诗有四种不同的含义：幻觉、精神、智性和吠陀经文的通俗教义。"[①] 但是我们这里如果有人给一个作品做了不止一种的解释，大家就要纷纷责怪了。英国正在努力预防土豆的腐烂，他们难道就不去努力诊治大脑的腐烂吗？而后者确实是更流行更危险的疾病。

我并不认为我已变得高深莫测了，但是，在本书中发现的关键错误，假如不比瓦尔登湖的冰中发现更多的话，那我深感自豪了。南方的买家不认可湖冰的蓝色，认为那是泥浆造成的，事实上这恰恰是它纯洁的证据；他们反倒看中了剑桥之水，那是白色的，可是有一股草腥味。人们所喜爱的纯洁是笼罩大地的云雾，而不是云雾上面的蓝色天空。

有人唠唠叨叨地说我们美国人及近代人与古人相比，包括和伊丽莎白时代的人比较起来，都仅仅是智力上的矮子罢了。此话怎讲？一条活狗总比一头死狮要强。莫非一个人不幸属于矮子一群就该上吊？为何不能做矮子中的大个子？每人都应努力干好自己的工作，履行职责。

为何我们要如此地急功近利，执着于这般荒唐的事业？假如一个人无法和他的同伴保持同步，那或许是由于他听的是不

① 塔西《印度文学史》。

同的鼓点。让他踩着他所听到的音乐节奏前行，不论这节奏怎样，或在多么遥远的地方。他是否应该像一株苹果树或橡树那样快地长大成材，这不是重要的问题。他是否应该将他的春天当作夏季呢？假如我们为之而做的事情的情况还达不到标准，我们能借以代替的任何现实又是什么呢？我们千万不要在一个虚无的现实面前撞了船。到底我们要不要费力去在自己的头顶上面建立起一个蓝色玻璃的天空？尽管建好后我们还将凝望那遥远的真实天空，而对前者却视而不见，如同未建一般。

在俱卢城中，有一位执着于追求完美的艺术家。某天他突然想到要做一根手杖。他认为，一旦考虑时间这个因素便不能制作完美的艺术品，而所有完美的艺术品全都不能顾及时间这个因素。于是他自言自语，就算我一生中不再做任何别的事情，也要把它做得完美无瑕。他即刻到林中寻找木料，他已决定绝不用不合格的材料。他不停地搜寻着，看了一根又一根，哪根也看不上，他的朋友们渐渐地离开了他，离开了人世，然而他却丝毫没老。

他一心一意，执着而虔诚，这使他在毫无知觉中永葆青春。由于他不向时间妥协，时间就不得不给他让路了，远远地站在一旁叹息，因为它征服不了他。他还没有找到一个完全合适的材料，俱卢城已是古迹斑斑的废墟了，他干脆就坐在废墟上，剥一根树枝的表皮。他还没有把拐杖制造出合适的形状来，坎大哈人的王朝就结束了，于是，他便用手杖头在沙地上写下了那个民族最后一人的名字，接着，他又继续工作。等他把手杖刮得光溜溜并且磨得闪闪亮时，羯腊波 [①] 早就不是北极星了；当他还没给手杖头装饰金环和宝石时，梵天 [②] 都已经睡醒好几次了。

我为何要说这些话呢？因为他的作品最终完成了，那拐杖突然在他眼前扩张起来，让这位艺术家大吃一惊，它最终成为梵天所有创造物中最美丽的宝物。他在创造手杖期间，却创作了一个新体制，一个奇妙而恰如其分的新世界；在这个世界里，尽管古老的城市和王朝已经消失，但更加美丽更加光荣的城市和王朝取而代之。如今，他看到刨花还依旧新鲜地堆在他的脚下，时间对他和他的工作来说，过去流失的时间只是一种幻觉，其实时间没有逝去，就如同梵天脑中闪过的一星火花就点燃了凡人头脑里的火绒一样。他选用的材料精练，他的艺术精练，其结果怎能不奇妙无比？

我们制造出缤纷万事，但真正能让我们受益的却只有真理。唯有真理这张脸特别经得起磨损。在大多数情况下，我们并不在我们所在的这个地方，而是在一个虚假的位置上。只不过我们天性脆弱，我们假设了一类情况，并把自己放了进去，这便同时有了两种情况，我们要从中脱离就加倍地困难了。当我们清醒时，却只留意事实。说你必须说的话，而不是讲你应该讲的话。任何真理都强过虚伪。补锅匠汤姆·海德站在断头台上，人家问他有没有什么话要说。"提醒裁缝们，"他说，"在缝

---

① 在印度梵文里指"劫"；古印度传说世界经历若干万年毁灭一次，重新再生，这一周期称为一劫。

② 印度教主神之一，为创造之神，亦指众生之本，也称梵天。这段话主要是关于印度文化的。

第一针之前，千万要记得在他们的线尾打一个结。"而其他那些人的絮絮祈祷却早被忘记了。

不管你的生命多么卑微，你要勇敢地面对它去生活；不用逃避，更不要用恶语诅咒它。生活没有你那么坏吧。它只是在你成为富人的时候才看上去像个穷光蛋。喜欢吹毛求疵的人哪怕是在天堂里也能找到错误。你纵然是贫穷，也要喜爱你的生活。即使住在一个济贫院里。夕阳照在济贫院的窗上的光辉，同射在富户人家窗户上的光辉是一样的明亮；门前那早春的积雪同在消融。我亲眼看到，一个心静知足的人，在那里生活得宛若在皇宫里一样，生活得如此开心又如此心满意足。

我看到在城镇的穷人，则常常是过着孤独放荡的生活。或许由于他们挺了不起，因此当之无愧。大部分人认为他们超出了镇子支持的范围；但是实际上他们是常常用了不正当的手段来维持生活，此时他们那种超脱已荡然无存，更不用说体面了。

让我们将贫穷看作是园中的花草，并像圣人一样地培育它吧！别寻新花样，不管是新朋友或新衣服都是自找麻烦。去寻找旧有的，返璞归真。万物依旧没变，只是我们在转变。你的衣服能够卖掉，但要留存你的思想。上帝会明白你不需要上流社会。假如我整天躲在阁楼的一角，跟一只蜘蛛一样，但只要我还能思想，世界对我而言依旧是一样的大。哲学家说，"三军可夺帅也，匹夫不可夺志也。"① 不要太顾虑于发展，不要汲汲于你的影响，这些都是身外之物。卑贱如同黑暗，终会露出天堂一般的光。贫穷与卑贱的阴影聚集在我们周围，"看吧！

① 引自《论语·子罕篇》。

347

天地万物扩大了我们的眼界。"①我们经常被提醒，如果上苍赐给我们克洛索斯②的财富，然而我们的目标也依然不变，我们的方法仍将依旧。

另外，要是你被贫穷所困，譬如连书报都买不起，那样的话，你也不过是困于最有意义和最重要的经验之内了；你必须跟那些能够产生最多的糖和最多淀粉的物质交流。最靠近骨头的生活最甜蜜。你不用去做无聊的琐事了。更高层的人宽宏大度，不会让在更下层的人遭受损失。多余的财富只能买多余的商品，而人的心灵所需的物品，是用钱买不到的。

我住在铅墙一角，那儿已注入了一点制钟的铜合金。在午休时，我经常听到一阵混乱的叮叮声从外面传来。这是我同代人的嘈杂音。我的邻人在告诉我他们与那些著名的绅士淑女们的奇遇，还说他们在宴会上碰到了哪些贵族；我对这类事情，就像我对《每日时报》一样不感兴趣。

他的兴趣和交谈的内容基本是关于服装的礼貌；但是笨鹅终究是笨鹅，任你如何将它装扮。他们给我讲加利福尼亚、得克萨斯、英格兰和西印度群岛，讲到有声望的先生——佐治亚或马萨诸塞的某某大人，一切全是短暂的、稍纵即逝的现象，直讲得我打算像那位马穆鲁克老爷③一样从他们院子里跳出去。我很高兴沿着自己的方向走，而不是浮华炫耀、招摇过市；

---

① 引自西班牙诗人怀特的十四行诗《黑夜与死亡》。

② 公元前6世纪小亚细亚的国王，以富有著称。

③ 1811年，土耳其战胜埃及，下令将那里军事集团马穆鲁克的成员杀光，其中一个从城堡跳到马上，逃到叙利亚。

可是如果有假如，我要和宇宙的创造者携手同行。——我决不愿生活在这个动荡的、歇斯底里的、混乱的、烦琐的 19 世纪中，宁愿站着、端坐着、深思着，任由这个 19 世纪逝去。

人们都在庆贺些什么呢？他们全都加入了某项事业的筹委会，随时恭听别人的演讲。上帝仅仅是当天的主席，韦伯斯特①是他的演说家。我喜欢掂量那些强烈的、正确的吸引我的事物的分量，肯定它，并把重心转向它——而不是挂在秤杆上去想办法减少重量；不是去假设一种情况，而是按实际情况行事。行走在我能走的唯一之路，在那里没有任何力量能阻挡我前进的脚步。

我不会在打下牢固的基础之前去醉心于拱门的挑选。我们还是不要在薄冰上玩悬乎的游戏的好。任何东西都有一个牢固的基础。我们在书里读到，一个旅行者寻问一个小孩，他的眼前这个沼泽是否有牢固的底。那个小孩回答说沼泽地是有底儿的。可是过了一会儿，这位旅行者的马就陷入泥里，很快就陷到马肚带了。他于是对那小孩说，"我听你说这个沼泽是有硬底的。"孩子答道，"自然是有的，可是你离底还不到一半深呢。"社会的淤泥和流沙也是这样。不过清楚这一点的人肯定是老小孩了。只有在某种千载难遇的机遇里把所想的东西说出来或者付诸实践才是好的。可我不愿做一个傻到只会在板条和灰浆的墙上钉进一枚钉子的人。这种行为会让我好几夜无法睡着。给我一把锤子，让我摸到墙上的板条，不要信赖墙上的泥灰。把钉子钉在吃得住钉子的地方，钉得结结实实，如此一来你能

① 美国政治家和演说家。

在夜里醒来时对自己干的活儿感到心满意足——这种工作，就是缪斯女神来看，你也不会感到难为情。只有这样做，也只有如此做，上帝才会帮你。每一根钉子在宇宙这架大机器中都应是一个零件，这样做你才能继续工作。

不用给我爱，不用给我钱，不用给我荣誉，就只给我真理吧。我坐在一张摆满美酒佳肴的桌前，被隆重招待，但是那里没有真实和诚恳；盛宴之后，我离开这冷漠的餐桌回来时，我却饥肠辘辘。这样的待客如同冰一样寒冷。想必，已没必要再用冰块来冰冻它们了。他们跟我讲酒的年代和酒的美名，但我想到了一种更古老、更新潮、更纯的酒，一个更光荣的酿酒时代的产品，可这是他们不能拥有的，也买不到的。那些风光、豪宅、庭园的"娱乐"，在我眼里如同虚无。我拜访过一个国王，可他叫我在客厅里等待，他那行为举止不像一个懂得款待客人的人。而在我的邻居中却有一人住在树洞中，他才真正有王者风范。如果我去拜访他，其结果定会好得多。

我们准备在这过道里再坐多长时间，施行这些迂腐的繁文缛节，使得所有工作都荒唐可笑，如此这样还要多长时间呢？似乎一个人每天开始就要去忍耐长久的痛苦，聘一个人来给他耕种土豆；到下午带着原先想好的善心去修炼基督徒的温顺和善心。请思考一番东方人的那种自高自大和人类由于自满而造成的停滞不前。这一代人沾沾自喜于自己是一个显赫家系的最后一代；并在波士顿、伦敦、巴黎和罗马，想着自己的悠长的血统，看得出它还在诉说它在艺术、科学和文学方面的进步，感到得意扬扬。这有一些哲学会的记载，关于伟人的赞颂文章！

好样的亚当对自己的道德很是欣赏。"是的,我们干了伟大的事,唱着歌颂神圣的赞歌,它们将会永垂不朽。"——当我们想起它们之时,当然是不朽的啦。亚述的思想流派和伟大人物——现在何处?我们是多么年轻的哲学家和实践家啊!

在我的读者中,如今还没一个人过完全部人生。这些或许仅仅是人类生活的春天。即使有了七年之痒,但我们还没见过康科德的十七年蝉。我们只知道我们生活在大地表面。大部分人都没有深入过这表层以下6英尺,也没有越过高出它6英尺以上。我们不知自己身在何处。何况几乎我们一半的时间都在睡梦中度过。但我们很看重我们的智慧,在地面表面上拥有一个健全的秩序。是的,我们既是很深刻的思想家,又是有志之人。

我伫立在森林中,看到这林中的松针中有一只爬虫在蠕动,看到它努力想逃避我的视线躲起来,我问自己它因为什么才抱有这样卑下的思想,要把它的头藏起来,躲开我,但我,或许可能会帮助它,并且能给它的族类传递可喜的消息;此时此刻,我不由自主地想起我的那更伟大的施恩者、大智者,他也在俯看我们这些如同蠕虫的人们。

各种新兴事物正源源不断地流入这世界中来,我们却忍受着不可思议的愚昧。我只需要提醒一下,在大多数最开明的国家里,人们还在聆听什么类型的布道就足够好了。如今还有喜悦呀、悲伤啊,这样的字眼,而这全都是用鼻音呼出的赞美诗的复句,事实上我们的信仰依然是庸俗和低下的。我们以为自己只要更换一下衣服就好了。听说大英帝国非常庞大非常令人仰慕的,可美国也是一等的强国。我们每个人背后都有潮起潮落，这浪潮可以将大英帝国像一块木片一样漂浮起来，如果每个人在内心记住的话。有谁敢说17年蝉不会平地而生呢？在我生活的这个世界的政府并非像英国政府那样，是在晚宴以后，靠吃喝谈说建立起来的。

我们体内的生命宛若滚滚河流，它可以今年涨高，涨至从未见过的高度，淹没干枯的高地；甚至今年说不定就是多事的年头，会淹死所有的麝鼠。我们并非一直住在干燥的陆地上。我眺望到遥远的内陆的那些河岸，在科学还没记录它们的洪荒之前，就曾遭受江河的泛滥和惊涛拍岸。

我们知道，在英格兰传说着这么一个故事，一只健壮而美丽的爬虫从一张苹果木做的旧餐桌的板子里爬出来。这张桌子放在这位农人的厨房里都60多年了，先是在康涅狄格州，后来到马萨诸塞州——可是那个虫卵在活着的苹果树里存活了更多的岁月，这是依据它外表的年轮来推断的；几周以来，已听到它在里面蛀咬的声音，或许是受了一个茶壶的热量从虫卵里把它孵化出来的。

听到这个故事，有谁不会觉得更增加了复活和永生的信心呢？谁清楚还会有如此美丽的长着翅膀的生命，它的卵竟在枯燥的社会生活里熬了几十年，还裹在一层又一层的木头心里，最初是产在绿色的活树白木质中，然后是渐渐风干的坟墓一样的壳子里——或许它已啃咬了几年之久，令那坐在桌前的一家人听到这声音后顿时惶恐不安——再后来它也许出人意料地从社会上最便宜的、随手送人的家具中出来，终于开始享受那美妙夏季生活的每一天！

352

我并非说约翰或乔纳森 ① 会明白这一切，所谓明天，即使时间终止也永不会来临。让我们的眼睛失去光明的光，对我们来说就是黑暗。当我们清醒时，曙光才会破晓。来日方长，太阳只是颗启明星。

---

① 　约翰或乔纳森是英国和美国常用的名字，如同中国"张三、李四"的说法，是泛指一般人。